Michaela Küpper
Wintermorgenrot

Michaela Küpper

Wintermorgenrot

Roman

Eugen Salzer-Verlag Heilbronn

Eugen Salzer Verlag, Heilbronn 1997

Umschlag: Alfred Sisley
Schnee in Louveciennes, 1878, Musée d'Orsay, Paris
Satz: Graphische Werkstätten Lehne GmbH, Grevenbroich
Druck: Offizin Chr.Scheufele, Stuttgart
ISBN 3 7936 0359 8 – Printed in Germany

Meinem Vater Heinz Küpper gewidmet

Ich hocke auf einem Schweineschemel vor dem Stall
und betrachte das Blut an meinen Händen.
In feinen, sich zart verästelnden Bahnen rinnt es
die Handgelenke hinab bis zu den Ellbogen,
wo es sich sammelt und nach einem kurzen Moment
des Zögerns den Gesetzen der Schwerkraft gehorcht.
Gedankenlos folgen meine Blicke den hellroten Spuren,
die ein feuchtwarmes Gefühl auf der Innenseite
meiner Arme hinterlassen.
Zwischen meinen Füßen steht eine metallene Schüssel
bereit, um jeden Tropfen des Lebenssaftes gewissenhaft
aufzufangen, daß ja nichts verlorengeht.
Stärker und stärker wird der Fluß.
Das Rinnsal, von ergiebiger Quelle gespeist.
schwillt bald an zum munteren Strom.
Schon sieht man den weiß emaillierten Grund
des Gefäßes nicht mehr.
Merkwürdig viel Blut für ein so kleines Karnickel.
Viel zu viel Blut. Mir fallen die Augen zu, ich bin müde,
so unendlich müde.
Schau hin. Du mußt hinschauen.
Langsam senkt sich mein Blick.
Was da auf meiner Schürze liegt, ist ein Stofftier
mit stumpfem, struppigem Plüschfell
und einem staubtrockenen Innenleben
aus gepreßter Holzwolle.
Ich starre auf meine blutverschmierten Hände
und beginne zu schreien.
Doch die Schreie dringen nicht einmal
bis an mein eigenes Ohr, sondern werden geschluckt
von der Luft, die wie Watte ist.

»Nimm du das Ding hier!« Roland drückte mir meine heißgeliebte Pinguinleuchte in die Hand und wuchtete selbst die letzten beiden Bücherkisten aus dem klapprigen Ford Transit, der vor einer halben Stunde noch bis unters Dach mit meinem Hausstand beladen gewesen war. Während ich ein paar Dehnungsübungen für meinen schmerzenden Rücken machte, schleppte mein treuer Lakai die schweren Kartons hinein, holte das eine oder andere Kleinmöbel aus dem Wagen und brachte schließlich auch die letzte Topfpflanze unversehrt an ihren neuen Bestimmungsort. Vor Erleichterung wurde mir warm ums Herz: Ich hatte es geschafft, der entscheidende Schritt war getan.

An diesem beschaulichen Ort hoffte ich die Muße zu finden, die ich für meinen seelischen Wiederaufbau so dringend benötigte. Und was konnte der Rekonvaleszenz zuträglicher sein als eine schützende Zuflucht in der hintersten Ecke Deutschlands, fernab von allem Trubel und urbaner Zivilisation?

Ich hatte mir so viel frische Landluft verordnet, wie ich atmen konnte, dazu lange Ertüchtigungsspaziergänge und beschauliche Abende am Kamin. So sollten die Wunden heilen, die mir das Schicksal in Gestalt einer kaum dem Pubertätsalter entwachsenen Rechtsanwaltsgehilfin mit Porzellanteint und auberginefarbenem Haar zugefügt hatte.

Welche Frau sieht nicht rot, wenn sie, gerade noch in hausfraulicher Trance versunken, beim Staubsaugen unterm vorehelichen Bett plötzlich einen Lippenstift findet, der farblich nie und nimmer der eigenen Kollektion zugeordnet werden kann?

Nachdem ich auf diese diskrete Weise von der neuen Liebe meines Freundes erfahren hatte, brach meine Welt wie ein Kartenhaus über mir zusammen. Nun aber war ich fest entschlossen, die Trümmer zu beseitigen und noch einmal von vorn anzufangen.

»Uff, jetzt haben wir uns aber eine schöne Tasse Kaffee verdient«, meinte Roland und schlurfte noch einmal zum Bus, um seinen Picknickrucksack zu holen, den er vor Antritt der Fahrt gepackt hatte. Thermoskanne, Pappbecher, belegte Brötchen und ein Apfel wurden hervorgekramt und auf dem Küchentisch verteilt. Leider gab die Kanne nur noch einen halben Becher voll her, da mein Freund und Helfer bereits auf dem Hinweg nach fünfzig Kilometern ein sonniges Plätzchen angesteuert und die erste Brotzeit gehalten hatte.

Ich sah mich in der Küche um und entdeckte einen Rest Kaffeepulver im Regal über der Spüle, sogar eine angebrochene Büchse Dosenmilch fand sich im Kühlschrank.

»Das wär doch gelacht, wenn ich mich in *meinem* Haus nicht zurechtfände!« triumphierte ich und setzte die Kaffeemaschine in Gang. *Mein Haus,* das zerging auf der Zunge. Nun ja, rechtlich gesehen war es natürlich nicht meines, aber für die nächste Zeit würde ich ungehindert so tun können als ob. Thomas und Claudia hatten mir ihr Domizil großzügig überlassen, einzig mit der Auflage, es halbwegs in Schuß zu halten und die Blumen zu gießen. Die beiden arbeiteten als Entwicklungshelfer und hatten vor einigen Jahren diesen alten Bauernhof gekauft, um sich in ihrem bewegten Leben einen ruhenden Pol zu schaffen. Aber sie waren und blieben Vagabunden, und es zog sie wieder hinaus in die weite Welt. Ihr neuestes Ziel hieß Tansania; vor drei Tagen waren sie abgereist.

»Meinst du, Kaffee aus Tutench-Amuns Grabkammer ist noch genießbar?« fragte Roland und deutete grinsend auf die altägyptischen Motive, die die Kaffeedose zierten. »Wie alt mag der wohl sein?«

»Keine Ahnung, mir schmeckt er jedenfalls!«

»Ja, ich hab' auch schon schlechteren getrunken, zumindest ist er heiß.« Mein Umzugsgehilfe leerte seinen Becher mit wenig vornehmen Schlürfgeräuschen und erhob sich. »Laß uns deine Sachen rauftragen. Hier unten ist ohnehin kein Platz dafür!«

In Küche und Wohnzimmer war es tatsächlich ziemlich eng. Außer altägyptischen Kaffeedosen gab es einiges, das dem Inventar jedes Völkerkundemuseums Konkurrenz gemacht hätte: Töpfe und Tiegel, Vasen und Wandbehänge, Kissen und Kästchen, Speere und Schilde, Masken und Maskottchen drängten sich in den Räumen und grüßten stumm aus fernen Ländern. Dieses Sammelsurium hatte durchaus seinen exotischen Charme und wirkte recht behaglich. Der Gegensatz zur urdeutschen Dorfidylle draußen vor der Tür hätte allerdings nicht krasser sein können.

Wir schleppten meine Habseligkeiten in das Zimmer im ersten Stock, das die Hausbesitzer für mich leergeräumt hatten. Der Raum war recht groß und gut geschnitten. Zwei Fenster, die zur Südwestseite hinaus lagen, sorgten für genügend Licht und gewährten einen freien Blick über den Hof. An der Wand hing ein großes Schild mit der Aufschrift *Herzlich Willkommen.* Ich war gerührt.

»Tja, ich werd' mich dann bald wieder auf die Socken machen müssen«, erklärte Roland, nachdem wir unsere Arbeit beendet hatten.

Wir tranken noch einen Kaffee, und ich füllte ihm den Rest in seine Thermoskanne für den Fall, daß er auch auf dem Rückweg zu rasten gedachte. Zum Abschied versprach er, in drei Wochen wiederzukommen, denn ich hatte ihn und seine Freundin Gabi zu einem Wochenende in meinem neuen Heim eingeladen. Bis dahin hoffte ich, mich bereits recht gut eingelebt zu haben.

Bevor Roland ging, konnte er es sich nicht verkneifen, mit beiden Händen meine Rechte zu ergreifen und mich mit einem langen, mitleidsvollen Blick zu bedenken. Diese unerwünschte Geste verringerte den Trennungsschmerz erheblich, und ich war froh, als sein Bus vom Hof rollte. Natürlich war Roland ein lieber, hilfsbereiter Kerl, und ich tat ihm unrecht. Trotzdem konnte ich nicht verstehen, wie Gabi es tagtäglich mit ihm aushielt. Aber momentan gab es ohnehin keinen Mann, der vor meinem kritischen Auge Gnade gefunden hätte. Das Alleinsein erschien mir wesentlich reizvoller.

Es war erst gegen halb sechs, ich hatte also einen langen Abend vor mir. Zunächst bezog ich mein Bett, verteilte Handtücher, Waschutensilien und Zahnbürste im Bad und machte mich anschließend daran, mein Bücherregal aufzubauen. Erschöpft und hungrig ging ich nach getaner Arbeit hinunter in die Küche, um mir eine Dose Ravioli aufzuwärmen. Ich war nervös, das konnte ich nicht leugnen. Also beschloß ich, nicht allzu rigoros mit liebgewordenen Gewohnheiten zu brechen, den Kamin heute noch kalt zu lassen und mich stattdessen mit meinem Raviolitopf vor den Fernseher zu setzen. Es gibt nichts Beruhigenderes als einen alten *Derrick*.

Die einschläfernde Wirkung des Krimis hielt jedoch nicht lange vor, und mich befiel wieder eine innere Unruhe. Ich tigerte im Wohnzimmer umher und besah mir ausführlich die Schätze aus aller Welt. Eine afrikanische Maske hatte es mir besonders angetan. Die Fratze des Dämons war kalkweiß geschminkt, der weit aufgerissene Schlund ein gähnendes schwarzes Loch. Die Augen traten aus den Höhlen und waren rotgeädert, die Nüstern riesig und kreisrund. Mit Hilfe eines Bandes ließ sich das Ding sogar aufsetzen. Die Maske vor dem Gesicht, lief ich in den Flur, um mich im Garderobenspiegel zu betrachten. Ich sah richtig gruselig aus. Dieser Effekt ließ sich noch steigern, indem ich die erhobenen Hände zu Klauen krümmte und einen unsichtbaren Feind traktierte, von angsteinflößendem Fauchen und Grollen akustisch untermalt. Kein geeignetes Gute-Nacht-Programm, dachte ich und hängte den Dämon wieder an seinen Platz zurück. Anschließend ging ich unter die Dusche und ins Bett, nicht ohne mir vorher ein Buch aus einer meiner Kisten gefischt zu haben. Bei der Auswahl des Lesestoffs setzte ich auf den Beruhigungseffekt des Altbekannten und entschied mich für Hugos *Glöckner von Notre Dame*. Zielsicher hatte ich auf eine jener Figuren der Weltliteratur zurückgegriffen, die es einer Geschmähten wie mir erlaubte, aus vollem Herzen in Mitleid zu schwelgen.

Entgegen meiner sonstigen Gewohnheit stand ich ziemlich früh auf. Doch ein Blick aus dem Fenster belohnte mich für meine Tapferkeit: Erst neun Uhr und schon schien strahlend schön die Sonne! Und wie malerisch die Landschaft aussah im goldenen Oktoberglanz! Ich beschloß, mich erst einmal im Dorf auf die Suche nach Kaffee und Brötchen zu machen. Tatsächlich fand ich schnell einen kleinen Laden, in dem man das Nötigste kaufen konnte. Neben dem Nötigsten gab es allerdings auch Nostalgisches, wie zum Beispiel einzeln käufliche Schokoküsse. Natürlich konnte ich nicht widerstehen und kaufte gleich vier Stück, die mir die etwas kuhäugig dreinblickende Verkäuferin in eine Papiertüte packte. Kaum daß sich die Ladentür mit schrillem Klingeln hinter mir geschlossen hatte, nahm ich einen heraus und biß hinein. Schlagartig wurde mir klar, daß diese Exemplare wohl annähernd so alt waren wie ich selbst. Fäden ziehend, zäh und klebrig hafteten sie besser an Zähnen und Lippen als eine geplatzte Kaugummiblase, der Geschmack hatte sich im Laufe der Jahre verflüchtigt.

Zu Hause angekommen, frühstückte ich erst einmal ausgedehnt und reichhaltig, anschließend räumte ich ein und um. Gegen halb vier hielt es mich nicht länger im Haus, und ich brach zu meinem ersten Spaziergang auf. Das Wetter war immer noch herrlich, der schönste Altweibersommer. Ein hoher Himmel von reinstem Blau spannte sich über die Landschaft, dezent geschmückt von scheeweißen Bilderbuchwolken, die gemächlich dahinsegelten. Die Wiesen waren sattgrün und saftig, doch das Laub verfärbte sich bereits. Wie mit der Feder ausgestochen hob sich der Wald vom Himmel ab, die Luft war fast unnatürlich klar. Ein solches Licht gab es nur im Herbst, und ich liebte diese Jahreszeit. Irgendwo draußen auf den Feldern entdeckte ich einen Apfelbaum, der noch Früchte trug. Ich wandte mich der Sonne entgegen, lehnte mich gegen den rauhen Stamm und aß zwei, drei Äpfel. So wohl hatte ich mich seit Ewigkeiten nicht mehr gefühlt. Mir war, als könne ich plötzlich wieder tief durchatmen. Jeder Atemzug entkrampfte meinen Körper ein wenig und machte mich ruhiger. Mit prall gefüllten Taschen trat ich den Heimweg an. Es war wirklich eine gute Idee gewesen, hierher zu ziehen.

*

Sie war schon wach, als das erste Grau am Horizont den Nachthimmel zu erhellen begann. Der Hahn eröffnete ein Duett mit seinem Nachbarn vom Jödschen Hof, und in der Ferne stimmten weitere ein.
Mechanisch zündete sie die Petroleumlampe an, schürte den Ofen, goß Wasser aus einem bereitgestellten Eimer in den Topf auf der Ofenplatte und schüttelte die Bettdecke auf. Während sie darauf wartete, daß das Wasser warm wurde, schaute sie hinaus in das quadratische Stück Himmel, das die Dachluke freigab. Noch zierte der kalte, matte Glanz einzelner Sterne die Dunkelheit.
Sie füllte die Waschschüssel, zog das knöchellange Nachthemd über den Kopf und begann sich zu waschen. Als sie sich abtrocknete, hörte sie, wie der Knecht Willem an ihrer Kammer vorbei und die Stiege hinabschritt. Obwohl er schon über sechzig war, hatte er noch immer den forschen, festen Gang eines Dreißigjährigen.
Eilig zog sie ihre Leibwäsche an und Wollsocken, dann einen Unterrock, ihr abgetragenes taubenblaues Kleid, eine Kittelschürze ohne Ärmel und darüber den wollenen Umhang. Sie griff nach ihrer Bürste, fuhr mit flinken, energischen Bewegungen durch ihr langes blondes Haar und flocht es zu einem Zopf, den sie, geschickt zu einem Knoten aufgerollt, im Nacken feststeckte. Dann schlüpfte sie in ihre klobigen Arbeitsschuhe, die vorne mit Zeitungspapier ausgestopft waren, warf einen letzten Blick in den halbblinden Spiegel über der Kommode, goß das Seifenwasser in den leeren Eimer zurück und verließ die Stube. Heute sollte die Kartoffellese beginnen.

Am späten Vormittag zogen die Frauen hinaus aufs Feld. Die Kartoffeln waren bereits einige Stunden zuvor herausgemacht worden, so daß sie ein wenig in der Sonne hatten trocknen können. Nachdem die Sammelwagen aufgestellt und die Weidenkörbe verteilt waren, begann die mühsame Arbeit. Die Frauen rutschten auf Knien über den Acker, jede mit knappen, raschen Würfen ihren mitgeführten Korb füllend. Neben Maria arbeiteten die Bäuerin und deren Tochter Annegret sowie einige Flüchtlingsfrauen aus Schlesien samt ihren Kindern. Zwischen ihnen sprang der dreijährige Joachim umher, jüngster Sproß des Bauern und mit zwölf Jahren Altersunterschied zu seiner Schwester ein Nachzügler. Er versuchte es den Großen gleichzutun, warf statt der Kartoffeln aber immer wieder Steine und Erdklumpen in die Körbe. Verstohlen beobachtete er die Flüchtlingskinder, die mit eifrigen Mienen ganz in ihre Arbeit versunken waren und keine Notiz vom dem kleineren Kind nahmen.

Waren die Körbe gefüllt, wurden sie zu einem der Sammelkarren getragen und ausgeleert. So ging es Stunde um Stunde. Die Glieder begannen zu schmerzen, doch die Arbeit war noch lange nicht beendet.

Am Nachmittag kam Willem mit dem Pferd. Alle scharten sich um Tier und Karren und packten die mitgebrachten Brote und die Kannen mit Malzkaffee aus. Die Erwachsenen wandten ihre Gesichter der Sonne zu, die noch Kraft hatte, ohne zu brennen. Die Kinder spielten Fangen. So am Wegrand lagernd, genossen alle für kurze Zeit einen der letzten schönen Tage des Jahres.

Nachdem Joachim sein Brot aufgegessen hatte, reckte er fordernd seine Ärmchen in die Höhe, und Willem hob ihn aufs Pferd. Auch die Flüchtlingskinder streckten zaghaft die Hände aus, um das Tier zu streicheln.

»Wie heißt es denn?« wollte eines von ihnen wissen, ein mageres, ungefähr sechsjähriges Mädchen mit kurzem braunem Haar.

»Heiner heißt unser guter alter Freund hier, nicht wahr, mein Dicker?« antwortete Willem und klopfte freundschaftlich den schweren Hals des Tieres.

»Dürfen wir auch mal drauf reiten?«

»Aber sicher doch. Los, kommt her!« Willem hob eins nach

dem anderen aufs Pferd, das kleinste vorn, das größte hinten. Alle saßen fast im Spagat, und hinter dem letzten war immer noch viel Platz auf der mächtigen, sesselbreiten Kruppe. Heiner ließ sich von all dem nicht irritieren, sondern suchte in aller Ruhe weiter zwischen Kartoffelkraut und braunen Knollen nach etwas, das ihm vielleicht besser munden würde. Da es hier aber offensichtlich nichts zu holen gab, hob er den Kopf und stieß sanft zuerst Maria und dann Annegret vor Brust und Bauch. In deren Kittelschürzen hatte sich schon des öfteren ein Leckerbissen für ihn versteckt; tatsächlich wurde er auch diesmal fündig.

Mit dem greisen Ackergaul hatte es etwas Seltsames auf sich: Keine Kreatur auf dem Hof – ob Mensch oder Tier – wurde so respektvoll und freundschaftlich behandelt wie er. Willem und Heiner waren ein eingespieltes, über die Jahre zusammengewachses Gespann. Mit Heiner redete Willem mehr als mit jedem Menschen. Jedes der Bauernkinder hatte schon auf Heiners Rücken gesessen, noch bevor es laufen konnte. Der gutmütige Riese war ihr liebster Spielgefährte. Sogar die Bäuerin stand manchmal, wenn sie sich unbeobachtet glaubte, vor ihm und kraulte gedankenverloren seine samtigen Lippen.

Um Heiner spann sich sogar eine bewegende Geschichte, die im Dorf nach wie vor hinter vorgehaltener Hand kursierte. In den letzten Kriegswochen erfuhren die Frauen des Dorfes, daß ein Wehrmachtsoffizier mit Gefolge unterwegs sei, um im Dorf die verbliebenen Pferde einzutreiben. Kaum hatte die Bäuerin diese Nachricht vernommen, zerrte sie lauthals fluchend das Pferd aus dem Stall.

»Was soll uns dieser Krieg denn noch kosten?« schrie sie. »Der Bauer liegt da mit zerschossenem Bein und wird nie mehr ordentlich laufen können, der Knecht ist weit weg, daß wir Weiber die ganze Arbeit allein tun müssen, und unsere Kinder zerren sie an die Front, um sie dort abzuschlachten wie Vieh! Aber ich sag' euch, der Heiner kommt mir nicht weg, der bleibt hier!«

Betroffen starrten die anderen ihr nach, als sie das Pferd vom Hof führte, um es in einer Senke im Wald zu verstecken. Seit Monaten hatte niemand die Bäuerin so aufgebracht gesehen. Der Tod ihres ältesten Sohnes Karl schien alle Empfindungen in ihr abgetötet zu haben. Nun aber hatte die steinerne Fassade aus Lethargie und Schweigen, mit der sie sich seither von jeglichem Geschehen distanzierte, einen Sprung bekommen. Unter der kalten Asche glimmte ein Funke. Sie war noch lebendig.

Wenig später erzählte sie den Soldaten, der alte Gaul sei vor kurzem an einer Darmkolik eingegangen. Er habe einen halben Sack Hafer gefressen, den jemand versehentlich auf einem Schubkarren vor der Boxentür stehengelassen hätte. Der Offizier schaute sie ein wenig ungläubig an und spähte skeptisch in die Ställe, gab sich dann aber zufrieden und fuhr davon.

Anschließend beteten alle, daß er beim Abdecker im Nachbarort keine Erkundigungen einziehen möge. Doch die Sache ging gut, und Heiner überlebte den Krieg, womöglich unbeschadeter als alle anderen.

*

Als ich nach meinem Spaziergang auf den Hof zurückkehrte, stand dort eine weißhaarige, gebeugte Gestalt und starrte angestrengt durch mein Küchenfenster. Freundlich grüßend trat ich näher. Nur langsam und scheinbar äußerst widerwillig wandte die alte Frau den Kopf.
»Kann ich Ihnen helfen?« fragte ich zögernd. Die Alte blickte feindselig drein, als sei es eine Anmaßung meinerseits, sie gestört zu haben, gab jedoch keine Antwort. Sie kniff angestrengt die Augen zusammen, und ihr runzeliges, spitzes Gesicht zeigte einen Ausdruck ungläubiger Verwunderung, der von einer Sekunde zur anderen in blankes Entsetzen umschlug. Ein Zittern durchlief ihren Körper, und sie schwankte gefährlich, doch dann setzte sie sich mit einem Ruck in Bewegung, schob sich an mir vorbei und eilte wieselflink davon. Als sie die Strasse erreicht hatte, blickte sie sich noch einmal um und schrie mir aus sicherer Entfernung zu:
»Hau ab, du Hure! Geh dahin zurück, wo du hergekommen bist, wir wollen dich hier nicht, Teufelsweib!«
Drohend schüttelte sie die erhobene Faust und lief eilig weiter in Richtung des Nachbarhauses. Dort ging wie auf Kommando die Haustür auf, und die Alte verschwand hinter schützendem Gemäuer. Kopfschüttelnd sah ich ihr nach. Was für eine nette Begrüßung!

Ich ging nicht sofort ins Haus, sondern beschloß, zuerst einen Blick in die Scheune zu werfen, die auf der gegenüberliegenden Seite des Wohnhauses lag. Ich versuchte, die kleine Holztür zu öffnen, die in das Scheunentor eingelassen war, aber sie war verschlossen, und es steckte kein Schlüssel. Also machte ich mich daran, mit erheblichem Kraftaufwand und einigen derben Flüchen das große, eisenbeschlagene Tor in Bewegung zu setzen. Ächzend und quietschend rollte es in seinen Schienen zurück und ließ einer Flutwelle von Licht freie Bahn. Drinnen war Platz für ein mittelgroßes Zirkuszelt. In einer Ecke standen rostige alte Ackergeräte, in einer anderen lag ein Stapel Holz.

Eine Leiter führte zu einem zweiten Boden ziemlich hoch oben. Ich kletterte hinauf und stand inmitten einer Hügellandschaft längst zerfallender Heu- und Strohballen. Durch unzählige Ritzen und Spalten schien die Abendsonne zwischen den Schindeln hindurch und Abermillionen winziger Staubkörnchen schwebten im leuchtend goldenen Licht. Es war absolut still.
Die Stimmung dort oben im Heuschober berührte mich auf merkwürdige Weise, und ich fühlte mich auf einmal unendlich müde. Benommen ließ ich mich zwischen den staubigen Heuballen nieder, starrte auf die tanzenden Sonnenflecken und begann zu weinen, ohne zu wissen warum. Plötzlich wurde ich von lautem Rufen unten im Hof aufgeschreckt.
»Hallo? Hallo!«
Einem wilden Kaninchen gleich duckte ich mich und gab keinen Mucks mehr von mir. Bloß nicht entdeckt werden in dieser erbärmlichen Verfassung, in der ich mich augenblicklich befand. Doch die Ruferin hatte bereits die Scheune betreten.
»Hallo, sind Sie da oben?«
Ich gab mich geschlagen.
»Ja, ich bin hier!« Hastig fuhr ich mir mit dem Ärmel durchs Gesicht und trat an den Rand des Dachbodens. »Einen Moment bitte, ich komme herunter!«
Der Abstieg war unheimlich steil. Unten erwartete mich eine ausgestreckte Hand, die zu einer älteren Dame gehörte, deren Ähnlichkeit mit der verrückten Alten mir sofort ins Auge fiel.
»Guten Tag, junges Fräulein. Gut, daß ich Sie noch gefunden habe! Jödt ist mein Name, Bärbel Jödt. Jödt mit ›dt‹.«
Ich ergriff ihre schwielige Hand und stellte mich ebenfalls artig vor. Bärbel Jödts engstehende kleine Knopfaugen fixierten mich gnadenlos.
»Tut mir leid, aber ich habe Sie wohl nicht sofort gehört«, entschuldigte ich mich. »Bin bloß mal da oben rauf, um mich umzusehen und hab' prompt einen Anfall von Heuschnupfen bekommen. Ist ja auch ziemlich staubig hier drin.« Ich lächelte schief und wischte mir in Ermangelung eines Taschentuchs ver-

legen mit dem Handrücken die triefende Nase. Der Alten entging das nicht.

»Heuschnupfen haben Sie?« fragte sie mißbilligend. »Da dürften Sie aber gar nicht hierher kommen! Wenn Heuzeit ist, fliegt das Zeug durch's ganze Dorf. Was wollen Sie dann machen? Sich wochenlang im Haus einschließen? Das nützt Ihnen nichts, es kommt durch alle Ritzen, lassen Sie sich's gesagt sein!«

»Nun ja, jetzt wird's ja erst mal Winter«, wagte ich ihr kleinlaut entgegenzusetzen, doch sie überging meinen Einwand.

»Der Sohn einer Großnichte, der ist auch so empfindlich. Als die mal zu Besuch waren, Gott, war das ein Drama! Da haben wir schon alle Fenster und Türen dicht gemacht, und trotzdem, kaum aus den Augen gucken konnte das Kind, und Luft hat's auch fast nicht gekriegt. Schrecklich, sowas. Nun ja, Stadtkinder, was soll man da erwarten, die vertragen die Natur nicht mehr. Eine Schande ist das!« Sie schüttelte ärgerlich den Kopf. »Aber was red' ich, ich bin doch hier, weil ich mich entschuldigen wollte wegen Änne.«

»Entschuldigen, wofür denn?« tat ich naiv.

»Ach, für das Betragen meiner Schwester vorhin. Sie haben sie ja bereits kennengelernt. Die Gute ist manchmal nicht mehr ganz richtig im Kopf, und wenn ich einen Moment nicht aufpasse, schwupp, ist sie weg und bringt mich in Schwierigkeiten. Hoffentlich war sie nicht allzu unhöflich zu Ihnen!«

»Ach woher, darüber machen Sie sich mal keine Gedanken!« Ich lächelte nachsichtig.

»Sie verkalkt langsam, wissen Sie. Sie weiß oft nicht mehr, was sie tut. Furchtbar ist das, aber man kann nichts machen dagegen«, stellte meine neue Nachbarin mit düsterer Miene fest. »Ja, ja, das Alter, da kommt eins zum anderen, da kann man dankbar sein, wenn der Herrgott einen irgendwann zu sich holt!« Sie tat einen tiefen Seufzer. »Ich hab's ja mit den Gelenken«, fuhr sie fort. »Hier, seh'n Sie, ich kann sie manchmal gar nicht mehr bewegen.« Sie fuchtelte mit ihren

knorrigen Händen vor meiner Nase herum. »Von der Schulter an, ganz steif. Es war schon mal so schlimm, daß Änne mir die Kaffeetasse halten mußte. Furchtbar, sag' ich Ihnen, aber was will man machen, nicht wahr? Und besser, die Hände wollen nicht mehr, als daß der Kopf streikt. Das Schlimmste ist, daß Änne es gar nicht merkt, wenn in ihrem Oberstübchen alles durcheinandergerät. Sie meint, sie wär normal und alle anderen täten spinnen. Das ist schon ein Kreuz, ich hab's weiß Gott nicht leicht mit ihr. Aber es kümmert sich ja sonst keiner, da bleibt eben alles an mir hängen.« Sie warf mir einen Blick zu, als trüge ich die Schuld an ihrem Leiden. »Manchmal hat sie auch Phasen, da funktioniert alles tip top«, meinte sie dann. »Da erinnert sie sich haarklein an Sachen, die schon über fünfzig Jahre zurückliegen. Das weiß sie alles noch, als wär's gestern gewesen, da kommt unsereins gar nicht mit. Und Sie?«
»Wie bitte?«
»Wohnen Sie jetzt hier?« Wieder beäugte sie mich argwöhnisch. Irgendwie hatte sie Ähnlichkeit mit einem Frettchen oder einem anderen kleinen Nagetier.
»Ja, ich werde hier für ein paar Monate wohnen.«
»Ist Ihr Mann nicht da?«
Gerade hatte ich überlegt, ob ich die alte Dame der Höflichkeit halber ins Haus bitten sollte, doch dazu verspürte ich nach dieser Frage keine Lust mehr.
»Ich bin unverheiratet«, erklärte ich. »Das Haus gehört nach wie vor den Beckmanns, ich passe nur darauf auf, während sie weg sind.«
»Da wird Ihnen die Zeit sicher unerträglich lang werden. Sie kennen doch gar niemanden hier.«
»Ich habe zu arbeiten und komme bestimmt ganz gut allein zurecht – das bin ich gewohnt«, antwortete ich kurz angebunden. Langsam reichte es mir.
Eine senkrechte Falte bildete sich auf Bärbel Jödts Stirn.
»Meine Schwester sagt, sie kennt Sie«, meinte sie in beinahe

vorwurfsvollem Tonfall, »behauptet steif und fest, sie hätte Sie schon mal gesehen.«

Ich versuchte, ihrem bohrenden Blick standzuhalten.

»So? Das kann ich mir eigentlich nicht vorstellen. Obwohl – ich habe die Beckmanns einige Male besucht, vielleicht hat sie mich da einmal . . .«

»Haben Sie Verwandte hier in der Gegend?«

»Nein, nicht daß ich wüßte. Ich kenne hier nur die Beckmanns.«

»Die sind ja auch bloß zugezogen und außerdem nie daheim. Was das für ein Leben sein soll, immer unterwegs wie die Vagabunden, na, ich weiß nicht.«

»Ich denke, die beiden machen eine sehr wichtige Arbeit, Frau Jödt.«

»*Fräulein* Jödt.«

Ich sah sie verständnislos an.

»Fräulein Jödt. Ich war nie verheiratet«, erklärte sie pikiert und fixierte mich wieder, als wolle sie bis in die letzten dunklen Abgründe meiner Seele vordringen. »Dann hat sich meine Schwester wohl getäuscht«, stellte sie fest, aber in ihrer Stimme schwang ein ungläubiger Unterton. »Ich sag's ja, der Kalk.«

»Ja, Ihre Schwester hat sich bestimmt geirrt«, pflichtete ich ihr bei. »Es tut mir leid, daß ich sie erschreckt habe.«

»Erschreckt?« Sie zog scheinbar ahnungslos eine Augenbraue hoch.

»Ja, sie wirkte sehr erschrocken.«

»Ach was, ich sagte doch, das Alter. Jetzt will ich Sie aber nicht weiter stören. Wir sehen uns ja wohl noch öfter, falls sie wirklich hier bleiben wollen. Aber überlegen Sie sich das gut! Also, auf Wiedersehen, Fräulein Jansen.«

»Auf Wiedersehen, Fräulein Jödt.«

Völlig erschöpft ließ ich mich auf die Couch im Wohnzimmer fallen. Jetzt brauchte ich unbedingt eine Zigarette. Ich stand noch einmal auf, holte mein Päckchen aus der Küche und goß

mir bei dieser Gelegenheit auch gleich ein Glas Sherry ein. Ein bißchen Genuß hatte ich mir verdient.
Draußen wurde es allmählich dunkel. Was für ein merkwürdiger Tag! Erst der wunderschöne Spaziergang in geradezu euphorischer Stimmung, dann die hysterische Alte, gleich darauf mein sentimentaler Anfall oben auf dem Heuboden und zuletzt dieses Fräulein Jödt mit ›dt‹, aber ganz und gar ohne Manieren. Warum mochte ich ihre Schwester nur so erschreckt haben? Nun ja, die beiden würden sich an mich gewöhnen. In einem so kleinen Dorf sah man schließlich nicht jeden Tag neue Gesichter, da entstand womöglich zwangsläufig erst einmal Aufregung.
Ich beschloß, meine besinnliche Stimmung durch ein loderndes Kaminfeuer zu untermalen. Leider mußte ich feststellen, daß kein Brennholz mehr im Haus war. Da stellte sich mir doch demnächst eine Aufgabe! Holzhacken hatte etwas Zünftiges, Urwüchsiges und war bestimmt sehr gesund. In Ermangelung eines wärmenden Feuers führte ich mir die Flasche wärmenden Sherrys zu Gemüte, der seine Wirkung auch nicht verfehlte. Die nervöse, unbehagliche Stimmung vom Vorabend blieb aus, und ich verbrachte die nächtlichen Stunden in gemütlich dumpfer Zufriedenheit.

*

»Verflixt und zugenäht! Da hol's doch der Deibel!« Die Alte konnte fluchen wie ein Droschkenkutscher, wenn sie verärgert war, und das war sie eigentlich immer. Irgendetwas stimmte mit dem Braten nicht.

Aus Marias Sicht wirkte es, als tauche die halbe Großmutter in die Backröhre, nur das magere, vorgereckte Hinterteil war noch zu sehen. Den Blick auf die Alte geheftet, ließ Maria eine geschälte Kartoffel in die bereitgestellte Schüssel fallen und griff sich die nächste.

»Autsch!« Statt der braunen Knolle zu Leibe zu rücken, hatte sie präzise ein Stück ihrer Daumenkuppe gekappt. Wütend lutschte sie an ihrem Finger herum, den metallenen Geschmack frischen Blutes im Mund. Als sie die Wunde betrachten wollte, fielen sofort dicke, rote Tropfen auf die Tischplatte.

»Na, haste wieder nicht aufgepaßt, ungeschicktes Ding! Herrje Maria, bind dir was drum, das ist ja eine schöne Sauerei!« Die Alte wühlte in den Schubfächern des Küchenbuffets, kramte einen sauberen Fetzen Stoff hervor und riß ihn in schmale Streifen. »Nun zeig schon her!« Die Magd streckte ihr den Daumen entgegen. »Na, das ist ja ein ordentlicher Ratsch! Da wirst du wohl noch einige Zeit deine Freude dran haben!« Geschickt verband die Bäuerin die Wunde. Maria bedankte sich und wischte den Tisch ab, während die Alte weiter vor sich hin schimpfte. »Sapperlott, der Teig ist auch noch nicht gemacht! Das wird ein schönes Essen werden, da wird der Bauer sich wieder freuen! Aber ich hab' auch nur zwei Händ', ich kann schließlich nicht hexen! Könnt' mir ja wenigstens einmal rechtzeitig Bescheid geben, wenn er den Herrn Pastor zum Essen einlädt. Aber nein, das ist wohl zuviel verlangt! Wozu unnötig den Mund aufmachen, die Alte wird's schon richten!«

»Kann ich die Kartoffeln aufsetzen?« fragte Maria.

»Weiß nicht, ob du das kannst, aber versuchen würd' ich's an deiner Stelle, es ist ja schon bald halb zwölfe!«

Maria verwünschte dieses Mittagessen. Von einer unwillkommenen Ablenkung abgesehen, stand sie nun schon seit Ende der Frühmesse in der Küche. Die Alte hatte ja recht mit ihren Bemerkungen über den despotischen Schwiegersohn. Nach seinem allsonnabendlichen Trinkgelage in der Dorfschänke war er auf dem Heimweg dem Pastor begegnet und hatte ihn spontan zum Sonntagsessen eingeladen. Der honorige Gast, der sich stets gern im Hause Pitzer bewirten ließ, hatte die Einladung wie üblich dankend angenommen. Zwar enthielt er sich bei derartigen Gelegenheiten nie des höchsten Lobes über die Kochkunst der Gastgeberinnen, allein, ausschlaggebend war das Urteil des Hausherrn, und der fand immer ein Haar in der Suppe.

Die Magd stellte die Kartoffeln auf den Herd und machte sich daran, das Gemüse zuzubereiten. Die gute Stube mußte auch noch hergerichtet werden. Alles war in Verzug geraten, weil eines der halbwüchsigen Kälber den Weidezaun durchbrochen und zusammen mit einigen Artgenossen das Weite gesucht hatte. Eine halbe Ewigkeit war sie über die Felder gestolpert, um das Vieh aufzustöbern und zurückzutreiben.

Draußen kündigte Hufgeklapper die Rückkehr der Bauersfamilie an. Pitzer hinkte nicht gern durchs ganze Dorf, weshalb er für gewöhnlich mit dem Traktor unterwegs war. Sonntags aber rollte man in der alten Kutsche zur Kirche, wo Willem und Heiner geduldig auf das Ende des Gottesdienstes zu warten hatten, um anschließend alle wieder nach Hause zu kutschieren.

Gemächlichen Schrittes trottete das Zugpferd auf den Hof und blieb ohne Aufforderung vor dem Wohnhaus stehen. Jetzt war Eile geboten.

»Hochwürden, darf ich zu Tisch bitten!« Der Hausherr persönlich rückte dem Kirchenmann den Stuhl zurecht und nahm anschließend selbst Platz. »Nun setz dich schon, Lisbeth!« wies er seine Frau an. Die Kinder saßen bereits am Tisch. Auf mehreren Kissen thronend, starrte der Junge unentwegt den Pastor an und bohrte gedankenverloren in der Nase.

»Joachim, nimmst du wohl die Hand da weg!« mahnte der gestrenge Vater, und gleich darauf zur alten Bäuerin gewandt: »Wirst du dich jetzt endlich auch mal hinsetzen?«
»Irgendjemand muß ja das Essen auf den Tisch bringen!« giftete sie zurück.
»Das macht Maria, Mutter. Es ist alles getan, laß es gut sein!« sprach ihre Tochter. Mißmutig schlurfte die Alte heran und setzte sich schnaufend an den Tisch. Pastor Georgi war inzwischen aufgestanden, um sie zu begrüßen.
»Bleiben Se sitzen, junger Mann, bleiben Se sitzen, ist nicht der Mühe wert«, sie winkte ab, und der Gottesmann nahm umständlich wieder Platz. Es wollte keine rechte Ruhe einkehren.
»Hochwürden, darf ich Sie bitten, heute unser Tischgebet zu sprechen?« wandte sich der Bauer erneut seinem Gast zu. Der Pastor faßte sich kurz.
Auf ein Zeichen der Hausherrin trug die Magd die Suppe auf. Auch Maria war inzwischen im Sonntagsstaat. Sie trug ein blaßblaues, schlichtes Kleid mit kragenlosem, rundem Ausschnitt, das jedoch schlecht saß und ohne rechte Kontur an ihrem knabenhaften Körper herabhing. Es machte sie blasser, als sie ohnehin war, und betonte eigentümlich den harten Kontrast zwischen der hellen Haut, dem honigblonden Haar und den ungewöhnlich dunklen, wachen Augen. Die schmalen Lippen mit den leicht nach unten weisenden Mundwinkeln, die ihr einen mißmutigen, ja fast verhärmten Ausdruck verliehen, nahmen dem fein geschnittenen Gesicht seine Zartheit und kündeten von erlebtem Unglück. Sie wirkte älter, als sie war. Nur wenn sie lachte, kam in ihre Gesichtszüge eine ungeahnte Harmonie, die sie überaus anziehend machte, aber sie lachte selten.
Maria stellte die Suppenterrine ab und begann jedem aufzutun. Der Gast wurde zuerst bedient, danach kam der Hausherr an die Reihe. Als sie seinen Teller abstellen wollte, drückte der Tellerrand plötzlich gegen ihre Wunde, und sie zuckte unwillkührlich zurück. Ein Schwall kochendheißer Hühnerbrühe er-

goß sich auf den sonntagsbehosten Schenkel des Bauern. Mit einem Aufschrei sprang er vom Stuhl und stieß dabei gegen die Magd, der nun endgültig der Teller aus der Hand glitt. Klirrend ging dieser zu Bruch, der Rest seines Inhalts bildete eine dampfende Pfütze auf dem Dielenboden.

Pitzer holte aus und schlug Maria ins Gesicht, dann rieb er sich wutschnaubend den schmerzenden Oberschenkel. Alle starrten einen Moment sprachlos auf Magd und Hausherrn. Mit hochrotem Kopf stürzte Maria hinaus. Die Bäuerin griff nach ihrer Serviette und tupfte auf der nassen Hose ihres tobenden Mannes herum.

»Ja, ist es denn zu fassen! Dieses ungeschickte Ding! Nicht in der Lage, ordentlich einen Teller abzustellen! Verbrüht mir das Bein, als wenn's nicht schon malträtiert genug wär!«

Lappen und Eimer sowie eine Kehrschaufel in der Hand, kehrte die Magd zurück und begann das Malheur zu beseitigen.

»Du Schlampe, sieh, was du angerichtet hast! Schöne Sauerei!« Das Mädchen murmelte eine Entschuldigung und wischte über den Boden, so schnell sie konnte. »Ach, glaubst du, mit einem billigen ›tut mir leid‹ wär's getan? Geh mir aus den Augen, eh' ich mich vergeß, sonst setzt's gleich noch was hinterher!«

Mit den Tränen kämpfend, griff Maria nach dem Putzzeug und hastete hinaus.

»Nun, nun, lieber Herr Pitzer, es ist ja nicht aus Böswilligkeit geschehen. Üben Sie Nachsicht!« schaltete sich der Pastor ein.

»Ihr Bein ist's ja nicht gewesen!« blaffte der Bauer ihn an. Wenn er in Rage war, vergaß er sofort den guten Ton. Auf diese Weise mundtot gemacht, blickte der Gottesmann betreten auf seinen dampfenden Suppenteller. Joachim sah aus, als wolle er gleich anfangen zu heulen, besann sich aber vorsichtshalber. Die Alte legt ihre Stirn in tausend Falten und kratzte sich am Kopf. Annegret zählte konzentriert die aufgestickten Blüten auf ihrer Serviette. Sich für einen Moment entschuldigend, verließ die Bäuerin mit ihrem Mann den Raum. Niemand sagte

etwas. Bald kamen die Eheleute wieder, der Hausherr mit frischer Hose und etwas aufpolierter Stimmung.
»So, nun laßt uns endlich essen!« warf er mit gespielter Gelassenheit in die Runde und klatschte in die Hände. Die Großmutter hatte inzwischen einen neuen Teller geholt, und ihre Tochter übernahm das Austeilen der Suppe.
Maria stand weinend am Küchenfenster und rieb sich die schmerzende Wange. Stärker noch als der körperliche Schmerz brannte die Demütigung in ihrer Seele. Sie verfluchte den Bauern und seine Sippe, verfluchte ihre Ungeschicklichkeit und den Tag, an dem sie geboren wurde. Nach einiger Zeit kam die Hausherrin mit den geleerten Suppentellern und wies die Magd an, ihr beim Auftragen zu helfen. Maria wischte sich schnell mit dem Ärmel übers Gesicht und gehorchte. Sie bemerkte wohl, wie der Pastor sie verstohlen und mit mitleidsvollem Blick beobachtete. Die Schamröte stieg ihr erneut ins Gesicht. Alle anderen waren darauf bedacht, ihre Anwesenheit zu ignorieren. Man konzentrierte sich auf das Essen.
Trotz aller vorangegangenen Unbill lobte der Pastor den Braten wieder als vortrefflich, die Kochkünste der Großmutter als einmalig und die zum Nachtisch servierte Herrencreme, eine Spezialität der Hausherrin, als geradezu sündhaft köstlich. So stellte sich der Hausfrieden allmählich wieder ein.
Nachdem abgetragen worden war, zog sich der Bauer mit seinem Gast zu einem Gläschen Weinbrand nebst Zigarre in die Sofaecke zurück. Seine Stimmung war so weit wiederhergestellt, daß er allmählich den gewohnten Spaß an seinem sonntäglichen Gutsherrenzeremoniell fand. Man plauderte über die Auswirkungen der Währungsreform, die vorangegangenen Wahlen im August, die Erfolge der Schweinezucht, die geplante Modernisierung des Hofes und nicht zuletzt über das für diese Jahreszeit viel zu schwüle Wetter. Jetzt war der Geistliche am Zug:
»Ich habe ordentlich geschwitzt während der Predigt heute

morgen. Man könnte meinen, es sei Hochsommer. Und das Ende Oktober!«

»Ja, es war warm.«

»Nun, das wird sich bald ändern. Der nächste Winter kommt bestimmt!«

»Mit Sicherheit tut er das, Herr Pastor, mit Sicherheit!«

»Tja, ich fürchte, wir werden uns noch sehnen nach dem bißchen Wärme, wenn die Temperaturen demnächst in den Keller gehen. Da wird sich so mancher überlegen, ob er einkehren soll in Gottes Haus, wenn er mit Handschuhen und Schirm bewehrt den Worten des Herrn Aufmerksamkeit schenken soll!«

»Ein ordentlicher Christ nimmt ein bißchen Kälte in Kauf!«

»Freilich, aber es sitzt sich angenehmer im Trocknen und ohne kalte Füße. Doch da sehe ich leider schwarz, wenn nicht bald das Kirchendach abgedichtet wird. Beim letzten Regen mußte ich einen Eimer neben die Orgel stellen, da hat es doch glatt durchgeregnet!«

»So schlimm steht es?«

»Ja, so schlimm steht es.« Hochwürden seufzte leise und blickte bekümmert auf seine im Schoß gefalteten Hände.

»Den Krieg hat unser Gotteshaus zwar heil überstanden«, fuhr er bedächtig fort, »aber der Zahn der Zeit nagt an ihm. Tja, da übersteht man die großen Unbilden und an den kleinen geht man allmählich zugrunde! Ein Haus hat viel Ähnlichkeit mit einem Menschen.«

Darüber hatte der Bauer sich noch keine Gedanken gemacht, nickte aber der Höflichkeit halber zustimmend. Jetzt war Hochwürden bei seinem eigentlichen Thema. Auch ein Geistlicher läßt sich nicht stundenlang aus reiner Nächstenliebe die Weltsicht eines reichen Bauern erklären. Da Pitzer trotz allen Lamentierens nicht gern als armer Schlucker gelten wollte, mochte er angesichts des geschilderten Elends nicht den Eindruck eines Geizkragens erwecken. Zudem stimmten ihn geringe Mengen Alkohol milde und freigiebig, und er konnte durch eine großzügige Gabe sein Ansehen über die Grenzen des Dorfes hinaus festigen. Man einig-

te sich auf eine angemessene Spende und begoß den Handel mit einem weiteren Gläschen. Dann wurde der Kuchen aufgetischt.
Nachdem sich der Pastor durch die beiden Torten und diverse Sorten Gebäck hindurchgekostet und seinen Kaffee geleert hatte, rüstete er sich endlich zum Aufbruch. Mehr als satt und etwas benebelt vom Alkohol nahm er dankend die eingepackten Tortenstücke und den Schinken entgegen, die ihm die Hausherrin durch die Magd zukommen ließ. Schnell sprach er seinen Dank aus. Das Mädchen war ihm sympathisch, und sie tat ihm ein wenig leid wegen des Vorfalls beim Mittagessen. Da er jedoch nichts zu sagen wußte, beließ er es bei einem »Gott sei mit dir, mein Kind.«
Als der Pastor gegangen war, goß der Bauer sich noch einige Schnäpse ein. Allmählich verfinsterte sich seine Stimmung wieder, was nicht ungewöhnlich war. Hatte er ein gewisses Quantum überschritten, so schlug seine Laune um, und er wurde aggressiv und boshaft.
Später lauerte er Maria im Stall auf und packte sie harsch am Arm.
»Daß du mich nicht noch einmal so blamierst, du Hexe! Hat dir sicher Spaß gemacht, mir die Suppe auf die Hose zu schütten! So also sieht dein Dank dafür aus, daß ich dich anständig behandele, du Aas!«
»Aber . . .«
»Halt den Mund! Hat mich eine schöne Stange Geld gekostet, deine Schweinerei!« Pitzer keuchte vor Erregung. »Nicht, daß ich nicht gerne gäbe, wo es nötig ist, und ich bin weiß Gott nicht kleinlich! Nur zwingen laß ich mich nicht gern, verstehst du? Wie hätt' ich sonst dagestanden, wenn schon die Magd mich vor aller Augen lächerlich machen kann! Aber ich sag' dir's, wehe, so etwas passiert noch einmal, dann wirst du dein blaues Wunder erleben!« Zur Unterstreichung seiner Worte quetschte er ihren Arm noch fester und stieß sie dann von sich.

*

Ich war soeben vom Einkaufen im nächstgelegenen größeren Ort zurückgekehrt und gerade damit beschäftigt, die erworbenen Vorräte einzuräumen, als draußen ein lautes Hupen ertönte. Schwungvoll fuhr ein kleiner Transporter mit der Aufschrift *Brotkörbchen – Von Meisterhand frisch auf den Tisch* in den Hof ein und bremste abrupt. Neugierig trat ich vor die Tür. Eine junge Frau mit igelkurzem, rabenschwarzem Haar sprang aus dem Wagen und grüßte fröhlich. Lachend erzählte sie mir, daß man sie in der Nachbarschaft bereits auf die neue Bewohnerin des Pitzerhofs hingewiesen hätte. Wir stellten einander vor und hielten ein kurzes Schwätzchen. Als Anita sich von mir verabschiedete, hatten wir verabredet, daß sie von nun an jeden Mittwoch und Samstag vorfahren würde, um mir Brot und Brötchen zu bringen.

Nach einem geschickten Wendemanöver brauste die zierliche junge Frau hupend davon. Eine Tüte mit Marzipanschnecken in der Hand winkte ich ihr nach, bis sie endgültig aus meinem Blickfeld verschwunden war. Vom Dorf her kam ein alter Mann im dunklen Anzug auf einem riesigen Drahtesel angeradelt. Als er an mir vorüberfuhr, grüßte ich freundlich. Er schaute von der Straße auf und geriet im selben Moment ins Straucheln. Der Lenker schwankte gefährlich hin und her, Rad und Fahrer verloren das Gleichgewicht und landeten unsanft auf dem Pflaster. Erschrocken ließ ich meine Tüte fallen und eilte dem Alten zu Hilfe. Von mir gestützt, kam er schließlich wieder auf die Beine. Glücklicherweise schien er sich nicht ernsthaft verletzt zu haben, doch an seiner rechten Hand hatte er sich eine blutende Schürfwunde zugezogen. Der alte Mann bedankte sich für meine Hilfe und wollte schon weiter, aber ich bat ihn ins Haus, um seine Hand zu verarzten und ihm eine Verschnaufpause zu gönnen. Nach anfänglichem Zögern willigte er ein. Ich reichte ihm seinen Hut, schob das Rad in den Hof und führte ihn in die Küche. Einen Moment lang war es mir peinlich, daß ich seit mindestens drei Tagen nicht mehr abgewaschen hatte. Doch ich hielt schmutziges Geschirr für zumutbarer als einen Haufen Unterwäsche, die gerade im Wohnzimmer trocknete, weil ich zu faul gewesen war, sie hinunter in den Wäschekeller zu tragen. Zumindest fand ich auf Anhieb Jod und Pflaster, und während ich die Hand verband, nannte ich ihm wohlerzogen meinen Namen. Herr Georgi entschuldigte sich sofort dafür, daß er es versäumt hatte, sich mir zuerst vorgestellt zu haben. Auch sein kleiner Unfall war ihm furchtbar peinlich.

»Was für ein dummes Mißgeschick! Vielleicht sollten Leute in meinem Alter gar nicht mehr auf die Straße gehen. Wir Tattergreise sind ja verkehrsgefährdend! Es tut mir wirklich leid, daß ich ihnen solche Umstände mache!«

»Aber ich bitte Sie, Sie machen mir überhaupt keine Umstände. Und – mit dem Rad gestürzt sind wir doch alle schon mal, das liegt nicht unbedingt am Alter. Da hat sicher ein Stein auf der Straße gelegen. Trinken Sie einen Kaffee mit mir?«

»Ach, machen Sie sich doch keine Mühe!«

»Ich wollte mir gerade einen aufbrühen!«

»Na gut, dann nehme ich gern eine Tasse.«

Ich setzte Kaffee auf und stellte zwei Teller für die Marzipanschnecken auf den Tisch.

»Leben Sie hier im Dorf?«

»Ja, im alten Pfarrhaus neben der Kirche.«

»Oh, Sie sind Pfarrer?«

»Ja, das heißt, ich bin es gewesen. Jetzt lebe ich im Ruhestand.«

Ich suchte zwei saubere Tassen, fand aber nur ein Modell ohne Henkel und mußte folglich erst abwaschen.

»Dann wohnen Sie sicherlich schon viele Jahre hier.« Er nickte. »Milch und Zucker?«

»Ja, beides bitte.«

»Nehmen Sie sich eine Marzipanschnecke!«

»Danke, gern.« Herr Georgi griff zu.

»Stammen Sie hier aus der Gegend?«

»Nein, aber sie ist mir zur zweiten Heimat geworden. Nach

dem Krieg habe ich diese Gemeinde übernommen und lebe seither im Dorf.«

»Und wer macht jetzt Ihre Arbeit?«

»Es gibt nur noch einen Pfarrer für die Großgemeinde. Dies ist eine kleine katholische Enklave, ringsherum ist bis auf wenige Ausnahmen alles protestantisch. Nach und nach schrumpfte meine Herde zusammen – viele sind fortgezogen, die anderen gestorben. Eine eigene Pfarrei ließ sich nach meinem Ausscheiden für das Dorf nicht mehr halten. So bin ich hier quasi ein lebendes Fossil.« Er lächelte halb schüchtern, halb verschmitzt. Sein Vergleich war durchaus treffend. Tatsächlich hatte der alte Mann etwas Fossilhaftes an sich: Sein knochiger, kahler Schädel wirkte wie der Kopf eines uralten, weisen Raubvogels. Die lange Nase war ungewöhnlich scharf geschnitten und erinnerte an einen Schnabel, der Mund ein schmaler, lippenloser Strich. Am augenfälligsten aber waren seine buschigen weißen Augenbrauen, die sich bogenförmig verjüngten wie Federkränze. Er sah aus wie ein alter Uhu, ein Vogelmensch.

»Und Sie, Fräulein Jansen, was treibt Sie in unsere verlassene Gegend?«

Das ›Fräulein‹ schien hier nicht aus der Mode gekommen zu sein, doch ich mochte den Alten nicht brüskieren, indem ich ihm eine andere Anrede nahelegte. Ich erzählte ihm die übliche Geschichte vom Haus-hüten und in-Ruhe-arbeiten-wollen.

Die Hände nach alter Pastorenmanier im Schoß gefaltet, hörte er aufmerksam zu.

»Was arbeiten Sie, wenn ich fragen darf?«

Die einzige Form von Arbeit, die ich in den letzten Monaten auf mich genommen hatte, war Trauerarbeit, aber das sagte ich nicht.

»Ich bin noch Studentin«, antwortete ich stattdessen.

»Was studieren Sie?«

»Soziologie.«

»Ach ja, sehr interessant!«

»Ja, und jetzt bin ich hier, um mich auf meine Magisterarbeit vorzubereiten«, erklärte ich bestimmt, schließlich hatte ich gute Vorsätze. »Hier werde ich nicht so leicht abgelenkt und kann mich ganz auf meine Studien konzentrieren«, fuhr ich fort und fügte hinzu, daß ich gern allein sei. Gerade hob ich an, ein Loblied auf die Natur und die Schönheit der Landschaft anzustimmen, als er mich unterbrach:

»Wissen Sie, gutes Kind, ich habe viele Menschen kennengelernt im Laufe meines Lebens, sehr viele«, meinte Georgi bedächtig, »und ich kann Ihnen sagen, die Einsamkeit hat noch keinem gutgetan. Der Mensch ist ein Herdentier, er taugt nicht zum Alleinsein. Vielen bleibt im Alter dieses Los leider nicht erspart, aber in jungen Jahren ist es nicht gut, sich in sich selbst zurückzuziehen. Hier im Dorf gibt es kaum junge Leute in Ihrem Alter, da dürfen sie nicht viel erwarten. Die Zeit wird Ihnen lang werden!«

»Ach, ich glaube, ein bißchen Alleinsein tut mir mal ganz gut«, entgegnete ich. »Ich beabsichtige ja nicht, den Rest meines Lebens als Einsiedlerin zu verbringen. Aber zur Zeit habe ich über einiges nachzudenken, wissen Sie, ich muß mich entscheiden, wie es in Zukunft weitergehen soll mit mir. Es ist alles gar nicht so einfach.«

»Entschuldigen Sie, ich wollte nicht in Ihre Privatsphäre eindringen. Sicher haben Sie gute Gründe für Ihre Entscheidung.«

»Schon gut, Herr Georgi. Es ist nur komisch, daß anscheinend jeder, den ich hier treffe, mir nahelegt, am besten sofort wieder zu verschwinden.«

Ich lächelte, um das Gesagte nicht allzu hart wirken zu lassen. Der Gesichtsausdruck meines Gastes verriet dennoch peinliche Betroffenheit, doch er faßte sich schnell wieder, und es klang ehrlich, als er sagte:

»Aber meine Liebe, wer wird Sie denn hier vertreiben wollen, davon kann gar keine Rede sein!«

»Na, man könnte schon den Eindruck gewinnen, daß gewisse ältere Damen nicht allzu erbaut über ihre neue Nachbarschaft sind!« erwiderte ich scherzhaft.

»So? Sicherlich meinen Sie die beiden Fräuleins von gegenüber!«
Ich nickte.
»Ach, da machen Sie sich mal nichts draus, die sind etwas – wie soll ich sagen – verschroben vielleicht, aber harmlos. Sie meinen es bestimmt nicht so. Am besten, Sie kümmern Sie sich nicht um diese Leute, Sie sind hier willkommen, Fräulein Jansen!«
»Nennen Sie mich doch Karen!«
»Gut, Karen. Noch einmal herzlich willkommen. Aber jetzt möchte ich Ihre Zeit nicht länger in Anspruch nehmen. Ich bedanke mich für Gebäck und Kaffee und noch einmal ganz besonders für Ihre freundliche Hilfe. Kommen Sie mich auch einmal besuchen, wenn Sie Lust haben sollten, einem alten Mann ein wenig Gesellschaft zu leisten. Dann könnten Sie mir auch noch ein wenig über Ihre Magisterarbeit erzählen!«
Ich versprach, sein Angebot anzunehmen, und begleitete ihn hinaus.
»Kann ich Sie irgendwohin fahren?« bot ich ihm an.
»Oh, nein, nein, das ist nicht nötig. Ich hatte nichts Besonderes vor, bin nur ein bißchen herumgeradelt, um nicht völlig einzurosten. Gott segne Sie, liebe Karen.«

*

Sie schritt durch die Öffnung des verwitterten Staketenzauns und betrat den bäuerlichen Garten, der, von Apfel- und Zwetschgenbäumen umgrenzt, an der rückwärtigen Seite des Hauses lag. Wie überall, so kündigte sich auch hier bereits der nahende Winter an: Die Heckenrosen waren schon lange verblüht, Johannis- und Stachelbeersträucher abgeerntet, Karotten, Lauch und Zwiebeln fast überall herausgemacht. Nur der Kohl hatte seine Zeit noch vor sich. Dicke Köpfe Rot- und Weißkohl standen streng in Reih und Glied, ebenso Stauden von Rosen- und Grünkohl. Dazwischen leuchtete immer wieder das kräftige Orange der unempfindlichen Ringelblumen auf, hier und da flammten einige blutrote Dahlien. Den Zaun entlang zogen sich Himbeerranken und dicke Stauden blauer Herbstastern. Hunderte kleine Sternenblüten reckten sich der Sonne entgegen - schon bald werden sie Nachtfrösten und eisigen Winden ausgesetzt sein.
Der Garten war Maria der liebste Ort auf dem Hof. Sie hätte sich gern häufiger hier aufgehalten, aber die Großmutter erachtete die Pflege des Gartens als ihre vorrangige Aufgabe und tat den größten Teil der anfallenden Arbeit selbst. »Das Gestrüpp hält schön die Klappe, und ich hab' meine Ruh'«, pflegte die Alte zu sagen. Wie recht sie hatte!
»Maria? Maria!« Was für alte Frauen galt, gab's noch lange nicht für junge Mägde, doch Maria stellte sich taub.
»Verdammt, wo steckt das faule Luder denn wieder?« fluchte Pitzer übellaunig. »Maria, mach, daß du herkommst!«
»Hol dich der Teufel«, flüsterte die Magd.
Die Astern schwiegen taktvoll.

»Kannst du sie nicht einmal in Ruhe lassen? Schrei nicht dauernd nach ihr!« Die Bäuerin war unbemerkt zu ihrem Mann getreten, der gerade den Schlepper anwerfen wollte. »Ich hab' sie zum Kohlausstechen in den Garten geschickt, sie kann nicht alles gleichzeitig erledigen.«
Pitzer hielt inne.

»Was heißt hier, ich schrei' ihr dauernd hinterher?«
»Das tust du doch ständig! Du läßt sie nicht aus den Augen!«
»Red nicht solchen Blödsinn! Ich hab' wirklich Besseres zu schaffen, als der Göre nachzuspionieren!«
»Ach ja?« fragte die Bäuerin verächtlich.
»Ja, zum Kuckuck! Aber ich kann ihr Getue trotzdem nicht leiden, wenn du es wissen willst – wie sie einen anguckt! ›Eigentlich bin ich ja was Besseres, und ihr alle könnt' mir nicht das Wasser reichen. Ihr seid nur zu blöd, das zu merken, ihr dämlichen Dorftrottel!‹ Das springt ihr förmlich aus den Augen!«
»Du bist zu empfindlich! Stellst dich doch sonst nicht so an! Sie arbeitet recht ordentlich, was willst du mehr?«
»Nimm du sie noch in Schutz!«
»Ich nehme niemanden in Schutz, aber wie's in den Wald reinruft, so schallt's raus, das ist meine Meinung.«
»Weib, sei still. Misch dich da gefälligst nicht ein.«
Die Bäuerin griff nach ihrer Milchkanne und meinte im Weggehen:
»Ich würde dir trotzdem raten, einen ausreichenden Sicherheitsabstand zu halten, Bauer, sonst knallt's eines Tages, und du hast die Bescherung.«
»Was soll das heißen?« Pitzer machte einen Schritt auf seine Frau zu und sah sie herausfordernd an, doch sie schwieg. »Was du mir da aufs Auge drücken willst, hab' ich gefragt!«
»Findest du deine Erziehungsversuche nicht selbst etwas merkwürdig?«
»Welche Erziehungsversuche?«
»Das müßtest du selbst am besten wissen.«
»Weib, mir gefällt ganz und gar nicht, was du so redest.«
»Und mir gefällt nicht, was du treibst.«
»Ich weiß nicht, was du meinst«, scheinbar gleichgültig wandte Pitzer sich ab und machte sich wieder an der Motorkurbel zu schaffen.

»Dann denk mal drüber nach«, wies die Bäuerin ihn zurecht.
»Ich hab' Wichtigeres zu tun, als mir über dein Gewäsch den Kopf zu zerbrechen.«
»Schon gut. Aber laß dich gewarnt sein, irgendwo hört der Spaß auf!«
»Bist du narrisch? Hör dir doch mal selbst zu, was für Zeug erzählst du bloß!«
»Ich bin jedenfalls klar genug, zu durchschauen, was hier gespielt wird, merk dir das.«
In diesem Moment trat Maria, die von alldem nichts gehört hatte, auf den Hof, drei prächtige Kohlköpfe in den Armen. Ohne sie eines Blickes zu würdigen, eilte die Bäuerin an ihr vorbei und verschwand im Kälberschuppen.

*

»Ja, natürlich habe ich mir die Sache gut überlegt. Glaub mir, es war die richtige Entscheidung!« Meine Mutter war am Telefon. Es kostete mich alle Mühe, sie davon zu überzeugen, daß ich inzwischen wieder im Vollbesitz meiner geistigen Kräfte und überdies in meinem idyllischen Dörfchen sehr gut aufgehoben war. »Ich habe mich ganz gut eingelebt und bereits ein paar nette Leute kennengelernt«, erklärte ich in lockerem Tonfall. »Fast kommt es mir vor, als würde ich schon seit ewigen Zeiten hier wohnen, es ist alles so – wie soll ich sagen . . .«
»Kommst du mit deiner Arbeit voran?«
»Ja, sehr gut, wirklich.« Das war zwar reichlich übertrieben, doch es erschien mir angebracht.
»Aber mußt du denn gar nicht mehr zur Uni?«
»Nein, Mama. Ich habe mich mit jeder Menge Material eingedeckt.« Was nun wieder voll und ganz der Wahrheit entsprach, hatte ich doch meine ganzen Ersparnisse darauf verwandt, mir vor meinem Umzug eine umfangreiche Bibliothek zuzulegen. Die Investition war mir äußerst sinnvoll und notwendig erschienen. »Außerdem bin ich ja nicht aus der Welt«, fügte ich hinzu. »Wenn ich etwas brauchen sollte, fahre ich eben für ein paar Tage in die Stadt.« Im Hintergrund hörte ich meinen Vater murmeln. »Ihr braucht euch wirklich keine Sorgen zu machen«, beschwor ich meine Eltern noch einmal.
»Wann kommst du uns mal wieder besuchen?« wollte meine Mutter wissen.
»Vor Weihnachten werd' ich's wohl nicht mehr schaffen, Mama.«
»Das sind ja noch fast zwei Monate!«
»Nun seid doch nicht traurig, ich habe zur Zeit wirklich alle Hände voll zu tun!«
»Schon gut, Karen, ich sehe es ja ein, deine Arbeit geht vor. Es ist schön, daß du wieder angefangen hast, etwas zu tun!« Sie zögerte einen Moment. »Hast du noch etwas von Christian gehört?« fragte sie vorsichtig.
»Wer ist Christian?« meinte ich schnippisch. »Nein, Mama, im

Ernst, ich bin nicht ans Ende der Welt gezogen, um mich weiterhin mit diesem Idioten auseinanderzusetzen.«
»Kind, nun reg dich nicht auf.«
»Tut mir leid, Mama, aber der Kerl soll meinetwegen bleiben, wo der Pfeffer wächst. Vorbei, vergessen, Schwamm drüber – er interessiert mich absolut nicht mehr.«
»Da hast du recht, das ist die richtige Einstellung! Du mußt jetzt nach vorne schauen und an dich selbst denken!« pflichtete sie mir bei. Für einige Sekunden herrschte Schweigen. »Also gut, Karen, es war schön, von dir gehört zu haben. Wir wünschen dir viel Erfolg für deine Arbeit und halt die Ohren steif!«

»Nun los! Jetzt rück endlich raus damit, ich werd' schon nicht gleich tot umfallen!«
»Bist du dir ganz sicher, daß du es wissen willst?« fragte Gabi mit skeptischer Miene.
»Ja, das bin ich!«
»Sie ist bei ihm eingezogen.«
»*Waaas?*«
»Sie wohnt jetzt bei ihm.«
»Diese Schnepfe – in *meiner* Wohnung?« Meine Stimme schraubte sich in schwindelerregende Höhen.
»Ja.« Gabi blieb ganz sachlich.
»Also, das ist doch die Höhe!«
»Ich find's auch nicht richtig.«
»Das Allerletzte ist das! Sich wie die Parasiten bei mir einzunisten! Jetzt ist mir auch klar, warum der Mistkerl nie seine Klamotten aus dem Haus geschafft hat! Sicher haben die beiden schon vor Wochen Wetten abgeschlossen, wie lang ich's wohl noch aushalte – so allein im trauten Heim!«
»Das allerdings glaube ich nicht.«
»Woher willst du das wissen? Hast du inzwischen die Fronten gewechselt?« kreischte ich. Ich war völlig aus dem Häuschen.
»Sei nicht albern, Karen!« Gabi zündete sich eine Zigarette an und inhalierte tief.

»Warum ausgerechnet *meine* Wohnung, sie hätten doch auch zu ihr ziehen können!« zeterte ich.
»Das hätten sie nicht, sie wohnte noch bei ihren Eltern. Die beiden haben sich wirklich bemüht, etwas anderes zu finden. Aber du weißt ja, wie schwer es ist. Irgendwie kann ich sie verstehen . . .«
»Auf wessen Seite stehst du, Gabi?«
»Was soll diese Frage? Hör zu, ich habe dich gewarnt, ich wollte es dir nicht erzählen!«
»Blödsinn, ich bin kein Kleinkind mehr, vor dem man die Wahrheit verbergen muß! Schließlich werd' ich wohl noch wissen dürfen, wer sich in meinen vier Wänden häuslich niederläßt!«
»Ich dachte, du wärst inzwischen ausgezogen«, bemerkte Gabi trocken. Dafür hätte ich ihr am liebsten eine schallende Ohrfeige verpaßt, aber ich bezähmte meine Wut, ging zum Kühlschrank und holte uns ein Bier. Erst einmal einen Schluck nehmen, das beruhigt. Scheinbar geläutert gab ich zu: »Was soll's, du hast ja recht, wozu sich noch aufregen? Mein Bett hat sie ohnehin schon benutzt, dann kann sie sich jetzt auch mit dem Schimmel im Bad rumärgern. Es tut mir nur leid, daß ich neulich noch die Küche gestrichen habe.«
»Klar, das tät's mir auch. Wenigstens wird sie an dem Bett nicht mehr viel Freude haben.« Gabi blinzelte mir verschwörerisch zu. Jetzt hieß es am Ball bleiben.
»Weißt du was?« fragte ich in vertraulichem Tonfall und beugte mich zu ihr hinüber. »Manchmal bin ich richtig froh, daß ich den Waschlappen los bin. Soll er ihr auf den Wecker fallen mit seiner ewigen Rechthaberei und seinem hypochondrischen Getue.« Ich machte eine abfällige Handbewegung und griff nach Gabis Zigaretten.
»So gefällst du mir viel besser, Karen. Eben dachte ich schon, o Gott, jetzt flippt sie gleich wieder aus.«
»War es *so* schlimm mit mir?«
Gabi zögerte.

»Nun ja, sagen wir mal, es war nicht einfach. Du warst ganz schön down. Ich habe dich noch nie so erlebt, bevor diese Sache passiert ist . . .«
»Ja, es war auch sehr hart für mich. Aber ich hab's überstanden. Du weißt ja, was uns nicht umbringt, härtet uns ab. Nastrowje! Auf uns!« Ich hob mein Glas.
»Aber daß du mir meine Mutter auf den Hals hetzen mußtest, das verstehe ich nicht.« Diesen kleinen Stachel mußte ich ihr noch ins Fleisch bohren.
»Ich habe dir niemanden auf den Hals gehetzt.«
»Ach, jetzt tu nicht so, du hast ihr doch die Geschichte auf die Nase gebunden!« Kumpelhaft knuffte ich ihr in die Seite.
»Ich habe ihr nichts auf die Nase gebunden, das sagte ich dir bereits«, erwiderte Gabi beleidigt.
»Tja, es war nur komisch, daß sie ausgerechnet am nächsten Tag mit einer kompletten Krisenausrüstung angerauscht kam: Suppe, Obst und Fieberthermometer und einem Riesenkoffer voller Klamotten, als wolle sie die nächsten fünf Jahre bleiben. Reine mütterliche Intuition?«
»Mensch, man hat's doch durch die Leitung krachen hören. Was sollte ich da sagen?«
»Du hilfst mir beim Renovieren, zum Beispiel.«
»Ach, und deswegen werfen wir all dein Hab und Gut durch die geschlossenen Scheiben?« Meine Freundin sah mich herausfordernd an.
»Genau *eine* ist zu Bruch gegangen, bitte schön. Den Luxus darf man sich ja wohl erlauben – in so einer Situation.«
»Und was war mit dem brennenden Bett?«
»Ein Versehen, ein Unfall, das habe ich dir doch erzählt. Ich bin mit brennender Zigarette eingenickt. Außerdem ist es lediglich ein bißchen angekohlt.«
»So, so. Warum mußte dann die Feuerwehr kommen?«
»Was kann ich dafür, wenn die Nachbarn so hysterisch reagieren. Ich hatte alles unter Kontrolle.«
»Aha.«

»Langsam reicht es mir. Ich find's allmählich echt beknackt, daß ihr mir absolut nichts mehr glaubt . . .«

»Das ist doch gar nicht wahr.«

»Und mich belügt!«

»Karen, spinn nicht rum.«

»Warum gibst du denn nicht zu, daß du meiner Mutter gesagt hast, ich wäre ein bißchen verrückt geworden?«

»Weil ich ihr nie Derartiges erzählt habe. Außerdem war es gut, daß sie gekommen ist. Sie hat sich von dir nicht rauswerfen lassen so wie Roland und ich. Wer weiß, was du alles angestellt hättest, wenn *sie* nicht ein Auge auf dich gehabt hätte!«

»Okay, okay, du hast sicher recht. Aber wenn *ich* nicht ausgezogen wäre, säße meine Mutter jetzt immer noch bei mir und würde mir Suppe einflößen. Es war Schwerstarbeit, sie wieder dazu zu bringen, nach Hause zu fahren.«

Ein Lächeln huschte über Gabis Gesicht.

»Tut mir leid, Gabi. Ich wollte nicht so eklig zu dir sein. Du bist die beste Freundin, die ich habe. Frieden, ja?« Ich prostete ihr zu, und sie lachte ein wenig gerührt und verlegen. Die beste Gelegenheit, erneut einen Vorstoß zu wagen.

»War das eigentlich alles, was du mir beichten wolltest?«

»Wie meinst du das?«

»Na, da kommt doch noch was.«

»Wie kommst du darauf?«

»Das seh' ich dir an.«

»Ich habe überhaupt nichts zu beichten«, erklärte Gabi demonstrativ, doch sie log verdammt schlecht. In diesem Augenblick betrat Roland die Küche, die afrikanische Maske vor dem Gesicht.

»Na, Mädels, habt ihr noch ein Bier für einen durstigen alten Mann?«

Ich zeigte auf den Kühlschrank.

»Roland, was hältst du von der Sache mit Christian? Gabi hat mir eben alles erzählt.«

Roland stand mit dem Rücken zu seiner Freundin, so daß er ihren warnenden Blick nicht bemerkte.
»Tja, was soll man dazu sagen . . .« Er nestelte sich umständlich die Maske vom Kopf. »Die Sache ist natürlich problematisch, gerade wo sie sich erst seit so kurzer Zeit kennen.«
»Und etwas pietätlos, findest du nicht? Ich hab' aus dem Loch erst eine Wohnung gemacht!«
»Ach Karen! Ich versteh' deine Wut, aber wie sollen die beiden in dieser Situation eine vernünftige Wohnung finden?«
»Na, lang können sie nicht gesucht haben.«
»Hhm, es ist alles nicht so einfach. Sie werden jetzt auch ohne Wohnungsnöte genug Probleme haben. Sie ist sehr jung für ein Baby, aber ich nehme an, sie haben es sich gut überlegt...«
Ich machte den Mund auf, brachte jedoch keinen Ton hervor. Meine beste Freundin schnappte hörbar nach Luft. Roland sah mich irritiert an und erkannte erst jetzt, daß ich keine Ahnung gehabt hatte. Hilflos ließ er die Arme sinken. »Mein Gott, ich dachte...«
»Ach, sei still!« fuhr Gabi ihn an.
»Jetzt streitet euch nicht«, brachte ich tonlos hervor, »ich hätte es ohnehin irgendwann erfahren.«

*

Das Vieh im Stall brüllte unruhig. Maria erwachte aus einem wirren Traum und lauschte angespannt in die Dunkelheit. Von Ferne grollte der Donner, verhalten noch, ein dunkles Grummeln, so als schleife jemand irgendwo eine schwere Kiste über den Boden. Doch sie ließ sich nicht täuschen. Sofort war sie hellwach. Seit frühester Kindheit fürchtete sie sich vor Gewittern. Als kleines Mädchen hatte sie einmal erlebt, wie ein Blitz in den Ziegenstall ihrer Eltern einschlug und ihn hellauf entflammte. Nie würde sie die Todesschreie der Tiere vergessen, die, eingesperrt inmitten des Infernos, jämmerlich verbrannten. Seither wurde sie nervös, sobald sich auch nur ein Wetterleuchten am Himmel zeigte.

Es blitzte. Ängstlich zählte sie die Sekunden, bis der Donner erscholl: Einundzwanzig – zweiundzwanzig – dreiundzwanzig – vierundzwanzig – da war er. Kurz darauf setzte ein heftiger Wind ein und rüttelte an den Dachpfannen. Wieder zuckte ein Blitz quer über den Himmel. Jetzt hieß es geschwind zu handeln.

Hastig kleidete sie sich an, öffnete die oberste Schublade ihrer Kommode und nahm eine runde Hutschachtel heraus. Der helle, schon etwas abgegriffene Karton enthielt alles, was ihr lieb und teuer war. In ruhigen Momenten kramte sie manchmal in dem bunten Sammelsurium herum, nahm einzelne Gegenstände heraus und ließ die dazugehörigen Geschichten vor ihrem inneren Auge Revue passieren. So besaß sie zum Beispiel ein altes Hochzeitsphoto ihrer Eltern, sepiabraun mit runden, leicht gewellten Ecken. Auf die Rückseite hatte jemand mit schwarzer Tinte ‚*Magda und Heinrich Jakobi, 1929*' geschrieben. Darunter lag ein Zeitungsausschnitt mit Bild aus dem Jahre 1934. Es war ein Artikel über das goldene Handwerk, dem es damals schlecht ging wie den meisten. Die dazugehörige Aufnahme zeigte den Schreinermeister Heinrich Jakobi bei der Arbeit. Maria besaß auch einen seiner letzten Briefe von der Front, den die Mutter ihr überlassen hatte. Er war im dritten Kriegsjahr gefallen.

Die Mutter hatte die kleine Familie als Näherin über Wasser gehalten. Nebenbei verkaufte sie Schafs- und Ziegenmilch, manchmal auch Fleisch oder Wolle. Aber es war nicht viel, was ihre bescheidene Zucht hergab. In den letzten Kriegsjahren hatte sie oft nicht gewußt, wie sie ihre einzige Tochter und sich selbst über die Runden bringen sollte.
Die Hutschachtel enthielt außerdem Marias Papiere, eine Sammlung von Heiligenbildchen, einen Hasenfuß als Glücksbringer und ein goldenes Kreuz an einer feingliedrigen Kette. Das hatte sie von der Mutter bekommen, als sie beim Bauern in Stellung gegangen war.
Ganz zuunterst lagen ein kirschroter Lippenstift und ein Paar echt französische Seidenstrümpfe. Sie waren ein Geschenk ihres Vetters Martin, der fern in der Stadt windige Geschäfte machte. Eines Tages war er hupend mit seinem Opel Olympia vor dem Haus ihrer Mutter vorgefahren. Zufällig war auch Maria daheim, denn sie hatte ihren freien Nachmittag genutzt, um ins heimatliche Dorf zu reisen. In diesem Dorf, das gut dreißig Kilometer vom Pitzerhof entfernt lag, lebte auch eine Schwester der Bäuerin, die Maria nach dem Krieg die Arbeitsstelle auf dem Hof vermittelt hatte.

»Hallo ihr Lieben! Wie schön, euch wiederzusehen!« Strahlend sprang der Vetter aus seinem aufsehenerregenden Gefährt und kam mit ausgestreckten Armen auf die beiden überraschten Frauen zu. Er trug ein schickes englisches Tweedjacket und dazu passende Hosen, die ebenfalls englischen Lederschuhe waren auf Hochglanz poliert, das akkurat geschnittene Haar mit Brillantine nach der neuesten Mode in Form gebracht. Sie hatten ihn seit Ewigkeiten nicht gesehen, doch er schien sich nicht im geringsten verändert zu haben. Sowohl äußerlich als auch innerlich nicht, wie sich schnell herausstellen sollte. Martin liebte Überraschungen. Marias Mutter weniger, waren doch seine Aktionen meist mit unliebsamen Begleiterscheinungen verbunden, wie einst bei der Trauerfeier für ihren verstorbenen Mann. Martin selbst war nicht gekommen, denn er haßte jede Form von Trauer und Tränen, doch er hatte ein Blumenbouquet von der Größe eines Wagenrades geschickt. Hunderte roter Rosen auf exotisch dunklem Grün gebettet, und das mitten im Krieg, wo andere nicht einmal ein Spruchband für den schmucklosen Trauerkranz auftreiben konnten, geschweige denn Blumen im Winter! Wie ein Hochzeitsbouquet hatte das riesige Gesteck ausgesehen. Die junge Witwe hatte beschämt und verärgert auf diese protzige Geschmacklosigkeit reagiert. Seither war sie schlecht auf ihren Neffen zu sprechen.

Frau Jakobi bat den unangemeldeten Gast ins Haus, entschuldigte sich jedoch dafür, daß sie nicht viel anzubieten habe. Martin gab sich bescheiden und nahm wohlerzogen den Gerstenkaffee in Empfang, den Maria ihm brachte, aber es hielt ihn nicht lang auf seinem Stuhl.

»Natürlich habe ich euch etwas mitgebracht, meine Lieben!« Schon war er aufgesprungen und noch einmal hinausgelaufen. Um seinen glänzenden weißen Wagen hatte sich bereits eine Horde von Dorfkindern geschart, die mit schmutzigen Händen über den glatten Lack fuhren und sich die rotzigen kleinen Nasen an den Scheiben plattdrückten. Einige Erwachsene standen ein paar Meter weiter entfernt auf der Straße und starrten neugierig herüber.

»Na, wollt ihr wohl die Finger wegnehmen!« rief der elegante Fremde den Kindern zu, doch er war nicht wirklich verärgert. Bewunderung, in welcher Form auch immer, war sein Lebenselixier.

Mit zwei in Seidenpapier eingewickelten Paketen kam er wieder. Die Mutter bekam das Größere. Sie wollte es zuerst nicht annehmen, doch Martin drängte sie ungeduldig, sich nicht zu zieren und es endlich zu öffnen. Zögernd schob sie die Schnur beiseite und entfernte mit spitzen Fingern das Papier. Zum Vorschein kam ein geblümtes Kleid mit tiefem, v-förmigem Ausschnitt, modisch, elegant und von einer Qualität, die nicht ein-

mal ihr Hochzeitskleid besessen hatte. Frau Jakobi schämte sich und wußte nichts zu sagen, doch Maria war begeistert. Ihre Ausrufe des Entzückens trösteten den Vetter, der kindlich enttäuscht seine Tante beobachtete.
»Siehst du, Tante Magda, Maria findet es wunderbar! Du solltest es anprobieren, du wirst sehen, es wird dir fabelhaft stehen!« Die Tante drehte sich nervös das Geschenkband um die Finger und schwieg. Nach einer Weile fragte Martin mit traurigem Hundeblick:
»Gefällt es dir denn gar nicht?«
»Doch, doch, Martin, es ist sehr schön, nur, wann soll ich so etwas tragen?«
Sofort erhellte sich seine Miene wieder.
»Na, da braucht es doch keinen besonderen Anlaß, Tante Magda, das trägt man in der Stadt am Werktag! Los, nun probier es schon an!«
»Ja, gleich, aber erst soll Maria auspacken!«
In fieberhafter Erwartung machte sich die Tochter daran, endlich ihr Geschenk zu öffnen. Mit fliegenden Fingern entfernte sie die rosarote Seidenschleife und schlug das Papier auseinander: Da lag er, der Lippenstift. Wie ein wertvolles Schmuckstück wirkte er, ungemein edel in seiner schwarz-goldenen Fassung. Behutsam drehte Maria die Spitze heraus. Feuchtglänzend und glatt wie Lack leuchtete ihr das Lippenrot entgegen.
»Schau, was noch drin ist!« wies der Vetter sie an. Sie drehte die Spitze zurück, setzte die Verschlußkappe auf und legte den Lippenstift andächtig beiseite. Dann nahm sie die dünne weiße Papiertüte und zog ein Paar echt französische Seidenstrümpfe mit passendem Hüfthalter hervor, hauchzart wie Spinnweben und reich mit champagnerfarbener Spitze verziert. Maria war sprachlos vor Verlegenheit und Begeisterung, die Mutter vor Entsetzen.
»Also, Martin, wie kann man einem Kind so etwas – so etwas Unanständiges schenken! Einem so jungen, unschuldigen Ding!«

»Aber Tante Magda, was ist denn unanständig an Strümpfen? Und was heißt hier Kind? So klein ist Maria nicht mehr. Alle Mädchen in der Stadt, die etwas auf sich halten, machen sich ein bißchen nett zurecht! Da ist doch nichts Verwerfliches dran!«

»Hier ist nicht die Stadt, Martin. Wir legen noch Wert auf die Anständigkeit eines jungen Mädchens, und ich werde zu verhindern wissen, daß Maria wie eine – wie eine – du weißt schon – herumläuft!«

»Aber Tante, nun reg dich doch nicht so auf, schau, wie Maria sich freut!«

Mit hochrotem Gesicht lauschte Maria der Auseinandersetzung.

»Sich freut? Schau sie dir an, schämen tut sie sich! Weil sie ein anständiges Mädchen ist!«

Maria sprang auf und rannte hinaus.

»Da siehst du, was du angerichtet hast!« rief die Mutter aufgebracht.

»Ach was, das ist allein die Schuld deiner Prüderie! Sie ist kein Kind mehr, deine Maria, schau sie dir doch an! Warum gönnst du ihr nicht das bißchen Spaß?«

»Was du unter Spaß verstehst! Soll sie wie eine Hure aufgedonnert den Ziegenstall misten? Oder beim Bauern die Schweine füttern?«

»Wer alt genug ist, sich krumm zu buckeln, ist auch alt genug, sich zu schminken.«

»Wir haben hier keine Verwendung für so etwas!«

»Na, das ist aber traurig für Maria! Im Stall wird sie sicher keinen Mann finden, der sie aus diesem Elend rausholt!«

»Was geht dich das an? Läßt dich Jahre nicht blicken und spielst jetzt den großen Max! Und wenn du deine Vorstellung beendet hast, setzt du dich wieder in deinen Wagen und rauschst davon. Dich interessiert es nicht im geringsten, was aus uns wird, ich kenne dich! Aber wir sind kein passendes Publikum für Deine Eitelkeiten, merk dir das!«

Als Maria mit verweintem Gesicht in die Stube zurückkehrte, war der Vetter fort. Seine Geschenke lagen noch auf dem Tisch. Bevor sie aufbrach, nahm sie Lippenstift und Strümpfe an sich. Auch die Mutter nahm ihr Kleid.
»Wer weiß, wozu man es einmal brauchen kann«, murmelte sie, »vielleicht zu deiner Hochzeit, mein Kind.«

Wieder blitzte es. Maria zuckte unwillkürlich zusammen und preßte die Hutschachtel an sich. Zu groß war die Furcht, daß der Blitz in Wohngebäude oder Stallungen einschlagen und sie in Brand setzen würde. Einundzwanzig – zweiundzwanzig – der Donner erscholl laut und grollend. Unweigerlich zog das Gewitter heran. Sie mußte sich sputen.

*

Aus nachtschwarzem Himmel stößt lautlos herab
der Feuervogel mit flammenden Schwingen.
Wir haben gebetet, wir haben gereut,
doch es half nicht bitten noch singen.
Rotgolden glänzt sein Federkleid, heller als die Sonne,
und nun krächzt er und knarzt und schnarrt und schreit
mit allerhöchster Wonne.
Sein Atem beißt in Auge und Mund, sein Blick versengt die Haut,
und kommst du zu nah, so frißt er dich
mit schauerlichem Laut.
Gottlos kämpft er um sein Reich mit mächtigen Schnabelhieben,
dann breitet er sein Gefieder aus,
um alles totzulieben.

Natürlich hat es weh getan, verflucht weh.

»Selbstverständlich kannst du tun, was du für richtig hältst. Es ist deine Entscheidung. Aber führe dir die Konsequenzen vor Augen: Du wirst es schwer haben mit dem Studium und allem. Urlaub gibt es dann praktisch auch keinen mehr, da bleibt nicht viel. Du möchtest doch später nicht das Gefühl haben müssen, etwas verpaßt zu haben. Ich bin – wir sind ja beide noch so jung. Ehrlich gesagt fühle ich mich zu unreif, um so etwas durchzustehen. Aber entscheide du . . .«

Vier Jahre lag diese Geschichte zurück. Damals war ich sechsundzwanzig, fünf Jahre jünger als mein spätpubertierender Weggefährte und fünf Jahre älter als seine zarte Lolita es heute ist. Selbstverständlich hat *er* keine Wohnung für uns gesucht oder dergleichen. Zusammengezogen sind wir erst, nachdem er entdeckt hatte, wie wunderbar es sich in meinem renovierten Taubenschlag leben läßt. Fast ausschließlich von mir allein renoviert, versteht sich.

Gewiß hatte auch ich damals Angst davor, mein bisheriges Leben völlig aufzugeben. Aber er hat es tunlichst unterlassen, mir

Mut zu machen. Im Unterlassen war er immer groß. Nach all dem Hin und Her hat schließlich der Fötus selbst die Sache entschieden. Ihm war wohl frühzeitig die Lust vergangen, in derartige Verhältnisse hineingeboren zu werden. Nach der neunten Woche hat er ganz von allein und ohne fremde Hilfe den Abgang gemacht. Wahrscheinlich war es das Beste so.

»Willst du nicht mit uns kommen?«
»Wieso, gefällt es euch nicht bei mir?«
»Du weißt, wie ich das gemeint habe.«
»Roland, gibst du mir bitte mal die Butter?«
»Ich rede mit dir, Karen.« Gabi sah mich ärgerlich an.
»Das habe ich mitbekommen. Und dein Angebot in Ehren, aber wieso sollte ich denn in eure Hundehütte ziehen? Oder habt ihr plötzlich eine Villa geerbt? Wenn's Jugendstil mit Garten ist, würd' ich es mir eventuell überlegen.«
»Manchmal kannst du einem ganz schön auf den Geist gehen«, meinte Gabi ungehalten. »Es war mir ernst.«
»Was willst du denn? Es geht mir doch gut hier!«
»Ja, aber es ist schon ein bißchen weit ab vom Schuß«, lenkte der moderate Roland ein. »Du hast ja überhaupt keine Gesellschaft.«
»Deswegen bin ich hierher gezogen«, konstatierte ich trocken.
»Aha. Dann werden wir dich nicht weiter stören, schließlich wollen wir dir nicht zur Last fallen!« Gabi warf ihr Brötchen hin und sprang auf. Roland griff beschwichtigend nach ihrem Arm.
»Sei doch nicht gleich beleidigt«, versuchte ich, sie zu besänftigen. »Es war ja nicht so gemeint. Los, setz dich wieder hin und iß, bitte. Möchtest du noch einen Schluck Kaffee?« Gabi gab mir keine Antwort, sondern entzog sich nur unwillig Rolands Hand. »Gabi, bitte. Warum glaubt ihr mir denn nicht, daß es mir wieder gut geht? Ich fühle mich ausgesprochen wohl. Natürlich war das gestern abend ein Schock, ich geb's zu. Aber damit werde ich fertig, ganz bestimmt. Manchmal macht ihr mir richtig angst mit eurer Besorgnis.« Meine Freun-

din setzte sich wieder. »Das Alleinsein tut mir wirklich gut. Es zwingt mich dazu, über mich nachzudenken. Mir ist eine Menge klargeworden in den letzten drei Wochen.«
»Thomas und Claudia haben auch gesagt, daß das Haus eigentlich nicht dazu geeignet sei, ganz allein drin zu wohnen«, erklärte Gabi trotzig.
»Was soll der Unsinn? Hast du etwa heute nacht ein Gespenst gesehen? Oder seh' ich vielleicht allmählich aus wie eins?«
Gabi blickte beleidigt in ihre Tasse. Ich sah ihr an, daß sie überlegte, ob sie weiter auf ihrem Standpunkt beharren oder Frieden schließen sollte. Sie rang sich zu letzterem durch.
»Nein, Karen, im Gegenteil. Du siehst wieder viel besser aus, warst ja nur noch Haut und Knochen. Aber jetzt hast du ein bißchen zugenommen, nicht wahr? Und so blaß bist du auch nicht mehr.«
»Ja, das macht die gute Landluft. Da kriegt man ordentlich Appetit.« Demonstrativ griff ich zu einem weiteren Brötchen.
»Die Frisur steht dir auch sehr gut, ein bißchen altmodisch vielleicht, aber es sieht schön aus«, schmeichelte sie weiter. Jetzt trug sie ein wenig dick auf.
»Na, die Aktion war ein Fehlschlag. Ich bin geradezu gezwungen, mit dieser Omafrisur rumzulaufen, sonst sehe ich aus wie ein Mob! Jeden Morgen muß ich mir ein halbes Pfund Gel in die Haare schmieren, damit ich sie überhaupt kämmen kann. Und dann bleibt mir nichts anderes übrig, als einen geflochtenen Pferdeschwanz zu tragen.«
»War vielleicht ein bißchen viel, zuerst die Dauerwelle und dann noch die Blondierung«, meinte Gabi vorsichtig.
»Ich war als Kind weizenblond. Warum sollten die Haare das heute nicht mehr verkraften können?« erklärte ich beleidigt.
»Merkwürdige Logik.«
»Ich wollte anders aussehen als in den letzten zehn Jahren.«
»Das ist dir gelungen.«
»Ja, aber mit fragwürdigem Ergebnis.«
»Ich finde, du siehst gut aus. Was meinst du, Roland?«

»Hä?« Roland hatte trotz des hochspannenden Themas innerlich abgeschaltet.
»Karen sieht richtig erholt aus, findest du nicht?«
»Doch, doch. Natürlich.«
»Also, dann braucht ihr euch keine Sorgen mehr um mich zu machen. Ich kann nur immer wieder betonen, daß ich mich in diesem Kaff wohlfühle.«
»Wie sieht es aus, gehen wir jetzt noch eine Runde spazieren? Ihr habt ja kaum etwas von der Gegend gesehen.« Voll vermeintlichem Tatendrang klatschte ich in die Hände. Die zwei schienen jedoch wenig begeistert.
»Es regnet in einem fort, seit wir hier sind«, maulte Gabi.
»Ach, stell dich nicht so mädchenhaft an.«
»Nee, im Ernst, mich kriegst du nicht da raus. Wir müssen auch langsam ans Aufbrechen denken. Ich muß bis morgen noch ein Protokoll schreiben.«
»Tja, schade.«
»Aber komm doch vorbei, wenn du demnächst mal wieder an die Uni mußt. Wir kochen was, gehen vielleicht irgendwohin, und du übernachtest bei uns, okay?«
»Okay, geht in Ordnung. Ich freu' mich schon.«
Von meinem Schlafzimmerfenster aus blickte ich gedankenverloren hinaus in die verregnete Landschaft. Himmel und Erde schienen miteinander zu verschmelzen, unmöglich zu sagen, wo das eine begann und das andere aufhörte. Eine Sinfonie in Grau. Mich störte der Regen nicht, er paßte zu meiner melancholischen Stimmung, die ich nun, da sie weg waren, nicht mehr zu vertuschen brauchte. Allmählich begann ich zu frösteln. Ich gab meinen Fensterplatz auf, warf mir meine ausgeleierte Strickjacke über und ging wieder hinunter. In der Küche mußte ich bereits das Licht einschalten, obwohl es nicht einmal fünf Uhr war.
Nachdem ich aufgeräumt und abgewaschen hatte und nichts mehr zu tun blieb, begann das monotone Rauschen des Regens doch allmählich auf meinem Gemüt zu lasten. Ich beschloß, im

Wohnzimmer ein wenig Musik zu machen. Bei der Durchsicht meiner fünf CDs wollte allerdings keine rechte Freude aufkommen, in jeder hatten sich Erinnerungen eingefressen wie ätzende Säure.

Ich stöberte in der Plattensammlung von Claudia und Thomas herum. Die beiden schienen Kuriositäten zu lieben. Die *Comedian Harmonists,* Panflötenmusik aus Peru, *Led Zeppelin, Heinz Erhard, Santana,* andalusische *Sevillanas.* Was war denn das hier: *Zarah Leander*? Zarah Leander. Warum nicht. ›*Und er heißt Waldemar, und er hat schwarzes Haar, er ist weder stolz noch kühn, aber ich liebe ihn . . .* ›Ich drehte voll auf. Dann wurde es melodramatisch. ›*Der Wind hat mir ein Lied erzählt, von einem Glück unsagbar schön. Er weiß, was meinem Herzen fehlt, für wen es schlägt und glüht! Er weiß, für wen. Komm! Komm! Ach! Der Wind hat mir ein Lied erzählt, von einem Herzen, das mir fehlt!*‹

Ich hob die Nadel zurück und ließ Zarah noch einmal vom wundersamen Wind erzählen. Beim dritten Mal trällerte ich aus voller Kehle mit und machte pathetische Gesten dazu. *»Der Wind hat mir ein Lied erzählt . . . Komm! Komm!«*

Ein aufgerissenes Augenpaar starrte mich an. Da draußen stand jemand. Es dauerte einen Moment, bis der Schreck nachließ und ich einen Entschluß fassen konnte. Diese Schnüffelei ging entschieden zu weit! Ich rannte aus dem Zimmer und riß die Haustür auf. Im Hof war niemand. Dann lief ich hinters Haus, dorthin, wo das Wohnzimmer lag. Aber auch dort war nichts zu entdecken. Ich blieb noch eine Weile unschlüssig im Regen stehen, bis mir plötzlich einfiel, daß die Haustür sperrangelweit offenstand.

*

Maria ergriff rasch eine Wolldecke und verließ die Kammer. Als sie die Stiege hinunterlief, wurde plötzlich alles um sie her für Sekunden taghell. Einundzwanzig – zwei – es krachte. Sie preßte ihre Hände gegen die Ohren und rannte zum Wohnhaus hinüber. Durchs Küchenfenster fiel ein schwacher, flackernder Lichtschein, die Familie hatte sich dort bereits versammelt. Bei Unwettern bestand Pitzer darauf, daß eine geweihte Kerze angezündet wurde. Die Haustür öffnete sich, und die komplette Bauersfamilie trat heraus. Annegret trug ihren kleinen Bruder auf dem Arm und preßte mit der freien Hand ihre Schellackplatten an den Busen. Joachim krallte sich, mit einer Hand in ihr Haar, mit der anderen umklammerte er seinen alten Plüschhasen. Die Bäuerin trug eine Schatulle, in der die Familienpapiere aufbewahrt wurden. Die Alte schleppte ihre Rheumadekke nebst gerahmtem Bildnis ihres verblichenen Gatten. Der Bauer trug feierlich die geweihte Kerze vor sich her, die der stürmische Wind jedoch sofort ausblies.

Dicke Tropfen klatschten vereinzelt auf den Boden. Wieder blitzte es, und der Donner schloß sich fast unmittelbar an. Joachim schrie auf. Maria nahm der Bauerstochter den weinenden Jungen ab, strich ihm beruhigend über das flaumige Haar und wiegte ihn in ihren Armen. Nur zu gut erinnerte sie sich an jene Nächte, in denen sie, selbst noch ein Kind, von der Mutter aus dem Schlaf gerissen und in Windeseile angekleidet wurde. Auch sie hatte damals geweint. Heute weinte sie nicht mehr, aber die Angst war geblieben.

Dicht zusammengedrängt standen sie auf dem Hof, während der Regen auf sie niederzuprasseln begann. Nur Willem fehlte. Der weigerte sich jedesmal, »wegen ein bißchen schlechter Laune vom Herrjott«, wie er es nannte, sein warmes Bett zu verlassen. »Wenn meine Zeit abgelaufen is', dann holt er mich sowieso«, pflegte er zu sagen. »Dem kann ich nich' weglaufen.« Man ließ ihn gewähren, was hätte man auch sonst tun sollen?

Es blitzte wieder und krachte ohrenbetäubend. Sie befanden sich nun im Zentrum des Unwetters. Die Kühe brüllten, die Schweine quiekten, und der Bauer betete das *Vater Unser.* Gleich darauf begann es zu hageln. Die linsengroßen Körner fegten mit einer solchen Wucht durch die Luft, als würden sie aus unsichtbaren Blasrohren geschossen. Den frierenden Hofbewohnern blieb nichts anderes übrig, als unter dem vorspringenden Scheunendach Schutz zu suchen.

Plötzlich grellweißes Licht überall, begleitet von einem furchtbaren Knall. Nur ein Gedanke in allen Köpfen: Jetzt hat's uns erwischt. Doch wie durch ein Wunder stand noch immer alles um sie her, nichts und niemand hatte Feuer gefangen. Der Bauer erhob erneut die Stimme. Formalisierte Gebete erschienen ihm nicht mehr eindringlich genug, die Situation erforderte den direkten Kontakt zum himmlischen Vater.

»Herr im Himmel, verschone uns! Ich werde Buße tun für all meine Sünden, aber bitte sei mir gnädig!« flehte er.

Und tatsächlich, es schien, als habe der himmlische Vater das Versprechen seines nur sporadisch treuen Dieners ernst genommen. Noch einmal blitzte und donnerte es, aber diesmal schon etwas weiter entfernt. Der Hagel hörte so plötzlich auf, wie er eingesetzt hatte. Auch der Sturm ließ merklich nach. Das Gewitter zog davon.

Zögernd traten die Menschen unter dem Scheunendach hervor und blickten ungläubig zum Himmel. Das Vieh in den Ställen hörte auf zu brüllen. Eingehüllt in die nächtliche Dunkelheit, lag der Hof wieder ruhig und friedlich da.

Die Familie wollte sich gerade wieder ins Wohnhaus begeben, als Annegret zum Dorf hinüber deutete:

»Was ist denn das dort drüben?«

Die Konturen des Dorfes zeichneten sich nur schemenhaft vom Nachthimmel ab, alles schien in tiefem Schlaf versunken. Doch in Höhe des Kirchturms leuchtete ein schwacher Lichtschein über den Dächern, ein schwebendes rotes Flämmchen.

Während alle angestrengt zum Dorf hinüberspähten, wurde das

Flämmchen rasch zur Flamme und ließ bald keinen Zweifel mehr daran, was passiert war.
»Der Kirchturm brennt!« faßte der Bauer das Unglück als erster in Worte, gleichzeitig begann er zu laufen. Im Dorf läutete jemand die Brandglocke. Plötzlich war auch Willem da und eilte seinem davonhinkenden Herrn hinterher. Die anderen machten sich ebenfalls auf den Weg ins Dorf. An Schlaf war in dieser Nacht nicht mehr zu denken.

*

Ich hatte weder Zigaretten noch Kleingeld im Haus, außerdem plagte mich ein fürchterlicher Durst. Die Gelegenheit bot sich an, einmal das dörfliche Nachtleben zu erkunden. Also ordnete ich meine Frisur, steckte Geldbörse und Schlüsselbund ein und machte mich auf den Weg.

»Tür zu, es zieht!«

Leichter gesagt als getan. Eine heftige Windbö riß mir die Klinke aus der Hand, und es gelang mir nur mit Mühe, die schwere Holztür zu schließen. Als ich das Schild las, das vor einer Stufe warnte, war ich bereits gestolpert. Wenigstens schaffte ich es ohne eine weitere Panne, meine Jacke an den Kleiderhaken zu hängen. Der kapitale Wildschweinkopf über der Garderobe beobachtete mich bei alldem mit eiskaltem Blick. Nicht weniger penetrant glotzten die beiden Jugendlichen, die breitbeinig an der Theke hockten. Nur der Wirt grüßte höflich, wischte sich die Hände trocken und kam hinter der Theke hervor, nachdem ich an einem der vorderen Tische Platz genommen hatte. Bis auf einen weiteren Tisch im hinteren Teil des Raumes, an dem drei ältere Männer saßen und Karten spielten, war die Kneipe leer. Aus der Musikbox dröhnte Roger Whittaker.

»Guten Abend, die Dame. Was darf ich Ihnen bringen?«

Ich bestellte ein Pils.

»Möchten Sie auch etwas essen?«

Eigentlich hatte ich keinen sonderlichen Appetit, aber Hunger war wohl die einzige Rechtfertigung dafür, daß eine Frau ohne männliche Begleitung dieses Gasthaus betrat.

»Ja, bringen Sie mir bitte die Karte.«

»Wir haben keine Karte. Es gibt Rippchen mit Kraut und Kartoffelsalat oder Schnitzel mit Pommes.«

»Oh, haben Sie nicht etwas Kleineres?«

»Sie können auch nur Pommes haben. Mit Mayo. Oder Kartoffelsalat.«

»Eine Suppe gibt es nicht zufällig?«

»Gulaschsuppe ha'm wir.«

»Gut, dann hätte ich gern eine Gulaschsuppe.«

Der Wirt nickte und verschwand. Ich ließ meinen Blick über das pseudorustikale Brauereimobilar schweifen, mit dem der Raum konsequent von der Theke bis zum letzten Stuhl bestückt war. Auf den Tischen lagen blaugewürfelte Decken aus einem rauhen synthetischen Material, das verschmorte wie Plastik, wenn man heiße Asche drauffallen ließ. Vor den Fenstern hingen schwere braune Vorhänge, die so dicht gewebt waren, daß man annehmen konnte, sie seien schalldicht. Die Wände waren halbhoch mit dunklem Holz getäfelt, und darüber klebte eine nikotingelbe Strukturtapete. Überall hingen Urkunden, Auszeichnungen und Orden der verschiedensten dörflichen Vereine. In den Ecken standen ausgestopfte Tiere auf kleinen Regalen. Die Wildsau fixierte mich noch immer mit ihren kalten schwarzen Schweinsäuglein.
Ich hatte das dringende Bedürfnis zu rauchen. Als der Wirt das Bier brachte, bat ich ihn um Kleingeld für Zigaretten. Er gab mir ein paar Münzen und deutete in den hinteren Teil des Raumes:
»Der Automat ist die Treppe runter und dann links, neben den Klos.«
»Danke schön, ich werd's schon finden.«
Die beiden jungen Männer hatten ihre Konversation inzwischen wieder aufgenommen, und auch die Alten schienen ganz in ihre Karten vertieft, als ich ihren Tisch passierte. Nur einer der Männer verfolgte mich mit zusammengekniffenen Augen, in seinem Mundwinkel hing eine erloschene Zigarre.
Leider fraß der Zigarettenautomat mein Geld, ohne seinen Teil zum Tauschgeschäft beizutragen.
»Will das Ding mal wieder nicht?« Erschrocken fuhr ich herum. Ich hatte den Mann nicht kommen hören. »Das ist aber ärgerlich, ich wollte mir auch gerade welche ziehen. Warten Sie mal . . .«
Ich ließ ihm den Vortritt. Er klopfte mit der flachen Hand gegen das Metallgehäuse, doch es tat sich nichts. Schließlich erschien der Wirt am Treppenabsatz:

»Was'n los?«
»Das Ding klemmt mal wieder.«
»Moment, ich mach' das schon.« Sofort war er bei uns und versetzte dem Kasten einen gezielten Faustschlag, woraufhin ein wahrer Geldregen einsetzte. Zigaretten gab es allerdings keine. Enttäuscht nahm ich meine fünf Mark entgegen und ging wieder an meinen Tisch, wo mich bereits die Suppe erwartete. Der Fremde setzte sich an die Theke zu seinem Bier. Er mußte während meiner Abwesenheit gekommen sein.
Der Geschmack der Suppe erinnerte an Hundefutter, das man mit Wasser gestreckt hatte. Die zwei Scheiben Brot, die dazu gereicht wurden, wellten sich an den Rändern vor Trockenheit. Aber wenigstens schmeckte das Bier. Als ich aufgegessen hatte, stieg der Fremde von seinem Hocker und kam an meinen Tisch:
»Darf ich Ihnen eine anbieten? Die hab' ich dem Wirt abgeschwatzt, aus seinem Privatvorrat.« Er hielt mir eine Schachtel Zigaretten hin.
»O ja, vielen Dank.« Ich nahm mir eine und ließ mir Feuer geben. »Wollen Sie sich vielleicht hier herüber setzen?«
»Gern, wenn ich Ihnen noch eins bestellen darf. Walther!« Er zeigte auf mein Glas, holte sich sein Bier von der Theke und setzte sich zu mir.
»Essen darf man hier nichts«, meinte er mit einem schmunzelnden Blick auf meinen Teller. »Sind wirklich liebe Leute, der Walther und seine Frau, aber vom Kochen verstehen sie nicht viel. Dafür wissen sie umso besser, wie man ein gutes Pils zapft.« Er grinste schelmisch und prostete mir zu. Ich tat dasselbe und stellte mich vor:
»Ich heiße Karen.«
»Auf dich, Karen. Ich bin Joachim.« Wir rauchten eine Weile schweigend. Ich schätzte Joachim auf Anfang vierzig, vielleicht etwas älter. Schmal, ziemlich groß, kurze blonde Haare, fast ein wenig rötlich. Der Mann, der sein Leben lang ein bißchen wie ein kleiner Junge aussieht.

»Was treibt dich denn in unser verschlafenes Nest, Karen?«
»Ich wohne hier für eine Weile.«
»So, du wohnst hier? Das wußte ich ja noch gar nicht.«
Wenigstens einer, der noch nicht über meine Ankunft im Bilde war.
»Seit wann denn?«
»Seit ungefähr sechs Wochen.«
»In einem von den neuen Mietshäusern, nehme ich an.«
»Nein, unten im Dorf. Auf dem Hof am Ortsausgang.«
»Etwa der letzte Hof auf der rechten Seite?«
»Ja, genau der.«
Er schüttelte überrascht den Kopf.
»Kennen Sie – ich meine kennst du das Haus?«
»Ja, sicher. Ich bin dort geboren.«
»Ach! Das ist ja ein komischer Zufall.«
Der Wirt ging mit einem vollen Tablett zu dem Tisch mit den alten Herrschaften hinüber. Während er die Gläser servierte, flüsterte ihm der Mann, der mich die ganze Zeit beobachtet hatte, irgendetwas zu. Der Wirt drehte sich zu uns um und schüttelte grinsend den Kopf. Im Weggehen sagte er laut:
»Mensch Rainer, ich glaube, du verträgst nichts mehr auf deine alten Tage. Demnächst gibt's nur noch Limo.« Gerade stimmte Roger Whittaker einen neuen Song an.
»Bis wann hast du dort gewohnt?« fragte ich Joachim.
»Ach, das ist eine Ewigkeit her, ich war damals noch ein Kind. 1950 haben wir den Hof aufgegeben, da war ich gerade mal drei Jahre alt.« Er lächelte versonnen und trank sein Glas leer.
»Walther, machst du mir auch noch eins?«
Inzwischen war meine Neugier geweckt.
»Aber du lebst noch hier im Dorf?«
»Ja, drüben auf der anderen Seite. Ein bißchen außerhalb, damit man mir nicht ständig auf die Finger gucken kann. Das ist nämlich Volkssport hier.«
»Ja, sowas hab ich mir schon gedacht.« Wir lachten beide.
»Und was tust du hier so?«

»Ich hüte für ein paar Monate das Haus meiner Freunde. Sie sind zur Zeit in Afrika.«
»Aha. Ist das nicht ein bißchen langweilig auf Dauer?«
Warum wohnte überhaupt noch ein Mensch in diesem Ort, wenn alle es so sterbenslangweilig fanden?
»Ach nein, ich habe viel zu tun.« Ein wenig unsicher zupfte ich an der rosa Plastiknelke herum, die in einem zur Vase umfunktionierten Salzstreuer steckte.
»Was machst du?« Er reichte dem Wirt sein leeres Glas, als dieser das neue Bier brachte.
»Ich bin Studentin und schreibe meine Magisterarbeit in Soziologie.«
»Oh, dann betreibst du hier Feldforschung?«
»Nein, nicht direkt«, antwortete ich verlegen. »Und was tust du so?«
»Mmh. Ich komme gerade aus dem Büro.«
»Was denn, um diese Uhrzeit? An einem Freitagabend?«
»Nun ja, wenn's der eigene Laden ist, bleibt man schon mal ein bißchen länger.«
»Und was ist das für ein Laden?«
»Computer«, antwortete er, als sei damit alles erklärt. Auf meinen fragenden Blick hin wurde er aber doch etwas deutlicher. »Wir vertreiben Software, schreiben Programme und machen Anpassungen für landwirtschaftliche Unternehmen, Versicherungen und etwas in der Art.«
Ich nickte, ohne eine klare Vorstellung davon zu haben, was er meinte.
»Was guckst du so erstaunt? Dachtest du, wir handeln hier nur mit Schweinehälften?« Er grinste spöttisch und blies mit spitzen Lippen eine Rauchwolke aus.
»Nein, nein, natürlich nicht.« Natürlich hatte ich genau das gedacht. Ich war eben ein naives Stadtkind.
»Und wird es *dir* nicht langweilig hier?« versuchte ich abzulenken.
»Ach nein, ich habe viel zu tun.« Er hatte absichtlich meine

Worte von vorhin wiederholt und grinste. »Es ist aber trotzdem schön, mal eine fremde Nase zu Gesicht zu bekommen, noch dazu eine so reizende!«

Auf diese Art Charme wußte ich grundsätzlich nichts zu erwidern. Stattdessen trank ich mein Bier aus und meinte eilig:

»Tja, ich muß jetzt leider aufbrechen.«

»Na, na. Hab ich dich jetzt in die Flucht geschlagen? Das war nicht meine Absicht. Ich nehme das reizende Näschen zurück und behaupte das Gegenteil, wenn ich dich damit zum Bleiben bewegen kann.«

Ich lächelte verlegen und umklammerte kleinmädchenhaft mein Portemonnaie. Wie von Zauberhand stand ein neues Glas vor mir. Da ich nicht zu den Leuten gehöre, die gerade mal an ihrem Drink nippen und dann den Rest stehen lassen, mußte ich wohl oder übel bleiben. Meine Kneipenbekanntschaft nahm inzwischen die Konversation wieder auf.

»Hast du schon jemanden kennengelernt aus unserer großen Familie hier?«

»Meine Nachbarinnen. Gleich am ersten Tag.«

»Die verrückten Fräuleins.« Er lachte kopfschüttelnd in sich hinein. »Na, da hast du ja gleich den richtigen Eindruck bekommen.«

»Und den Pastor«, ergänzte ich.

»Georgi? Ach Gott, da scheint ja die komplette Senilenfraktion vorstellig geworden zu sein!«

»Ich fand ihn sehr nett.«

»Ja, ja. Setzt langsam Moos an, der alte Knabe.«

»Und Anita, die junge Frau, die das Brot ausfährt.«

»Anita«, er zog den Namen in die Länge. »So, so – nettes Mädchen.«

»Ja, das finde ich auch.«

»So klein und so ein großes Mundwerk.«

»Kennst du sie näher?«

»Ach, nur ein bißchen. Sie war die Frau des Bruders meines Freundes, um genau zu sein. Ist ihm weggelaufen letzten

Herbst. Das ist hier richtig in Mode gekommen.« Er schaute mich an, als überlege er, ob nicht auch ich irgendwem entsprungen sein könnte und mich deswegen in diesem Nest versteckt hielte. »Aber sie wird wissen, warum sie von ihm weg ist«, meinte er dann. »Tja, schon schlimm, wenn man die Sauferei nicht lassen kann.« Er nahm sein Glas und prostete mir zu.

»Ich muß jetzt wirklich gehen.«

»Kann ich dich nach Hause bringen?«

»Nein danke, das ist nett, aber ich möchte noch ein paar Schritte an die frische Luft.«

»Ja, ja, unsere gute Landluft.«

Ich wollte zahlen.

»Nichts da, ich lad' dich ein. Zum Willkommen, in Ordnung?«

»Danke, das ist nicht nötig.«

»Ich weiß, daß es nicht nötig ist, du hast ja Geld bei dir, wie ich sehe. Aber tu mir den Gefallen.«

»Okay, wenn ich das nächste Mal einen ausgeben darf!«

»In Ordnung. Sehen wir uns denn mal wieder?«

»Das nehme ich an. Hier kann man sich ja schlecht aus den Augen verlieren.«

»Wer weiß, wer weiß.«

»Also, auf Wiedersehen, Joachim. Und vielen Dank für die Einladung.«

»War nett, dich kennengelernt zu haben, Karen.«

*

»Das ist ein Brocken, was? So ein Vieh hat hier noch keiner erlegt!« Triumphierend präsentierte Pitzer den kapitalen Wildschweineber, den er im Morgengrauen geschossen hatte. Der Knecht und zwei Waldarbeiter hatten mit anpacken müssen, um das mächtige Tier auf den Karren zu hieven, auf dem es soeben zum Hof transportiert worden war.

»He, Heiner, du pfeifst ja auf dem letzten Loch!« Der Bauer klatschte dem schnaufenden Zugpferd gut gelaunt auf die Kruppe. »Demnächst nehmen wir den Schlepper, der tut sich leichter mit sowas!«

Alle hatten sich um den Karren geschart und begutachteten staunend den riesigen Kadaver. Der Waidmann war noch immer im Jagdfieber.

»Austricksen wollt' er mich, hä, hä, an der Nase herumführen wollt' er mich wieder! Zweimal ist's ihm ja schon gelungen, aber ein drittes Mal läßt der alte Pitzer sich nicht übers Ohr hauen! Heut hab' ich dich endlich erwischt, Bürschchen!« Er wandte sich um und schaute bestätigungsheischend in die Runde: »Der wird gut und gern seine fünf Zentner wiegen, was meint ihr?« Die Anwesenden nickten zustimmend. »Nun, dann woll'n wir den Kerl mal runterholen. Los, Mädels, packt ordentlich mit an!«

Die beiden Fräuleins von gegenüber, die sich das Spektakel nicht entgehen ließen, sprangen eilfertig hinzu.

»Das war wirklich eine Meisterleistung!« meinte Bärbel Jödt voller Bewunderung für den tapferen Jägersmann und drängte sich zwischen den Bauern und die Magd, der sie in ihrem Eifer heftig auf den Fuß trat. Als sie das Tier mit vereinten Kräften vom Karren wuchteten, stieß Maria dem Fräulein wie zufällig den Ellenbogen in die Seite.

»He, paß doch auf!« fauchte Bärbel.

»Oh, das tut mir leid, entschuldige bitte!« antwortete die Magd mit zuckersüßem Lächeln.

»Dumme Pute!« zischte das Fräulein Jödt.

»Arschkriecherin«, hauchte Maria so leise zurück, daß nur die

Gemeinte es hören konnte. Bärbel wurde hochrot vor Wut, was jedoch nicht weiter auffiel, da allen die Anstrengung ins Gesicht geschrieben stand, als sie das Wildschwein in den Schlachtraum schleiften.
Endlich lag der Eber an seinem Bestimmungsort, doch der Bauer konnte sich noch immer nicht von ihm losreißen.
»Den Burschen werden wir schön an die Wand nageln, daß man ihn gleich sieht, wenn man zur Stube reinkommt!« tat er selbstgefällig kund. »Sagt schon mal dem alten Henrich Bescheid, daß er ordentlich was zu tun kriegt! Sowas kommt dem nicht alle Tage unters Messer!« Und mit einem Blick auf die beiden Fräuleins meinte er feixend: »Wenn's nach der Größe ging, gehörte eigentlich noch was anderes ausgestopft, was meint ihr? So schöne dicke Klöten, da würd mancher blaß werden vor Neid, hä, hä, hä!«
Änne Jödt kicherte verlegen.
»Aber Herr Pitzer!« tat Bärbel entrüstet.
Pitzer hatte sich bereits wieder seiner Jagdbeute zugewandt. Er deutete auf die Schnauze des Tieres und hob sie ein wenig an.
»Na, sind das Hauer? Fast so groß wie die Stoßzähne eines Elefanten! Das muß sich der Bengel ansehen, wo steckt er denn?«
»Ich muß zurück ins Haus«, sagte die Bäuerin, ohne auf seine Frage einzugehen, und verließ den Raum. Auch die beiden Fräuleins machten sich auf den kurzen Heimweg. Pitzer trat ebenfalls auf den Hof hinaus.
»He, Bub, komm mal her! Was drückst du dich denn da so in der Ecke rum?«
Joachim stand einige Schritte entfernt und blickte ängstlich zu seinem Vater hinüber. Als die Mutter an ihm vorbeilief, klammerte er sich an sie.
»Los, Junge, komm her, wenn ich dich rufe!«
»Nun geh schon«, forderte ihn die Bäuerin auf, »der Vater will dir was zeigen.«
Der Knabe zögerte noch immer.

»Verflucht, willst du wohl herkommen? Aber ein bißchen plötzlich!« Endlich gehorchte das Kind und folgte Pitzer in den Schlachtraum. »Schau dir das an, mein Sohn! Da hat dein Vater ein Meisterstück vollbracht!« Der Junge blieb in gebührendem Abstand stehen und blickte furchtsam zu Boden. »He, jetzt sieh endlich einmal hin, verdammt. Das Vieh frißt dich nicht!« Ängstlich krallte sich Joachim in die Schürze der Magd.

»Verflucht noch mal, der Bengel ist aber auch ein Feigling! Von mir hat er das nie und nimmer!« Der Bauer ergriff die Hand des Jungen und zerrte ihn näher an das tote Tier heran. »Da, du mußt dir diese verschlagenen Äuglein ansehen, Bub! Ja, solche Augen hat der Teufel, hä, hä! Überlisten wollt' er mich, austricksen wollt' er deinen Vater, aber es ist ihm nicht gelungen, dem alten Satansbraten!« Der Junge hob den Arm und verbarg sein Gesicht. Da faßte Pitzer ihn im Genick, stieß seinen Arm beiseite und zwang ihn, den Kopf zu heben. Joachim begann zu weinen. »Laß das Gezeter, du bist doch kein Weib! Los, streck die Hand aus, faß das Vieh mal an!« Das Kind rührte sich nicht. »Wenn du ihn nicht anfaßt, kommt er heute nacht und beißt dir den Pillermann ab, hörst du? Das passiert mit feigen Jungs!«

Jetzt schrie der Knabe auf und versuchte sich loszureißen. Pitzer stieß ihn wutentbrannt von sich, so daß er das Gleichgewicht verlor und vornüber auf den Kadaver fiel. Maria half dem brüllenden Kind auf und barg es in ihren Armen. Der Bauer, der bereits aus dem Schlachtraum gestürmt war, trat noch einmal in die Tür und schrie:

»Damit du es weißt, Hosenscheißer, heut nacht bleibst du hier drin bei dem Vieh, da kannst du schreien, bis du schwarz wirst! Ich sperr' die Tür von außen ab! Wir wollen doch mal sehen, ob du dich dann noch *einmal* so anstellst!«

»Das wird er nicht tun, keine Angst«, beschwichtigte die Magd Joachim, der nach Luft rang und am ganzen Körper krampfte. Pitzer deutete mit hochrotem Kopf auf sie und brüllte:

»Wag es nicht, mir zu widersprechen, du nichtsnutzige Schlampe! Ihr habt ihn doch zu so einer Memme gemacht! Verzärtelt und verhätschelt habt ihr ihn und ihm eingeredet, daß er seinem Vater nicht zu gehorchen braucht! Jetzt seht ihr, was dabei herausgekommen ist! Ein gottverdammtes Weichei habt ihr aus ihm gemacht! Aber ihr wiegelt meinen Sohn nicht weiter gegen mich auf, das sag' ich euch! Ich werd' aus dem Jungen einen Mann machen, da könnt ihr Gift drauf nehmen!«

*

Es klingelte an meiner Haustür. Ich war gerade dabei, die Wohnung zu putzen und hatte den Schrubber noch in der Hand, als ich öffnete. Draußen stand meine Kneipenbekanntschaft.
»Hallo Karen.«
»Oh, hallo.« Eilig wischte ich mir die nassen Händen an meinem alten, fleckigen Sweatshirt ab und fuhr durch meine strähnigen Haare, die mir spinnwebartig ins Gesicht hingen. Mein Gott, wie ich aussehen mußte! Es war schon bald halb vier, und ich hatte noch keinen Blick in den Spiegel geworfen. Nicht, daß Joachim unbedingt mein Typ gewesen wäre, aber wenn ein Mann sich schon mal für mich interessierte, brauchte ich ihn ja nicht gleich zu vergraulen. In Zukunft würde ich wirklich mehr auf mich achten müssen . . .
»Wie geht es dir?«
»Och, ganz gut, möchtest du reinkommen? Es ist nur . . .«
»Nein, nein, ich seh' schon, ich komme nicht zum günstigsten Zeitpunkt.« So konnte man es ausdrücken. »Ich möchte dich nicht lange aufhalten, bin selbst gerade auf dem Sprung, wollt' auch nur fragen, ob du Lust und Zeit hast, Freitag mit mir ins Kino zu gehen. Und anschließend vielleicht eine Kleinigkeit essen . . .«
»Freitag, das ist schlecht. Da habe ich leider schon etwas anderes vor«, log ich.
»Na, da ist mir wohl ein Glücklicher zuvorgekommen«, vermutete Joachim. Was sagte man zu solchen Äußerungen? Mir fiel jedenfalls nichts ein. Statt dessen guckte ich möglichst geheimnisvoll und lächelte bedauernd.
»Und wie sieht es mit Samstag aus?«
»Leider bin ich das ganze Wochenende ausgebucht!«
»Tja, wirklich sehr schade. Dann vielleicht ein andermal.«
»Ja, ein andermal komme ich gern mit.«
»Schön. Das ist immerhin ein kleiner Trost.«
»Trotzdem vielen Dank, daß du gefragt hast.«
»Oh, nichts zu danken. Vielleicht hast du ja abends einmal Lust auf ein Bier im *Krug*. Ich würde mich freuen.«

»Ja, warum nicht?«
»Also bis dann, Karen.«
»Tschüß Joachim. Bis dann.«
Er stieg lässig in seinen mitternachtsblauen BMW und fuhr davon. Wirklich zu schade, daß er nicht mein Typ war.
Ungefähr zwanzig Minuten später kam Fräulein Jödt, die jüngere. Ich war gerade im Hof, um den Mülleimer auszuleeren.
»Guten Tag, junges Fräulein. Was macht der Heuschnupfen?«
Das fragte sie mich jedesmal, wenn sie mich sah.
»Danke der Nachfrage, aber ich habe keine Probleme mehr.«
»Wie schön für Sie. Haben Sie zufällig meine Schwester gesehen? Ist vorhin einfach aus dem Haus gegangen, ohne zu sagen, wo sie hin will.«
»Nein, tut mir leid.«
»Merkwürdig. Ich dachte, sie sei hier die Straße runter.«
»Gut möglich, daß sie hier vorbeigelaufen ist, ich habe ja nicht die ganze Zeit aus dem Fenster geschaut«, erklärte ich und hoffte, sie würde meine Anspielung verstehen. Für gewöhnlich wackelten schräg gegenüber die Gardinen, sobald ich einen Schritt vor die Tür setzte.
»Aber sie muß hier auf dem Hof gewesen sein«, behauptete das Fräulein stur.
»Wie gesagt, ich habe sie nicht gesehen. Wahrscheinlich ist sie einfach weiter die Straße runter.«
»Nein, das kann ich mir nicht vorstellen. Was soll sie denn da hinten zwischen den Feldern?«
»Spazierengehen, vielleicht.«
»Ach was, da gibt es doch nichts zu sehen.«
»Richtig, Ihre Schwester hat ja eine Vorliebe für fremde Fenster.« Das war jetzt wirklich frech, aber ich wollte die Alte so schnell wie möglich loswerden. Fräulein Jödts Knopfäuglein fixierten mich streng, doch sie schien entschlossen, meine Bemerkung zu überhören.
»Nun, Änne wird schon wiederkommen. Und übrigens, junge Frau, stellen Sie demnächst ihre Mülltonne nicht mitten auf

den Gehweg, da ist ja kein Vorbeikommen mehr!« Ich gelobte Besserung, aber sie schien noch nicht zufrieden: »Das Kehren des Bürgersteigs gehört auch zu Ihren Pflichten, das wissen Sie hoffentlich. Wie es auf Ihrem Hof aussieht, hat uns ja nicht zu interessieren . . .« sie sah sich mißbilligend um, »aber das ganze Laub dort auf der Straße, das muß weg. Da können wir alten Leute uns ja den Hals brechen! Das interessiert die jungen Leute natürlich nicht, solange sie noch gut zu Fuß sind, ich weiß. Wozu denn Rücksicht nehmen, wenn's unbequem ist, nicht wahr? Die Jugend hat eben keinen Respekt mehr vor dem Alter.« Mißmutig schüttelte sie den Kopf. Und dann fragte sie tatsächlich: »Gibt's Probleme mit dem Haus?«

»Nein, warum?«

»Na weil eben Herr Pitzer da war, dem hat ja früher der Hof gehört.«

»Es gibt keine Probleme, Fräulein Jödt.«

»Also, wenn was ist mit dem Haus, dann können Sie auch uns fragen, da müssen Sie nicht extra den Herrn Pitzer belästigen. Das war auch mit den Beckmanns so abgemacht.«

Aha. Dann hatten ihr die Beckmanns sicher erzählt, daß ich während ihrer Abwesenheit hier einziehen würde. Trotzdem hatte sie sich bei meiner Ankunft ahnungslos gestellt.

»Ich glaube nicht, daß sich Herr Pitzer von mir belästigt fühlte«, erklärte ich möglichst gelassen. Die Alte sah mich beinahe drohend an.

»Im Gegensatz zu manch' anderen Leuten ist das ein hart arbeitender Mann«, keifte sie, »den sollte man nicht mit Kinkerlitzchen behelligen, nur weil einem die Zeit lang wird.«

»Fräulein Jödt, was Herr Pitzer und ich zu bereden haben, das geht wohl nur uns etwas an. Und jetzt entschuldigen Sie mich bitte, ich habe zu tun.«

Meine Nachbarin warf mir einen eisigen Blick zu und rauschte grußlos davon. Kaum war sie außer Sichtweite, bemerkte ich eine Gestalt, die sich ungeschickt hinter der Hausecke verbarg. Ohne Zweifel handelte es sich um die gesuchte Schwester, doch ich beschloß, mich blind zu stellen. Kaum hatte ich allerdings die Haustür hinter mir geschlossen, rannte ich ins Wohnzimmer, um zu sehen, ob sich die Alte noch einmal hinter'm Haus vorbeischleichen würde. Tatsächlich lief sie gerade durch den alten Bauerngarten und machte sich über die Felder davon. Auf diesem Weg mußte auch die Person entkommen sein, die neulich durch mein Wohnzimmerfenster gespäht hatte. Aber es war nicht die verrückte Änne gewesen, soviel stand fest.

Ich stand noch auf meinem Beobachtungsposten, als es draußen hupte. Heute schien großer Besuchstag zu sein. Zum ersten Mal bat ich Anita, mit der ich inzwischen so manchen Plausch gehalten hatte, auf einen Kaffee in meine frischgeputzte Wohnung. Sie nahm dankend an. Wir plauderten über dies und das, und ich fragte sie schließlich nach Joachim.

»Der Pitzer?« meinte sie überrascht und raufte sich ihr Igelhaar.

»Ja, so heißt er wohl.«

»Woher kennst du *den* denn?«

»Hab' ich in der Kneipe kennengelernt.«

»Ha, wo auch sonst! Das kann nur der Pitzer sein!« Ihr Lachen klang ein wenig bitter.

»Du hältst nichts von ihm, wie?«

»Ach, das will ich nicht sagen. Der ist ganz in Ordnung, ist ein Kumpel von meinem Ex, das heißt, eher von Werners älterem Bruder.«

»Aber begeistert wirkst du nicht gerade.«

»Nun, was soll ich sagen. Das hängt eher mit Werner als mit Joachim zusammen. Werner, also mein Exmann, hat ziemlich viel geschluckt, weißt du. In meinen Augen ist er ein Alkoholiker. Wegen der Sauferei ist unsere Ehe in die Brüche gegangen.«

»Du warst verheiratet?« tat ich ahnungslos, obwohl Joachim mir ja bereits von ihrer gescheiterten Ehe erzählt hatte.

»Verheiratet und wieder geschieden. Geschieden zwar noch nicht ganz, aber das ist bloß Formsache. Jedenfalls ist der Pitzer auch immer ganz gut dabei, mit dem Trinken, meine ich. Aber er ist, wie soll ich sagen, irgendwie kultivierter als Werner, verstehst du? Also er ist ganz in Ordnung. Wieso fragst du, hast du ein Auge auf ihn geworfen?«

»Nein, nein. Ich habe nur kurz mit ihm gesprochen, und er erwähnte, daß er dich kennt, deswegen frag' ich. Reine Neugier, mehr nicht.«

»Also, frei wäre er ja, da kannst du ohne Hemmungen rangehen!« scherzte Anita. Ich wehrte lachend ab: »Nee, laß mal gut sein, ich will nichts von ihm.«

»Geld hat er auch und ein Riesenhaus, überleg es dir gut . . .«

»Na dann scheint es ja wirklich schade zu sein, daß er nicht mein Typ ist.«

»Was heißt hier ›nicht dein Typ‹? Sowas darf man nicht so eng sehen ...«

»Außerdem ist er mir zu alt.«

»Wieso, der hat sich doch halbwegs frisch gehalten. Was du für Ansprüche stellst!« Sie hatte sichtlich Spaß daran, mich aufzuziehen.

»Wenn er dir so gut gefällt, dann nimm du ihn doch!« neckte ich sie.

»Ich? Was soll ich mit dem? Seine Frau ist ihm letzten Winter weggelaufen, sie wird gewußt haben, warum. Also nee, ich bin fürs erste kuriert von dieser Krankheit, das kannst du mir glauben. Ich brauche vorläufig keinen Mann.«

»Na, da geht es uns anscheinend ähnlich.«

»Aha, auch gerade die große Krise hinter dir?«

»Kann man so sagen . . .« Ich erzählte Anita mit knappen Worten, daß ich mich vor kurzem von meinem langjährigen Lebensgefährten getrennt hätte und wechselte dann das Thema. Bald darauf brach Anita auf, um auch ihre restliche Kundschaft mit Krustenbrot und Plunderstückchen zu beglücken.

*

Das Wildschweinessen war vorüber. Pitzer holte eine Flasche Wacholderschnaps aus der Vitrine und schenkte allen Erwachsenen ein Gläschen voll ein. Er selbst nahm mit dem Rest der Flasche vorlieb.

Nachdem die Reste des opulenten Mahles abgetragen worden waren, ging Maria noch einmal in den Kuhstall, um nach einer Färse zu sehen, die sich eine tiefe Wunde am Vorderlauf zugezogen hatte. Die meisten Tiere hatten sich bereits hingelegt, und nur das leise Widerkäuen des Viehs war zu vernehmen, als sie zu der jungen Kuh trat, um den Verband zu wechseln. Sie hörte Pitzer schon von weitem, sein hinkender Gang war unverkennbar.

»Maria? Maria!« Langsam humpelte er die Stallgasse hinunter, erblickte sie jedoch erst, als er fast unmittelbar vor ihr stand. Maria, die noch immer neben dem verletzten Tier im Stroh kniete, sah unwillig zu ihm auf. Sie hatte ein ungutes Gefühl.

»Da bist du ja! Warum antwortest du nicht?«

»Ich glaube, dort drüben ist gerade eine Ratte vorbeigehuscht«, erklärte sie ausweichend und deutete vage hinter sich.

»Verdammte Mistviecher! Die werden zu einer richtigen Landplage!«

Maria erhob sich und räumte das Verbandszeug zusammen.

»Wenn du fertig bist, steig rauf auf den Boden. Das Heu reicht nicht mehr.« Darauf lief es also hinaus.

»Das kann ich doch morgen früh nach dem Melken machen!«

»Mädchen, wenn ich morgen früh meine, dann sag' ich morgen früh. Ich hab' aber von jetzt gleich gesprochen. Noch erteile ich hier die Befehle, ist das klar?« Ohne eine Antwort abzuwarten, drehte Pitzer sich um und hinkte in Richtung Ausgang. Im Gehen zischte er laut genug, daß sie es hören konnte: »Morgen früh, morgen früh! Ehe die ihren Arsch hochkriegt, sind die Viecher verhungert! Aber nur keinen Finger zuviel krumm machen, man ist schließlich was Besseres als das blöde Bauernpack, sollen die sich doch bucklig schuften!« Bereits in

der Tür stehend ermahnte er sie noch einmal: »Daß du mir ja gleich hinterher kommst!«
Jetzt war es wieder soweit. Der verfluchte Wacholderschnaps. Maria deponierte Salbe und Schere auf dem Fenstersims und folgte dem Bauern. Noch hegte sie die leise Hoffnung, daß Willem vielleicht drüben in der Scheune hantieren würde. Aber das war unwahrscheinlich, Pitzer sorgte vor. Langsam erklomm sie die steile Leiter, die zum Heuboden führte. Der Bauer stand bereits oben.
»Nimm die von dort drüben!« wies er sie an und deutete auf die Stelle, an der das Heu am höchsten aufgeschichtet war. Sie mußte klettern, um die obersten Ballen erreichen zu können. Pitzer ergriff die Ballen, schleppte sie zur Heuklappe und warf sie hinunter in den Hof. Mit gedämpftem Knall schlugen sie auf, federten nach, lagen dann still. Bauer und Magd arbeiteten schweigend, keiner schien dem anderen Beachtung zu schenken.
»Kannst aufhören, das reicht jetzt!« meinte Pitzer nach einer Weile.
Maria machte sich daran, die restlichen Heuballen zur Klappe zu zerren. Noch fünf oder sechs, noch drei oder vier. Sie war gespannt wie eine Metallfeder. Plötzlich faßte er sie von hinten um die Taille und preßte sich so fest gegen sie, daß sie das Gleichgewicht verlor und vornüber auf einen der Ballen fiel; es war der vorletzte. Sie versuchte auf die Beine zu kommen und ihn von sich zu stoßen, doch er drückte sie mit seinem ganzen Gewicht herunter, so daß sie kaum noch Luft bekam. Seine Hände umklammerten ihre Unterarme wie Schraubstöcke, sie spürte seinen heißen, stoßweisen Atem in ihrem Genick und roch den Wacholderschnaps, der ihn wie eine Aura umgab. Ein ersticktes Stöhnen drang aus ihrer Kehle. Noch ein paarmal wand sie sich hin und her und versuchte verzweifelt ihn abzuschütteln, ehe sie die Kraft verließ. Und dann passierte es wieder: In Sekunden breitete sich die Lähmung in ihrem Körper aus wie Schlangengift. Das Leben

entwich aus allen Gliedmaßen, sie gehörten nicht mehr zu ihr. Arme, Beine, Busen, Bauch, alles fremd, abgestorben. Ein Gefühl wie ein eingeschlafener Fuß. Ein künstlicher Körper aus Vollgummi, in dem nur der Verstand lebendig war und panisch einen Ausgang suchte.

Als er ihr die Wäsche heruntergezerrt hatte und in den leblosen Körper eindrang, schwebte sie bereits dicht unter der Scheunendecke und beobachtete von dort aus das Treiben. Sie sah die gespreizten mageren Beine, die unter seiner massigen Gestalt hervorschauten, sah die kahle Stelle an seinem Hinterkopf, den nackten Hintern, dessen weiches Fleisch bei jedem Stoß erzitterte, sah die aufgeplatzte Naht am Ärmeleinsatz seiner olivgrünen Jacke, die sich über seinen Rücken spannte, den getrockneten roten Lehm, der in den Rillen seiner klobigen Schuhsohlen klebte.
Sie träumte den dunkelsten Traum.

*

Das Telefon klingelte. Es war Gabi, sie wollte mich für das kommende Wochenende zu einer Party einladen.
»Bernd hat Geburtstag und möchte so richtig groß feiern!« erklärte sie fröhlich.
Bernd war der beste Freund von Roland, und das sagte eigentlich alles. Mit Grausen dachte ich an das vegetarische Grillfest zurück, das er im letzten Sommer organisiert hatte. Man labte sich an matschigen Tomaten in Alufolie und madenweißen, bröseligen Tofuwürstchen. Dazu gab es zentnerweise verkohlte Kartoffeln, die mit nichts als ein bißchen Kräutersalz hinuntergewürgt werden mußten, weil irgendwelche durchgeknallten Veganer sowohl die Butter als auch mein köstliches Tsatziki ins Klo gekippt hatten. Zum Nachspülen gab es Sojamilch aus selbstgetöpferten Krügen. Ohne die Literflasche Rotwein, die Gabi vorsorglich eingeschmuggelt hatte, hätten wir den Abend nicht überlebt.
»Was gibt's diesmal, ein gemütliches Getreideklopsefondue? Oder Sauerkrautsaftbowle?«
»Ach Karen, sei nicht so gemein! Warum sollten wir nicht unseren Spaß haben? Es wäre auch eine gute Gelegenheit für dich, ein paar alte Bekannte zu treffen.«
»Wen meinst du, den Päderasten und seine Gespielin?«
»Ach Quatsch, die kommen nicht.«
»Da beweisen sie wenigstens noch Geschmack.«
Gabis Stimme wurde schrill:
»Karen, ich weiß wirklich nicht, warum du dich mir gegenüber so unmöglich benimmst. Langsam reicht es mir!«
»Und ich weiß nicht, warum du dich auf einmal so gouvernantenhaft aufführst, das ist einfach unerträglich!«
»Ich habe dich lediglich zu einer Party eingeladen!«
»Erinnere dich mal an die letzte, selbst eine Beerdigung wäre lustiger gewesen! Und ausgerechnet zu so einem Zombietreffen willst du mich hinschleppen!«
»Ach, rutsch mir doch den Buckel runter!« Sie hatte den Hörer aufgelegt. Gut so, dachte ich voreilig, damit war wenigstens

diese unsinnige Streiterei beendet. Doch ein paar Minuten später klingelte es wieder, Gabi heulte: »Eines sag' ich dir, wenn du nicht bald normal wirst, kannst du unsere Freundschaft vergessen! Ich lasse mich nicht andauernd von dir beleidigen, hörst du? Und soll ich dir noch etwas sagen?« Jetzt fuhr sie schwerste Geschütze auf. »Manchmal kann ich Christian richtig gut verstehen. Mit so einer Furie wie dir zusammenzuleben, hält ja kein Mensch auf Dauer aus!«
Diesmal hängte ich den Hörer ein. Als ich mich umdrehte, saß jemand im Sessel. Das dachte ich zumindest im ersten Moment. Ganz deutlich nahm ich den kalten Zigarrenrauch wahr, der in der Luft hing. Aber ich hatte mich wohl getäuscht.

Am nächsten Morgen fand ich einen zusammengefalteten Zettel in meinem Briefkasten, auf dem in zittriger Handschrift stand: *Hier ist kein Platz für dich, du Hure, nirgendwo. Und belästige keine unbescholdenen Bürger, sonst lernst du uns kennen!* Sehr originell. Allerdings war ich nicht gewillt, mir so etwas bieten zu lassen.

»Guten Morgen, Fräulein Jödt. Kennen Sie zufällig diese Handschrift?« Ich hielt ihr das Pamphlet dicht vor die Nase.
»Ich verstehe nicht, was Sie wollen, Fräulein Jansen«, antwortete sie pikiert.
»Kommt Ihnen dieses nette Briefchen irgendwie bekannt vor?«
»Einen Moment, da muß ich erst meine Brille holen.«
»Bitte, aber ich glaube nicht, daß das nötig ist.«
»Fräulein Jansen, Sie haben mir diesen Wisch unter die Nase gehalten! Wenn Sie wollen, daß ich ihn lese, müssen Sie sich schon ein wenig gedulden! So kommen Sie endlich rein, es zieht ja fürchterlich!«
Ich folgte ihr in den dunklen Hausflur und wartete. Es roch nach Muff und Mottenkugeln. Als ich die Treppe hinaufblickte, die zum oberen Geschoß führte, sah ich das ältere Fräulein am oberen Treppenabsatz stehen. Mit weit aufgerissenen Au-

gen starrte sie zu mir herunter. Bärbel Jödt kam zurück, setzte ihre Brille auf und nahm mit spitzen Fingern den Brief entgegen. Kaum hatte sie ihn gelesen, drückte sie ihn mir sofort wieder in die Hand.

»Also ich verstehe nicht, was ich damit zu tun haben soll!« erklärte sie entrüstet. Ihre dreiste Unschuldsmiene provozierte mich erst recht:

»Nun tun Sie nicht so scheinheilig«, meinte ich ungehalten, »das haben doch Sie oder Ihre Schwester geschrieben!«

»Also das ist eine Frechheit! Wer von uns hat denn bisher scheinheilig getan? Das waren doch Sie! Sie haben uns verschwiegen, was Sie eigentlich hier wollen! Es kann ja wohl kein Zufall sein, daß ausgerechnet Sie hier auftauchen! Und wir dachten, die Sache mit Pitzers Maria hätte sich ein für allemal erledigt, aber das war wohl ein Irrtum.«

»Ich verstehe nicht, wovon Sie reden. Wer ist Pitzers Maria?« fragte ich irritiert.

»Wegen der sind Sie doch hier, Sie Heuchlerin!«

Jetzt verstand ich gar nichts mehr.

»Ich kenne keine Pitzers Maria! Das ist ein Mißverständnis!«

»Ach, hören Sie auf! Sie brauchen uns nicht für dumm zu verkaufen!«

»Vielleicht sind Sie so nett und klären mich darüber auf, warum Sie mir solche Briefe schreiben«, lenkte ich ein.

»Weder ich noch Änne haben etwas mit diesem unflätigen Schreiben zu tun«, erklärte die Jödt bestimmt. »So etwas haben wir gar nicht nötig! Wir waren zwar nicht gerade begeistert darüber, daß Sie hierhergezogen sind, allerdings getraue ich mich, Ihnen das ins Gesicht zu sagen, da brauche ich keinen anonymen Brief zu schreiben. Und was meine Schwester betrifft, die kriegt nicht einmal mehr ihren Namen aufs Papier, ausgeschlossen, daß sie für diese Schmiererei verantwortlich ist.«

»Nun gut, Fräulein Jödt. Haben Sie vielen Dank für Ihre Auskunft. Ach übrigens, unbescholten schreibt sich laut Duden mit ›t‹. Auf Wiedersehen und schönen Tag noch.«

Ich ging nach Hause und versuchte zu arbeiten, doch meine Stimmung war nachhaltig beeinträchtigt. Am Abend hielt ich es in meinen vier Wänden nicht mehr aus und beschloß, im *Krug* einen Schlaftrunk zu mir zu nehmen. Wieder beäugten mich sowohl das Wildschwein als auch die beiden bierbäuchigen Jugendlichen, als ich die Kneipe betrat. Die Alten saßen ebenfalls kartenspielend in ihrer Ecke.

»Oh, hallo Karen, das ist eine angenehme Überraschung!« begrüßte Joachim mich freudig. Ich setzte mich zu ihm an die Theke und bestellte ein Bier. Wenn ich ehrlich bin, hatte ich darauf gehofft, ihn hier anzutreffen. Wenigstens ein Mensch, der mich für absolut normal und dazu noch für liebreizend hielt.

»Warum starrt mich das Vieh immer so an?« fragte ich und deutete grinsend zu dem Wildschweinkopf hinüber.

»Vielleicht hat er ein Auge auf dich geworfen«, scherzte meine Thekenbekanntschaft.

»Na, dann würde er wohl etwas freundlicher gucken, oder nicht?«

»Wahrscheinlich meint er mich. Er paßt auf, daß ich nicht zuviel trinke.«

»Aha, sehr interessant. Das heißt, ihr kennt euch schon länger?«

»Ich würde behaupten, daß wir annähernd gleichaltrig sind. Der hängt schon da, solange ich denken kann. Mein Vater hat ihn damals geschossen.«

*

»Verdammt noch mal, jetzt rennt das Viehzeug schon im Scheißhaus rum!« Gerade als der Bauer sich hatte setzen wollen, war eine Ratte aus dem Loch des Plumpsklos gesprungen und blitzschnell durch den unteren Türspalt verschwunden. Eilig zerrte sich Pitzer die Hose hoch, riß die Tür auf und schrie nach seiner Frau und Willem.

»Was ist denn los?« Die Bäuerin trat mißmutig aus der Waschküche.

»Los, komm her, nein, geh und mach Wasser heiß! Den verfluchten Biestern mach' ich Feuer unter'm Arsch!«

»Wir haben aber gerade die Wäsche im Kessel«, erklärte seine Frau.

»Noch besser! Dann gießt die Lauge ab, waschen könnt ihr später. Maria, geh und hilf mit dem Wasser! Annegret soll auch runterkommen, aber ein bißchen plötzlich! Los, Willem, komm mit!« Den Knecht im Gefolge holte er mehrere Schaufeln und Spaten aus der Gerätekammer neben dem Plumpsklo. Die Frauen füllten die kochendheiße Lauge in mehrere Eimer und trugen sie zum Kuhstall hinüber, wo sie bereits erwartet wurden. Der Stall war leer, da man das Vieh bereits auf die Weide getrieben hatte.

»Los, die Türen zu!« befahl Pitzer. »Da, hinter den Futterkisten müssen sie sitzen!« Mit ihren Gerätschaften bewehrt, hämmerten die Männer lärmend gegen Stallwände und Kisten. Tatsächlich lugte eine fette Ratte beunruhigt aus ihrem Versteck hervor. Nach einigen weiteren Schlägen flüchteten sie und ein weiteres Tier ins Freie. Sofort hieb Pitzer mit dem Spaten auf sie ein. Die Frauen standen ebenfalls bereit und gossen blitzschnell ihre dampfenden Eimer über die Tiere, die ein schrilles Pfeifen ausstießen, bis ihnen endgültig der Garaus gemacht wurde. Aus allen Ecken kamen weitere Ratten hervor und versuchten, aus dem Stall zu entkommen, doch auch sie wurden gnadenlos in die Enge getrieben und erschlagen. Einmal schrie Annegret auf, als eines der Tiere ihr zwischen die Beine sprang, aber Willem war sofort da und brach ihm mit einem gezielten

Spatenhieb das Genick. Zur Sicherheit übergoß die Bäuerin auch diesen Kadaver mit kochendem Wasser. Schon so manche totgeglaubte Ratte war plötzlich wieder lebendig geworden und hatte sich in Sicherheit geschleppt. Die Prozedur wiederholte sich im Heuschober und in den angrenzenden Ställen. Es gelang nicht immer, den Tieren auf Anhieb den Todestoß zu versetzen, und das schrille Pfeifen und Viepen der verendenden Nager gellte allen in den Ohren. Mit zwei Eimern voll kochenden Wassers, die der Bauer ins Plumpsklo goß, war die Aktion endlich abgeschlossen. Willem sammelte die Kadaver ein, übergoß sie mit Benzin und verbrannte sie draußen auf dem Feld. Allmählich wurde es Zeit fürs Mittagessen, das die alte Bäuerin inzwischen gekocht hatte. Den Jüngeren war der Appetit jedoch weitgehend vergangen.

Am Nachmittag wurden die Frauen von hellem Schellenklingeln auf die Straße gelockt. Die Dippeleut waren da. Seit Jahrzehnten zog das alte Ehepaar mit seinem riesigen Wagen, der über und über mit Töpfen, Pfannen, Schüsseln und allerlei anderem nützlichem Hausrat behangen war, über Land und bot seine Ware zum Verkauf an. Frau Pitzer gehörte seit eh und je zu ihren treuen Kundinnen, und so kaufte sie auch diesmal zwei neue Töpfe und eine weiß emaillierte Schüssel, die Maria ins Haus trug.

Als die Dippeleut davonfuhren, winkten die Frauen ihnen wehmütig nach. Die beiden Händler würden in diesem Jahr nicht mehr wiederkommen, da der lange Winter unmittelbar vor der Tür stand. Ja, man wußte nicht einmal, ob man sie jemals wiedersehen würde, denn das Alter fuhr ihnen immer stärker in die Knochen, und das Geschäft lohnte nicht mehr. Frau Pitzer stand noch eine ganze Weile auf der Straße und schaute dem davonfahrenden Wagen nach – in der Gewißheit, daß dies ein Abschied für immer gewesen war.

*

Schritte. Ich höre Schritte. Gleich wird er hier sein.
Ich dränge mich in die äußerste Ecke des Raumes,
spüre die feuchtkalte Wand in meinem Rücken.
Bleib stehen, so bleib doch stehen!
Du kannst ihm nicht entfliehen.
Meine Hände gleiten den rauhen Putz entlang,
langsam sinke ich zu Boden.
Es riecht nach
Schimmel und Staub. Modriger Grabkammergeruch.
Steh wieder auf, es nützt dir nichts, dich zu verstecken.
Du entgehst ihm nicht.
Die Luft beginnt zu surren, als flöge ein Bienenschwarm
durch den Raum. Da geht die Tür auf.
Ein Heiligenschein aus Sonnenlicht umgibt ihn,
während er in der Tür steht wie Gott selbst.
Dabei ist er der Teufel, aber nur mir zeigt er sein wahres
Gesicht. Als er in das Halbdunkel des Raumes tritt,
hat er mich bereits erspäht.
Mit einem Grunzen hinkt er auf mich zu,
der Pferdefüßige, der statt eines Kopfes den Schädel
eines Wildschweins auf seinen Schultern trägt,
und in seinen Äuglein glitzert die Bosheit.

»He, du warst auch schon mal gesprächiger!« stellte Anita treffend fest. »Was ist los mit dir, eine schlechte Nachricht bekommen?«

»Nein, nein, bin nur einfach nicht so gut drauf im Moment«, entgegnete ich, rührte trübsinnig in meiner Kakaotasse und wußte nichts weiter zu sagen. Schon seit Tagen befand sich meine Stimmung auf dem Nullpunkt.

»Du bist zuviel allein«, meinte Anita, »da muß dir ja irgendwann die Decke auf den Kopf fallen.«

»Ich glaube nicht, daß es daran liegt. Es ist einfach nur – ach, ich weiß auch nicht.«

»Der große Blues, wie. Das kenn' ich nur zu gut: Ich kann nichts, ich bin nichts, keiner hat mich lieb.«
»Ja, so ungefähr.«
»Das geht vorbei«, tröstete sie mich.
»Ja, bestimmt.«
»Wie wär's mit ein wenig Ablenkung? Magst du Katzen?«
»Katzen? Ja, sehr, aber ich hatte noch nie eine.«
»Na, dann wird es langsam Zeit, findest du nicht? Ich hätte da zwei allerliebste Tierchen abzugeben. Fast stubenrein und sehr süß. Mit denen wird es garantiert nicht langweilig, im Handumdrehen haben sie dir die Wohnung auf den Kopf gestellt.«
»Hhm, hört sich vielversprechend an.«
»Sag' ich doch! Also, das Angebot steht, du kannst es dir ja überlegen. Ich gebe dir meine Telefonnummer für den Fall, daß du dir so einen reizenden kleinen Hausfreund zulegen willst. Dann kommst du einfach vorbei und suchst dir einen aus, in Ordnung?«
»Abgemacht.«
Die Idee gefiel mir so gut, daß ich nicht lange nachzudenken brauchte. Noch am selben Abend rief ich Anita an. Wir verabredeten uns gleich für den kommenden Nachmittag.
Am nächsten Morgen fuhr ich los und kaufte eine komplette Babyausstattung für Katzenkinder: Körbchen, Freßnapf, Kindernahrung, Toilette, Katzenstreu, eine kleine Plüschmaus. Erst als mir die eifrige Verkäuferin eine Katzenleine aufschwatzen wollte, konnte ich meinen Kaufrausch bremsen.
Ich war ziemlich aufgeregt, als ich pünktlich um fünf bei Anita vor der Tür stand. Kaum hatte ich einen Blick auf die Kleinen geworfen, war ich schon bis über beide Ohren verliebt.
»Ja, die sind süß, unsere kleinen Racker, nicht wahr?« schnurrte Anita. Ich nickte verzückt.
»Man sagt ja, Novemberkätzchen seien nicht so schön und widerstandsfähig wie die Maikätzchen, aber das ist Quatsch«, meinte Anitas Mutter. »Vielleicht war das früher mal so. Aber heute werden die Tiere ja ordentlich zugefüttert, die kriegen bessere Nahrung als manches Kind sonstwo in der Welt.«

Wieder nickte ich zustimmend.
»Und es sind zwei Kater?«
»Ja, beides Jungs.« Anita griff nach einem der graugetigerten Rabauken und drehte ihn wie zum Beweis auf den Rücken. »Den Katzen geht es hier noch so wie den Frauen in Indien. Wenn's ein Mädchen ist – grrrkh!« Sie demonstrierte den Würgegriff an ihrem Hals.
»Anita, bitte.« Ihre Mutter sah sie entrüstet an.
»Ist doch so, oder nicht? Ursprünglich waren's vier, aber meine Tante hat mit zweien kurzen Prozeß gemacht.«
Entsetzt und angewidert verzog ich das Gesicht.
»Welchen hätten Sie denn gern?« Der Mutter war die Situation offensichtlich peinlich.
»Was passiert denn mit dem anderen?« fragte ich skeptisch.
»Keine Angst, den kriegen wir schon noch los«, beruhigte Anita mich. »Um einen solchen Prachtkerl reißen sich die Leute.«
»Aha.« Ich war erleichtert. »Also, die Wahl wird einem ja wirklich nicht leicht gemacht . . .«
»Ja, sehen aus wie Zwillinge, die beiden. Wir können sie selbst kaum auseinanderhalten.«
»Mhm, also dann . . .« Einer der beiden kleinen Kater krallte sich gerade in meinen Schuh und biß hinein. »Ich glaube, ich nehme diesen hier.«
Vorsichtig löste ich das Kätzchen von meinem Fuß und nahm es auf den Arm. Sofort verbiß es sich in meinem Finger.
»Der hat ein Gesicht wie ein kleiner Löwe, nicht wahr? Hat er schon einen Namen?« Verneinendes Kopfschütteln. »Gut, dann werde ich ihn Leo nennen.«
Damit waren alle einverstanden. Leo und ich saßen bereits im Wagen, als Anita noch einmal an meine Scheibe klopfte.
»Hier, sein Schmusetuch, damit er sich nicht so einsam fühlt.« Sie drückte mir eilig eine alte Stoffwindel in die Hand. Ich bedankte mich und versprach, immer gut für Leo zu sorgen.
»Aber verhätschel ihn nicht zu sehr, sonst wird er zum kleinen Tyrannen«, mahnte Anita und lächelte etwas verkrampft.

»Keine Angst, ich halte nichts von übertriebener Tierliebe.«
Um Leos Trennungsschmerz zu mildern, durfte er in der ersten Nacht in meinem Bett schlafen. Überhaupt tat ich alles, ihm sein neues Leben so angenehm wie möglich zu gestalten. Leo zeigte sich dankbar, indem er sofort das ganze Haus eroberte. Er erklomm die Vorhänge im Wohnzimmer, als seien sie die Eiger Nordwand, vollführte akrobatische Übungen auf den zierlichen Ästen der Birkenfeige, die immer lichter wurde, übte das Beutejagen an meiner teuren Merinoschafwolle, die sich in diesem Leben wahrscheinlich nie mehr zu einer edlen Strickjacke verwandeln würde. Er wetzte seine Krallen an den indischen Seidenkissen, scharrte die Blumenerde aus allen Töpfen und stärkte seine Kondition durch unaufhörlichen Hindernislauf zwischen meinen Beinen. Von all diesen anstrengenden Aktivitäten ruhte er sich am liebsten auf meiner frischen Bügelwäsche aus oder er legte sich gleich in mein Bett. Ich war ganz vernarrt in ihn. Nur nach draußen ließ ich ihn nicht, aus Angst, er könne sich verlaufen und nie mehr zurückfinden. Aber das schien ihm gar nichts auszumachen, hatte er doch im Haus Abwechslung genug. Es regnete ohnehin unaufhörlich, und er konnte Wasser nicht ausstehen.
Einmal machte ich mich bei Regen und Sturm auf den Weg, weil der Erdbeersahnejoghurt ausgegangen war und mein kleiner Liebling an diesem Tag partout nichts anderes fressen wollte. Frierend lief ich durch die nassen Straßen des Dorfes, das an diesem trostlosen Tag wie ausgestorben wirkte. Als ich den Tante-Emma-Laden erreichte, trat gerade ein Mann aus der Eingangstür. Er zog seine Cordmütze in die Stirn, zündete sich einen Zigarrenstummel an und warf mir einen finsteren Blick zu. Während ich noch überlegte, wo ich das Gesicht schon einmal gesehen hatte, spie er mir auch schon verächtlich vor die Füße. Völlig perplex starrte ich dem Alten nach, der sich eilig davonmachte. Dann fiel mir plötzlich wieder ein, woher ich ihn kannte: Der Mann war einer der Kartenspieler aus dem *Krug*.

*

Als hätte sie ihr Schicksal erahnt, startete die Sau einen letzten Ausbruchsversuch und rammte Willems Knie. Der Knecht geriet ins Straucheln und gab für einen Moment den Weg frei. Laut quiekend schoß das Schwein über den Hof. Annegret und die Bäuerin kamen herbeigeeilt und postierten sich besenbewehrt vor der Hofausfahrt, der Fleischer übernahm die Lücke zwischen Haus und Stallung. Bauer und Knecht rannten im Zickzackkurs hinter der Sau her, angefeuert durch hämische Zurufe der Großmutter, die dem Spektakel vom Küchenfenster aus beiwohnte. Die Magd stand am Misthaufen und übergab sich. Behindert durch sein steifes Bein, verlor der Bauer schnell das Rennen und übernahm den Wachposten seiner Frau, die nun ihrerseits die Verfolgung aufnahm. Energisch trieb sie das Schwein in die Enge. Willem und Annegret sprangen hinzu und mit vereinten Kräften gelang es ihnen, die Sau in den Schlachtraum zu treiben. Eine Schwester des Opfers hing dort bereits am Haken. Als kurz darauf der Schuß fiel, der dem jungen Schweineleben ein Ende setzte, hatte Maria sich einigermaßen erholt. Schon stand sie in der Waschküche und füllte kochendes Wasser aus dem Kessel ab. Die Frauen trugen die dampfenden Eimer hinüber zum Schlachtraum, in dessen Mitte die Sau mit durchschnittener Kehle am Boden lag. Eine Metallschüssel fing den starken Strahl hellroten Blutes auf, der aus der Wunde spritzte. Als der Blutstrom versiegt war, gossen sie das dampfendheiße Wasser über das Tier, damit sich die Borsten aufstellten. Nun konnte der Schlachter mit der Rasur beginnen. Als auch die zweite Sau der Länge nach aufgeschlitzt kopfüber am Haken hing, war die Arbeit vorerst beendet.

Am Nachmittag schickte die alte Bäuerin Maria mit einer Kanne Kaffee und einem Stück Hefezopf, das vom Sonntag übriggeblieben war, in die Scheune, wo Pitzer seit Stunden am Schlepper hantierte.

»Komm her, kannst mir helfen!« knurrte er. Maria gehorchte.

»Gib mir den großen Schraubenschlüssel rüber, er muß irgend-

wo dort drüben liegen!« Pitzer deutete hinter sich. Sie stellte Kaffee und Gebäck ab und reichte ihm nach kurzem Suchen das gewünschte Werkzeug. Für einen flüchtigen Moment glaubte sie, Wacholderschnaps zu riechen.
»Ist sonst noch etwas?«
Sie erhielt keine Antwort, doch Pitzer unterbrach seine Arbeit. Während er sich die Hände an einem ölverschmierten Lappen abwischte, schenkte sie ihm einen Becher Kaffee ein und stellte ihn auf die Trittfläche des Traktors. Als sie sich zum Gehen wandte, faßte er sie am Arm.
»Wohin so eilig?«

Sie kniete auf einem Futtersack hinter dem Schlepper, als die kleine Tür aufging, die in das große Scheunentor eingelassen war. Gleich darauf ertönte Annegrets glockenhelle Stimme.

»Der Wind hat mir ein Lied erzählt, von einem Glück unsagbar schön. Er weiß, was meinem Herzen fehlt, für wen es schlägt und glüht, er weiß für wen. Komm . . .!«

Pitzer preßte ihr die Hand auf den Mund, was nicht notwendig gewesen wäre, da die Lähmung auch ihre Stimmbänder blockiert hatte.
Annegret, die sich allein wähnte, nutzte die ungewohnte Stille, ihrem Herzen Luft zu machen und alle Strophen ihres Lieblingsliedes herunterzuträllern. Da ihre Sangeskünste im Hause Pitzer nicht sonderlich geschätzt wurden, hatte sie sonst wenig Gelegenheit dazu. Im Wohnhaus galt striktes Gesangsverbot. Mit großen Gesten schritt sie umher und imitierte die von ihr angebetete Künstlerin. Für den Moment glaubte sie sich in in einer anderen, besseren Welt und wäre gerne länger dort verweilt, hätte sie nicht ein ungeduldiges Rufen von draußen in die Realität zurückgeholt. Unwillig riß sie einen Sack Hühnerfutter auf, füllte ihren Eimer und verließ die Scheune.

Nachdem der Fleischbeschauer seine Arbeit getan hatte, ging Maria dem Metzger zur Hand. Der süßliche Geruch, der den Schlachtraum erfüllte, machte ihr schwer zu schaffen. Allmählich schien die Luft um sie her zu gelieren und eine aspikähnliche Konsistenz anzunehmen, unmöglich, sie noch zu atmen. Ihr wurde speiübel. Frische Luft, nur frische Luft. Hals über Kopf rannte sie hinaus. Annegret mußte einspringen, da die Zeit drängte. Widerwillig und maulend machte sich das Mädchen an die Arbeit. Das Auspressen von Gedärm gehörte wahrlich nicht zu den von ihr favorisierten Beschäftigungen.
Maria erholte sich schnell wieder. Eine halbe Stunde später stand sie in der Waschküche und ließ die Innereien der Säue in siedend heißes Brühwasser gleiten. Etwas Merkwürdiges ging in ihr vor: War ihr eben noch sterbenselend zumute gewesen, so überkam sie nun plötzlich ein nagender Heißhunger. Sie vergewisserte sich, daß niemand in der Nähe war, fischte eilig eine halbgare Niere aus dem Topf und verschlang sie in gieriger Hast, kaum daß sie sich ein wenig abgekühlt hatte. Mit dem letzten heruntergeschlungenen Bissen setzte das schlechte Gewissen ein. Heimliche Angst, ein teuflischer Dämon könne von ihr Besitz ergriffen haben, befiel sie. Obwohl ihr diese Vorstellung albern vorkam, konnte sie sich nicht recht von ihr lösen. Da war irgendetwas, das an ihr zehrte, sie spürte es genau. Und war es kein Dämon, so blieb nur eine heimtückische, todbringende Krankheit. Sie war sich nicht sicher, welches von beiden das größere Übel darstellte, gewiß war nur, daß Gott sie für ihre unaussprechlichen Sünden strafte. In diesem Moment beschloß sie, ihrem sinnlosen Leben ein Ende zu setzen, wenn *es* noch einmal passieren sollte.

*

»Kennen Sie eine gewisse Maria?«
»Maria?« Der Pastor hielt für einen Moment inne. »Nun, hier gibt es eine Menge Frauen, die diesen schönen Namen tragen.«
»Pitzers Maria oder so ähnlich. Sie muß mit der Familie verwandt sein, der früher der Hof gehörte, auf dem ich jetzt lebe.«
Georgi schüttelte den Kopf und griff zur Kaffeekanne.
»Der Name sagt mir auf Anhieb nichts. Noch ein Schlückchen?«
»Ja, gerne.«
»Ein Stückchen Torte werden Sie auch noch verkraften, nicht wahr?«
»Oh, nein danke. Eines muß für heute genug sein.«
»Aber ich bitte Sie, Sie können es sich doch erlauben! Und geben Sie zu, liebe Karen, so eine gute Buttercremetorte bekommen Sie nicht jeden Tag!«
»Das ist allerdings wahr!«
»Torten sind nämlich die ganz besondere Spezialität meiner Haushälterin Frau Hollerbach, müssen Sie wissen. Auf diesem Gebiet ist sie wirklich unschlagbar!« Mein Gastgeber servierte mir ein weiteres riesiges Stück und bediente sich ebenfalls. In diesem Moment betrat Frau Hollerbach den Raum und blieb in der Tür stehen.
»Herr Pastor, ich . . .« Sie stockte und schaute mich irritiert an. »Also jetzt dachte ich wirklich für einen Moment . . .«
»Was ist denn, Frau Hollerbach?«
Sie zögerte.
»Karen, das ist Frau Hollerbach, die gute Seele des Hauses, von der ich gerade sprach. Frau Hollerbach, das ist Karen Jansen. Sie ist vor kurzem in unser Dorf gezogen und war so liebenswürdig, mir einen Besuch abzustatten.«
Wir reichten einander die Hände.
»Also nein, es ist wirklich erstaunlich . . .« Die Haushälterin schüttelte erneut den Kopf.

»Frau Hollerbach, was ist denn?« Georgi klang eine Spur gereizt.
»Ach, es ist nichts. Ich wollte nur fragen, ob ich noch etwas für Sie tun kann, Herr Pastor, ansonsten würde ich jetzt gehen.«
»Gehen Sie nur. Wir kommen bestens zurecht.«
»Soll ich nicht noch schnell neuen Kaffee aufsetzen?«
»Nein, danke, das ist nicht nötig.«
»Ihr Abendbrot steht im Kühlschrank. Und wenn Sie ein Süppchen möchten, es ist ein Teller von heute mittag übrig. Ich habe ihn schon vorbereitet, Sie brauchen ihn nur in die Mikrowelle zu schieben. Auf zweieinhalb bis drei Minuten einstellen, das dürfte reichen.«
»Danke schön, Frau Hollerbach, vielen Dank. Ich werde es schon schaffen.«
»Und schön den Deckel drauflassen, nicht wahr?«
»Ja, ja. Inzwischen habe ich wohl endlich begriffen, wie das Ding funktioniert.«
»Wir wollen es hoffen. Also, auf Wiedersehen.«
»Auf Wiedersehen, Frau Hollerbach.«
Die Haushälterin verließ den Raum, und man hörte kurz darauf, wie die Haustür geschlossen wurde.
»Was soll es denn mit dieser Maria auf sich haben?« griff Georgi meine Frage wieder auf.
»Das weiß ich nicht. Wie ich Ihnen schon erzählte, ist das Verhältnis zwischen den Fräuleins und mir etwas gespannt«, erklärte ich. »Bei unserer letzten Begegnung, die nicht sonderlich herzlich verlief, nannte die eine diesen Namen.« Den seltsamen Brief erwähnte ich allerdings nicht. Auch den sonderbaren Spuckteufel verschwieg ich.
»Liebe Karen, ich sagte Ihnen ja bereits, die alte Dame ist ein bißchen wunderlich. Sie wird da etwas durcheinander gebracht haben.«
»Oh, sie schien sich ihrer Sache ziemlich sicher zu sein.«
»In welchem Zusammenhang erwähnte sie diese Maria?«

»Der Zusammenhang ist mir nicht klar, aber sie soll irgendetwas mit mir zu tun haben.«

»Mit Ihnen, Karen?« Er sah mich verwundert an.

»Wie gesagt, das behaupten die Fräuleins.«

»Ach was!« Der Pastor machte eine abwehrende Handbewegung. »Das dürfen Sie nicht so ernst nehmen.« Ihm schien ein wenig unbehaglich zumute zu sein angesichts der Tatsache, daß seine ehemaligen Schäfchen sich mir gegenüber so unchristlich verhielten.

»Nun ja, wahrscheinlich haben Sie recht«, beruhigte ich ihn. »Waren die beiden eigentlich nie verheiratet?«

»Nein, keine von ihnen.«

»Komisch. Ich meine – für diese Generation . . .«

»Dieser Generation hat der Krieg die Jugend genommen – und die Männer, liebe Karen, das darf man nicht außer acht lassen.« Georgi legte seine Serviette beiseite, lehnte sich im Sessel zurück und fuhr in abgeklärtem Tonfall fort: »Die Ältere der beiden, also Änne, war während des Krieges verlobt mit einem Jungen aus dem Dorf. Der junge Mann geriet in russische Gefangenschaft und blieb verschollen. Änne wartete jahrelang tagein, tagaus an der Bahnstation unseres Dorfes auf die Rückkehr ihres Verlobten, doch vergebens, er kam nicht wieder. Eine traurige Geschichte, aber durchaus kein Einzelfall. Tja, und manchmal, wenn sie einen ihrer schlechteren Tage hat, dann stellt sie sich heute noch an die alte Bahnstation und wartet. 1974 wurde die Zuglinie eingestellt.«

»O Gott, das ist ja furchtbar!« Ein Schauer lief mir über den Rücken, und ich schämte mich ein wenig für die Verachtung, die ich der Alten entgegengebracht hatte. »Für die Schwester ist es bestimmt auch nicht einfach«, gestand ich ein.

»Nein, das ist es wirklich nicht immer.«

»Vielleicht ist sie deswegen so – wie soll ich sagen –, sie wirkt ein wenig verhärmt.«

»Sie sollten ihr abweisendes Verhalten nicht allzu persönlich nehmen, Karen. Wenn die alte Dame merkwürdige Vermutungen anstellt, kann ich Ihnen nur den Rat geben, ihr Gerede zu ignorieren und sich nicht provozieren zu lassen. Üben Sie ein wenig Nachsicht mit ihr, auch wenn sie sich wahrlich nicht immer korrekt verhält.«

»Ich werde mir Ihre Worte zu Herzen nehmen, Herr Georgi.«

»Das ist schön, Karen. Vielleicht lösen sich die Probleme ja bald in Wohlgefallen auf, und Sie werden die besten Freunde – so etwas hat es auch schon gegeben!«

»Ihr Wort in Gottes Ohr!«

Georgi erhob sich schmunzelnd.

»Darauf trinken wir noch einen kleinen Cognac zur besseren Verdauung, was meinen Sie?«

»Heute werde ich aber wirklich verwöhnt!«

»Ja, so soll es auch sein. Wenn ich schon einmal so reizenden Besuch habe!« Mein Gastgeber öffnete seine antike Hausbar und entnahm ihr eine Flasche nebst zwei Cognacschwenkern. Nachdem wir den Cognac ausgetrunken hatten, verabschiedete ich mich.

»Ich kann doch meinen kleinen Freund nicht so lange allein lassen«, begründete ich meinen Aufbruch. Georgi war bereits bestens über die Heldentaten meines vierbeinigen Hausgefährten im Bilde und zeigte vollstes Verständnis.

»Aber ich muß nicht erst warten, bis ich Sie zufällig wieder einmal auf der Straße treffe, damit Sie mir einen Besuch abstatten, nicht wahr?« Er lächelte milde. Tatsächlich hatten wir uns im Dorf getroffen, und er hatte mich spontan zu sich eingeladen. Der alte Pastor half mir in den Mantel und begleitete mich zur Tür. Freundlich winkte er mir nach, bis ich seinen Blicken entschwunden war.

*

Ihre Strickjacke eng um den Leib geschlungen, eilte Maria in morgendlicher Dämmerung über den Hof, um die Tiere zu füttern. Als sie den Pferdestall betrat, blickte ihr Heiner erwartungsvoll über die Boxentür entgegen. Sein schnaubender Atem bildete weiße Dunstwolken, die in der frostigen Luft erstarrten. »Na mein Dicker, gut geschlafen? Ganz schön frisch heute morgen, nicht wahr? Heute bekommst du dein Frühstück zur Abwechslung einmal von mir, der liebe Willem ist schon mit dem Frühzug unterwegs, weil er zu einer Beerdigung muß, der arme Kerl. Aber keine Sorge, abends ist er wieder da.« Die Magd füllte den Futtereimer mit Hafer und schob den Riegel der Stalltür zurück. Augenblicklich drängte Heiner nach vorn. »Sachte, Dicker, sachte! Du wirst schon nicht verhungern!« Mit ihrem ganzen Gewicht stemmte sie sich gegen seine mächtige Brust, um ihn einen Schritt zurückzudrängen. Anstandshalber gab der Riese nach. Kaum hatte er ihr den Weg freigegeben, blickte Maria unvermittelt in den Lauf einer Pistole. Erschrocken fuhr sie zurück und ließ den Eimer fallen. Sofort schob Heiner sein mächtiges Maul hinein, sich für nichts anderes als sein Frühstück interessierend.
Der Fremde kniete halbaufgerichtet im Stroh und umklammerte die Waffe mit beiden Händen. Sein ganzer Körper bebte sichtbar vor Spannung. Mit einem kurzen Schwenk seiner Waffe befahl er ihr, näher an ihn heranzutreten, doch erst nach wiederholter Aufforderung gehorchte sie. Ihr Herz pochte so laut, daß sie glaubte, er könne es hören. Der Eindringling erhob sich mit zittrigen Knien. Sekundenlang starrten sie einander in die Augen. Langsam, sehr langsam ließ er seine Pistole sinken.
»Was wollen Sie von mir?« flüsterte Maria. »Ich bin bloß die Magd, ich kann Ihnen nichts geben! Lassen Sie mich gehen und hauen Sie selbst ab, wenn Sie keine Schwierigkeiten wollen!« Sie erhielt keine Antwort. »Sie müssen hier weg, es kann jeden Moment jemand kommen!« Der Fremde regte sich immer noch nicht. »Hören Sie, mit dem Bauern ist nicht zu spa-

ßen! Wenn der Sie hier findet, bringt er Sie um! Sie müssen sich woanders verstecken! Über die Felder hinterm Haus kommen Sie am schnellsten zum Wald!« Schweigen. Sie überlegte, ob sie sich einfach umdrehen und davonlaufen sollte, doch plötzlich stieß ihr Gegenüber mit gepreßter Stimme hervor:

»Ich komme aus dem verfluchten Wald, dort kann ich nicht wieder hin – sie suchen mich!«

Maria musterte den Fremden in Sekundenschnelle. Er war kaum älter als sie, vielleicht Mitte zwanzig. Wie ein Verbrecher sah er nicht gerade aus in seiner schmutzigen, zerfetzten Jacke, die ihm um die Schultern schlackerte, eher wie ein Rußlandheimkehrer. Ihm perlte der Schweiß von der Stirn, und sein Gesicht war aschfahl. In seinem fiebrigen Blick lag etwas Flehendes, als hoffe er verzweifelt, sie könne ein Wunder für ihn vollbringen. Für einen Augenblick stand sie unschlüssig da, trat dann ein paar Schritte rückwärts und spähte durch das Stallfenster über den Hof. Sie sah niemanden. Wieder schaute sie zu dem Fremden hinüber, der angespannt jede ihrer Bewegungen verfolgte, und plötzlich hörte sie sich sagen:

»Los, kommen Sie, ich werde Ihnen helfen!«

»Aber ich kann hier nicht weg!« stöhnte der junge Mann auf.

»Ja, schon gut, das habe ich verstanden, seien Sie leise! Trotzdem müssen wir aus dem Stall heraus, und zwar sofort! Ich bringe Sie zu mir.«

Der Fremde trat neben sie, die Pistole noch immer in seiner Rechten. Maria streckte die Hand aus und bedeutete ihm mit einer Kopfbewegung, ihr die Waffe auszuhändigen. Er rührte sich nicht. In plötzlich auflodherndem Zorn wiederholte sie ihre Geste und sah ihn drohend an. Zögernd reichte er ihr die Pistole, die augenblicklich unter ihren Röcken verschwand.

»Nun kommen Sie schon!« Sie faßte den Fremden am Arm, zog ihn an Heiner vorbei und verriegelte schnell die Boxentür.

»Wenn ich ein Zeichen gebe, laufen wir hinüber zur Treppe, aber wir müssen uns beeilen, schaffen Sie das?«

Er nickte. Im Kuhstall nebenan hörte sie Pitzer hantieren, an-

sonsten war alles ruhig. Ein letzter prüfender Blick zum Wohnhaus hinüber, dann zischte sie »los jetzt« und begann zu laufen, der junge Mann dicht neben ihr. Als sie den Hof überquert hatten, ging drüben die Haustür auf. Die Tochter des Bauern trat auf die hell erleuchtete Schwelle, kehrte jedoch sogleich wieder um und verschwand im Hausflur. Sie schien etwas vergessen zu haben. Maria schubste den Fremden die Stiege hinauf und versuchte die schwere Holztür zu öffnen. Vergebens, sie klemmte, wie so häufig bei feuchtem Wetter. In einem Anflug von Panik drängte die Magd den jungen Mann beiseite und zerrte mit aller Kraft an der Klinke. Beim zweiten Ruck gab die Tür tatsächlich nach und schnellte auf. Fast wäre sie rücklings die steilen Stiegen hinuntergestürzt, hätte ihr Schützling sie nicht festgehalten. Schnell schlüpften beide in den dunklen Gang, der zu Marias Kammer führte. Draußen blieb alles ruhig.
Maria ergriff die Hand des jungen Mannes und zog ihn in das schützende Innere der Stube. Angespannt lauschten sie, konnten jedoch nichts Auffälliges vernehmen. Es war also gutgegangen. Erleichtert ließ sich die Magd auf einen Stuhl sinken. Der Fremde blieb stehen, wo er war, blickte zu Boden und unterdrückte fortwährend ein Husten.
»Ich dachte eigentlich, der Krieg sei vorbei, aber da habe ich mich wohl geirrt, so wie es aussieht!« sagte sie schließlich mit ironischem Unterton. Der Flüchtling warf ihr einen kurzen, schuldvollen Blick zu. Sie erhob sich wieder und sagte etwas freundlicher: »Tja, also dann – hier kannst du erst mal bleiben und dich ausruhen, bis es dunkel wird, hierher kommt niemand. Dort liegt Holz für den Ofen, falls du frierst. Nachher bringe ich dir etwas zu essen. Die Waffe behalte ich bis heute abend.« Ohne es zu bemerken, war sie zum ›du‹ übergegangen, und erst jetzt kam ihr in den Sinn, daß der Fremde ihr von nun an auf Gedeih und Verderb ausgeliefert war.
»Tut mir leid, daß ich dir Ärger mache, aber ich hätte keinen Meter weiter laufen können!« flüsterte der Fremde. »Ich weiß

nicht, wie ich dir für deine Hilfe danken soll, du warst meine einzige Rettung!« Er hielt einen Moment inne und fragte dann schüchtern: »Wie ist dein Name?«

»Maria«, antwortete sie mit rauher Stimme.

»Danke, Maria, ich danke dir von ganzem Herzen! Ich heiße übrigens Hannes.«

»Ja, ja, schon gut, ich will weiter gar nichts wissen, hörst du? Ich muß jetzt weg, der Bauer wird sich schon wundern, wo ich bleibe!« Maria wandte sich zur Tür. »Zieh die nassen Sachen aus und leg dich vor den Ofen. Wart, ich geb' dir noch eine Decke.« Sie lief zurück zu ihrer Kommode, öffnete eine Schublade und reichte ihm eine grobe braune Wolldecke heraus. »Also dann bis später. Ich werde die Tür abschließen, zu deiner eigenen Sicherheit ...« Sie zögerte einen Moment. »Niemand erfährt, daß du hier bist, ich verspreche es.« Mit diesen Worten verließ sie die Kammer und verschloß die Tür. Noch immer war alles ruhig. Sie schlich in die Abstellkammer an der Stirnseite des Ganges, zog die Waffe hervor und schob sie hinter einen alten Schrank. Dann eilte sie in den Schweinestall.

Die Sonne stand bereits hoch, als Maria erneut die Stube betrat, um nach ihrem Schützling zu sehen. Eingehüllt in die braune Decke lag er wie ein lebloses Bündel direkt vor dem Ofen. Seine Kleider hatte er neben sich zum Trocknen ausgelegt. Es roch nach Schweiß und feuchter Wäsche. Er hatte wohl geschlafen, schreckte jedoch augenblicklich hoch.

»Hallo, schon gut, ich bin's«, beruhigte sie ihn. »Ich wollte dir nur dein Frühstück bringen, etwas spät zwar, aber immerhin.«

Hannes setzte sich auf und sah sie verstört an. Seine vergißmeinnichtblauen Augen glänzten fiebrig.

»Ich glaube, du bist krank«, stellte sie nüchtern fest. Wie zur Bestätigung hustete er. »Du hast Fieber.«

»Gut möglich, aber es ist nichts Ernstes, nur die Erschöpfung«, krächzte er heiser und hustete wieder. »Ich mußte durchs Wasser – war ziemlich unangenehm bei dieser Kälte. Und dann die ganze Zeit in den nassen Klamotten. Aber ein bißchen was zu

beißen und noch eine Mütze voll Schlaf, dann bin ich schon wieder in Ordnung. Du mußt keine Angst haben, heute abend bist du mich los.« Verlegen lächelte er zu ihr hinauf.
»Ja, ja, schon gut. Schau, was ich dir mitgebracht habe!« Sie hielt ihm eine Blutwurst hin. »Wir haben gerade geschlachtet, du hast Glück.«
»Ja, ich habe ein verdammtes Glück, daß ich ausgerechnet dir über den Weg gelaufen bin, Maria!«
Sie fühlte, wie ihr die Röte ins Gesicht stieg.
»Ich habe jetzt nicht viel Zeit, du mußt allein essen. Später bringe ich dir noch eine Portion Wellfleisch mit Kraut. Wir haben so viel, daß es niemand merkt, wenn ich etwas abzweige.«
»In Ordnung. Danke schön – für alles.«
»Bedank dich nicht andauernd, das macht mich verrückt«, entgegnete sie harsch und wandte sich ab.
»Maria?«
»Ja?«
»Hat schon jemand nach mir gefragt?«
»Nein. Es war niemand hier.«

Am späten Vormittag erscholl Hundegebell aus dem nahegelegenen Wald. Das muß der Suchtrupp sein, schoß es Maria durch den Kopf. Die Nervosität, die sich langsam etwas gelegt hatte, packte sie nun aufs neue. Worauf hatte sie sich da bloß eingelassen! Und warum in Gottes Namen? Niemand hatte sie dazu gezwungen. Sie als Handlangerin eines gesuchten Verbrechers, was für eine verrückte Geschichte! Heftig knetete sie den Brotteig, den die Bäuerin am Vorabend hergestellt hatte. Die Arbeit war anstrengend, doch heute war ihr das ganz recht. Als der Teig geschmeidig genug war, formte sie die Masse zu Laiben, die Frau Pitzer auf zwei große Tabletts verteilte. Sie wollten sich gerade auf den Weg zum Backhaus machen, als der Polizist aus dem Nachbardorf auf seinem Fahrrad in den Hof einbog. Der Dorfgendarm, ein kleiner, untersetzter Mann in den Vierzigern mit einem Schnauzer unter der knolligen, rotgeäderten Nase, stieg vom Rad und trat gewichtig auf die Frauen zu.

»Tag, die Damen, wir hätten da ein paar Fragen an Sie!« Wen er mit ›wir‹ meinte, blieb dahingestellt. »Könnten wir wohl für einen Moment hineingehen?«

»Was wollen Sie denn?« fragte die Bäuerin nicht eben freundlich. Männer in Uniform hatten noch nie Gutes gebracht.

»Wir suchen einen Mann, fünfundzwanzig Jahre alt, zirka ein Meter fünfundsiebzig groß, schlank, braunes Haar. Wir wüßten gern, ob Sie den gesehen haben oder ob Ihnen sonst etwas Ungewöhnliches aufgefallen ist.«

»Wir haben niemanden gesehen, da müssen Sie schon woanders fragen!« Frau Pitzer wandte sich zum Gehen.

»Nicht so voreilig, gnädige Frau, es wär auch in Ihrem Interesse, wenn wir den Mann so bald wie möglich dingfest machen. Der ist nämlich gefährlich und trägt eine Schußwaffe bei sich.«

»So?« Die Bäuerin war nicht leicht zu beeindrucken.

»Jawohl. Er muß hier ganz in der Nähe vorbeigekommen sein, der Suchtrupp hat nur wenige Kilometer entfernt seine Spur verloren. Also denken Sie mal etwas gründlicher nach, gute Frau, wenn ich bitten dürfte.«

»Ich hab' doch gesagt, ich hab' nichts gesehen.«

»Und Sie, junges Fräulein?« Der Polizist wandte sich an Maria. Sie fühlte ihre Knie weich werden.

»Nein, ich auch nicht«, antwortete sie schnell. »Mir ist nichts aufgefallen heute.«

»Nun gut, wo ist denn der Hausherr?«

»Mit dem Knecht irgendwo draußen auf den Weiden, Zäune reparieren«, antwortete die Bäuerin.

»Sonst ist niemand auf dem Hof?«

»Nur meine Tochter und die Großmutter, aber die haben auch nichts gesehen, die sind schon den ganzen Vormittag oben in der Stube und plätten Wäsche.«

»Ich hätte sie trotzdem gerne gesprochen.«

»Wie Sie wollen.« Die Bäuerin zuckte gleichgültig die Achseln.

»Maria, lauf und hol Annegret und die Oma. Und Sie, kommen Sie mit in die Küche. Sie geben ja doch keine Ruh.«
Die Magd war froh, sich entfernen zu können. Sie durfte jetzt nicht die Nerven verlieren. Im Hausflur blieb sie kurz stehen und zwang sich zur Ruhe, dann lief sie rasch die Treppe hinauf. Annegret und ihre Großmutter hatten die Szenerie schon vom Fenster aus beobachtet. Neugierig geworden, kamen sie der Magd bereits entgegen, den kleinen Joachim im Schlepptau. Maria teilte ihnen in kurzen Worten mit, was vorgefallen war; gemeinsam gingen sie hinunter in die Küche. Der Polizist erwartete sie bereits ungeduldig.
»Aha, da ist ja das Fräulein Tochter, ich hoffe, Sie haben uns mehr zu berichten!« Doch auch Annegret war nichts aufgefallen.
»Und Sie, werte Dame?« Er wandte sich an die Großmutter.
»Wie?«
»Ob Sie et-was ge-se-hen ha-ben heu-te mor-gen!«
»Sicher hab' ich was gesehen, bin ja nicht blind!«
»So, wie sah der Mann denn aus?«
»Welcher Mann?«
»Na der, den Sie gesehen haben!«
»Wen meinen Sie, meinen Schwiegersohn oder Willem?«
»Einen Fremden natürlich!«
»Ich hab' keinen fremden Mann gesehen, wer behauptet sowas!«
Mit leidendem Gesichtsausdruck wandte der Polizist sich von der offensichtlich senilen Alten ab. Er mußte sich wohl oder übel zufrieden geben.
»Aber ich rate Ihnen allen zu Ihrem eigenen Besten, halten Sie die Augen auf und benachrichtigen Sie sofort die Polizei, wenn Sie etwas bemerken. Und verschließen Sie heute abend gut die Türen, man kann nie wissen!« Drohend hob er den Zeigefinger. »Doch wir wollen den Damen nicht unnötig Angst einjagen, nicht wahr?« fügte er mit einem Blick auf die ängstlich dreinschauende Magd hinzu. »Machen Sie sich nicht allzu große Sorgen, wir bringen den Kerl schon hinter Gitter!«

»Was hat er denn verbrochen?« wagte Maria zu fragen.
»Was er verbrochen hat? Totgeschlagen hat er einen. Eiskalt. Einen wehrlosen Mann auf offener Straße! Und einen Staatsbeamten niedergerungen und ihm die Dienstwaffe entwendet hat der Knabe, und damit nicht genug, einen Raubüberfall hat er auch noch begangen. Ich sag's ja, mit dem ist nicht zu spaßen!«
»Na dann sehen Sie zu, daß Sie ihn bald kriegen, hier sind Sie verkehrt!« Die Bäuerin schickte sich an, wieder ihrer Arbeit nachzugehen. »Annegret, paß auf Joachim auf, bis Maria und ich zurück sind.« Grußlos lief sie an den Polizisten vorbei. Ihm blieb nichts anderes übrig, als ihr zu folgen. Maria, der inzwischen alle Farbe aus dem Gesicht gewichen war, ergriff ebenfalls wieder ihr schweres Holztablett mit den Brotlaiben. Sie nickte dem Polizisten flüchtig zu und eilte der älteren Frau hinterher. Als sie das Nachbarhaus passierten, wurden sie am Gartenzaun von den aufgeregten Schwestern begrüßt.
»Einen Mörder suchen die, Elisabeth! Hat man euch das auch erzählt?« fragte Bärbel Jödt.
»Ja, ja, wir sind im Bilde.« Frau Pitzer hatte genug von der Geschichte und war nicht willens, sich weiter darüber auszulassen.
»Habt ihr was gesehen?«
»Nein. Ist bloß blinder Alarm, regt euch nicht auf!«
»Ja, aber ein Mörder soll's sein, hat der Wachtmeister gesagt. Da ist einem nicht geheuer, zumal wenn kein Mann im Haus ist!« lamentierte das Fräulein. Die Schwester versuchte sie zu beschwichtigen:
»Mach dir keine Sorgen, Bärbel, der soll kommen, dem blas' ich mit der Schrotflinte eins, daß ihm Hören und Sehen vergeht!«
»Ach, halt den Mund, dummes Weib, du triffst doch auf zehn Meter Entfernung keinen Elefanten!« giftete die Jüngere.
»Wenn ihr euch Sorgen macht, schick' ich euch heut abend den Bauern, daß er nach dem Rechten sieht. So, wir müssen jetzt weiter, macht's gut!«

*

Am Samstag abend holte mich Joachim ab, um mich ins fünfunddreißig Kilometer entfernt gelegene Kino zu kutschieren. Seine Einladung zu *Thelma and Louise* hatte ich beim besten Willen nicht ausschlagen können. Immerhin hatte er ein sensibles Gespür dafür bewiesen, den passenden Köder für mich auszulegen. Und warum hätte ich ihm einen Korb geben sollen? Sein Angebot war allemal besser als die umwerfende Vorstellung, den Abend bei Ingwerplätzchen und Yogitee mit den größten Langweilern meines Bekanntenkreises zu verbringen. Nach dem Kino wollte Joachim unbedingt noch eine Kleinigkeit essen. Da wir gerade an einer Pizzeria unweit des Kinos vorbeiliefen, fragte ich ihn, was er von einer zünftigen Pizza hielte.

»Ach Karen, ist das dein Ernst?«

»Hast du was gegen Pizza?«

»Nein, habe ich nicht. Aber du willst doch nicht etwa *hier* einkehren?« Er deutete verächtlich auf den Schnellimbiß.

»Warum nicht? Mir ist furchtbar kalt!«

»Aber wir könnten es uns doch wirklich etwas gemütlicher machen! Komm, ich leih' dir meinen Mantel, und wir gehen noch ein paar Straßen weiter. Dort kenne ich ein ganz ausgezeichnetes italienisches Restaurant, wenn du Appetit auf Pizza hast!«

»Joachim, dein Heldenmut in allen Ehren, aber ich will doch nicht, daß du dir den Tod holst! Laß uns bitte hier reingehen! Gemütlich hin oder her, Hauptsache, es ist warm!«

»Also gut, wenn du unbedingt möchtest.« Wir betraten den Laden. Am Tresen stand ein junges Pärchen, daß auf seine Pizza wartete, die der italienische Meisterkoch gerade aus dem Ofen zog. Im hinteren Teil des Raumes dröhnte ein Fernseher, vor dem zwei Landsmänner des Pizzabäckers hockten und gebannt ein Fußballspiel im Kabelprogramm verfolgten. Ich mußte dringend zur Toilette und entschuldigte mich für einen Moment. Als ich wiederkam, saß Joachim bereits an einem der Resopaltischchen und studierte aufmerksam die

Speisekarte, die in Riesenlettern über der Theke angeschlagen war.

»Und, schon fündig geworden? Gar nicht so einfach, sich zwischen all diesen kulinarischen Leckerbissen zu entscheiden, wie?« fragte ich betont locker.

»Nun setz dich erst mal!«

»Okay, okay.« Ich ließ mich auf den Stuhl fallen und begutachtete ebenfalls konzentriert das Angebot.

»Also, was möchtest du?« fragte ich nach einer Anstandsminute. »Ich werde uns mal was ordern gehen!«

»Karen, es kommt sicher gleich jemand!«

»Hey, das ist ein Schnellrestaurant und kein Drei-Sterne-Lokal, was erwartest du?« Doch in diesem Moment kam der Pizzabäcker tatsächlich hinter seinem Ofen hervor, um die Bestellung aufzunehmen. Während ich mich auf eine schlichte Salamipizza beschränkte, waren Joachims Wünsche deutlich differenzierter. Eine Pizza Frutti di Mare mit einer Extraportion Sardellen und schwarzen Oliven mußte es sein, aber bitte ohne Thunfisch.

»Und sind die Muscheln frisch oder eingelegt? Eingelegt? Dann bitte ohne.« Der Kellner warf ihm einen prüfenden Blick zu, nickte und zog von dannen.

»Und bitte einen guten Rotwein dazu!« schickte Joachim hinterher, während er seine Zigaretten hervorkramte.

Bald kam der Wirt mit zwei Plastikbechern und einer Zwei-Liter-Flasche Chianti wieder, was nun Joachim zu einem skeptischen Blick veranlaßte.

»Haben Sie keine Gläser?«

»Tut mir leid, mein Herr, dies ist ein Imbißlokal.«

Joachim ignorierte diesen Einwand schlichtweg.

»Sie werden doch einen anständigen Tropfen im Haus haben!« erwiderte er statt dessen mit einem abschätzigen Blick auf die Weinflasche.

»Es tut mir leid, aber . . .«

»Aber ich bitte Sie, trinken Sie in Ihrer Heimat etwa aus Plastikbechern? Und dieses Zeug da ist wahrlich nicht die Krone der italienischen Weinkultur! Ich bin mir sicher, Sie werden uns etwas Besseres anbieten können.« Er lächelte zuversichtlich. Ich begutachtete angestrengt die Fotos der Ruinen von Pompeji, die die gekachelten Wände zierten. Wie blau der Himmel in Italien war!

Der Pizzabäcker rang eine Weile mit sich, ehe er kopfschüttelnd durch eine Tür mit der Aufschrift *Privat* verschwand. Offensichtlich fühlte er sich bei seiner Ehre gepackt. Joachim begann ungerührt, den Tisch mit der Handkante abzufegen und zwei Papierservietten als Platzdeckchen vor uns auszubreiten. Dann entzündete er eines der mit Plastiktannenzweigen verzierten Kerzlein, die man wohl in der Hoffnung aufgestellt hatte, sie würden ein wenig vorweihnachtlichen Glanz in die Hütte zaubern. Als dezente Lichtquelle gaben sie wenig her, denn der Raum war bestens ausgeleuchtet. Unser geplagter Wirt kam tatsächlich mit zwei Gläsern und einer Flasche Valpolicella wieder, die er den entgeisterten Blicken der Fußballfanatiker zufolge wohl seiner privaten Hausbar entnommen hatte.

»Ist dieser recht?« fragte er säuerlich und wies auf das Etikett.

»Natürlich, natürlich, der ist ausgezeichnet!«

Wortlos entkorkte der Italiener die Flasche und schenkte uns ein, dann trollte er sich wieder hinter seinen Ofen. Joachim prostete mir mit Siegerlächeln zu.

»Frech kommt weiter«, kommentierte ich trocken und ließ die Gläser klingen. Bald darauf kamen unsere Pizzen.

»Bist du immer so hartnäckig?« fragte ich ihn zwischen zwei Bissen.

»Hartnäckig?« Joachim tat, als verstünde er nicht, was ich meinte.

»Also eben hast du ja wohl ziemlich konsequent deinen Kopf durchgesetzt.«

»Konsequent bin ich nur, was Essen und Trinken betrifft«, erklärte er. »Und im Geschäftsleben vielleicht. Privat bin ich wohl eher der nachgiebige Typ.«

»Den Eindruck machst du nicht gerade!«

»Du kennst mich eben nicht!« erwiderte er lächelnd, doch ich sah ihm an, daß er es durchaus ernst meinte.
»Es fällt mir schwer zu glauben, daß du dich so leicht um den Finger wickeln läßt.«
»Nun ja, gewisse Leute haben bei mir wirklich leichtes Spiel gehabt.«
»Du meinst gewisse Frauen?«
»Möglich.« Er ließ sein Besteck sinken. »Das Schlimme ist«, fügte er versonnen hinzu, »daß einem allzuviel Rücksichtnahme und Verständnis letztendlich immer als Schwäche ausgelegt wird.«
»Na, na, was sind denn das für Theorien?«
»Das sind Erfahrungen, die ich gemacht habe. Du bist nett und lieb und gibst dir Mühe, rücksichtsvoll zu sein und jedem alles rechtzumachen und dann . . .«
»Und dann?«
»Und am Ende kreidet man dir an, daß du eben nicht den großen Zampano gespielt hast.«
Die Italiener am Nebentisch brüllten auf und klatschten in die Hände, ihre favorisierte Mannschaft schien soeben ein Tor geschossen zu haben.
»Manchmal«, begann ich vorsichtig, »manchmal läßt sich schwer zwischen Rücksichtnahme und Gleichgültigkeit unterscheiden. Ich meine, wenn man den anderen immer kommentarlos gewähren läßt, kann das auch als Desinteresse ausgelegt werden.«
»Mag sein, aber aus Gleichgültigkeit habe ich mir sicher nicht all die Jahre . . .« Er unterbrach sich abrupt. »Entschuldige, ich wollte dich wirklich nicht mit meinen Geschichten behelligen.«
»Darüber mach dir mal keine Gedanken«, meinte ich und schob meinen leeren Teller zur Seite. »Deine Frau hat sich von dir getrennt, nicht wahr?«
»Ja. Letzten Herbst ist sie auf und davon, mit Sack und Pack. Und sie hatte nichts Besseres zu tun, als gleich beim nächsten

Kerl einzuziehen.« Angesichts dieser vertrauten Töne begann mein Herz unwillkürlich schneller zu schlagen. Ich fühlte mich plötzlich recht unbehaglich. »Die Kinder hat sie natürlich mitgenommen«, erklärte Joachim. »Ich habe zwei Töchter«, schob er nach, »neun und dreizehn Jahre alt.« Dann schien er gänzlich in seine bitteren Gedanken abzutauchen. »Ein Lehrer meiner älteren Tochter, das muß man sich mal vorstellen!« Er schüttelte den Kopf, als könne er es noch immer nicht glauben. »Von einer Sprechstunde in die nächste ist sie gerannt, angeblich gab's Probleme mit der Kleinen, um die ich mich ja nie gekümmert hätte, und dann – so viele Elternabende kann's gar nicht geben, wie da plötzlich einberufen wurden – mein Gott, bin ich blöd gewesen!«

»Das tut mir leid«, meinte ich hilflos.

»Ach, Karen!« Er ergriff meine Hand und lächelte tapfer. »Den Quatsch mußt du dir wirklich nicht anhören! Laß uns das Thema wechseln. Erzähl mir von dir, was hat sich getan in meinem alten Zuhause?« Er ließ meine Hand los und schenkte uns nach.

»Nun ja, die Fräuleins sind wunderlich wie eh und je, was soll ich sagen, du kennst sie ja. Neulich hat mich Herr Georgi zum Kaffeetrinken eingeladen. Das fand ich sehr nett von ihm.«

»Sieh an, sieh an, der alte Knopf freut sich wohl auch über ein bißchen frisches Blut im Dorf! Hat er dich gelangweilt?«

»Nein, gar nicht, wir haben uns gut unterhalten.«

»Das ist schön.«

»Hast du zufällig eine Verwandte mit Namen Maria?« wagte ich zu fragen.

»Maria? Nicht, daß ich wüßte. Wer soll das sein?«

»Keine Ahnung. Aber sie muß irgendetwas mit eurer Familie zu tun haben.«

»Nun, ich wüßte wirklich nicht ... Moment, wir hatten mal eine Magd, die hieß Maria. Sie hat eine Zeitlang auf dem Hof gewohnt.«

»Und die wurde Pitzer's Maria genannt?«

»Kann schon sein. Früher hat man alle Leute, die zu einem Hof gehörten, mit dem Namen des Hofbesitzers gerufen, auch wenn sie in Wirklichkeit ganz anders hießen. Manche von den älteren Dorfbewohnern machen das heute noch.«

»Aha. Und wo wohnt diese Maria jetzt?«

»Wo sie jetzt wohnt?« Joachim schüttelte den Kopf. »Ach Gott, ich hab' keine Ahnung, ob sie überhaupt noch lebt, das ist verdammt lang her!«

»Wie lang?«

»Nun, ich war damals ein kleines Kind, an die vierzig Jahre, würde ich sagen.«

Vierzig Jahre! Und mit diesen alten Kamellen machten die verrückten Schwestern heute noch die Pferde scheu. Unglaublich!

»Und wer war sie?« fragte ich aufgeregt.

»Karen, ich kann dir nicht viel über sie sagen. Ich weiß gerade noch ihren Namen, sonst habe ich gar keine Erinnerung an sie. Ich war einfach zu jung. Was soll mit ihr gewesen sein?«

»Das weiß ich nicht. Aber ich wüßte es gern.«

Er sah mich verwundert an.

»Nun, wenn es dich so brennend interessiert, dann frag doch Hochwürden!« schlug er vor.

»Georgi?«

»Ja, natürlich. Der kannte alle im Dorf zur Genüge!«

»Auch die Mägde?«

»Mit Sicherheit. Damals waren sie doch alle stinkfromm oder taten zumindest so. Der kannte jedes seiner Schäfchen ganz genau.«

Nun war es an mir, verwundert dreinzublicken. Sollte der alte Herr mich wirklich so dreist belogen haben?

»Wie kommst du denn auf diese Geschichte?« fragte Joachim fast ein wenig belustigt.

»Ach, die alten Fräuleins erwähnten so etwas. Reine Neugier.«

»Wenn du möchtest, kann ich ja mal meine Schwester fragen. Die ist ein paar Jährchen älter als ich und hat sicher diese Zeit deutlicher in Erinnerung als ich.«

»Ach, so wichtig ist es nicht. Ich dachte nur, du wüßtest zufällig etwas. Ich habe auch nicht damit gerechnet, daß die Sache so lang her ist.«

»Nun, die Fräuleins sind nicht mehr so up-to-date, was das aktuelle Tagesgeschehen betrifft, die verheddern sich schon mal gern in Dinge, die ein halbes Jahrhundert zurückliegen und tun dann so, als sei's gestern gewesen. ›Dein Vater hätte jetzt sicher dies, dein Vater würde bestimmt jenes . . .‹, da kann ich ein Lied von singen. Dabei ist mir der Alte so fremd wie irgendjemand. Ich kann mich an ihn genau so viel oder so wenig erinnern wie zum Beispiel an diese Maria.«

»Hat es Ihnen geschmeckt?« wollte der Pizzabäcker plötzlich wissen. »Wir schließen gleich, wenn Sie bitte austrinken wollen.«

»Selbstverständlich. Ich möchte gern zahlen.« Joachim beglich die Rechnung und ließ sich auch beim Trinkgeld nicht lumpen. »Gehen wir noch irgendwohin?« wandte er sich anschließend wieder an mich.

»Ach bitte, ich möchte nach Hause, wenn es dir nichts ausmacht. Ich bin sehr müde.«

»Dein Wunsch sei mir Befehl!«

»Danke für den schönen Abend«, verabschiedete sich mein Begleiter, als wir in den Hof einfuhren.

»Oh, ich habe zu danken«, entgegnete ich wohlerzogen. »Ich wünsche dir eine gute Nacht und süße Träume.«

»Gute Nacht, Karen.«

*

»Stimmt es, daß du jemanden umgebracht hast?« platzte Maria heraus, kaum daß sie die Kammertür hinter sich geschlossen hatte. Aus tiefstem Schlaf gerissen fuhr Hannes erschreckt auf. Er brauchte einen Moment, ehe er begriff, wo er sich befand und was die junge Frau von ihm wollte.
»Ob du jemanden umgebracht hast, will ich wissen!« Maria zitterte vor Aufregung.
»Ja, es ist wahr«, antwortete er tonlos. Nur mit Mühe hielt er ihrem Blick stand.
»Wie ist es passiert?« fragte sie in eisigem Tonfall.
»Es war ein Unfall – das heißt, irgendwie auch wieder nicht.« Er sah sie gequält an, hob die Hände und ließ sie kraftlos auf die Bettdecke sinken. »Die Sache ist sehr kompliziert, Maria.«
»Entweder man hat jemanden umgebracht oder nicht, was kann daran kompliziert sein?« fuhr sie ihn an.
Hannes gab keine Antwort. Er sah elender aus denn je. Das braune Haar klebte feucht an seiner Stirn, die Augen waren rot geädert. Sein Atem ging unregelmäßig und stoßweise.
»Ich will eine Antwort von dir, Hannes, und zwar sofort!«
»Ich werde sofort gehen, wenn du darauf bestehst. Ich ziehe mich an und bin weg, sobald die Luft draußen rein ist. Sag ein Wort und ich mache mich jetzt gleich aus dem Staub.«
»Du wirst dich hüten, hier am hellichten Tage hinauszuspazieren und dich schnappen zu lassen. Wie steh' ich denn dann da, was meinst du wohl?«
»Ich werd' aufpassen. Und wenn sie mich schnappen, dann sage ich, ich hätte dich gezwungen, mich in deine Kammer zu lassen.«
»So ein Blödsinn, das glaubt doch keiner! Du bleibst hier, bis es dunkel ist.« Ihr Tonfall duldete keine Widerrede.
»Wenn du meinst . . .«
»Ja, das meine ich!«
»Maria, ich weiß nicht, was sie dir erzählt haben«, begann Hannes zögernd und sah sie ernst an. »Ich habe nicht wahllos jemanden auf der Straße überfallen. Es stimmt, daß der Mann

tot ist, aber ich habe seinen Tod nicht gewollt oder vielleicht doch, keine Ahnung. In diesem Moment war mir alles egal. Er sollte seine Strafe kriegen für das, was er mir angetan hatte.« Ein Hustenanfall unterbrach seine Ausführungen. »Ich habe ihn auf der Straße zur Rede gestellt und dann auf ihn eingeschlagen«, fuhr er mit gepreßter Stimme fort, als er sich wieder einigermaßen erholt hatte. »Er sollte eine Tracht Prügel kriegen, die er sein Leben lang nicht vergessen würde. Dabei ist er mit dem Kopf auf die Bordsteinkante geschlagen und . . .« Er hielt inne. »Was ich getan habe, mag ein Fehler gewesen sein, in deinen Augen vielleicht sogar eine Todsünde, aber ich bin kein eiskalter Meuchelmörder.«

»Das klingt ja alles sehr beruhigend! Und würdest du mir netterweise verraten, worauf bei dir die Todesstrafe steht?« Ihre Augen bohrten sich in seine. »Ich frage nur, damit ich mich drauf einstellen kann und nicht aus Versehen eine Dummheit begehe!«

»Ach, Maria, die Geschichte ist nicht so einfach . . .«

»Aber du maßt dir an, über ein Menschenleben zu richten! Was hat der Mensch getan, den du umgebracht hast? Ich will es jetzt wissen!«

»Er hat meinen Vater bei den Nazis denunziert. Niemand hat ihn dazu gezwungen. Er tat es aus freien Stücken, um sich anzubiedern, aus keinem anderen Grund als diesem! Und das, obwohl er der beste Freund meines Bruders war und . . .«

»Und jetzt soll ich wohl vor Mitleid weinen?«

»Nein. Aber du wolltest eine ehrliche Antwort.«

»Woher wußtest du so genau, daß er es war?«

»Weil er es mir ins Gesicht gesagt hat, deswegen!«

»Und das hat in deinen Augen gereicht, ihn umzubringen?«

»Es hat gereicht, meinen Vater verschwinden zu lassen! Sie haben ihn deportiert, und ich habe ihn nie wieder gesehen.«

Maria öffnete den Mund, um etwas zu sagen, hielt dann jedoch inne und wandte sich ab. Wortlos verließ sie den Raum.

Als sie am Abend wiederkam, schlief ihr unheimlicher Gast und wachte auch nicht auf, als sie an sein Lager trat. Das versprochene Wellfleisch hatte sie mitgebracht. Leise stellte sie den Topf ab, zog sich einen Stuhl heran und setzte sich zu ihm. Das Kinn auf die Hand gestützt, betrachtete sie den Schlafenden eine ganze Weile. So also sah ein Mörder aus. Sie suchte nach einem Hinweis, einem geheimen Zeichen, doch es gab nichts in seinem Gesicht, was auf eine derartige Tat hingewiesen hätte, im Gegenteil: Wären die Bartstoppeln nicht gewesen, die einen herben Schatten auf sein Kinn warfen, man hätte glauben können, in das Gesicht eines Engels zu blicken. Eine seltsame Vertrautheit ging von dem fremden jungen Mann aus, die Maria tief berührte. Sie legte dem Schlafenden ihre kühle Hand auf die fiebrige Stirn und ließ sie dort ruhen. Die Berührung schien ihm gut zu tun, denn ein leises Lächeln umspielte seine Lippen, ohne daß er erwachte. Selten hatte sie einen so gutaussehenden Mann gesehen, außer Rainer Herber vielleicht, den Sohn des Dorfschreiners. Aber dessen glatte Züge und sein selbstgefälliges Lächeln sprachen sie nicht sonderlich an. Dieser hier war anders: Das schmale Gesicht mit den hohen Jochbögen, die geschwungenen, weichen Lippen, die dichten Brauen, die exakt die Farbe seines Haares hatten, die schmale, nicht ganz gerade Nase, alles an ihm erschien ihr auf eine besondere Weise schön. Sie erinnerte sich an seine dunkelblauen Augen, die sie um Hilfe angefleht hatten. Nein, dieser hier war anders.

Wenn er aufwacht, muß er weg, dachte Maria und stand abrupt auf. Draußen begann es zu regnen. In hartem Stakkato trommelten die Tropfen auf das Dachlukenfenster, begleitet von dem melodischen Rauschen des Windes. Die Wettergötter schienen Freude zu haben an der eintönigen Musik und waren wohl nicht so bald willens, ihr Konzert zu beenden. Bei diesem Wetter jagte man keinen Hund vor die Tür.
»Wie spät ist es?« fragte Hannes, kaum daß er die Augen aufgeschlagen hatte und setzte sich abrupt auf.

»Es ist halb zehn«, antwortete Maria ruhig und trat zu ihrem Schützling.
»Warum hast du mich nicht geweckt?« In seinem Blick lag Verwirrung und Erstaunen.
»Ich habe es versucht, aber du hast so fest geschlafen.«
»Verdammt, ich muß los, ich hab' dich schon viel zu lange belästigt!« Hannes schälte sich hektisch aus seiner Decke, doch von weiteren Aktionen hielt ihn ein heftiger Hustenanfall ab. Maria dankte dem Himmel dafür, daß Willem so taub war.
»Hannes, ich glaube, es ist keine gute Idee, jetzt einfach loszulaufen. Du wirst dir eine Lungenentzündung holen, horch, wie es regnet!« Sie wies zur Dachluke hinüber, auf die der Regen mit unveränderter Heftigkeit niederprasselte. »Außerdem hast du Fieber, du hast im Schlaf gezittert trotz der dicken Decken – und jetzt ist es nicht viel besser«, fügte sie mit einem abschätzenden Blick hinzu. In der Tat schüttelte es den jungen Mann auch dann noch heftig, als der Hustenanfall bereits abgeklungen war.
»Aber was soll ich denn?« Ihm versagte die Stimme.
»Ich mache dir einen Vorschlag«, erklärte Maria gefaßt. »Bleib noch einen Tag hier und ruh dich aus. Hier oben wird dich niemand suchen. Du kannst morgen abend verschwinden, wenn du dich ein wenig erholt hast. Dann ist die Gefahr, daß sie dich schnappen, vielleicht nicht mehr so groß.«
Hannes war dankbar für das Angebot, auch wenn er sich dafür schämte, ihr noch länger zur Last zu fallen. Doch er fühlte sich hundeelend und war kaum in der Lage, überhaupt aufzustehen, geschweige denn, einen Gewaltmarsch hinaus ins Ungewisse zu unternehmen. Und er hatte Maria gern um sich. Sie war wie ein schützender Engel, der ihn behütete, während er schlief. Er wollte weiterschlafen.
»Danke, Maria«, war alles, was er hervorbrachte.
»Ist schon gut«, erwiderte sie, ohne ihn anzusehen.
Es wurde eine unruhige Nacht. Zunächst zögerte Maria das Zubettgehen hinaus, die Ereignisse hatten sie zu sehr aufge-

wühlt, als daß sie sofort Schlaf gefunden hätte. Sie hatte auch noch nie mit einem fremden Mann im selben Raum übernachtet. Endlich löschte sie das Licht, streifte schnell ihr Nachthemd über und schlüpfte unter die Decke. Wenig später begann Hannes zu husten. Ihr war, als bebte die Erde bei diesem trockenen, rauhen Gebell, das die nächtliche Stille erschütterte. Schnell sprang sie auf und hielt ihm ein Kissen vor, um die Lautstärke ein wenig zu dämpfen. Der Knecht war zwar schwerhörig, aber nicht völlig taub. Das Husten klang bedrohlich nach einer beginnenden Lungenentzündung. Prüfend legte sie dem Kranken eine Hand an die Wange, die im Fieber wie ein Stück Kohle glühte. Ihr brach der Angstschweiß aus. Was war, wenn sie ihm nicht würde helfen können, wenn er stürbe? Um Himmels willen, schalt sie sich selbst, mal nicht den Teufel an die Wand! Sieh lieber zu, daß du das Fieber herunterbekommst. Sie holte vier Leintücher aus ihrer Kommode und tauchte sie alle in den Wascheimer, den sie neben die Schlafstätte des jungen Mannes stellte. Dann befreite sie seine Füße aus der Decke, hob einen nach dem andern auf ihren Schoß und umwickelte die Waden.

»Was machst du?« fragte Hannes und versuchte sich aufzurichten. Seine Stimme war nur noch ein tonloses Flüstern.

»Bleib liegen und schlaf weiter. Wir müssen das Fieber senken.«

»Maria, das wird schon – laß nur.«

»Ja, ja.« Sie ließ ihn reden, er war ohnehin zu schwach, sich ihrem Tun zu entziehen. Bald fiel ihr Patient erneut in einen ohnmachtsähnlichen Schlaf. In ihren wollenen Umhang gehüllt hockte sie zu seinen Füßen und setzte mechanisch ihre Arbeit fort. Immer wieder befühlte sie voll Sorge seine Stirn, doch Stunde um Stunde verging, ohne daß sich eine nennenswerte Besserung einstellte. Ab und zu sank ihr das Kinn auf die Brust, und der Schlaf überwältigte sie für Minuten, doch sie schreckte immer wieder hoch und erneuerte die Wadenwickel, bis es Zeit zum Melken wurde.

Nach der Viehfütterung täuschte Maria einen heftigen Anfall von Migräne vor und bat die Bäuerin, sich ein wenig hinlegen zu dürfen. Frau Pitzer, die den explodierenden Schmerz unter der Schädeldecke kannte, bedeutete mit einem knappen Kopfnicken ihre Zustimmung.

»Soll später jemand nach dir sehen?« fragte sie unerwartet.

»Nein, nein, vielen Dank, das ist nicht nötig.«

Voll Sorge eilte die Magd zurück in ihre Kammer und weckte behutsam ihren Patienten.

»Erschrick nicht«, flüsterte sie, »es ist alles in Ordnung. Wir müssen nur ein paar Umschläge machen gegen den Husten.«

»Jawohl, Frau Doktor!« krächzte Hannes stimmlos und schlug die Decke zurück. Maria legte ihm das feuchte Tuch auf, dessen scharfe Ausdünstungen in Augen und Nase brannten.

»Was ist das für ein Teufelszeug?« flüsterte er und verzog das Gesicht.

»Psst. Das ist Senfmehl, nehmen wir für die Tiere, soll aber auch bei Menschen helfen.«

Hannes legte die Stirn in Falten und schüttelte angewidert den Kopf.

»Wie unangenehm!«

»An Lungenentzündung zu krepieren, dürfte auch kein Vergnügen sein«, konterte Maria trocken. »So, das dürfte vorerst reichen.« Sie nahm den Wickel ab und tauchte ihn in eine Schüssel mit lauwarmem Wasser. Dann wrang sie das Tuch sorgfältig aus und legte es ausgebreitet auf den Tisch, um es noch einmal dick mit Senfmehl zu bestreuen. »Jetzt ist die Kehrseite dran. Bitte einmal umdrehen!«

Der Kranke tat, wie ihm geheißen. Die Prozedur strengte ihn ungemein an, er war schweißgebadet. Irgend etwas gurgelte in seiner Brust und schob sich nach oben. Sofort ergriff er sein schalldämpfendes Kissen und begann wieder zu husten.

»Na, wenigstens scheint sich der Schleim etwas zu lösen«, stellte Maria sachlich wie eine Krankenschwester fest. »Nicht runterschlucken, ich geb' dir den Nachttopf!«

Hannes warf ihr einen verzweifelten Blick zu.
»Stell dich nicht so an, ich bin Schlimmeres gewöhnt als ein bißchen Spucke!« Sie schob ihm den Topf hin und wandte sich ab.
»Maria, warum tust du das alles für mich?«
Maria fuhr herum. Die Erschöpfung stand ihr ins Gesicht geschrieben, doch ihre Augen funkelten wild.
»Warum? Warum? Was bleibt mir denn anderes übrig? Wenn du hier krepierst, seh' ich ganz schön dumm aus. Ich kann dich schlecht auf den Misthaufen karren.« Der junge Mann starrte sie entgeistert an. Sie schlug sich die Hände vor den Mund und schloß für einen Moment die Augen. »Entschuldigung, ich hab's nicht so gemeint.«
Hannes versuchte angestrengt das Zittern zu unterdrücken, das seinen ganzen Körper erfaßte.
»Du hast mich zum Bleiben aufgefordert. Ich wollte gestern abend verschwinden!« stieß er schließlich hervor. Sofort wurde er von einem neuerlichen Hustenanfall geschüttelt.
»Hannes, du hast recht. Entschuldige bitte, ich bin fertig mit den Nerven«, erklärte Maria, als der Anfall vorbei war. In ihren Augen standen Tränen.
»Du brauchst dich nicht zu entschuldigen, du hast ja recht«, entgegnete er kraftlos. Betretenes Schweigen machte sich breit und stand wie eine Wand zwischen ihnen.
»Laß uns nicht mehr darüber reden«, sagte Maria endlich und tat gefaßter, als sie es war. »Sehen wir lieber zu, daß du bald wieder gesund wirst.« Sie versuchte ein Lächeln und wandte sich zur Tür. »Einen Augenblick, bin gleich wieder da.« Eilig hastete sie in den kleinen Lagerraum am Ende des Ganges, griff sich ein dunkles Glas mit Schraubverschluss aus dem Regal und kehrte in ihre Kammer zurück. »So, das nimmst du ab jetzt alle paar Stunden«, befahl sie und deutete auf das Glas in ihrer Hand.
»Was ist das?«
»Nicht fragen, Mund auf!«

Gehorsam ließ der Patient sich einen Löffel voll von der roten, festen Masse einflößen.

»Marmelade?« flüsterte er erstaunt.

»Ja, das ist Marmelade, allerdings mit einem kleinen Zusatz. Jetzt können wir einmal testen, ob es tatsächlich wirkt. Ich selbst hab' es nie ausprobiert, aber Willem schwört darauf.«

Hannes schüttelte verwundert den Kopf.

»Angeblich gibt es nichts Besseres gegen Husten, auch wenn es vielleicht ein bißchen unappetitlich ist«, plauderte Maria weiter. Noch immer sah er sie fragend an.

»Es ist Schneckensirup«, klärte sie ihn auf und gab sich wenig Mühe, ihr Grinsen zu verbergen. Hannes schluckte hörbar. »Na, so schlimm ist es auch wieder nicht.« Sie zuckte die Achseln und warf ihm einen schelmischen Blick zu. »Es soll Leute geben, die Schnecken als Delikatesse betrachten!« Ihr Patient vergaß vor Verwunderung das Husten. »Willem hat mir mal erzählt, wie er den Sirup macht. Er sammelt in aller Morgenfrühe ungefähr zwei bis drei Dutzend rote Waldschnecken. Die werden auf einem Stück Tuch ausgebreitet, das er über ein Steingutgefäß gespannt hat. Dann bestreut er sie mit Salz. Das Sekret, das die Schnecken abgeben, wird mit Marmelade vermischt, fertig!«

»Du scheinst mir ein weiblicher Doktor Eisenbart zu sein«, flüsterte Hannes.

»Wer bin ich?«

»Schon gut.« Er winkte erschöpft ab.

»Schlaf jetzt am besten wieder, aber vorher geb' ich dir noch einen Schluck Tee.« Hannes nickte und nahm die dampfende Tasse in Empfang, die sie ihm hinhielt.

Gegen Abend erfuhr Marias Migräne eine wundersame Besserung. Da sie kein größeres Aufsehen erregen wollte, machte sie sich wieder an die Arbeit. Als sie todmüde auf ihr Zimmer zurückkehrte, schlief Hannes noch immer. Nach wie vor brannte seine Stirn und der Husten, der ihn häufig im Schlaf überfiel, war markerschütternd. Noch einmal machte sie ihm Senfmehlumschläge und beschloß, es später wieder mit Wadenwickeln zu versuchen. Sie hoffte inständig, es möge sich bald eine Besserung einstellen, doch die zweite Nacht gestaltete sich kaum besser als die erste. Ihr Patient phantasierte im Schlaf, sein Atem ging flach und stoßweise. Anfallsartig schüttelte es ihn am ganzen Körper, während ihm der Schweiß aus allen Poren brach. Wieder packte sie die Verzweiflung. Aus Angst, er könne sterben, während sie schlief, getraute sie sich kaum die Augen zu schließen. Erst die Einsicht, daß ihnen beiden wenig damit gedient sei, wenn auch sie ernstlich krank würde, zwang sie schließlich ins Bett.

*

An einem düsteren Dezembernachmittag traf ich die Haushälterin des Pastors im dörflichen Tante-Emma-Laden, der mich dank meines Katzenbabys mittlerweile zu seinen Stammkundinnen zählen durfte.

»Also wissen Sie, ich bin jedesmal ganz erstaunt, wenn ich Sie sehe«, sprach sie mich an. »Sie haben so große Ähnlichkeit mit einer jungen Frau, die ich einmal gekannt habe«, erklärte sie lächelnd und musterte mich unverhohlen. »Wirklich, man könnte Sie verwechseln, lägen nicht so viele Jahre dazwischen!«

Ich wurde sofort hellhörig.

»Ach ja?«

»Ja, es ist ganz erstaunlich. Haben Sie Verwandte hier?«

»Nein.«

»Das ist merkwürdig.« Sie schüttelte verwundert den Kopf. »Als ich Sie letzte Woche bei Herrn Georgi sah, ist mir der Name der Kleinen nicht sofort eingefallen. Erst später, als ich nicht mehr darüber nachgedacht habe, wußte ich ihn wieder. Sie kennen das vielleicht, man grübelt und grübelt, aber ohne Ergebnis, und dann beim Wäscheaufhängen oder Kartoffelnschälen, da fällt es einem plötzlich wieder ein.«

»Ja, ja, das kenne ich, es geht mir auch oft so.«

Sie nickte. »Nun, ich werde ja auch nicht jünger, da spielt einem das Gedächtnis manchmal Streiche. Aber an Menschen aus meiner Jugend erinnere ich mich gut.«

»An wen denken Sie denn?« fragte ich ungeduldig. Die Antwort ahnte ich bereits.

»An Pitzers Maria. Ihren richtigen Nachnamen weiß ich nicht mehr, aber der sagt Ihnen ohnehin nichts, nicht wahr?«

»Nein, leider nicht.«

»Nun, vielleicht ist alles auch nur Einbildung ...«

»Kommt noch etwas hinzu, Frau Hollerbach?« wollte die junge Frau an der Kasse wissen.

»Nein danke, Helga, ich habe alles beisammen.« Frau Hollerbach zückte ihr Portemonnaie, das so groß und dick war wie die Geldbörse einer Kellnerin in einem gutbesuchten Ausflugslokal. »Jetzt muß ich mich aber sputen! Eigentlich wollte ich nur schnell einen Becher Sahne kaufen«, erklärte sie uns. »Die ist mir nämlich ausgegangen, und der Herr Pastor wartet schon auf seinen Kaffee.«

»Oh, wie geht es ihm?« fragte ich der Höflichkeit halber, war mit meinen Gedanken jedoch noch immer bei Maria.

»Nun, er ist ein bißchen krank oder sagen wir besser pflegebedürftig. Er hat sich den Fuß verstaucht.«

»Das tut mir leid. Ein Unfall?«

»Er ist beim Radfahren gestürzt. Ich sage ihm ja immer, er soll es lassen, zumindest bei diesem Wetter, aber wer nicht hören kann ...« Sie zwinkerte mir komplizenhaft zu. »Kommen Sie doch mit und sehen Sie selbst nach ihm«, forderte Sie mich auf. »Er würde sich sehr darüber freuen.«

»Ich möchte ihn nicht überfallen, vielleicht ist es ihm nicht recht.«

»Ach was, er ist sehr froh über den Besuch, glauben Sie mir. Es wäre mal eine Abwechslung, mich alte Schachtel sieht er ja jeden Tag. Und so an den Sessel gefesselt, da wird er schnell ein bißchen grantig. Wissen Sie, er ist ein Mensch, der nicht gut untätig sein kann. Normalerweise ist er ständig unterwegs – so ein Pastor ist ja nie richtig im Ruhestand. Nur wenn's ihm selbst mal schlechtgeht, dann läßt sich keiner blicken, man kennt das ja. Machen Sie ihm die Freude, nur ein halbes Stündchen!«

Konnte ich da nein sagen? Bei so viel spontaner Herzlichkeit wohl kaum. Außerdem hoffte ich, mehr über meine Doppelgängerin in Erfahrung zu bringen.

»Also gut, auf eine Tasse Kaffee komme ich gern mit.«

»Herr Georgi, raten Sie mal, wen ich mitgebracht habe!« rief Frau Hollerbach, kaum daß sie die Haustür aufgesperrt hatte. »Komm rein, Kind«, forderte sie mich auf und nahm mir den Mantel ab. Ich folgte ihr ins Wohnzimmer.

»Welch angenehme Überraschung, Sie so bald wiederzusehen, liebe Karen!« rief der alte Mann und legte seine Lektüre beiseite. »Entschuldigen Sie bitte, daß ich nicht aufstehe.«

»Bleiben Sie ruhig sitzen.« Ich trat zu ihm, und er ergriff freudig meine Hand.
»Ich werde dann mal den Kaffee holen«, meinte Frau Hollerbach und ließ uns allein.
»Ich höre, Sie haben Probleme mit dem Bein?«
»Ach, glücklicherweise nichts Ernstes. Ich habe mir den Knöchel verstaucht, aber es geht schon wieder. Ein dummer Unfall draußen auf der Treppe, diese rutschigen Stufen werden mir noch mal zum Verhängnis!«.
»Da haben Sie aber Glück im Unglück gehabt, das hätte auch schlimmer ausgehen können! Ich wünsche Ihnen gute Besserung.«
»Danke, Karen, vielen Dank. Und wie geht es Ihnen?«
»Oh, ich kann nicht klagen.«
Frau Hollerbach kam mit einem Tablett herein und legte drei Gedecke auf. Ich fragte, ob ich helfen könne. Sie winkte ab.
»Laß mal, Kind, das ist schnell gemacht. Bleib du mal schön bei unserm Pastor.« Sie verließ erneut das Zimmer, kam jedoch bald mit dem Kaffee wieder. »Heute gibt es nur trockenen Kuchen«, tat sie kund, während sie den Christstollen anschnitt, und es klang fast wie eine Entschuldigung.
»Aber Frau Hollerbach, der Stollen ist ganz ausgezeichnet!« meinte Georgi. »Karen, darf ich Ihnen ein Stück anbieten?«
»Gern.« Er reichte mir eine große Scheibe, die vor Rosinen nur so strotzte.
»Herr Pastor, finden Sie nicht auch, daß Frau Jansen sehr viel Ähnlichkeit mit Pitzers Maria hat?« fragte die Haushälterin arglos.
»Wie bitte?« Der Pastor räusperte sich.
»Na, ich finde, sie sieht aus wie diese Maria, die früher einmal bei Pitzers in Stellung gewesen ist.«
»Also, ich muß sagen, bisher ist mir nichts dergleichen aufgefallen«, erklärte Georgi kopfschüttelnd.
»Aber Sie erinnern sich doch an das Mädchen?« Er antwortete nicht gleich. »Ich erinnere mich jedenfalls recht gut an sie«, er-

klärte Frau Hollerbach. »Lassen Sie mich überlegen – ja, jetzt weiß ich es: Das letzte Mal habe ich sie auf der Hochzeitsfeier meiner Schwester gesehen, im Februar 1950. Wenn es Sie interessiert«, wandte sie sich an mich, »schaue ich zu Hause einmal nach, ob ich noch ein Foto von der Hochzeit finde.«

»O ja, das wäre schön.«

»Jetzt erinnere ich mich dunkel«, bekannte der Pastor.

»Na sehen Sie, ich sag's doch!« triumphierte die Haushälterin. »Sie sieht ihr so ähnlich und wohnt auch noch auf demselben Hof. Wenn das kein merkwürdiger Zufall ist, nicht wahr?« Sie sah den Pastor bestätigungssuchend an. »Ich habe mich auch schon erkundigt, ob sie Verwandte hier in der Gegend hat«, fuhr sie fort, »aber sie meinte, dem wäre nicht so.«

»Und was ist aus dieser Maria geworden?«

»Nun ...« Sie warf Georgi einen kurzen Blick zu. »Ich weiß es nicht so recht, ich wohnte zu dieser Zeit mit meinem Mann bereits in der Stadt. Aber über die ganze Familie ist damals das Unglück hereingebrochen – erzählen Sie doch!«

»Frau Hollerbach, langweilen wir unseren Besuch nicht mit diesen uralten Geschichten, ich bitte Sie!«

»Aber es interessiert mich durchaus!« warf ich ein.

»Nun, da gibt es nicht viel zu erzählen. Mein Gedächtnis läßt mich auch arg im Stich, muß ich gestehen.«

»Ja, aber Herr Pastor, damals diese schreckliche Sache ...«

»Frau Hollerbach, bitte!« unterbrach der alte Mann sie in ungewohnt scharfem Tonfall. »Das sind Ammenmärchen. Ich bin nicht gewillt, mich an dieser Gerüchteküche zu beteiligen!«

»Natürlich«, stimmte ihm Frau Hollerbach pikiert zu und erhob sich abrupt. »Ich werde uns noch Kaffee aufbrühen.«

»Entschuldigen Sie, Karen«, bat Georgi, als sie gegangen war. »Aber hier auf dem Land steigern sich manche Geschichten ins Uferlose, das war mir schon immer ein Greuel. Mit haltlosem Klatsch und Tratsch wurden Menschenleben zerstört. So etwas dulde ich nicht, wenn ich zum Zeugen gemacht werde«, erklärte er streng. »Im Keim ersticken, das ist meine eiserne Devise, was übles Gerede betrifft!« Angesichts dieser vehement vorgetragenen Moralpredigt wagte ich es nicht mehr, mich nach den angedeuteten Vorfällen zu erkundigen. Ich wußte überhaupt nicht, was ich sagen sollte und war froh, als Frau Hollerbach, die meiner Meinung nach ein wenig Trost nötig hatte, zurückkam.

»Noch Kaffee?« frage sie mich.

»Danke, gern. Leben Sie eigentlich auch hier im Dorf, Frau Hollerbach?«

»Ich? Nein, nein. Ich wohne ein paar Kilometer weiter und komme immer mit dem kleinen Flitzer hierher, der draußen vor der Tür steht.«

»Dann haben Sie nicht lange in der Stadt gelebt?«

»Doch, doch, fast dreißig Jahre. Mein Mann hat damals nach dem Krieg eine Arbeit in der städtischen Verwaltung angenommen«, erklärte sie und nahm wieder Platz. »Wir sind erst nach seiner Pensionierung zurück in die Heimat, das war 1984. Er hat hier sein Elternhaus geerbt, wissen Sie.«

»Und seitdem backen Sie diese tollen Kuchen für Herrn Georgi?« erkundigte ich mich.

»Ja, seit beinahe acht Jahren.« Trotz ihres Lächelns merkte man ihr an, daß sie noch immer ein wenig beleidigt war.

»Und dem Himmel sei Dank dafür«, bemerkte Georgi, vielleicht um etwas gut zu machen. »Ohne Frau Hollerbach wäre ich schon manches Mal in die Bredouille geraten! Dabei hätte sie ihren Ruhestand genau so verdient wie ich den meinen«, erklärte er demonstrativ.

»Ich zähle mich noch nicht zum alten Eisen«, gab die Haushälterin zurück. »Wissen Sie, Frau Jansen, ich hab' mein ganzes Leben lang gearbeitet, erst auf dem Hof meiner Eltern, dann in einer Konservenfabrik, später in einer Reinigung, dann fünfzehn Jahre in einer Kantine und so fort. Das war immer selbstverständlich, zumal mein Mann und ich leider keine Kinder hatten. Ich kann jetzt nicht einfach so untätig herumsitzen, wer rastet der rostet, nicht wahr, Herr Pastor?«

»Ja, es hat nur zu oft diesen Anschein.«

»Und wenn ich mir vorstelle, ich hockte den ganzen Tag zusammen mit meinem Mann in der Stube, nicht auszudenken! Da würde sicher bald einer von uns auf der Strecke bleiben. Aber so – er hat seinen Angelklub und den Sportschützenverein und seine Bienen, und ich, ich gehe eben dem Pastor ein bißchen zur Hand. Das ist für alle die beste Lösung, und jeder ist zufrieden – zumindest solange man nicht als Sündenbock herhalten muß, wenn jemand seinen schlechten Tag hat«, fügte sie spitz hinzu und sah Georgi herausfordernd an. »Noch ein Stückchen Stollen, Pastorchen?«

»Vielen Dank, ich sage nicht nein. Karen, was macht die Wissenschaft?« Der alte Knabe hatte ein unglaubliches Talent, radikal das Thema zu wechseln, wenn ihm etwas nicht in den Kram paßte. Frau Hollerbach reichte ihm noch ein Stück Kuchen, entschuldigte sich dann und verließ das Zimmer.

»Also, über welches Thema schreiben Sie Ihre Magisterarbeit?«

Die Frage war mir unangenehm, da ich mich, was meine Arbeit betraf, auf ziemlich schwankendem Boden befand.

»Ich beschäftige mich mit dem Verständnis von Zeit«, erklärte ich zögernd. »Speziell interessiert mich der Zusammenhang zwischen Zeitbegriff und Gesellschaftsform.« Ich erzählte von den vorrangig zyklischen Zeitstrukturen »primitiver« Gesellschaften, die sich an den stets wiederkehrenden Jahreszeiten, Heiligenfesten und Markttagen orientierten. Die Zeit an sich hatte keine eigenständige Bedeutung, sondern wurde allenfalls als eine Art Endlosschleife gedacht. Georgi wandte ein, daß bereits die Babylonier um 3000 vor Christus den astronomischen Jahreskalender erfunden hätten und später die Griechen ihre Sonnen- und Wasseruhren.

»Ja, in der Tat. Aber es ist kein Zufall, daß es die ersten frühen Hochkulturen waren, die diese Erfindungen machten,« antwortete ich. »Diese Kulturen waren bereits sehr komplex und strukturiert. Und je stärker sie sich ausdifferenzierten, desto größer wurde ihr Koordinationsbedarf. Es wurden vom Geschehen unabhängige, abstrakte Meßinstrumente benötigt, die für alle in gleichem Maße galten. Kalender und Uhren wurden diesen Bedürfnissen auf geniale Weise gerecht: Ihr lineares Zeitverständnis machte es möglich, das Geschehen auf einfachste Art und Weise in exakte Abschnitte von prinzipiell gleichwertiger Qualität zu gliedern, die für alle verbindlich waren. Und mit ihnen wandelte sich auch das Verständnis von Zeit: Aus der Schleife wurde ein Strang, der aus der Vergangenheit kommt und in die Zukunft mündet, irreversibel und unendlich.«

»Liebe Karen, es macht wirklich Freude, Ihnen zuzuhören! Ich bin mir sicher, daß sie eine erstklassige Arbeit vorlegen werden.«

Ich freute mich über das Lob, das meinem Selbstbewußtsein einen gehörigen Auftrieb gab. Außerdem tat es gut, sich mit einem gescheiten Menschen zu unterhalten. Innerhalb der häuslichen vier Wände und mit einer Katze als einzigem Gesprächspartner drohte mein Sprachschatz allmählich auf ein eher rudimentäres Grundvokabular zu schrumpfen, wie ich zugeben mußte.

Leichten Herzens gab ich Georgi bei meinem Aufbruch das Versprechen, unser Gespräch bald fortzusetzen.

*

»Guten Morgen, meine Schönen!« Der Sohn des Dorftischlers betrat die Schlachtküche, in der die Großmutter und Maria Gänse rupften.
»Morgen, Rainer«, grüßte die Alte zurück. Maria blickte nur kurz auf und nickte ihm zu.
»Da habt ihr ja schon eine feiste Gans für mich, die wird schmecken!« meinte Rainer gut aufgelegt und rieb sich die Hände.
»Ja, die hier ist für euch!« Die Alte deutete auf das Tier in ihrem Schoß. »War die letzte Überlebende – bis eben zumindest. Moment noch, hab' sie gleich fertig.«
»Oh, laß dir Zeit, Großmütterchen, gut Ding will Weile haben! Dann können wir ein bißchen plaudern.« Er warf der Magd einen vielsagenden Blick zu: »Maria, im Nachbardorf ist am kommenden Sonnabend Tanz, da will ich mit dir hin.«
»So? Hast du sie schon gefragt, ob sie auch dorthin will?« mischte sich die Alte ein.
»Na, deswegen bin ich extra gekommen!«
»Ich dachte, du wolltest die Gans holen.«
»Ja, das auch, aber warum nicht das Angenehme mit dem Nützlichen verbinden, nicht wahr? Schönes Kind, wann soll ich dich abholen?«
»Danke für das Angebot, Rainer, aber ich komme nicht mit.«
»Mensch Mädel, gib dir einen Ruck!«
Den hatte sie sich schon einmal gegeben, und seitdem wurde sie Rainer Herber nicht mehr los.
»Ach, Rainer, ich fühle mich nicht besonders gut, mir ist nicht nach Tanzen zumute!«
»Was ist denn, bist du krank?«
Maria gab keine Antwort.
»Du hast doch gehört, sie fühlt sich nicht wohl«, meinte die Alte, ohne den Blick von ihrem Federvieh abzuwenden.
»Was fehlt ihr denn?«
»Brütet was aus, nehm' ich an.«
Maria warf einen irritierten Seitenblick auf die alte Bäuerin.

»Wird sich eine Grippe eingefangen haben oder sowas«, fuhr die Alte ungerührt fort. »Sieht schon ganz mitgenommen aus.«

»Ach was, gut sieht sie aus, nur ein bißchen müde vielleicht. Also, was ist, Maria?«

»Ich habe dir bereits gesagt, ich komme nicht mit.«

»Dann nimm doch mich, Rainer!« jauchzte die Alte. »Ich bin immer gern tanzen gegangen, als ich jung war. Nur mein Mann, der war kein so begnadeter Tänzer, sogar ein ziemlicher Trampel, wenn ich ehrlich sein soll. Aber ich hatte da einen Schwager, ich sag' euch . . .«

»Na, Großmütterchen, die Zeiten sind doch wohl vorbei«, meinte Rainer frech. »Allerdings soll man einer Dame ja bekanntlich keinen Wunsch abschlagen.«

»Gut, dann hol mich Sonnabend um sieben!« Die alte Frau hatte sichtlich ihren Spaß daran, den jungen Mann aufzuziehen. Alle drei lachten, und Rainer nutzte die Gelegenheit, um einen neuerlichen Vorstoß zu wagen.

»Was ist jetzt, Maria? Es wird bestimmt ein netter Abend!«

»Bitte, laß mich. Ich hab' nein gesagt.«

»Und ich kann dich nicht umstimmen?« Er schenkte ihr sein charmantestes Lächeln.

»Ach, Rainer!« Sie warf ihm einen resignierten Blick zu, der gleichwohl deutlich zu verstehen gab, daß sie sich nicht würde umstimmen lassen.

»Gut, gut. Wenn du dich unbedingt um jedes Vergnügen bringen willst, bitte, das kannst du haben!« Er hob abwehrend die Hände und sah sie mißmutig an.

»Aber ich sagte doch, mir ist nicht gut!«

»Na, dann wünsch' ich gute Besserung und noch einen schönen Tag.« Mit gekränkter Miene nahm Rainer seine Gans in Empfang. »Das Vieh ist schon bezahlt«, fügte er spitz hinzu und wandte sich brüsk ab.

»Mach's gut, mein Junge«, rief ihm die Alte hinterher. »Und laß den Kopf nicht hängen, du wirst schon eine Maid finden, der du auf die Füße treten kannst!«

Ärgerlich verließ Rainer den Hof. Daß sich das Weibsbild immer so zieren mußte! Vielleicht hätte er beim letzten Mal nicht versuchen dürfen, sie zu küssen. Aber er war doch auch nur ein Mann und, zum Kuckuck, sie sollte sich mal nicht so haben! Was hätte sie wohl von ihm gedacht, wenn er nicht einen Versuch gewagt hätte? Das wäre auch nicht besonders schmeichelhaft für sie gewesen. Immerhin hatte er sofort von ihr abgelassen, er wußte ja, was sich gehörte, schließlich hatte er Achtung vor ihr. Aber so schnell würde er sich nicht geschlagen geben. Wenn er sich etwas in den Kopf gesetzt hatte, dann bekam er es für gewöhnlich auch.
»Na, den hast du aber ganz schön vor den Kopf gestoßen!« feixte die Alte. »Recht so, die Kerle muß man zappeln lassen, sonst tanzen sie einem auf der Nase rum. Aber wie ich Rainer kenne, gibt der nicht so schnell auf. Der kommt wieder!«
Maria fürchtete ebenfalls, daß Rainer am Sonnabend noch einmal auftauchen würde. Alle Welt wußte, daß er hinter ihr her war. Wahrscheinlich wäre es ein geschicktes Ablenkungsmanöver, mit ihm tanzen zu gehen, aber sie brachte es nicht übers Herz, Hannes allein zu lassen. Womöglich gäbe Rainer nach einem gemeinsam verbrachten Abend überhaupt keine Ruhe mehr. Das letzte, was sie brauchen könnte, wäre noch jemand, der sie ständig belauerte. Eigentlich hatte sie nichts gegen Rainer, aber sie wollte ihn auch nicht für sich. Seine selbstgefällige Art reizte sie zu sehr, und überhaupt hatte sie im Moment ganz andere Sorgen. Sie hatte noch nicht genug Erfahrung mit Männern seines Schlages, um zu wissen, daß ihre abweisende Art ihm erst recht Anlaß zum Spionieren gab.

Die Tage verstrichen, ohne daß sich der Zustand des Kranken besserte. Noch immer wälzte er sich in anhaltend hohem Fieber, hustete sich fast die Lunge aus dem Leib und brachte die Magd um ihren ersehnten Schlaf. Jede Nacht stand sie mehrmals auf, um Wadenwickel anzulegen oder Hustensirup zu verabreichen. Jedem neuen Morgen sah sie mit Schrecken entgegen, denn die Angst vor Entdeckung wuchs von Tag zu Tag. Tiefe Schatten legten sich unter ihre Augen, und sie fühlte sich unendlich erschöpft. Dazu kam die lästige Übelkeit, die schon seit langem zu ihrer ständigen Begleiterin geworden war.

Sie redeten nicht viel miteinander in dieser Zeit. Maria pflegte ihren Patienten, wie man ein krankes Tier pflegt, nicht lieblos, aber ohne großes Bemühen um Verständigung. Sie verrichtete ihre Arbeit meist schweigend, und ihn strengte das Sprechen zu sehr an. Doch wann immer Hannes wach war, verfolgte er jede ihrer Bewegungen mit den Augen. Seine Blicke ließen sie nicht mehr los. Und sie begannen, diffuse Gefühle in ihr auslösen, die sie nicht einzuordnen vermochte. Je mehr sie den inneren Aufruhr zu ignorieren versuchte, desto stärker wurde er.

Als sie eines Morgens nach einer kurzen Nacht an das Krankenlager trat, erkannte sie mit banger Hoffnung, daß das Fieber gesunken war. Tatsächlich ging es Hannes im Laufe des Tages sehr viel besser. Gegen Mittag saß er bereits in seine Wolldecke gehüllt am Tisch und hielt eine Tasse Tee in Händen, die er sich selbst zubereitet hatte. Mit einem schüchternen Lächeln begrüßte er seine Beschützerin, die eben zur Tür hereinkam. Die Freude machte sie sprachlos: Sie hatten den Kampf gewonnen!

Die Erleichterung und der Stolz über den errungenen Sieg begleiteten Maria den ganzen Tag und halfen ihr über die körperliche Abgeschlagenheit hinweg. Statt sich wie jeden Sonnabend gegen halb fünf fertig zum Beichtgang zu machen, schloß sie sich mit ihrem Schützling in der Kammer ein und spielte mit ihm eine Partie Mühle. Das Spiel vor sich auf dem Boden ausgebreitet, hockte sie am Krankenlager und eröffnete soeben die zweite Runde, als draußen die schwere Holztür in ihren Angeln knarrte. Beide zuckten zusammen und lauschten angespannt, obwohl für gewöhnlich nur Willem hier heraufkam, der bisher niemals die Kammer der Magd betreten hatte. Tatsächlich klopfte es.

»Maria?« Es war Rainers Stimme. Starr vor Schreck sahen sie

einander an. Hannes erlangte als erster die Fassung wieder und gab ihr ein Zeichen, daß sie antworten solle. Zugleich rollte er sich mitsamt seiner Decke außer Sichtweite der Tür und zog das Stück Stoff mit sich, auf dem der Spielplan eingezeichnet war. Die Knöpfe, die ihnen als Spielsteine gedient hatten, kullerten in allen Richtungen über den Boden.

»Einen Moment bitte!« Maria sprang auf. Angestrengt darum bemüht, ihr Zittern zu verbergen, öffnete sie die Tür.

»Grüß dich, Maria. Ich hab' dich heut nicht im Dorf gesehen und dachte, ich komm' und seh' mal nach, was los ist. Vielleicht hast du ja doch Lust, mit zum Tanz zu kommen.«

»Ach Rainer, wie nett von dir. Aber ich kann leider nicht mit, ich bin krank.« Mit leidender Miene sah sie ihn an.

»Oh, das tut mir leid. Du siehst wirklich elend aus. Es wird doch nichts Ernstes sein?« erkundigte sich ihr Verehrer mit besorgtem Gesichtsausdruck.

»Nein, nein, nur eine Erkältung. Das geht wieder vorbei, nur im Moment ...« Sie probte einen unschuldigen Augenaufschlag, der seine Wirkung nicht verfehlte.

»Neulich hab' ich dir ja nicht so recht geglaubt«, erklärte Rainer. »Ich dachte schon, du seist mir immer noch böse wegen damals und magst mich nicht mehr.« Er grinste verlegen und drehte nervös seine Kappe zwischen den Händen.

»Ach was, ist schon gut.« Sie lächelte nachsichtig. »Es ist wirklich nur, weil ich nicht ganz in Form bin. Ein andermal komme ich gern mit.«

»Dann will ich dich jetzt nicht weiter stören, hoffentlich geht es dir bald besser. Auf Wiedersehen, Maria.«

»Auf Wiedersehen und viel Spaß heut abend.«

»Danke. Aber ohne dich ist's nicht halb so schön.«

»Ach was, du wirst dich schon amüsieren.«

»Nun ja. Also dann, gute Besserung.«

»Danke. Mach's gut, Rainer.«

Nachdem er die Außentür hinter sich zugezogen hatte und außer Hörweite war, wandte Maria sich um und sah zu Hannes hinüber. Die Erleichterung stand ihm ins Gesicht geschrieben, sie hingegen war plötzlich furchtbar aufgebracht.

»Was bildet der Kerl sich ein, einfach hier hereinzuplatzen, wo ich ihm deutlich gesagt habe, daß ich nicht mit ihm ausgehen will!« schimpfte sie zornig.

»Wer war denn das?«

»Ach, so ein Dorfbengel, der mich ständig zum Tanzen in alle Bauernkneipen der Umgebung schleppen will. Aber in meine Stube hat der sich bisher noch nicht gewagt!«

»Vielleicht hat er sich wirklich Sorgen um dich gemacht.«

»Ach was!« Sie winkte unwirsch ab. »Hinterherspionieren will der mir!«

»Du mußt es wissen. Aber er klang wirklich besorgt.«

Sie zuckte verächtlich die Schultern, ging noch einmal zur Tür und sperrte von innen ab. Hannes begann, seine Decken wieder in Ofennähe auszubreiten.

»Warum meinte er, du seist vielleicht böse auf ihn?« fragte er.

»Du willst aber auch alles wissen.«

»Ja, so bin ich eben.«

»Jetzt fang du auch noch an, mich auszuspionieren.«

»Ich spioniere nichts aus.«

»Aber neugierig bist du!«

»Na und? Neugier hält den Menschen am Leben.«

»Als du so stumm dalagst, warst du mir lieber«, sagte Maria kalt. »Mein Privatleben geht dich nichts an!« Sie begann hektisch, die Spielsteine aufzusammeln.

»Oh, Entschuldigung, wenn ich dir zu nahe getreten sein sollte, meine Liebe. Ich wollte keinesfalls in irgendwelchen Wunden herumbohren.«

»Du bohrst nicht in irgendwelchen Wunden herum, keine Sorge. Der Kerl ist mir völlig gleichgültig.«

»Und wenn schon. Es geht mich nichts an, du hast recht.« Hannes tat, als sei das Thema für ihn erledigt. »Was du so treibst, ist ganz allein dein Bier.«

Die Magd hielt inne und sah ihn drohend an.

»Was soll das heißen? Was denkst du denn von mir?«
»He, he, schon gut, ja. Laß uns nicht streiten, kaum daß ich wieder zu den Lebenden zurückgekehrt bin. Das hast du sehr gut gemacht vorhin, absolut überzeugend.«
Sie zögerte einen Moment.
»Es tut mir leid, daß ich so grob gewesen bin: Es – es ist nur, weil ich so erschrocken war und Angst hatte, alles würde auffliegen.«
»Schon gut. Ich hab' mich zu entschuldigen für den ganzen Schlamassel. Laß uns noch eine Partie spielen, ja?«
»Ja, natürlich, ich muß doch meinen Sieg ausbauen!«
Sie spielten erneut, obwohl die Konzentration nicht mehr recht zurückkehren wollte. Während Maria über ihren nächsten Zug nachdachte, legte Hannes den Kopf auf sein Kissen. Augenblicklich wurde er vom Schlaf übermannt. Maria weckte ihn später, um ihm ein wenig Suppe einzuflößen und den Schneckensirup zu verabreichen, bevor auch sie todmüde zu Bett ging.
Die Messe am Sonntagmorgen schwänzte sie ohne schlechtes Gewissen. Statt dessen saß sie oben in ihrer Stube und erzählte Hannes von ihrer Familie und den Menschen auf dem Hof. Hannes war ein aufmerksamer Zuhörer und lachte über die Anekdoten, die es trotz der schweren Zeiten zu berichten gab. Er wollte alles wissen. Sie war es nicht gewohnt, daß jemand ein solches Interesse an ihrem Leben bekundete. Sie hatte auch nicht gewußt, daß sie so amüsant sein konnte. Derart angespornt übertraf sie sich selbst und war so aufgedreht und heiter, als habe sie ein wenig zu tief ins Glas geschaut. Sie genoß es. Eine Woge von Gefühlen durchströmte sie, so süß und warm und schwer wie dunkler Kirschlikör.
Das Glück blitzt plötzlich da auf, wo man es am wenigsten vermutet. An diesem trüben Sonntag im Dezember war sie glücklich.

*

Ich bin eine Blume in Saron und eine Lilie im Tal . . .
Siehe, mein Freund, du bist schön und lieblich.
Unser Lager ist grün. Die Balken unserer Häuser
sind Zedern, unsere Täfelung Zypressen . . .
Wie ein Apfelbaum unter den wilden Bäumen,
so ist mein Freund unter den Jünglingen.
Unter seinem Schatten zu sitzen, begehre ich
und seine Frucht ist meinem Gaumen süß.
Er führt mich in den Weinkeller,
und die Liebe ist sein Zeichen über mir.
Er erquickt mich mit Traubenkuchen
und labt mich mit Äpfeln,
denn ich bin krank vor Liebe . . .
Seine Linke liegt unter meinem Haupte,
und seine Rechte herzt mich –
Ich schwöre euch, ihr Töchter Jerusalems,
daß ihr die Liebe nicht aufweckt und nicht stört,
bis es ihr selbst gefällt . . .
Ich bin eine Blume in Saron . . .
ich bin eine Blume . . .
bin eine Blume . . .

»Pitzer und Sprengler, guten Tag!«
»Joachim?« Ich erschrak selbst über meinen hysterischen Tonfall.
»Ja, am Apparat.«
»Hier ist Karen.«
»Oh, hallo Karen, ich habe deine Stimme nicht sofort erkannt. Ist etwas passiert? Du klingst so aufgebracht!«
Jetzt reiß dich aber zusammen, Mädchen.
»Nun ja – ich habe da ein Problem.«
»Was ist los, kann ich dir helfen?«
»Deswegen rufe ich an. Joachim, ich weiß nicht, was ich tun soll, ich komme mir wirklich blöd vor, aber . . .«
»Na, wo liegt denn der Hase im Pfeffer?«

Wo liegt denn der Hase im Pfeffer! Was für eine abgedroschene Phrase. Aber ich konnte es mir im Moment nicht leisten, sprachliche Empfindsamkeiten zu pflegen.
»Tja, wie soll ich sagen«, ich atmete tief durch. »Ich habe Ratten im Haus.«
»Im Haus?«
»Nun – im Keller, um genau zu sein. Erst habe ich sie nur im Hof gesehen, aber als ich eben hinunter bin, um Katzenstreu zu holen, da läuft mir so ein Vieh fast über die Füße – ich weiß nicht, was ich jetzt tun soll! Ich sitz' hier oben in meinem Zimmer und trau' mich nicht mehr in die Küche, weil ich denk', gleich kommen sie . . .«
»He, Karen, nun mal ganz ruhig. Wenn sie im Keller sind, heißt das noch lange nicht, daß sie gleich in deiner Küche herumspazieren. Ist die Kellertür zu?«
»Ja, natürlich.«
»Na also.«
»Ja, aber . . .«
»Karen, paß auf. Ich habe noch einen wichtigen Termin, aber in ein bis zwei Stunden bin ich bei dir. Wir kriegen die Sache schon in Griff, keine Angst.«
»Das wäre toll, Joachim, vielen Dank.«
»Nichts zu danken, bis gleich.«
Erleichtert hängte ich ein. Die nächsten beiden Stunden saß ich mit Leo auf dem Schoß in meinem Zimmer, starrte auf meinen Radiowecker und sah zu, wie die Leuchtziffern umsprangen.

Endlich hörte ich Joachims Wagen auf den Hof fahren. Ich rannte sofort zur Tür.
Mein Retter hielt sich nicht mit langen Reden auf, sondern machte sich sofort ans Werk. Zunächst holte er eine Taschenlampe aus seinem BMW und checkte draußen die Lage. Ängstlich schlich ich hinter ihm her.
»Karen, schau! Hier sind sie hereingekommen!« Er deutete mit dem Lichtkegel auf das Kellerfenster unterhalb des Wohn-

zimmers, dessen Glas gesprungen war. »Wir dichten erst mal dieses kleine Loch in der Scheibe ab und dann sehen wir weiter.« Irgendwo im Dunkeln fand er ein schmales Brett und klemmte es vor das Fenster. »So, und jetzt schauen wir im Keller nach.«

»Ohne mich!« Meine Feigheit war mir sofort peinlich.

»Na gut, ich komme schon allein klar. Kann ich dort hinein?« Er deutete auf die Kellertür, die einige Treppen tiefer lag. Die Stufen waren moosbewachsen und übersät mit altem Laub.

»Da ist sicher abgeschlossen. Der Schlüssel muß im Haus sein. Moment, ich laufe schnell und suche ihn!«

»Laß gut sein. Ich kann auch durch's Treppenhaus gehen.« Mein Helfer in der Not stapfte zurück und ich trottete ihm nach. Bevor wir wieder ins Haus gingen, holte er das mitgebrachte Rattengift aus seinem Wagen. Dann trat er ohne Umschweife den Weg in die dunkle Gruft an. Mit einem Straßenbesen bewaffnet, postierte ich mich am Treppenabsatz und paßte auf, daß ja kein Vieh es wagte, nach oben zu kommen.

»Und, siehst du schon welche?«

»Ja, sie hocken hier in Dreierreihen hinter der Kartoffelschütte!«

»*Waaas*?!«

»Das war nur ein Scherz, Karen, es ist alles in Ordnung!« Sein Lachen klang merkwürdig laut und entfernt zugleich.

Einige Minuten später war Joachim wieder da.

»Das wär's erst mal, der Keller ist ausreichend präpariert, würde ich sagen. Zur Sicherheit lege ich noch etwas in der Scheune und im alten Stall aus. Bin gleich wieder zurück«, sprach's und war auch schon draußen.

Ich wartete an der Haustür auf ihn. Der Schein seiner Taschenlampe wanderte hierhin und dorthin, verschwand manchmal abrupt, tauchte dann unvermittelt wieder auf.

»So, das hätten wir!« Sorgfältig streifte er sich die Schuhe ab und klopfte unsichtbaren Staub von seiner Hose. »Du mußt al-

lerdings in der nächsten Zeit aufpassen, daß dein kleiner Kater nicht entwischt und mit dem Gift in Berührung kommt.«
»Gut. Ich lasse ihn sowieso nicht in den Keller!«
»Okay. Jetzt habe ich mir einen Drink verdient. Ich geh' mir nur mal eben die Hände waschen!«
»Magst du Nudeln mit Tomatensauce?« rief ich ihm hinterher.
»Ja, warum nicht, ich habe heute noch kaum etwas in den Magen bekommen!«
Ich ging in die Küche und wärmte die Spaghetti auf, die ich nachmittags gekocht, aber angesichts des zwischenzeitlich eingetretenen Rattendramas nicht gegessen hatte. Joachim kam herein und nahm das Bier in Empfang, das ich ihm aus dem Kühlschrank reichte.
»Setzen wir uns ins Wohnzimmer, dort ist es warm.« Wir gingen hinüber und machten es uns bequem. Bald waren Nudeln und Bier alle, und da wir durchaus noch Durst verspürten, inspizierte ich die Hausbar. »Nach dem Abenteuer können wir einen starken Drink gut vertragen, was meinst du?« fragte ich meinen Gast und deutete auf eine volle Flasche Wodka.
»Ich denke, du hast recht«, pflichtete Joachim mir bei. »Einen guten Schluck in Ehren soll niemand verwehren.«
Je stärker die Wodkaflasche zur Neige ging, desto näher rückten mein tapferer Retter und ich zusammen. Ich weiß noch, daß er sich irgendwann auf meinen Rat hin die Schuhe auszog, bald darauf saß ich vor dem Sofa und lehnte meinen Kopf an sein Knie. Der Rest des Abends verlor sich im Nebel.
Meine volle Blase zwang mich schließlich in die harte Realität zurück, mein hämmernder Schädel tat sein übriges. Als ich mich halbbetäubt aus dem Bett wälzen wollte, bemerkte ich plötzlich einen Fremdkörper quer über meinem Busen. Es handelte sich ohne Zweifel um einen kräftig behaarten Unterarm, der zu einem mir im ersten Moment unbekannten männlichen Wesen gehörte. Vor Schreck war ich augenblicklich nüchtern. Fieberhaft rekapitulierte ich den vorangegangenen Abend, kam jedoch nur bis zu besagter Sofaszene. Der weitere Tathergang

lag allerdings eindeutig auf der Hand beziehungsweise unter meiner Decke. Joachim brummte unwillig, als ich mich zu befreien versuchte.
»Ich muß aufs Klo!« ächzte ich mit einer Stimme wie John Wayne und sprang hastig aus dem Bett. Meine Gehirnmasse oder vielmehr das, was davon noch übriggeblieben war, klatschte unvermittelt gegen die Schädeldecke. Ich taumelte. Mir drehte sich der Magen um. Einen solchen Kater hatte ich seit Ewigkeiten nicht gehabt. Mein Übernachtungsgast schlug die Augen auf und lächelte mich selig an.
»He Spatz, komm wieder her!«
»Einen Moment, bin sofort zurück!«
Im Bad putzte ich mir gründlich die Zähne und nahm zwei Aspirin, die sofort wieder hinaus wollten. Das Leben kann verflucht anstrengend sein!
Tapfer betrat ich erneut die Höhle des Löwen, das heißt, ich blieb linkisch in der Tür stehen und umklammerte mit beiden Händen meinen Bademantel. Joachim hatte es sich derweil noch einmal gemütlich gemacht. Das Kopfkissen im Rücken, lag er halbaufgerichtet da, die Arme hinter dem Nacken verschränkt.
»Hast du das Schild extra für mich gemalt?« fragte er schmunzelnd und deutete auf das Pappschild über seinem Kopf. Noch immer hing dort das *Herzlich Willkommen* von Claudia und Thomas.
»Nein, eigentlich hatte ich es für Leo geschrieben«, erklärte ich mit meiner Reibeisenstimme und rieb mir die Schläfen. Joachim lachte herzhaft und streckte seine Arme nach mir aus. »Ich mache uns erst mal einen starken Kaffee!« schlug ich vor, um mich schnellstmöglich aus der Gefahrenzone zu schleusen. Ich ließ mir Zeit beim Kaffeekochen. Viel Zeit. Er ließ sich ebenfalls viel Zeit. Ob er vielleicht dachte, ich würde ihm den Kaffee ans Bett servieren? Oder war er etwa wieder eingeschlafen? Bloß das nicht! Ich deckte den Tisch mit einer Sorgfalt, die ich sonst nie an den Tag lege, schon gar nicht morgens um halb zehn nach einer durch-

zechten Nacht. Endlich hörte ich oben die Klospülung rauschen. Kurze Zeit später kam mein Gast die Treppe herunter, glücklicherweise vollständig angezogen.

»Na, gut geschlafen?« fragte ich und kam mir saublöd vor.

»O ja, wunderbar. So gut wie schon lange nicht mehr.«

Wollte man mein todesähnliches Koma als guten Schlaf werten, hätte ich ähnliches behaupten können. Im Vergleich zu mir sah mein vermeintlicher Liebhaber allerdings wieder blütenfrisch aus. Da hatten diese alten Haudegen fast ein Vierteljahrhundert mehr auf dem Buckel als unsereins und erschienen nach so einer alkoholgeschwängerten Nacht frisch wie Estkommunikanten. Das konnte doch nicht mit rechten Dingen zugehen!

»Kaffee?«

»Danke gern, eine gute Idee!«

Meine Übelkeit tapfer bezwingend, schenkte ich uns ein. Joachim versuchte, mich um die Hüfte zu fassen, ich war jedoch schneller und setzte mich ihm gegenüber an den Tisch.

»Ich habe einen ganz schönen Brummschädel!« startete ich mein Absolutionsanliegen.

»Ach, mein Armes, das tut mir leid! War wohl ein bißchen viel Wodka gestern abend.«

Er sah gar nicht aus, als ob es ihm leid täte, vielmehr schien er bestens aufgelegt zu sein. Es fehlte nur noch, daß er anfing zu pfeifen. Herzhaft biß er in sein Marmeladenbrot. Mein Magen probte erneut den Aufstand.

»Mußt du nicht arbeiten?« fragte ich vorsichtig.

»Ach Karen, es gibt Momente im Leben, in denen die Arbeit auch mal zurückstecken muß!«

»Mmh.«

»Wie spät ist es eigentlich?«

»Gleich zehn.«

»Ach ja? Macht nichts.« Er ließ genüßlich einen Löffel voll Wald-und-Wiesen-Honig auf seine zweite Butterbrothälfte tropfen.

»Du mußt also nicht sofort los?«

»Nein, nicht sofort. Aber gegen Mittag habe ich leider einen Termin. Vorher muß ich schnell zu Hause vorbei, mich rasieren und umziehen.« Es leben die tapferen Heroen des Kapitalismus! »Sein eigener Chef zu sein, ist eben mit Vor- und Nachteilen verbunden«, erklärte mein Held der Arbeit lächelnd. »Ich brauche niemandem Rechenschaft abzulegen, wenn ich mal später komme, kann aber auch nicht einfach einen Tag krankfeiern, was heute durchaus angenehm wäre.« Er zwinkerte mir vielsagend zu und strich zärtlich über meine Vogelnestfrisur. »Aber jetzt frühstücken wir erst einmal gemütlich zu Ende!«

Schweigend trank ich meinen Kaffee und fütterte Leo unterm Tisch mit Käsehäppchen. Schließlich begann ich mit dem Mut der Verzweiflung:

»Joachim, die vergangene Nacht wird sich nicht wiederholen, nicht wahr? Das war eine einmalige Angelegenheit, wir waren ziemlich betrunken und haben uns gut amüsiert, aber es war nur . . .« Ich stockte.

»Ja, ja, schon gut, mein Kleines«, beschwichtigte er mich in einem Tonfall, in dem man Sechsjährige tröstet, die sich das Knie aufgeschlagen haben. »Es ist alles in Ordnung.«

»Na, ich weiß nicht recht . . .«

»Wieso? Es war doch lustig!«

Aha, er hatte es also lustig gefunden.

»Jedenfalls warst du ganz schön außer Rand und Band!« Mein vermeintlicher Liebhaber grinste zweideutig.

»Wie meinst du das?« fragte ich skeptisch.

»Na, erst hast du behauptet, die Ratten feierten im Keller eine Party, du könntest sie singen hören, dann warst du felsenfest davon überzeugt, daß irgendwo draußen dauernd jemand hustet. Weißt du das nicht mehr?«

»Äh, doch, doch«, log ich. Ich wußte nichts von alledem.

»Das ist der Spuckteufel! Der Spuckteufel schleicht hier rum und hustet!« ahmte er mich in gekünstelt hysterischem Tonfall nach und amüsierte sich noch immer köstlich.

»Ja, der Spuckteufel«, wiederholte ich kraftlos. Was hatte ich da bloß erzählt?
»Ich weiß zwar noch immer nicht recht, was oder wen du meintest, aber es war zum Brüllen!« freute sich mein Gast. »Nur als du auf Socken rausgerannt bist, wurde mir etwas mulmig. Du hättest dir ja den Tod holen können.« Entgeistert sah ich Joachim an. »Wie der Blitz bist du aus der Tür geschossen und quer über den Hof gerannt. Ich habe dich erst auf der Stiege drüben wieder eingeholt. Was wolltest du bloß da oben?«
»Den Spuckteufel auf frischer Tat ertappen, nehme ich an.« Vage Erinnerungen bahnten sich allmählich ihren Weg ans Tageslicht. Sie schienen allerdings eher der Traumwelt als realem Erleben zu entspringen. »So was Idiotisches, ich muß ganz schön betrunken gewesen sein«, stellte ich fest. »War wirklich niemand da draußen?«
»Ach wo, es hat niemand gehustet. Das hast du dir eingebildet.« Ich wagte nicht zu fragen, wie unser Abenteuer im Bett weitergegangen war, doch Joachim kam mir zur Hilfe. »Du bist eingeschlafen wie ein Stein«, bemerkte er lächelnd und ergriff meine Hand. »Kaum lagst du da, warst du auch schon weg.«
Sollte das heißen, es war überhaupt nichts passiert? Mein Gott, da hatte ich die tückischen Klippen der Jugend halbwegs sicher umschifft, um dann im vermeintlich sicheren Fahrwasser meiner dreißig Lenze unversehens abzusaufen. Einen Filmriß nannte man so etwas wohl. Aber es wird dein erster und letzter gewesen sein, schwor ich mir im stillen hoch und heilig.
»Joachim«, begann ich noch einmal, »ich möchte nicht, daß du jetzt etwas Falsches denkst . . .«
Er sah mich freundlich, aber verständnislos an.
»Was soll ich schon denken? Es ist alles in Ordnung, kein Grund, sich Sorgen zu machen! Wir haben unseren Spaß gehabt, da ist doch nichts dabei. Und keine Angst, ich mache dir jetzt keinen Heiratsantrag.«

»Na dann!« Erleichtert atmete ich auf.
»Ich habe dich sehr gern, und alles braucht eben seine Zeit.« Der Nachsatz eröffnete jedoch wiederum weite Interpretationsspielräume. Mein Gast schien indes fern von irgendwelchen Gemütszweifeln.
»Hättest du noch einen Schluck Kaffee für mich? Ich muß mich leider bald auf die Sprünge machen.«
Wortlos schenkte ich ihm nach und holte mir ein Glas Wasser. Bald darauf verabschiedete sich Joachim.
»Mach's gut, meine Liebe.« Er hauchte mir einen flüchtigen Kuß auf die Wange. »Und bis bald, hoffe ich.« Ich nickte stumm. Bereits in der Tür stehend fragte er: »Wie wäre es, wenn du mich zur Abwechslung einmal besuchen kämst? Vielleicht am Sonntag, zum Essen? Wir könnten es uns gemütlich machen, ein bißchen spazierengehen . . .«
Ich erklärte mich einverstanden. Sicher würde sich dann die Gelegenheit bieten, ein ernsthaftes Gespräch zu führen, momentan fühlte ich mich absolut nicht in der Lage dazu. Aber Sonntag mittag um eins sähe die Welt bestimmt anders aus.

*

»He, träumst du?« Hannes sah sie liebevoll an und strich ihr sacht über den Arm. Sie hatten soeben zu Abend gegessen und saßen sich im Schein der Petroleumlampe gegenüber. Maria schreckte hoch. Nicht so sehr, weil er sie aus ihren Gedanken gerissen hatte, sondern wegen der Berührung. Es war das erste Mal, daß er sich ihr auf diese Weise näherte.
»Ich – nein, nein. Ich habe gerade überlegt, wie ich Karls Kiste aus dem Keller kriege. Du brauchst ein paar Klamotten.«
»Karls Kiste?«
»Ja. Karl ist der älteste Sohn der Pitzers, ich meine, er war es. Er ist im Krieg gefallen. Jedenfalls steht drüben im Keller noch eine Kiste mit Sachen von ihm, ich habe sie neulich entdeckt. Das Zeug könntest du gut brauchen, ich müßte es nur herausschmuggeln.« Sie stützte ihr Kinn auf die Hände und legte nachdenklich die Stirn in Falten. »Ich glaube, ich habe eine Idee!«
»Geh aber bitte kein Risiko ein!« mahnte Hannes.
»Ja, ja. Sag mal was anderes, es wird langsam langweilig!« Sie drehte den Deckel des Butterfäßchens zu und fegte ein Paar Brotkrümel vom Tisch. Ihr Gast beobachtete sie mit versonnenem Blick und meinte dann plötzlich:
»Gut, dann sag' ich mal was anderes: Ich hab' dich wahnsinnig gern.« Er griff nach ihrer Hand.
»O Gott! Also bitte, so hab' ich das nicht gemeint.« Maria verdrehte die Augen.
»Aber ich meine es so«, erwiderte er ernst.
»Ich habe nicht so viel übrig für Süßholzraspeleien«, erklärte sie kühl und zog hastig ihre Hand zurück.
»Weshalb bezeichnest du es als Süßholzraspelei, wenn ich zugebe, daß ich dich gern habe? Jedesmal, wenn man dir was Nettes sagen will, reagierst du abweisend. Warum?«
»Ich hab' dich nicht darum gebeten, mir was Nettes zu sagen.«
»Siehst du, schon wieder. Nein, du hast recht, du hast mich nicht darum gebeten, aber ich habe es mir trotzdem erlaubt. Glaubst du mir etwa nicht?«

»Hhm.« Sie zuckte scheinbar gleichgültig die Schultern.
»Wieso sollte ich dich nicht gern haben?« hakte er nach.
»Ja, warum eigentlich nicht? Schließlich hab' ich dir ganz schön aus der Patsche geholfen.« Maria sah ihn herausfordernd an, ihre braunen Augen blitzten feindselig.
»Natürlich bin ich dir dankbar für deine Hilfe«, beeilte er sich zu sagen, »aber wenn ich dich unter anderen Umständen kennengelernt hätte, wärst du mir auch sympathisch gewesen.«
»Unter anderen Umständen hätten wir uns wohl kaum kennengelernt«, meinte sie barsch.
»So etwas weiß man nie.«
»Hör jetzt auf, dummes Zeug zu reden. Ich will nichts mehr davon hören.« Sie stand auf und stapelte geräuschvoll das Geschirr aufeinander. Als sie an ihm vorbeilief, griff er nach ihrem Handgelenk, um sie festzuhalten.
»Maria!«
»Was soll das? Laß mich los, ich mag so etwas nicht!« Harsch entzog sie ihm ihren Arm.
»Entschuldigung, soll nicht wieder vorkommen! Verzeihst du mir?« Sie gab keine Antwort. »Es tut mir wirklich leid, ich wollte dich nicht kränken«, schob er bekräftigend nach, und sein Blick suchte den ihren, doch sie reagierte noch immer nicht. Er fühlte sich plötzlich so erschöpft und elend, als habe ihn erneut das Fieber gepackt. »Ich lege mich wohl besser wieder hin«, erklärte er resignierend und erhob sich langsam. Die Magd begann stumm, das Geschirr abzuwaschen. »Gibt es denn nichts, womit ich dir eine Freude machen könnte?« wagte er einen letzten Vorstoß.
»Du wolltest dich hinlegen.«
»Bitte, bitte, das kannst du haben. Wenn dir sonst nichts einfällt!« Beleidigt wandte er sich ab. Maria wirbelte herum und stemmte die nassen Hände in die Hüften.
»Einen Gefallen willst du mir tun? Das kannst du tatsächlich.«
»Ja?« Seine Miene erhellte sich. »Wie denn, sag's mir!«
»Küss mich.«

Er sah sie fassungslos an. »Hab ich da eben richtig gehört?«
»Du hast. Also, wie sieht es aus?«
»Ja, aber – eben wolltest du noch . . .«
»Siehst du, ich hab's gewußt. Das bringst du nicht fertig.«
»Nein. Ich meine, ich kann doch nicht . . .«
»Vergiß es.«
»Maria, laß uns darüber reden, ich verstehe nicht . . .«
»Da gibt es nichts zu reden. Leg dich wieder hin und vergiß es!«
Sie wandte sich brüsk ab und widmete sich wieder dem Geschirr. Hilflos stand er da, unfähig, noch irgendetwas zu sagen. Als von ihr keinerlei Reaktion mehr kam, begann er, seine Sachen zusammenzupacken. Maria schien keine Notiz davon zu nehmen. Nachdem er sich angezogen hatte, meinte er kleinlaut:
»Es ist wohl besser, wenn ich jetzt gehe. Du müßtest allerdings nachschauen, ob die Luft rein ist.«
Geschirr landete krachend auf dem Boden, ein Teller zersprang in tausend Stücke. Wutentbrannt fauchte Maria:
»Da haben wir's wieder. Wenn du nicht weiterweißt, drohst du damit, abzuhauen! Aber wahrscheinlich ist dir die Vorstellung angenehmer, irgendwo da draußen auf dem Acker zu nächtigen, als mit mir auch nur eine weitere Nacht im selben Raum verbringen zu müssen!«
»Du redest Unsinn und du weißt es«, erwiderte er gefaßt.
»Dann leg dich gefälligst hin und schlafe! Ich muß dir erst einen Mantel besorgen, oder willst du dir jetzt tatsächlich den Tod holen? Das hättest du früher haben können und hättest dazu noch meine Nerven geschont!«
»He, Mädchen, beruhige dich, ich tu' alles, was du willst!« Allmählich wurde auch er ungehalten.
»Das tust du eben nicht! Dabei wär's wirklich nicht zuviel verlangt, oder? Aber der gnädige Herr ist anscheinend Besseres gewohnt als mich, die dumme Landpomeranze!«
»Maria, komm zu mir!« Er streckte ihr versöhnlich die Arme entgegen.
»Den Teufel werd' ich tun! Laß mich in Ruh!«

Hannes ließ sich auf sein Lager sinken. Den Kopf auf die Hände gestützt, saß er ratlos da und grübelte. Maria nahm einen Besen und fegte die Tellerscherben zusammen. Dann löschte sie ohne Vorwarnung das Licht. Im Dunkeln putzte sie sich die Zähne und kämmte ihr Haar aus, zog sich ein Nachthemd an und ging dann zu Bett. Es war jedoch keine Minute vergangen, als sie erneut aufsprang.

»Verdammter Mist!« Nicht einmal mehr ihren Nachttopf konnte sie benutzen, seit *er* hier war. Sie schlüpfte in ihre Schuhe und griff nach ihrem Umhang, der ordentlich am Haken neben der Tür hing, dann war sie auch schon verschwunden.

Als sie wiederkam, lag Hannes in ihrem Bett.

Schweigend glitt sie neben ihn, sorgsam darauf bedacht, ihn nicht zu berühren. Die Hände steif über dem Bauch gefaltet, lag sie anschließend da und starrte mit brennenden Augen zur Decke. All ihre Nervenenden schienen allmählich in ihre rechte Schulter zu wandern, dorthin, wo sie die seine berührte. Das Lager war einfach zu schmal für zwei, die sich nicht näherkommen wollten. Hannes schob zaghaft seine Hand zu ihr hinüber und ergriff ihre Rechte, die eiskalt war. Er drückte sie fest und hielt sie eine Weile. Dann begann er, mit dem Daumen kräftig über ihre Handfläche zu reiben und sich anschließend an jedem einzelnen Finger emporzuarbeiten. Er spürte, wie das Blut zu zirkulieren begann und die Hand allmählich warm wurde. Sie ließ ihn gewähren und rührte sich nicht. Schließlich nahm er ihre andere Hand und wiederholte die Prozedur.

Irgendwann drehte sie sich zu ihm. Als sie im Mondlicht sein Lächeln sah, küßte sie ihn.

*

»Los komm rein, aber beeil dich!« rief ich Anita zu, die gerade aus ihrem Bus kletterte. Seit Stunden fiel ein eisiger Schneeregen und es zog empfindlich kalt in den Flur. Ich begann bereits, den Winter zu hassen, kaum daß er richtig begonnen hatte.

»Hey, bist du krank?« begrüßte sie mich, während sie sich die Schuhe abstreifte.

»Kann man so sagen«, brummte ich mit meiner John-Wayne-Stimme und trottete in die Küche. Anita folgte mir.

»Also, da erzählt man sich, hier tobe das Lotterleben, und was ist? Mittags um drei schlurfst du triefnäsig in deinem schmuddeligen Bademantel durch die Gegend!« Sie stemmte die Hände in die Hüften und musterte mich kopfschüttelnd von oben bis unten.

»Setz dich erst mal und sprich bitte nicht so laut!«

»Aha, empfindliche Ohren, wie? Vielleicht doch ein Hinweis auf heimliche Orgien?«

»Willst du was trinken?«

»Ja, wenn du einen Kaffee da hast.«

»Bei mir gibt's heute nur Pfefferminztee.«

»Mensch, dich muß es ja schlimm erwischt haben. Siehst aus, als wärst du mit den Fingern in die Steckdose geraten!« Sie griff sich in ihre streichholzkurzen Haare, riß sie in die Höhe und schnitt eine Grimasse. Ihre übersprudelnde Heiterkeit zerrte empfindlich an meinem angegriffenen Nervenkostüm.

»Vielen Dank für deine reizenden Komplimente, du baust mich echt auf!« Ich holte eine angeschlagene Tasse aus dem Regal über der Spüle und schenkte ihr lauwarmen Pfefferminztee ein.

»Nun erzähl schon!«

»Was soll ich erzählen?«

»Ich höre, du verkehrst mit Herrn Pitzer?« Anitas Grinsen war eindeutig zweideutig.

»Wer hat dir denn das verraten?«

»Na, sowas spricht sich hier schnell rum. Die alte Jödt hat es mir eben brühwarm auf die Nase gebunden. Die scheint überhaupt einen Narren an dir gefressen zu haben, dauernd versucht sie, mich über dich auszufragen. Dabei wußte ich bisher wirklich nicht, was die eigentlich zu hören wünschte. Ich dachte immer, bei dir geht's so langweilig zu wie bei der Sonntagspredigt. Aber da habe ich mich wohl getäuscht. Also, was war?«

»Du weißt doch schon alles. Joachims Wagen hat von gestern abend um sechs bis heute morgen um halb elf vor meiner Haustür gestanden, das hat die Alte ganz richtig bemerkt.«

»Ja, aber *ins* Haus hat sie nicht gucken können.«

»Das wäre auch noch schöner!« Ich ging zur Spüle, gab mein drittes Aspirin in ein Glas mit Wasser und erzählte ihr von dem Rattenproblem und dem tapferen Einsatz meines Retters, während sich die Tablette sprudelnd auflöste. Mein Kopf dröhnte noch immer so heftig, daß ich ihn am liebsten gleich mit aufgelöst hätte.

»Und dann?« fragte Anita. Sie brannte sichtlich vor Neugier.

»Haben wir noch etwas gegessen, eine Kleinigkeit getrunken, und weil es inzwischen ziemlich spät geworden ist und ich meinem Gast die lange Heimreise nicht mehr zumuten wollte, hat er hier übernachtet. Das war alles.«

»Aha«, meinte sie ein wenig enttäuscht. »Nun ja, die Sache geht mich nichts an, ich will nicht indiskret werden.«

»Vornehme Zurückhaltung hast du bisher nicht gerade geübt«, stellte ich fest, während ich mißbilligend beobachtete, wie Leo auf ihren Schoß sprang, um sich bei ihr einzuschmeicheln. Treuloses kleines Biest!

»Tut mir leid«, meinte Anita und drückte ihre Nase in Leos Fell.

»Ach Quatsch. Ich habe mich mit dieser Geschichte ein wenig in die Nesseln gesetzt, fürchte ich. Jetzt muß ich sehen, wie ich mich da wieder herausmanövriere.« In einem Zug leerte ich meinen Aspirin-Drink.

»Hat er dir seine Liebe geschworen?«

»Nein.«

»Hattet ihr wenigstens eine schöne Nacht?«
»Das weiß ich nicht.«
»Wie, du weißt es nicht?«
»Ich war total betrunken.«
»Ach, komm schon, das gibt es doch nicht!«
»Wenn ich's dir sage.«
»Du willst mir doch nicht erzählen, daß du zu besoffen warst, um zu wissen . . .«
»Genau das.«
Anita schüttelte den Kopf.
»Das glaube ich dir nicht.«
»Glaub, was du willst.«
»Aber du mußt dich doch daran erinnern können, ob ihr . . .«
Sie stockte halb schockiert, halb belustigt.
»Ob wir was?« tat ich ahnunglos.
»Na, ob es zum Äußersten gekommen ist!« Anita rang die Hände und heuchelte moralisches Entsetzen.
»Wechseln wir das Thema.«
»Spielverderber! Gerade jetzt, wo es spannend wird!«
»So spannend war's auch wieder nicht.«
»Also war's ein Reinfall!« schloß sie messerscharf.
»Das hast du behauptet.«
»Ich muß sagen, die Angelegenheit wirft nicht das beste Licht auf dich«, stellte meine Anstandsdame in gespielt tadelndem Tonfall fest und fuchtelte mit erhobenem Zeigefinger vor meiner Nase herum.
»Anita, bitte!« Ihre Stimme erschien mir heute unerträglich schrill.
»Und wie geht es jetzt weiter mit euch?« wollte sie wissen.
»Ich sagte schon, die Sache ist schwierig. Ich glaube, er erwartet jetzt ein wenig zu viel von mir.«
»Hast du mit ihm darüber gesprochen?«
»Ich habe es versucht, aber ich weiß nicht, ob er mich verstanden hat. Es war auch keine Zeit mehr für lange Gespräche.«
Anita begann zu kichern. Ich sah ihr an, was sie dachte.

»Mein Gott, schließlich muß man ja erst mal sündigen, bevor man was zu beichten hat«, meinte ich in gleichgültigem Tonfall. »Als es was zu diskutieren gab, mußte er weg.« Trotz meines bohrenden Kopfschmerzes bereitete es mir ein heimliches Vergnügen, vor Anita die Verruchte zu spielen. Die nackte Wahrheit war einfach zu fad. Ich konnte mich auch nicht ganz des Eindrucks erwehren, daß es in Anitas Leben derzeit nicht allzu spannend zuging. Wie sonst ließ sich diese bohrende Neugier erklären?

»Und du willst mir weismachen, du hättest die ganze Nacht im Delirium gelegen! Also, ein bißchen beneide ich dich ja!« meinte sie prompt.

»Weshalb, wegen Joachim?«

»Nein, nein, keine Eifersucht, sei beruhigt. Aber du bist erst so kurz hier und erlebst die aufregendsten Sachen!«

»Nun mach mal halblang! Das reine Vergnügen ist mein Leben nicht gerade.«

»Meins ist jedenfalls sterbenslangweilig.«

»Ich dachte, du hältst nichts von Männergeschichten.«

»Ach, es ist nicht nur das. Irgendwie ist alles so öde. Aber davon einmal abgesehen: Du hast mir doch vor kurzem ganz ähnliches erzählt.« In ihrer Stimme schwang plötzlich ein vorwurfsvoller Unterton.

»Daß ich mich langweile?«

»Nein, das meine ich nicht.«

»Daß ich auf Männer verzichten kann?«

»Ja.«

»Das kann ich momentan tatsächlich. Genau da liegt das Problem: Mir steht wirklich nicht der Sinn nach einer Beziehungskiste. Diese Geschichte mit Joachim war ein dummer Ausrutscher.«

»Du solltest wirklich mit ihm reden.«

»Das habe ich auch vor. Er hat mich Sonntag zum Essen eingeladen, da werden wir wohl ein klärendes Gespräch führen.« Anita nickte. Für meinen Geschmack hatten wir mein kleines

Abenteuer nun hinreichend aufgearbeitet. »Warum findest du dein Leben so öde?« fragte ich sie.
»Ach, immer derselbe Trott. Tagaus tagein das Brot herumfahren und sich den Klatsch von alten Omas anhören. Das kann doch nicht das Leben sein!« Sie schnippte ärgerlich irgendwelche Krümel vom Tisch. »Und dann wohne ich wieder bei meinen Eltern«, fuhr sie fort, »ich sag' dir, das ist auch nicht die helle Freude.«
»Warum ziehst du nicht aus?«
»Das würde ich gern, aber die Scheidung kostet eine Menge Geld, und so dicke hab' ich's wirklich nicht. Es ist eben konkurrenzlos billig daheim.«
»Aha, ich verstehe.«
»Wenn ich Frauen wie dich sehe, werde ich immer richtig neidisch«, bekannte sie, ohne den Blick zu heben.
»Ha, da bist du wohl die einzige, die mich beneidet!«
»Wieso? Du bist nicht bloß Bäckereifachverkäuferin, du hast studiert, dir dein eigenes Leben aufgebaut . . .«
»Und mußte in dieses beschauliche Nest flüchten, weil ich Angst hatte, mein Leben nicht mehr in den Griff zu kriegen!«
»Ja, aber wenn du deine Krise ausgestanden hast, kannst du jederzeit wieder gehen. Du bist frei . . .«
»Du etwa nicht?«
»Ich? Nein. Als ich geheiratet hab', dachte ich, jetzt wäre ich frei. Aber meine Ehe war ein Gefängnis. Je mehr sie in die Brüche ging, desto enger zog sich die Schlinge. Als es dann vorbei war mit Werner und mir, dachte ich, jetzt beginnt das richtige Leben, aber dann fand ich mich bei meinen Eltern wieder, die mir rein gar nichts mehr zutrauen, seit meine Ehe kaputtgegangen ist. ›Was hast du vor, wo gehst du hin, wann kommst du wieder‹, es ist schrecklich.«
»Dann zieh weg von hier.«
»Du hast leicht reden! Wohin soll ich denn gehen? So ohne Geld und vernünftige Ausbildung! Ich sitz' mein Leben lang hier fest und verteil' die Bäckerblume!«

»Mensch Mädchen, nun sieh doch nicht so schwarz! Du bist jung, dir steht die Welt offen!« Im Vergleich zu Anita kam ich mir vor wie eine Oma. Diese defensive Haltung paßte überhaupt nicht in das Bild, das ich von ihr gewonnen hatte.
»Wann gehst du wieder weg von hier?« wollte sie plötzlich wissen.
»Das weiß ich nicht.«
»Ich hoffe, du bleibst noch eine Weile.«
Diese unvermittelte Zuneigungsbekundung traf mich tiefer, als ich es für möglich gehalten hätte.
»Ach Anita, so schnell mach' ich mich nicht aus dem Staub. Und wenn, nehm' ich dich mit!«
»Das ist nicht dein Ernst!«
»Warum nicht? Die Bäckerblume wird überall gelesen!«
Meine neue Freundin lachte und sah mit einem Schlag wesentlich zuversichtlicher aus. Im selben Moment überkam mich Angst, sie könnte zu viel von mir erwarten. Ich wollte sie nicht mit vollmundigen Versprechungen enttäuschen, die ich später nicht würde halten können.
»Jetzt muß ich aber weiter«, beschloß sie unvermittelt und stand abrupt auf. »Schlaf du mal in Ruhe deinen Rausch aus.«
»Ja, das werde ich wohl tun. Aber du kannst jederzeit vorbeikommen, wenn dir wieder einmal die Decke auf den Kopf fällt!«
»Danke. Vielleicht nehme ich deine Einladung an!«
»Das hoffe ich! Mir ist nämlich auch oft ziemlich langweilig zumute, wenn ich ehrlich sein soll.«

*

Einige Tage vor dem Weihnachtsfest war Heiner gestorben. Die Beine weit von sich gestreckt lag er auf der Seite, wodurch sein massiger Körper noch riesenhafter wirkte. So fand ihn der Knecht eines Morgens, als er in den Stall trat. Erschrocken sprang er hinzu und griff dem Pferd an den Puls; der Körper war noch warm, doch das Herz hatte bereits aufgehört zu schlagen. Erschüttert fuhr Willem seinem toten Freund über das feuchte Fell, klopfte ihm in alter Kameradschaft den mächtigen Hals und konnte die Tränen nicht zurückhalten. Er ließ sich neben ihm ins Stroh sinken, nahm seine Kappe ab und hob das Maul des Gefährten auf seinen Schoß. Wieder und wieder strich er über die samtweichen Nüstern, die ihm so oft in trauter Verbundenheit warmen Atem in den Nacken geblasen hatten, genau an die Stelle, die immer ungeschützt blieb zwischen Mantel und Mütze, die, an der es häufig so empfindlich zog. Er fühlte förmlich, wie die Tasthaare ihn kitzelten und mußte lächeln ob dieser schmerzlichen Erinnerung. All die langen Jahre der Freundschaft: dahin. Der Knecht antwortete nicht, als Pitzer draußen nach ihm rief. Mit besorgtem Gesichtsausdruck erschien der Bauer in der Tür.

»Willem? Ach du Scheiße!« Er hatte die Situation sofort erfaßt.

»Herrgott, das fehlt uns gerade – so kurz vor Weihnachten!«

Willem hob den Kopf und sah mit verschwommenem Blick zu dem Bauern auf.

»Ja, unser guter Freund ist von uns gegangen.«

Pitzer fühlte sich äußerst ungemütlich und setzte seine Mütze ab, mehr aus Rücksicht auf Willems Gefühle denn aus Pietätsgründen.

»Ich werde Lisbeth Bescheid sagen«, meinte er schließlich, froh darüber, sich entfernen zu können.

Bald darauf kam seine Frau. Stumm betrat sie Heiners Stall und legte dem Knecht die Hand auf die Schulter.

»Ja, nun bin ich allein«, sagte Willem traurig.

»Es tut mir so leid, Willem. Wir haben den guten Kerl alle gern gehabt.«

»Ich weiß«, antwortete der Knecht tonlos. »Hoffentlich hat er nicht leiden müssen.«
»Das glaube ich nicht. Er ist an Altersschwäche gestorben, da bin ich mir sicher, hat sich hingelegt und ist einfach nicht mehr aufgewacht. Das ist doch ein schöner Tod.«
»Ja, das ist ein schöner Tod«, meinte der alte Mann. »Wenn's einen Himmel gibt, dann gehört Heiner da rein, auch wenn er kein Mensch is, er hat's verdient.«
»Das hat er, Willem, das hat er. Doch nun komm ins Haus, trink einen Kaffee mit uns.«
Willem schüttelte den Kopf.
»Ich möchte noch ein Weilchen bleiben.«
Die Bäuerin nickte und verließ den Stall. Als sie nach einer halben Stunde wiederkam, harrte der Knecht noch immer in derselben Stellung aus.
»Hier, trink einen Schnaps.« Sie schenkte dem Knecht ein Pinnchen voll aus der mitgebrachten Flasche ein und reichte es ihm. Dankbar nahm er es an und spülte es in einem Zug hinunter.
»Nimm noch einen.« Sie füllte erneut sein Glas. Willem trank hastig auch dieses. Das brennend heiße Gefühl, das sich in seinem Magen ausbreitete, tat ihm gut.
Die Hände gegen den Leib gepreßt, stand die Bäuerin reglos da und starrte auf den Kadaver.
»Ist Ihnen nicht gut?« fragte Willem matt.
»Ach, es ist nichts weiter.«
»Ja, sowas kann einem schon ganz schön auf den Magen schlagen. Sie sollten auch einen Schnaps trinken.«
»Vielleicht hast du recht.« Betreten starrten beide auf das tote Pferd.
»Das ist ein schlechtes Omen«, jammerte der Alte, »so kurz vor dem Weihnachtsfest.«
Die Bäuerin nickte und meinte nach einer Weile:
»Ich schicke jetzt nach dem Abdecker.« Wortlos drückte sie dem Knecht die Flasche in die Hand und ging.

*

Pünktlich um eins stand ich geschniegelt und gestriegelt vor des Gastgebers bescheidener Hütte, einem Walmdachbungalow mit zirka zweihundertfünzig Quadratmetern Wohnfläche, sehr hübsch gelegen inmitten eines parkähnlichen Gartens, der sich wie eine Landzunge in den Wald schmiegte. Was die Konzeption von Haus und Garten betraf, so war seine Frau die treibende Kraft gewesen, soviel hatte mir Joachim bereits verraten. Daß seine Frau ohne Zweifel auch in punkto Inneneinrichtung einen ausgezeichneten Geschmack besaß, ließ sie den Gast bereits wissen, kaum daß er Zeit gefunden hatte, sich die Schuhe abzutreten. Der Eingangsbereich durfte ohne sonderliche Übertreibung als Empfangshalle bezeichnet werden. Dank einer großzügigen Glasfront, die den winterlichen Zauber der Landschaft einfing, war der Raum strahlend hell. Die unbefleckten Schneeflächen draußen harmonierten aufs Feinste mit dem weißen Marmorboden im Innern des Hauses, der den wenigen, handverlesenen Möbelstücken das rechte Ambiente gewährte. Doch wer nimmt schon auf einem Sesselchen gegenüber der Haustür Platz, fragte ich mich mit dem trotzigen Willen, mich ja nicht zu sehr beeindrucken zu lassen. Ein Hausflur bleibt eben doch ein Hausflur.

Mein Gastgeber begrüßte mich herzlich und nahm mir den Mantel ab. Wo er ihn hintrug, blieb mir schleierhaft, sah ich doch im ganzen Raum keinen einzigen Kleiderhaken.

»Hast du gut hergefunden?« erkundigte er sich. »Ich hoffe, es ist nicht mehr glatt auf den Straßen.«

»Nein, nein, es ging alles ausgezeichnet.« Schließlich hatte ich nur zwei Kilometer fahren müssen.

»Das beruhigt mich, ich hätte dich ungern aus dem Straßengraben gezogen«, erklärte Joachim und lächelte charmant. »Darf ich bitten, hier entlang!« Mit galanter Geste wies er mir den Weg. Ein bißchen kam ich mir vor, als probten wir gerade die Szene ›armes Bauernmädel aus dem Dorf wird vom gütigen Schloßherrn empfangen‹. Fast hätte ich einen Knicks gemacht. Ich ertappte mich dabei, nach dem Verbleib des Hauspersonals zu schielen. Doch der hochherrschaftliche Eindruck sollte nicht lange währen.

»Machen wir es uns im Wohnzimmer gemütlich«, schlug mein Gastgeber vor. »Das Essen dauert noch einen Augenblick. Es gibt Rouladen, eine Spezialität meiner Schwester. Ich hoffe doch, du magst sie?«

»Ja, sehr gern«, erwiderte ich wohlerzogen. Wie hatte ich nur auf den Gedanken verfallen können, Joachim würde uns eigenhändig etwas Gutes in die Pfanne hauen? Wir wandelten ungefähr hundert Meter schweigend dahin, als mich plötzlich ein verdächtiges Kreischen zusammenzucken ließ.

»Das ist mein Gameboy, gib ihn sofort wieder her!«

»Scheiß auf deinen dämlichen Gameboy!«

»Scheiß auf dich selber, blöde Ziege!«

Hatte Joachim mir nicht weisgemacht, er lebe einsam und allein im Wald? Außer dem Gezwitscher der Vögel und dem Quaken der Frösche gäbe es keine lebendigen Laute? Ehe ich den Schrecken verkraften konnte, hatten wir die Löwenhöhle schon betreten.

»Karen, darf ich vorstellen, meine beiden Töchter! Das hier ist Marie-Thérèse«, erklärte er und legte mit väterlich-freundschaftlicher Geste die Hände auf die Schultern des Mädchens.

Marie-Thérèse. Selbstverständlich. Drunter ging es im Hause Pitzer natürlich nicht. Und wie hieß die andere? Anastasia, Elisabeth, Viktoria-Eugenia, oder wie? Nein, sie hieß Ann-Josephine. Josephine. Auch nicht schlecht, immerhin die Frau von Napoleon. Marie-Thérèse und Ann-Josephine Pitzer. Wie hübsch.

»Mädchen, das ist Karen. Sie dürfen dich doch Karen nennen?«

»Ja, ja, na klar. Hallo!«

Zwei Paar Kinderaugen starrten mich erbarmungslos an.

»He ihr zwei, wollt ihr nicht guten Tag sagen?« forderte der Herr Papa.

»Guten Tag«, meinte die Jüngere, ihren Gameboy fest an sich pressend.
»Hi«, meinte die Ältere und hob lässig die Hand.
»Karen wird mit uns essen.«
»Da kann sie meine Roulade gleich dazu haben«, sagte Marie-Thérèse und betrachtete dabei betont gelangweilt ihre Fingernägel. »Immer derselbe Fraß hier.«
»Also bitte, benimm dich ein bißchen!« mahnte der Hausherr.
»Ich möchte auch lieber Pommes«, kam es prompt.
»Könnt ihr nicht ein andermal den Aufstand proben, muß das ausgerechnet heute sein?« fragte der Wochenendvater, sichtlich um seine Autorität ringend. »Ihr führt euch doch sonst nicht so auf!«
»Ich habe nur gesagt, daß ich keine Rouladen mag. Und überhaupt, wenn du dich ein bißchen mehr nach den Bedürfnissen deiner Kinder richten würdest, wäre die Diskussion überflüssig«, wurde er altklug von seiner Älteren belehrt. Ich war mir sicher, daß sie diesen Satz aus anderem Munde aufgeschnappt hatte.
»Kann ich hellsehen?« fragte Joachim fast verzweifelt. »Vor drei Wochen habt ihr sie noch gemocht.«
»Wir entwickeln uns eben weiter!« Dieser kleine Giftzwerg schien auf alles eine Antwort zu haben. Mir lag das gute alte Kommando auf der Zunge: *Es wird gegessen, was auf den Tisch kommt.* Joachim machte ein Gesicht, als schlucke er eben dieses gerade hinunter. »Nun gut«, meinte er statt dessen, »hier wird niemand verhungern, bloß weil er seine Roulade nicht ißt, und damit Schluß jetzt.« Er wandte sich zu mir: »Karen, was möchtest du trinken, einen Sherry vielleicht?«
Warum nicht, ich konnte eine Stärkung brauchen.
»Weißt du, wenn die Mädchen da sind, kommt meine Schwester, um für uns zu kochen. Normalerweise haben die zwei nie etwas auszusetzen. Nun ja, jeder hat so seine Launen.« Scheinbar gleichgültig zuckte er die Schultern, doch ich bemerkte

deutlich das Bemühen, den etwas mißratenen ersten Eindruck seiner reizenden Brut zu relativieren. Er würde doch nicht allen Ernstes vorhaben, mir das Ersatzmutterdasein schmackhaft machen zu wollen?
»Am besten, ich stelle dir unsere liebe Tante Annegret gleich einmal vor«, beschloß mein liebenswürdiger Gastgeber.
Klar, wenn schon, dann gleich die ganze Bagage. *Unsere liebe Tante Annegret,* mein Gott! Er setzte anscheinend weiter auf seine Überrumpelungsstrategie.
»Gretchen? Annegret! Kommst du bitte mal! Vielleicht möchte sie auch einen Sherry«, setzte er erklärend hinzu.
Im Nebenraum klapperte es noch eine ganze Weile, ehe sich besagte Tante dazu aufraffen konnte, zu uns zu stoßen. Doch das Drama nahm seinen Lauf. Auftritt: die gute Seele vom Dienst. Als die Frau in der Tür stand, durchfuhr mich der nächste Schrecken. Das Gesicht kannte ich doch! Sie war diejenige gewesen, die mir damals durch unanständiges Scheibenglotzen meine sonntäglichen Sangesfreuden verdorben hatte! Dafür hätte ich meine Hand ins Feuer gelegt. Unsere liebe Tante Annegret schien über meinen Anblick ähnlich erfreut wie ich über den ihren, aber wohl nicht ganz so überrascht, wollte man auf ihren Gesichtsausdruck schließen. Warum auch, sie kannte mich ja bereits.
Ich sagte guten Tag, streckte ihr die Hand entgegen und ging auf sie zu, eine versöhnliche Geste, wie ich fand. Die ältere Frau murmelte ebenfalls einen Gruß, wischte sich ausgiebig die Hand an ihrer Kittelschürze ab und schüttelte dann die meine, wobei sie geflissentlich an mir vorbei und ihren Bruder ansah. Nicht eben freundlich, gelinde ausgedrückt.
»Annegret, das ist Karen Jansen, von der ich dir erzählt habe. Karen, meine Schwester Annegret.«
Ja, ja, das hatte ich nun wirklich mitbekommen.
»Annegret, möchtest du auch einen Sherry? Wir haben uns schon mal eingeschenkt.«

»Wie kommst du auf die Idee?« fragte sie in barschem Tonfall. »Du weißt doch, daß ich keinen Alkohol trinke. Und zu so unchristlicher Stunde!« fügte sie mit einem mißbilligenden Blick auf mein Glas hinzu.

»Ach, nun hab dich mal nicht so, es war ja nur als kleiner Appetitanreger gedacht.«

»Mein Appetit regt sich von selbst an, danke schön. Wir können jetzt essen.«

»Ich kann jetzt nichts essen!« ließ sich Ann-Josephine vernehmen. »Ich hab' noch gar keinen Hunger!«

»Dann läßt du es eben«, meinte die gute Seele des Hauses trocken. »Aber du setzt dich zu uns an den Tisch!« Das war ein Machtwort. Ohne Mucken erhoben sich die liebreizenden Töchterlein von ihrem Kissenlager und folgten uns ins Eßzimmer, pardon, den Speisesaal. Irgendwie hatte das ganze Haus die Atmosphäre eines Drei-Sterne-Hotels, nur daß die Gäste nicht in dieses Bild passen wollten.

Schwester Annegret tischte uns ein Süppchen auf, das wahrscheinlich vorzüglich gemundet hätte, wäre mein Hirn in der Lage gewesen, sich mit meinen Geschmacksknospen in Verbindung zu setzen. Aber ich war zu abgelenkt von dem ganzen Drumherum. Ähnlich ging es mir bei den bereits vielzitierten Rouladen, die sich die Mädchen ohne Einspruch auf den Teller hieven ließen. Joachim erzählte derweil betont heiter von dem Zufall, der mich ausgerechnet in sein Geburtshaus verschlagen hatte. Seine Schwester machte sich nicht einmal die Mühe, so zu tun, als kenne sie diese Geschichte nicht bereits.

»Tja, meine Frau wollte damals partout nicht in das Bauernhaus ziehen«, erklärte er jetzt. »Ihr hat immer etwas Modernes vorgeschwebt, deswegen haben wir hier gebaut. Ihr hat sehr viel an diesem Haus und an der Einrichtung gelegen.«

Um überhaupt etwas zu sagen, fragte ich vorschnell:

»Warum hat sie den ganzen Krempel dann nicht mitgenommen?« Ich hätte mir sofort die Zunge abbeißen können. Wenn ich nervös bin, baue ich nur Mist.

»Ha, das habe ich mich auch schon gefragt!« Joachim lachte herzlich, als hätte ich einen guten Witz erzählt. Dafür hätte ich ihn umarmen können, das erste Mal an diesem Tag. Wenigstens blieb er standhaft an meiner Seite.

»Was gibt es denn Neues bei euch zu Hause?« fragte die gute Tante die beiden Mädchen.

»Mutti sagt, es ist gut, daß Papa wieder eine Freundin hat«, tat die Ältere kund. »Dann säuft er wenigstens nicht mehr so viel.« Die Kleinere begann zu kichern. »Und wahrscheinlich wäre er dann mal wieder ein bißchen entspannter«, setzte der blonde Engel noch eins drauf. Ich kam mir vor wie in einem absurden Theaterstück. Das war keine Löwenhöhle, in die ich geraten war, nein, Löwen tragen immerhin faire Kämpfe aus. Ich war unversehens in eine Schlangengrube gefallen, das heißt, der Herr Papa lag noch unter mir. Joachim wischte sich nervös mit der Serviette im Gesicht herum, seine Schwester blieb hingegen vollkommen gefaßt und fragte:

»Woher weißt du denn, daß dein Vater wieder eine Freundin hat?«

»Na das hat er doch selbst erzählt! Am Telefon hat er zu Mama gesagt, daß Jo und ich ja seine neue Freundin kennenlernen würden, wenn wir kämen!«

Ich lächelte dümmlich in die Runde und wünschte mir das sprichwörtliche Loch im Boden, das sich wohlweislich nie auftut, wenn man es nötig hat. Noch weitaus heftiger als ich schien der Hausherr es herbeizuflehen, wie mir ein schräger Seitenblick verriet. Ihm war allerdings ebensowenig Erfolg beschieden, auch wenn er noch so sehr auf seinem Stühlchen zusammensackte.

»Also Karen, ich glaube, ich muß etwas richtigstellen . . .«

»Freunde kann man bekanntlich nie genug haben im Leben, nicht wahr?« hörte ich mich plötzlich sagen. »Also Joachim, trinken wir auf unsere neue Freundschaft!« Ich hob mein Glas und prostete ihm zu. »Und auf gute Nachbarschaft, versteht sich!«

»Also Karen, ich weiß gar nicht, wie ich mich entschuldigen soll!« Joachim winselte fast ins Telefon. »Dieses Essen, das Gespräch – eine Zumutung für dich! Ich hätte mir so gewünscht, daß . . .«

»Joachim, nun hör aber auf! Es war alles nicht weiter schlimm!«

»Doch, das war es. Diese Bemerkungen von Marie-Thérèse, also das war wirklich . . .«

»So sind Kinder nun mal, laß sie sich doch ein bißchen wichtig tun!« War das keine souveräne Antwort? Meine Mutter hätte die Situation nicht besser meistern können. Manchmal sind Sprüche aus der Mottenkiste die einzig angebrachten.

»Und es hat dir wirklich nichts ausgemacht?« fragte Joachim aufatmend.

»Aber woher denn! Es war doch ganz lustig.«

»Da bin ich ja beruhigt. Du glaubst gar nicht, wie erleichtert ich bin. Ich war fest davon überzeugt, du hättest endgültig die Nase voll von meiner Meute.« Womit er nicht ganz unrecht hatte.

»Ach, was für ein Quatsch! Deine Töchter sind sehr nett!« Diese Lüge brachte ich noch über mich, seinen miesepetrigen Hausdrachen hingegen konnte ich beim besten Willen nicht mehr reinwaschen. Doch das schien gar nicht notwendig. Der größte Wackerstein war Joachim bereits vom Herzen gefallen.

»Karen, wie wäre es, wenn wir uns noch einmal ganz in Ruhe – ich meine nur wir beide – unterhalten würden? Ich habe wohl einen Fehler gemacht.«

Wenigstens sah er es ein.

»Eine gute Idee«, entschied ich, schließlich konnte ich es mir in meiner augenblicklichen Situation nicht leisten, Freundschaften leichtfertig aufs Spiel zu setzen.

»Wir könnten vielleicht unseren Spaziergang nachholen.«

»Ja, warum nicht.« Unsere Sonntagswanderung war natürlich ins Wasser gefallen, worüber ich allerdings nicht allzu traurig gewesen war. Die Vorstellung, mit zwei kleinen Ungeheuern

und einer giftspritzenden Gouvernante im Schlepptau durch winterlichen Schneematsch zu marschieren, verursachte mir noch im nachhinein eine Gänsehaut.
»Wie wäre es, wenn ich gleich morgen bei dir vorbeikäme?«
So eilig brannte mir die Angelegenheit dann doch nicht unter den Nägeln. Ich mußte mir alles in Ruhe durch den Kopf gehen lassen.
»Morgen paßt es schlecht, und in den nächsten Tagen fahre ich zu meinen Eltern. Wollen wir uns nicht nach Weihnachten treffen? Dann haben wir beide ein wenig Abstand gewonnen und können in aller Ruhe reden.«
»Einverstanden.«
»Schön. Ich wünsche dir frohe Weihnachten, Joachim, und bis bald.«

*

Die Liebe umgab sie mit einer schützenden Aura, die alles Übel von ihr abhielt. Sie träumte sich durch die Tage, um in den Nächten zu erwachen wie eine seltene Schattenblume, ihr Körper und ihre Seele schienen einzig dem Geliebten geweiht. Es gab kein Gestern und kein Morgen, es zählte nur die Zeit, die sie beisammen waren. Diese Stunden schloß Maria so fest in ihr Herz, als wollte sie sie für die Ewigkeit dort aufbewahren. Doch die zügig fortschreitende Genesung des Geliebten gemahnte unausweichlich an den Augenblick der Trennung.

»Was hast du denn vor, wenn du hier weggehst?« fragte sie eines Abends beklommenen Herzens, als sie dicht aneinandergeschmiegt in ihrem Bett lagen. Hannes antwortete nicht sofort.

»Ich muß mich nach Bremerhaven durchschlagen, zum Überseehafen«, erklärte er dann, um einen gelassenen Tonfall bemüht. »Da ist jemand, an den ich mich wenden kann, ein Freund von einem Kumpel aus dem Knast, der wird mir falsche Papiere besorgen. Dann schiffe ich mich ein und verlasse das Land. Amerika, ich komme!« Er lächelte gequält.

»Aber dazu brauchst du doch Geld!« meinte Maria besorgt.

»Ich weiß.«

»Wie willst du das auftreiben?«

»Wer sagt, daß ich keins habe?« fragte er geheimnisvoll.

»Woher hast du es?«

»Von jemandem, dem es nicht weh tut, daß er jetzt ein bißchen weniger hat«, antwortete ihr Geliebter mit frechem Grinsen und richtete sich auf.

»Das klingt recht vage«, stellte sie traurig fest. Sie hatte es sich abgewöhnt, Nachforschungen anzustellen. Hannes war stur wie ein Maulesel wenn es darum ging, Geheimnisse zu bewahren, die er nicht preisgeben wollte.

»Wenn ich in Amerika bin, schicke ich dir eine Karte!« erklärte er leichthin und drehte spielerisch eine Strähne ihres blonden Haares um den Finger. Wie konnte er nur so gelassen sein?

»Ja, natürlich, am besten mit deinem Namen drauf, damit jeder gleich weiß, wo du bist!« antwortete sie gereizt, doch sie fühlte sich, als habe er ihr soeben das Herz aus dem Leib gerissen, um es später achtlos in seiner Hosentasche über den großen Ozean zu tragen.

»Nein, nein, meine kleine Marie, ich dichte dir einfach eine Tante an. Wie wäre es mit Tante Doris aus Amerika!« Er hauchte ihr einen federleichten Kuß auf die Stirn. Maria wandte sich ab. Sie wollte nicht, daß er die Tränen in ihren Augen sah. »Sag mal, wo ist eigentlich meine Pistole?« wollte er plötzlich wissen.

»In Sicherheit.«

»Traust du mir immer noch nicht?« Er sah sie forschend an.

»Wie meinst du das?«

»Nun, ich möchte nicht, daß sie irgendjemandem in die Hände fällt und fände es besser, ich könnte selbst auf sie aufpassen. Aber wenn du fürchtest, ich würde damit irgendeinen Unsinn anstellen . . .«

»Sie ist in Sicherheit. Ich habe sie draußen hinter einem Schrank versteckt, da findet sie niemand.«

»Und wenn doch jemand zufällig dahinterguckt?«

»Das glaube ich zwar nicht, aber wenn es dich beruhigt, hole ich sie dir.«

»Nein, nein, nicht nötig. Wenn du sagst, sie sei sicher . . .«

»Ich hole sie dir. Ich muß ohnehin noch einmal hinaus.« Maria stand auf, kleidete sich flink an und verließ die Stube. Als sie wiederkam, zog sie die Pistole unter ihrem Rock hervor. Mit unwilligem Gesichtsausdruck streckte sie Hannes die Waffe hin, als hielte sie einen tote Maus am Schwanz. Lachend wollte er sie entgegennehmen, doch im letzten Moment zog sie ihre Hand zurück. Verwundert sah er sie an.

»Hannes, versprich mir, daß du sie nicht haben möchtest, weil du mich heimlich verlassen willst.« Ihre Augen flehten ihn an.

»Das ist nicht der Grund, ich schwöre es«, erwiderte er ernst. Doch sie gab sich noch nicht zufrieden.

»Versprich mir auch, daß du sie nie mehr benutzen wirst.«

»Aber ich habe noch nie damit geschossen!«
»Trotzdem. Man gerät leicht in die Versuchung.«
»Maria, vergiß nicht, in welcher Situation ich mich befinde! Eine Waffe kann sehr nützlich sein, auch wenn man sie nicht benutzt.«
»Wozu soll sie gut sein?«
»Zur Einschüchterung natürlich!«
»Versprich mir, daß du nie damit schießen wirst!«
Es dauerte einen Weile, ehe er antwortete.
»Ich werde nicht schießen. Du hast mein Versprechen.«
Ohne zu zögern händigte sie ihm die Waffe aus. Zufrieden lächelnd nahm er sie entgegen und machte sich sofort daran zu schaffen.
»Du mußt dich nicht fürchten vor dem Ding, es ist nicht geladen. Komm her, ich erkläre dir, wie es funktioniert.«
»Ich will es gar nicht wissen.«
»Ach was, stell dich nicht so an. Es kann nie verkehrt sein, wenn man sich auskennt.« Er griff unter sein Kopfkissen und holte eine Handvoll Patronen hervor. Verblüfft starrte Maria ihn an. Wie kamen diese kleinen Teufelsdinger in ihr Bett?
»Nun komm schon, schau nicht so entsetzt!« meinte Hannes unbekümmert. »Das sind 7,65 mm Bleigeschosse, wie sie die Polizei verwendet«, erklärte er fachmännisch. Maria betrachtete die messingfarbenen Patronen. Sie sahen so harmlos aus.
»Sieh mal, das hier ist das Magazin.« Zögernd trat sie näher.
»Nun setz dich schon!« Sie zog sich einen Stuhl heran. »Siehst du, so wird es herausgezogen. Sieben Patronen passen hier hinein und eine zusätzlich in den Lauf. Wenn man diese Feder herunterzieht, lassen sich die Patronen hier oben hineindrücken. Versuch's mal!«
»Ach, ich will nicht.«
»Nur so, es passiert nichts.« Maria nahm das Magazin und legte die Patronen ein. »Jetzt schiebst du es wieder hinein«, wies Hannes sie an. »Siehst du, es ist ganz leicht. Nun nimm sie besser wieder heraus.« Maria tat, wie ihr geheißen und leg-

te die Patronen auf den Tisch. »Wir nehmen einmal an, sie wären noch drin«, fuhr ihr Lehrmeister fort und nahm die Pistole erneut an sich. »Wenn du den Schlitten zurückziehst, dann rutscht die erste in den Lauf. Mit diesem Häkchen wird die Waffe ge- oder entsichert. Drückst du es hoch, ist sie schußbereit. Der Abzug läßt sich kinderleicht bedienen!« Hannes sprach mit unverhohlener Begeisterung. Das war ihr unheimlich, doch auch sie ergriff plötzlich eine ungeahnte Faszination. Sie nahm die Pistole in die Hand, beherzter diesmal, und zielte auf den Spiegel über der Kommode.

»Du mußt sie mit beiden Händen fassen, dann zitterst du nicht so und kannst besser zielen.« Maria nahm die andere Hand zu Hilfe.

»So ist es richtig. Du zielst genauer auf die Entfernung, wenn du ein Auge schließt.« Sie visierte verschiedene Gegenstände an.

»So, nun ist es genug«, entschied sie plötzlich und wollte Hannes die Pistole zurückgeben.

»Behalt sie. Versteck sie irgendwo hier drin. Hier hast du auch die Patronen.« Maria zögerte einen Moment, nahm sie dann und deponierte alles unter ihrer Matratze. »Und nun komm her und halt mich ein bißchen warm, ich friere fürchterlich!« Hannes tat, als würde er erneut von Schüttelfrost gepeinigt. »Ach du!« Sie stieß ihm scherzhaft in die Seite und ließ sich auf seinen Schoß fallen.

»Ich will ja nicht anmaßend werden, aber meinst du nicht, wir hätten es drüben in deinem Prinzessinnenbettchen angenehmer?« Ein letztes Mal wechselten sie die Plätze. Hannes schob seine Hand unter ihr Hemd und streichelte zärtlich ihre Brüste. Er beugte sich über sie, küßte mit weichen Lippen die anschwellenden rosa Knospen und begann sich langsam nach unten zu arbeiten. »Ich liebe dein rundes Bäuchlein«, flüsterte er und strich mit der flachen Hand über die Wölbung, die in den letzten Wochen immer praller und fester geworden war. Maria erschrak unwillkürlich, stellte dann jedoch sachlich fest:

»Ich habe zu viel gegessen in letzter Zeit.« Sie nahm seinen Kopf in die Hände und zog ihn sanft zu sich nach oben.

»Ach was, es steht dir gut, wenn du ein bißchen Speck auf die Rippen bekommst, bist ja nur Haut und Knochen!« Er kniff sie neckisch in die Seite.
»Gefall' ich dir nicht?« fragte sie unsicher.
»So habe ich es nicht gemeint! Natürlich gefällst du mir, mein Engel, ob mit oder ohne Bäuchlein. Ich liebe dich.«
In der Nacht erwachte Maria plötzlich. Der Platz neben ihr war warm, aber leer. Gähnend leer. Erschrocken fuhr sie hoch und starrte in die Dunkelheit. Zunächst war es totenstill, dann hörte sie draußen die schwere Holztür in den Angeln quietschen. Die Zimmertür ging leise auf, und eine verhüllte Gestalt trat ins Zimmer. Sie erkannte Hannes nicht sofort und hätte fast aufgeschrien, doch im selben Moment zog er sein Kopftuch ab und ließ den Umhang fallen.
»Wo warst du?« flüsterte sie entsetzt. Erschrocken fuhr er zusammen, fing sich jedoch sofort wieder und meinte gelassen:
»Auf dem Klo.«
»Bist du verrückt?«
»Ich war gut getarnt, jeder hätte mich für dich gehalten.« Er ging zur Waschschüssel und wusch sich die Hände.
»Das glaube ich nicht«, meinte Maria. »Sei froh, daß Rex tot ist. Der konnte Fremde, die nachts im Hof herumschleichen, auf den Tod nicht ausstehen.«
»Wer ist Rex?«
»Rex war unser Wachhund. Er ist im Sommer gestorben.«
»Bei euch wird ziemlich viel gestorben, will mir scheinen.« Hannes ließ sich wieder ins Bett fallen und zog sie an sich.
»So ist's nun mal«, antwortete sie nervös. Der Schreck saß ihr noch immer in den Gliedern. »Aber bald bekommen wir einen neuen Welpen, der Bauer will ihn demnächst holen und . . .«
»Dann werden wir ihn mit zu uns ins Bett nehmen«, flüsterte er und verschloß ihre Lippen mit einem langen Kuß.

*

Bevor ich über Weihnachten zu meinen Eltern fuhr, stattete ich dem alten Pastor noch einen Besuch ab. Wieder einmal stand der kleine rote Flitzer von Frau Hollerbach vor der Tür des Pfarrhauses, und sie öffnete mir auch.
»Guten Tag, Frau Jansen«, grüßte sie höflich, aber ein wenig distanziert, wie mir schien. »Kommen Sie herein, ich sage dem Pastor, daß sie da sind.« Von der Herzlichkeit und Offenheit, die sie mir bei meinem letzten Besuch entgegengebracht hatte, spürte ich heute nichts. Während sie mir meinen Mantel abnahm, kam Georgi schon auf Krücken in den Hausflur gehumpelt.
»Karen! Wie schön, daß Sie vorbeischauen!« Der alte Mann begrüßte mich um so freudiger.
»Ich sehe, Sie sind wieder wohlauf«, stellte ich lächelnd fest. Georgi lehnte eine seiner Gehhilfen an die Wand und stützte sich umständlich auf die andere, um mir die Hand zu reichen. Sie war so schmal, leicht und knorrig wie eine Vogelklaue. Nach einem flüchtigen Händedruck reichte ich ihm schnell wieder die Krücke, weil ich fürchtete, er könne das Gleichgewicht verlieren. Er sah so alt und gebrechlich aus an diesem Tag. Sein ganzer Körper schien aus Vogelknochen zu bestehen: Deutlich zeichneten sich die Schulterblätter unter dem dünnen Hemd ab, die Schlüsselbeine staken spitz hervor und ließen die magere Hühnerbrust ahnen. Seine Hose schien nur an den schmalen Hosenträgern aufgehängt zu sein, die Hosenbeine selbst schlackerten, als seien sie über zwei Besenstiele gezogen. Und erst sein Gesicht: Über den scharf geschnittenen Jochbögen spannte die Haut, die Wangen waren eingefallen. Sein Blick war nicht klar und scharf wie sonst, sondern trüb und irgendwie bekümmert. Mich überkam plötzlich ein tiefes Gefühl der Rührung und des Mitleids.
Wir betraten das Wohnzimmer. Der Raum erschien mir düsterer als sonst, es war heiß und stickig und roch nach abgestandenem Zigarrenqualm. Plötzlich bemerkte ich jenen Alte-Leute-Geruch, den ich vormals in diesem Haus nicht wahrge-

nommen hatte: Der typische Geruch von Einsamkeit und Resignation. Am liebsten hätte ich mich umgedeht und wäre sofort wieder gegangen, schämte mich jedoch gleichzeitig für dieses feige, egoistische Bedürfnis.

»Bitte, setzen Sie sich!« Georgi hatte das Deckenlicht eingeschaltet und humpelte zu seinem braunen Ledersessel. Ich nahm ihm gegenüber auf der Couch Platz.

»Entschuldigen Sie meinen etwas legeren Aufzug, aber ich hatte nicht mit Besuch gerechnet!« meinte er entschuldigend und zupfte an seinen Hosenträgern.

»Oh, mich stört das nicht im geringsten, aber ich hätte mich wirklich vorher anmelden sollen.«

»Nein, nein, liebe Karen, Sie sind jederzeit willkommen! Frau Hollerbach wird uns gleich eine Tasse Kaffee bringen, nicht wahr, Frau Hollerbach?« Er drehte sich vorsichtig zu seiner Haushälterin um, die unschlüssig in der Tür stehengeblieben war.

»Natürlich«, antwortete sie spitz und wandte sich ab. Ich wunderte mich einmal mehr. Ob die beiden Streit gehabt hatten?

»Nun, Karen, was macht Ihre Magisterarbeit?« fragte er lächelnd und sah mich erwartungsvoll an.

»Ach ja, es geht langsam voran, zu langsam, wenn ich ehrlich sein soll.« Glücklicherweise kam gerade Frau Hollerbach wieder, das obligatorische Tablett in Händen.

»Frau Hollerbach, wie geht es Ihnen?«

»Ach, wie soll es schon gehen, Kind, mal besser, mal schlechter, doch im großen und ganzen kann ich nicht klagen.« Sie warf mir nur einen flüchtigen Blick zu und begann den Tisch zu decken. Für sich selbst legte sie diesmal kein Gedeck auf.

»Ja, Frau Hollerbach ist eine robuste Natur«, meinte Georgi. »Beneidenswert! Aber an Stärke habt ihr Frauen uns Männern ja ohnehin einiges voraus.«

»Na, Sie sind doch auch nicht aus Zuckerguß«, antwortete Frau Hollerbach knapp. Der Pastor schien ihre Bemerkung jedoch nicht gehört zu haben.

»Gefüllte Windbeutel!« rief er aus. »Die hat meine Mutter früher oft gemacht, wie habe ich die als Bub geliebt!« Er freute sich wie ein kleines Kind.

»Die Liebe hat sich gehalten, würde ich behaupten«, kommentierte die Haushälterin. Georgi lächelte nur.

»Lassen Sie, das mach' ich schon!« Ich nahm Frau Hollerbach die Kanne ab, um uns einzuschenken. »Wollen Sie keinen Kaffee mit uns trinken?«

»Nein danke, ich habe noch im Haus zu tun«, entgegnete sie halb schnippisch, halb verlegen. Georgi legte mir derweil das luftig-sahnige Gebäck auf den Teller und begann anschließend sofort zu essen.

»Köstlich, Frau Hollerbach, köstlich! Wie Sie das wieder hinbekommen haben, ganz phantastisch!«

»Loben Sie lieber die Bäckerei Trapp, dort hab' ich sie nämlich eben gekauft.«

Georgi lachte wieder über diese erneute kleine Spitze, Frau Hollerbach lachte nicht. Sie stand da und schaute mich an, als wolle sie etwas sagen, wandte sich dann jedoch wortlos ab und verließ das Zimmer.

»Nun, meine Liebe, was macht der kleine Kater?«

Zu diesem Thema gab es immer etwas zu erzählen. Begeistert berichtete ich von den Fortschritten, die Leo in den letzten Tagen gemacht hatte. »Immerhin läßt er jetzt die Gardinen in Ruhe. Dafür springt er neuerdings auf den Küchentisch.« Der Pastor nickte kauend. Noch ehe ich den dritten Bissen hinuntergeschluckt hatte, nahm er sich bereits einen zweiten Windbeutel. »Also, ich muß doch immer wieder staunen, was Sie so alles verdrücken können!«

Er grinste schelmisch und sah plötzlich wieder aus wie das blühende Leben. Ich war erleichtert.

»Ja, ich habe das Glück, zu den Leuten zu gehören, die essen können, was sie wollen, ohne zuzunehmen. Eine sehr praktische Eigenschaft, wie ich finde, gerade in meinem Beruf.«

»Weshalb gerade in Ihrem Beruf?«

»Nun, auf diese Weise bin ich nicht so leicht der Völlerei zu bezichtigen. Mein kleines Laster ist mir ja nicht auf den ersten Blick anzusehen.« Wieder schmunzelte er vor sich hin.
»Da haben Sie allerdings recht«, stimmte ich ihm zu.
Bald kam der alte Knabe erneut auf meine Arbeit zu sprechen. Zur Zeit schlüge ich mich mit dem Mittelalter herum, berichtete ich und erzählte, daß die kalendarische Zeit und die Uhr zwar früh ›erfunden‹ worden waren, aber jahrhundertelang wenig Einfluß auf das Alltagsleben der Menschen hatten.
Georgi stimmte mir zu, führte aber das streng geregelte, gleichförmige Leben in den Klöstern an, das vorrangig an kanonischen Stunden und Horen ausgerichtet war.
»Die Klöster hatten in diesem Punkt sicherlich eine Vorreiterrolle, aber ihr Leben tangierte die Durchschnittsbevölkerung wenig«, wandte ich ein.
»Kann ich abräumen?« fragte Frau Hollerbach unvermittelt. Ich hatte nicht bemerkt, daß sie hereingekommen war.
»Nun, ich denke, wir sind fertig«, meinte Georgi mit einem Blick auf die leere Kuchenplatte.
»Warten Sie, ich helfe Ihnen!« Hektisch sprang ich auf und stieß dabei meine Kaffeetasse um. Eine kleine braune Pfütze bildete sich auf der Marmorplatte und das Spitzendeckchen färbte sich braun.
»Also, heute ist wirklich nicht mein Tag!« rief ich ärgerlich. »Was bin ich nur für ein Tolpatsch!«
»Es ist doch nichts passiert, Frau Jansen, nun regen Sie sich mal nicht auf!« Zum ersten Mal an diesem Tag spürte ich wieder die Herzlichkeit der resoluten Frau, die mich bei meinem letzten Besuch so beeindruckt hatte.
»Ich werde es auswaschen«, beeilte ich mich zu sagen und räumte das Geschirr von der Decke.
»Das mach' ich schon, lassen Sie nur!«
»Nein, nein. Ich helfe Ihnen!«
»Gut, dann kommen Sie mit in die Küche.« Frau Hollerbach nahm das Tablett, und ich schlich mit dem nassen Deckchen

hinter ihr her. In der Küche angekommen, schloß sie eilig die Tür hinter uns, sah mich mit bedeutungsvoller Miene an und meinte:

»Es tut mir leid, daß ich vorhin so kurz angebunden war, ich mag Sie wirklich gern. Aber der Pastor hat nach Ihrem letzten Besuch so furchtbar mit mir geschimpft, weil ich diese Sache mit Pitzers Maria erwähnte. Er meinte, wir sollten Sie doch nicht mit diesen albernen Geschichten behelligen und Sie hätten deswegen schon Ärger genug bekommen. Er war so aufgebracht, wie ich ihn seit langem nicht gesehen habe. Regelrecht gedroht hat er mir, stellen Sie sich das einmal vor!« Sie sah mich entrüstet an. »Ich hab' schon verstanden, hab' ich zu ihm gesagt, ich werde diese Sache nie wieder erwähnen. Aber diese Rüge, die er mir erteilt hat, wegen so einer alten Geschichte, und in welchem Ton, also wer bin ich denn!« Sie schüttelte zornig den Kopf. »In diesem Ton redet nicht einmal mein Mann mit mir, und das will was heißen! ›Wenn ich Sie störe mit meinem dummen Gewäsch, dann kann ich jederzeit gehen‹, hab' ich zum Pastor gesagt, aber davon wollt' er dann auch nichts wissen. Natürlich nicht, er braucht mich ja. Doch eins sage ich Ihnen: Den Mund lasse ich mir auch von einem Hochwürden nicht verbieten! Ich habe versprochen, nach dem Foto zu suchen, und versprochen ist versprochen. Es ist doch albern, wegen dieser ollen Kamellen ein solches Theater zu machen!«

»Ich möchte Sie wirklich nicht in Schwierigkeiten bringen«, entgegnete ich hilflos.

»Ach was, der alte Knabe kann mir nicht drohen!« Sie griff nach ihrer braunen Kunstlederhandtasche, die auf dem Küchentisch lag und öffnete den Schnappverschluß. »Hier, nehmen Sie, schauen Sie es sich in Ruhe zu Hause an. Sie können es mir bei Gelegenheit zurückgeben.« Mit forscher Geste reichte sie mir einen weißen Briefumschlag. Ich nahm ihn entgegen und hielt ihn unsicher in der Hand, in der anderen hatte ich noch immer das Spitzendeckchen. »Nun stecken Sie ihn schon weg und geben Sie die Tischdecke her!« Frau Hollerbach lä-

chelte plötzlich wieder. »Und jetzt gehen wir wohl besser zurück, ehe unser Hochwürden auf den Gedanken kommt, wir schmieden hier ein Komplott gegen ihn!«
Cognac und Zigarre hatte ich noch durchzustehen, ehe ich mich endlich verabschieden konnte.
»Ein frohes Weihnachtsfest wünsche ich Ihnen, liebe Karen«, meinte der Pastor und schüttelte mir die Hand.
»Das wünsche ich Ihnen auch, Herr Georgi.«
»Ich feiere mit dem lieben Gott«, sagte er und zwinkerte mir zu. »Und auf das Weihnachtskonzert freue ich mich jedes Jahr!«
Wenn das Alter so bescheiden machte, hatte es vielleicht doch sein Gutes.
Am liebsten hätte ich den Briefumschlag gleich auf der Straße aufgerissen, zwang mich aber dazu, erst nach Hause zu gehen. Kaum war ich angekommen, öffnete ich ihn in atemloser Spannung. Ich zögerte einen Moment, ehe ich die Fotografie herausnahm, doch die Neugier siegte. Auf den ersten Blick sah ich nur eine Menschenmenge, die sich um ein Hochzeitspaar gruppierte. Braut und Bräutigam standen lächelnd in der Bildmitte, links und rechts und in mehreren Reihen hinter ihnen hatten sich mindestens zwanzig Leute versammelt. Zwanzig winzige Gesichter, die mehr oder weniger freundlich in die Kamera blickten. Zwanzig Gesichter, von denen mir kein einziges bekannt vorkam. Doch dann entdeckte ich mich.

*

»Frau Pitzer, ich gehe dann jetzt!« verkündete Maria, bereits fertig zum Aufbruch.
»Wart einen Moment, ich hab' noch was für dich.« Die Bäuerin verschwand in der Speisekammer.
Irgendwo im Haus erklang Annegrets glockenhelle Stimme: *»Macht hoch die Tür, die Tor macht weit, es kommt der Herr der Herr-lich-keit. Ein Kö-nig al-ler Kö-nigreich, ein Heiland al-ler Welt zugleich, der Heil und Leben mit sich bringt; derhalben jauchzt, mit Freu-den singt: Ge-lo-bet sei mein Gott, mein Schöpfer reich an Rat!«* An Weihnachten war das Gesangsverbot aufgehoben, da sich das Mädchen auf ihre Darbietung bei der Christmette vorbereiten mußte, war sie doch die allseits bewunderte Königin des Kirchenchores.
»Für deine Mutter, mit einem schönen Gruß.« Frau Pitzer war zurückgekehrt und reichte der Magd ein in braunes Packpapier eingeschlagenes Paket. »Für dich hab' ich auch eine Kleinigkeit, die geb' ich dir, wenn du zurück bist.«
Maria bedankte sich höflich.
»Frohe Weihnachten wünsche ich Ihnen und Ihrer Familie.«
»Frohe Weihnachten, Maria.«
»Macht hoch die Tür, die Tor macht weit, eu'r Herz zum Tempel zu-bereit . . .«
In der Haustür traf die Magd auf den Bauern.
»Ein gesegnetes Fest wünsche ich dir und grüß auch die Mutter!« Pitzer grinste gut gelaunt.
Mit gesenktem Kopf murmelte sie ihren Dank und drückte sich eilig an ihm vorbei.
Zu Fuß machte sie sich auf den Weg zur Bahnstation, die am anderen Ende des Dorfes lag. Von Hannes hatte sie schweren Herzens Abschied genommen. Sie ließ ihn nur ungern allein, aber heute ging es nicht anders. An Heiligabend hatte sie dienstfrei und mußte die Mutter besuchen. Obwohl er ihr hoch und heilig versprochen hatte, nichts zu unternehmen, fürchtete sie, er könne bei ihrer Rückkehr nicht mehr da sein. Aber daran wollte sie nun nicht denken, sie hatte andere Sorgen. Heute

würde sie mit der Mutter reden müssen; sie mußte sie vorbereiten auf das unausweichliche Ereignis, das sich bald nicht länger verbergen ließ.
Seit der Zeit, als Pitzer sich das erste Mal an ihr vergangen hatte, war ihre Periode ausgeblieben. Über ein Jahr war das schon her, und nie hatte sie sich sonderlich darüber aufgeregt. Im Gegenteil, ihr war dieser Umstand fast wie ein Segen erschienen, bewahrte er sie doch vor lästigen Übeln und vor allem vor einer möglichen Schwangerschaft. Aber sie hatte sich getäuscht. Die untrüglichen Beweise ihres Irrtums konnte sie nun nicht länger vor sich selbst verleugnen. Sie mußte akzeptieren, daß da ein Kind in ihrem Körper heranreifte, das an ihren Kräften zehrte und immer mehr Platz für sich in Anspruch nahm. Wie das Ei einer Dasselfliege, das unter der Kuhhaut wächst und wächst, bis es sie schließlich zum Platzen bringt, dachte sie oft. Wie sollte sie dieses Wesen lieben, das sie nicht gewollt hatte, ja, dessen Zeugung einem Gewaltakt entsprang? Sie wußte es nicht, sie wußte nur, daß sie mit ihm würde leben müssen. Und ihre Mutter müßte vor allen anderen erfahren, daß sie ein uneheliches Kind erwartete. Doch wie sollte sie es ihr erklären? Indem sie die Wahrheit sagte? Undenkbar! Die Schande war zu groß, um sie preiszugeben. Sollte sie eine Lüge erfinden, die Vaterschaft auf einen ominösen Fremden schieben? In diesem Fall würde Frau Jakobi nicht ruhen, ehe sie die Wahrheit in Erfahrung gebracht hätte, und das durfte sie unter gar keinen Umständen. Es war alles so schwierig. Maria fühlte sich plötzlich unendlich müde und beschloß, die Dinge auf sich zukommen zu lassen. Vielleicht würde sie spontan die rechten Worte finden.
»Hier, Mama, für dich!« Sie reichte ihrer Mutter den mitgebrachten Schinken, die Butter und das kleine Paket Kaffee, daß sie von ihrem Ersparten erstanden hatte.
»Oh, mein Kind, wie lieb von dir!«
»Der Schinken und die Butter sind von Frau Pitzer, ich soll dich auch schön grüßen.«

»Ach, das ist ja reizend! Das sind wirklich feine Leute! Richte ihnen meinen besten Dank aus.«

»Mach' ich, Mutter, mach' ich.«

»Aber ich habe auch ein Weihnachtsgeschenk für dich, mein Kind, wart einen Augenblick!« Die Mutter stand auf und verließ den Raum. Maria starrte in die Kerzenflammen des schlichten Adventskranzes und überlegte aufs neue, wie sie sich erklären sollte. Doch ihr blieb nicht viel Zeit, denn bald kam Frau Jakobi zurück. »Schau!« Sie hielt ihr einen dunklen Mantel hin. »Den hab' ich dir genäht, damit du mal wieder was Gescheites zum Anziehen hast, wenn du in die Kirche gehst.«

»Ach Mama, ein neuer Mantel, wie schön!«

»Es hat mir jedesmal in der Seele weh getan, wenn ich dich in diesem abgewetzten Ding da gesehen habe!« Sie deutete mit gerümpfter Nase in Richtung Garderobe, an der Marias alter wollener Umhang hing. »Es wurde höchste Zeit, daß du einmal wieder etwas Vernünftiges trägst. Zieh das Mäntelchen gleich einmal an, ich möchte sehen, ob es gut sitzt!«

Maria gehorchte und schaute verzückt an sich herab.

»Der paßt wirklich ausgezeichnet, Mama, und was für ein schöner Stoff!« Bewundernd strich sie über den weichen Loden. »Der muß sehr teuer gewesen sein.«

»Gut schaust du aus!« gab die Mutter zur Antwort. »Du hast ganz schön zugenommen in letzter Zeit, aber das steht dir gut zu Gesicht.«

»So, findest du?« Maria drehte sich vor dem Kommodenspiegel hin und her und begutachtete sich von allen Seiten.

»Ja, das meine ich schon – ich habe ja auch erst mit zwanzig Jahren weibliche Formen bekommen«, erklärte Frau Jakobi. »Als junges Mädel war ich genau so spitz und dürr wie du. Aber jetzt . . .« Sie bedachte ihre Tochter mit einem anerkennenden Blick. »Wie eine richtige kleine Dame schaust du aus!«

»Ach Mama!« Maria schüttelte lächelnd den Kopf.

»Doch, doch, mein Kind. Es scheint dir gut zu gehen bei den Pitzers.«
»Nun ja . . .«
»Etwa nicht?« Im Blick der Mutter lag eher Verwunderung als Besorgnis.
»Schon, es ist nur . . .« Maria verließ plötzlich aller Mut. »Es ist nichts weiter.«
»Na, Gott sei Dank. Komm, Kind, laß uns essen, sonst verbruzzelt uns die schöne Ente noch im Ofen!« Frau Jakobi ging in die Küche, um das kleine Festmahl aufzutragen.
Nach der Mahlzeit wagte Maria noch einmal einen verzweifelten Versuch, ihre Notlage zu schildern.
»Mama, ich muß dir etwas sagen . . .«
»Na, das klingt ja gar nicht gut!«
»Es ist so, daß ich – ich glaube . . .« Sie stockte.
Frau Jakobi sah sie erwartungsvoll an. Das Ticken der Wanduhr schien mit jedem Schlag lauter zu werden, tik tak, tik tak, tik tak. In seiner grausamen Regelmäßigkeit bohrte es sich in ihre Gedanken und verdrängte alles andere, tik tak, tik tak, tik tak.
»Nun aber heraus mit der Sprache!«
»Ich kann nicht bei den Pitzers bleiben«, brachte Maria endlich hervor.
»Was? Sie wollen dich fortschicken?« Die Stimme der Mutter wurde augenblicklich schrill.
»Nein, es ist nur . . .«
»Sind sie nicht zufrieden mit deiner Arbeit? Hast du dich nicht genug ins Zeug gelegt?«
»Ich arbeite wie ein Pferd, Mama!« Maria faßte sich an die Schläfen und schloß die Augen.
»Dann ist es dein loses Mundwerk! Ich habe dir schon immer gesagt, daß du dir noch einmal das Maul verbrennen wirst mit deiner scharfen Zunge! Bei Gott, und jetzt wollen sie dich entlassen, mein Gott, mein Gott!« Frau Jakobi rang voller Verzweiflung die Hände.

»Mutter, sie wollen mich nicht entlassen«, fuhr Maria in scharfem Ton dazwischen.
»Was ist es denn dann, um Himmels willen?«
»*Ich* halte es nicht mehr aus.«
»Wie?«
»Ich halte *ihn* nicht mehr aus, verstehst du? Ich kann ihn nicht länger ertragen!« Maria spürte erneut eine Welle heißer Wut in sich aufsteigen, die sie mit sich riß. So hatte sie die Sache nicht angehen wollen, doch nun war es heraus.
»Von wem sprichst du?«
»Von Pitzer natürlich. Ich hasse diesen Mann!«
»Du haßt diesen Mann, was soll das heißen?«
»Er ist grob und läßt seine Launen an mir aus!«
»Hör sich das einer an!« Die Mutter schüttelte entrüstet den Kopf. »Er ist grob und läßt seine Launen an dir aus! Mein Gott, Maria, so sind die Männer! Das ist noch lange kein Grund, davonzulaufen.«
»War Vater etwa auch so?«
»Laß deinen Vater aus dem Spiel! Ich lasse es nicht zu, daß du sein Andenken durch derartige Vergleiche in den Schmutz ziehst!«
»Ich ziehe Vaters Andenken nicht in den Schmutz! Aber niemand gibt Pitzer das Recht, mich zu quälen.«
»Er quält dich? Wie denn?«
Maria rang um eine Antwort, doch die Mutter war zu aufgebracht, um Geduld zu zeigen.
»Schlägt er dich?« fragte sie in spitzem Tonfall. Die Tochter gab keine Antwort. »Ob er dich schlägt, will ich wissen!«
»Nein. Ja – einmal.«
»Einmal! Und deswegen dieses Theater! Du wirst ihm sicher einen Grund gegeben haben!«
Maria wagte nicht, die Geschichte von der Sonntagssuppe zu erzählen.
»Vielleicht ist es so, aber er hat nicht das Recht . . .«
»Das Recht, das Recht! Einmal ist keinmal, merk dir das! Je-

dem rutscht irgendwann die Hand aus, und es geschieht gewiß verdientermaßen!« Frau Jakobi war aufgesprungen und lief erregt im Zimmer umher.

»Reg dich bitte nicht so auf, Mutter.«

»Ich soll mich nicht aufregen? Du kommst hierher und sagst mir aus einer Laune heraus, daß du deine gute Stelle aufgeben willst, nur weil nicht alles nach deinem Kopf geht! Beim besten Willen, Maria, ich kann deine Undankbarkeit nicht verstehen. Da haben die Leute dich aufgenommen und dir Arbeit und Brot gegeben, und du beschwerst dich über Lappalien!«

»Das tue ich nicht«, entgegnete Maria trotzig.

»Das tust du sehr wohl! Der Mann hat es nicht leicht gehabt im Leben, den Sohn verloren, die Gesundheit ruiniert, die Frau krank, wie ich höre! Und du gehst hin und gibst ihm noch zusätzlich Anlaß zum Ärger! Das finde ich unerhört, so habe ich dich nicht erzogen!«

»Du hast doch keine Ahnung, was da passiert!« schrie Maria plötzlich.

»Ich habe keine Ahnung? Du hast es mir doch eben selbst erzählt, und ich kann mir sehr gut vorstellen, wie es dazu gekommen ist. Ich kenne dich, mein Fräulein! Immer mit dem Kopf durch die Wand, auch wenn er dabei zu Bruch geht!« Maria unterdrückte gewaltsam ihre Tränen. »Einen gottesfürchtigen Mann so zu beschuldigen!« schimpfte Frau Jakobi weiter. »Maria, ich kenne dich nicht wieder! Was hat er dir schon getan?« Sie blieb abrupt stehen. »Und damit du es weißt: Ich bin ganz froh, daß er dir manchmal den Kopf zurechtrückt, wo dein seliger Vater uns leider so früh verlassen mußte! Ich halte es für ausgesprochen honorig von Herrn Pitzer, daß er sich für dich verantwortlich zeigt!«

»Ha!« lachte die Tochter bitter auf, doch die Mutter fuhr unbeirrt fort:

»Und überhaupt, wäre er nicht gewesen, säße doch euer ganzes Dorf sonntags in Regenhäuten und Gummistiefeln in der Kirche!«

»Bitte Mama, laß uns aufhören zu streiten«, bat Maria müde. »Setz dich wieder.«

»Ich gebe keine Ruhe, ehe ich nicht weiß, was du vorhast. Wo willst du hin?«

»Nirgendwohin«, erwiderte die Jüngere kraftlos.

»Meine Tochter landet auf der Straße! Lieber Gott, bin ich nicht schon gestraft genug? Muß mein Kind mir so etwas antun?«

»Mutter, so hör doch endlich auf!«

»Nein, Maria! Bis zu meinem letzten Atemzug werde ich zu verhindern wissen, daß du in der Gosse landest. Noch habe ich das Sagen, du bist ja nicht einmal volljährig. Und ich befehle dir, daß du dich zusammenreißt und dahin zurückgehst, wo du hergekommen bist! Und du wirst dich nach Kräften bemühen, den Ärger aus der Welt zu schaffen, hast du mich verstanden?«

»Ja, Mutter.«

»Im übrigen habe ich nicht die Absicht, mir von dir das Fest verderben zu lassen, und darum beenden wir diese überflüssige Diskussion und trinken den Punsch, den ich vorbereitet habe.«

»Ja, Mutter.«

*

Mutter, ach Mutter, dein gläserner Blick,
ich durchstreife ihn, doch er hält mich nicht.
Mutter, ach Mutter, dein Herz so taub,
hört es nicht den stummen Schrei?
Deine Zunge so scharf,
deine Ohren verstopft,
und du hörst mir nicht zu.
Deine Schultern gebeugt,
deine Hände so kalt,
und du willst deine Ruh'.
Mutter, ach Mutter, wer, wenn nicht du,
kann mir helfen in meiner Not?

Die ersten fünfzehn Kilometer waren die anstrengendsten. Von ländlicher Beschaulichkeit auf den Straßen konnte keine Rede sein: Die Alten fuhren mit Hut und bestenfalls fünfzig, wo achtzig erlaubt war, die Jungen bretterten zum Ausgleich mit einhundertvierzig durch die Landschaft und schienen eifrig dafür Sorge zu tragen, daß die blumengeschmückten kleinen Holzkreuze an den Straßenrändern immer zahlreicher wurden. Auch Leo mochte das Autofahren nicht und beklagte sich herzzerreißend. Erst nachdem ich mich in den endlosen, gleichmäßig dahinfließenden Strom auf der Autobahn eingereiht hatte, wurde es besser. Sobald ich meinen Gedanken freien Lauf lassen konnte, erschien wieder die Fotografie vor meinem inneren Auge. Was für ein merkwürdiger Zufall! Sollte ich etwa doch mit dieser Bauernmagd verwandt sein? Während der nächsten zweihundert Kilometer rollte ich meine ganze Familiengeschichte auf mit dem Ziel, etwaige dunkle Löcher in der Vergangenheit ausfindig zu machen, aber unsere Chronik war mir augenscheinlich lückenlos bekannt. Meine Mutter wurde in Schlesien geboren. Als Kriegsflüchtlinge verschlug es die Familie später ins Rheinland, doch es gelang ihnen erst nach Jahren, sich in der neuen Heimat zu etablieren. Meine Großeltern hatten drei Kinder: Tante Hilde, Onkel Erich und meine Mutter. Onkel Erich war vor zwölf Jahren bei einem Verkehrsunfall ums Leben gekommen. Tante Hilde und ihr Mann Robert hatten nur einen Sohn, Michael.

Opa Ernst starb 1975, Oma Luise lebte in einem Altersheim. Die Verwandtschaft meiner Mutter war mir also hinlänglich bekannt. Doch auch väterlicherseits schien die Familienchronik keine Fragen offen zu lassen. Die Eltern meines Vaters waren waschechte Rheinländer. Sie betrieben ein Eisenwarengeschäft, das mein Vater als einziger Sohn übernehmen sollte. Doch dazu kam es nicht, weil das Geschäft bereits geschlossen werden mußte, als mein Großvater noch lebte. Beide Großeltern starben, als ich noch sehr klein war. Die einzige Schwester meines Vaters, Irene, wohnte nicht weit von meinen Eltern entfernt, die Geschwister hatten jedoch nur einen sehr sporadisch Kontakt miteinander. Irene hatte zwei Kinder aus erster Ehe. Der Name ihres ersten Ehemannes fiel mir nicht mehr ein, da die Scheidung schon mindestens 15 Jahre zurücklag. Irene hatte ihren Mann wegen eines anderen verlassen. Kurze Zeit später heiratete sie ihren Liebhaber, von dem sie damals bereits ein Kind erwartete. Anfang der 60er Jahre war das natürlich ein Skandal, aber er war und blieb der einzige im Hause Jansen.

Meine Eltern hielten sich an die Etikette: Acht Monate nach ihrer Hochzeit wurde ich geboren, den fehlenden Monat ließ man offiziell als Frühgeburt durchgehen. Mein Vater war der erste Freund meiner Mutter gewesen, was alle bestätigen konnten. Theoretisch läßt sich zwar jede Vaterschaft in Frage stellen, doch im Falle meiner Eltern kam mir das geradezu absurd vor. Ich war meinem Vater in vielem ausgesprochen ähnlich: Wir hatten die gleichen dunklen Augen, die gleiche Art zu lachen, und beide hatten wir diesen ausgeprägten Hang zur Träumerei. »Ganz der Vater«, pflegte die Verwandschaft zu sagen. Da gab es nichts zu deuteln.

Dennoch beschloß ich, vorsichtige Nachforschungen anzustellen. Aber so bald fand sich keine Gelegenheit, das Thema zur Sprache zu bringen. Bei meiner Ankunft war der Weihnachts-

baum schon geschmückt, das Essen vorbereitet, die Geschenke waren verpackt und sorgsam versteckt. Aber vor allem: Oma Luise war schon da, und mit ihr war auch die allweihnachtliche Panik hereingebrochen. Meine Mutter, für gewöhnlich eine recht robuste Natur, glich stets einem Nervenbündel, sobald Luise im Haus war. Immer wieder quälte sie sich mit einem schlechten Gewissen herum, weil sie die Oma ›ins Heim abgeschoben hatte‹, wie sie es in schlechten Stunden ausdrückte. Bis vor zwei Jahren hatte Oma Luise bei meinen Eltern gelebt, doch sie war schon damals ein Pflegefall, da man sie nicht ohne Aufsicht lassen konnte. Sie vergaß, daß sie die Herdplatte angestellt oder den Wasserhahn aufgedreht hatte, bemerkte nicht, daß die Badewanne überlief und sperrte sich regelmäßig aus: Eben das ganze grausige Repertoire gewöhnlicher Alterssenilität. Eines Morgens, während meine Mutter gerade ihre Einkäufe erledigte, lief sie nur mit ihrem dünnen Morgenmantel bekleidet nach draußen, um die Post zu holen. Es war zwei Grad unter Null. Die Tür fiel ins Schloß, und sie wäre fast auf den Stufen vor der Haustür erfroren, hätte sie nicht eine Nachbarin gefunden. Seitdem lebte sie im Altersheim. Und seitdem hörte sie nicht auf, sich darüber zu beklagen.
Allerdings schienen ihr die Besuche bei meinen Eltern nie zu gefallen. Meine Mutter konnte es ihr in nichts recht machen. Was sie auch tat, es schien verkehrt: Die Suppe zu heiß, der Kaffee zu kalt, die Bettwäsche nicht glatt genug; der Fernseher zu leise, zu laut, zu weit vom Sofa entfernt, die Mahlzeiten zu spät, zu früh, zu schwer, zu roh, zu zäh, zu salzig, zu fad. Die Reihe ließ sich endlos fortsetzten. Doch das Schlimmste waren die lichten Momente, die Oma hin und wieder hatte. Meine Eltern taten mir leid. Umso mehr war ich darauf bedacht, von ihnen nicht ebenfalls gleich wieder in den Trupp ihrer Sorgenkinder eingereiht zu werden.
»Wo ist denn dein Verlobter?« wollte Oma Luise wissen. In ihren Augen waren wir verlobt, seit Christian und ich gemeinsam unter einem Dach lebten.

»Er kommt nicht mehr. Wir haben uns getrennt, Oma.«
»Wie bitte?«
»Wir haben uns getrennt!«
»Er hat dich verlassen?«
»Ja, so kann man es ausdrücken.«
»Um Himmels willen! Das war doch so ein höflicher junger Mann!«
»Oma, wir haben nicht mehr so gut zueinander gepaßt.« Eine moderate Umschreibung dafür, daß er einer anderen ein Kind gemacht hatte.
»Was für eine Schande, dich einfach sitzenzulassen! Du armes Ding!« Es klang wie: Du armes gefallenes Mädchen, wer nimmt dich denn jetzt noch? »Habt ihr das gewußt?« Sie sah meine Mutter vorwurfsvoll an.
Mama warf mir einen entschuldigenden Blick zu. Ist schon gut, bedeutete ich ihr mit einem kurzen Nicken.
»Natürlich hat es wieder einmal niemand für nötig gehalten, mich zu unterrichten«, bemerkte Oma Luise schnippisch.
»Ich habe es dir erzählt, vor einer ganzen Weile schon«, erwiderte meine Mutter in resigniertem Tonfall.
»Das hast du nicht!«
»Ach, Oma.«
Am ersten Weihnachtstag rückte Omas Panikorchester an, sprich ihre Cousinen Edelgard und Ruth. Später kamen auch noch Tante Hilde und Onkel Robert mit meinem Cousin Michael und seiner Frau Heidrun im Schlepptau. Insbesondere auf diese beiden weiteren Vertreter meiner Generation hätte ich gut und gerne verzichten können. So sehr ich mir als Einzelkind immer einen Bruder gewünscht hatte, so wenig war Michael als Ersatz geeignet. Er war schon als Kind die reinste Nervensäge, und daran hatte sich bis heute nichts geändert.
Am zweiten Weihnachtsfeiertag kehrte allmählich wieder Ruhe ein. Der Besuch war fort, bis auf Oma, doch die schlief den ganzen Nachmittag. Wir saßen am Tisch, tranken Kaffee und

Senden Sie Prospekte an:

Vor- und Zuname

Straße

Postleitzahl und Ort

Vor- und Zuname

Straße

Postleitzahl und Ort

Vor- und Zuname

Straße

Postleitzahl und Ort

unterhielten uns ungestört. Irgendwann verzog sich mein Vater mit einem Buch ins Wohnzimmer, und ich war mit meiner Mutter allein. Die Fotografie kam mir wieder in den Sinn.
»Mama, stell dir vor, im Dorf denken die Leute, ich müsse aus ihrer Gegend stammen.«
»Wieso?« Meine Mutter begann, den Tisch abzuräumen.
»Die Alten glauben, ich hätte Verwandte dort.«
Sie hielt inne und runzelte die Stirn.
»Das wäre mir aber neu!«
»Nun, sie meinen, ich sähe einer Frau aus dem Dorf sehr ähnlich«, fuhr ich fort.
»Wer soll das sein?«
»Ich weiß es nicht genau. Sie war Magd bei dem Bauern, dessen Hof Claudia und Thomas gekauft haben.«
»Lebt sie noch dort?«
»Nein, nein, die Geschichte liegt schon lange zurück. Vielleicht ist die Frau auch tot.« Meine Mutter schüttelte verständnislos den Kopf. »Die alten Leute erinnern sich noch an sie, wissen aber nicht, was aus ihr geworden ist«, versuchte ich zu erklären. »Irgendwann ist sie fortgezogen, aber anscheinend weiß niemand mehr, wohin.«
»Nun ja.« Sie schien der Geschichte keinerlei Bedeutung beizumessen.
»Aber ich habe ein Foto von ihr!« erklärte ich triumphierend. »Soll ich es dir zeigen?«
»Wenn du es dabei hast.« Es klang nicht sonderlich interessiert.
»Einen Moment, ich hole es dir.« Hastig stürmte ich in mein Zimmer und nahm das Foto aus meinem Gepäck. Ehe ich hinunterging, warf ich noch einen kurzen Blick darauf. Wieder jagte mir ein kleiner Schauer über den Rücken.
»Hier ist es!«
Meine Mutter hatte inzwischen mit dem Abwasch begonnen und mußte sich erst die Hände trocken. Gespannt reichte ich ihr das Bild.

»Wo soll diese Frau sein?«

»Dort hinten rechts, in der zweiten Reihe!«

»Ach Gott, Karen, die Gesichter sind ja alle so klein, da kann ich nichts erkennen. Ich hole meine Brille. Wo habe ich sie nur gelassen?« Ich half ihr beim Suchen und entdeckte die Brille zwischen den Blumen auf der Fensterbank.

»Danke schön. So, jetzt geht es besser. Wo ist sie, sagtest du?«

»Zweite Reihe rechts.« Ich war ganz aufgeregt.

»Aha. Ja, tatsächlich, da besteht eine gewisse Ähnlichkeit. Vielleicht ist es die Gesichtsform – oder deine neue Frisur. Deine Augenpartie ist jedenfalls anders. Viel erkennen kann man ja ohnehin nicht, dazu ist der Ausschnitt zu klein.« Ich fragte mich für einen Moment, ob ihre Gläser noch stark genug waren. »Trotzdem ein komischer Zufall«, bekannte sie schließlich, doch sie schien nicht halb so fasziniert wie ich. Ich war enttäuscht und erleichtert zugleich. Was hatte ich erwartet?

»Ich zeige Papa das Bild!«

»Ach Karen, jetzt lieber nicht. Er hat sich gerade auf die Couch gelegt. Ich bin froh, wenn er mal ein bißchen schläft. Diese Geschichte in der Firma belastet ihn mehr, als er zugibt.«

Seit neunzehn Jahren war mein Vater Abteilungsleiter in einem metallverarbeitenden Betrieb. Nun ging das Gerücht um, die Firma stünde knapp vor dem Konkurs. Neugierig spähte ich durch die halboffene Wohnzimmertür. Tatsächlich, mein Vater war auf dem Sofa eingeschlafen, und Leo lag zusammengerollt zu seinen Füßen. Leise schloß ich die Tür.

»Okay, ich packe es wieder ein.«

Meine Mutter reichte mir die Fotografie zurück. Auch sie sah plötzlich müde und abgespannt aus.

»Woher hast du denn das Bild?« fragte sie noch, wohl um mich nicht allzu sehr zu enttäuschen.

»Frau Hollerbach hat es mir gegeben, die Haushälterin von Herrn Georgi, ich habe euch von ihm erzählt.«

»Ja, ja, ich erinnere mich.«
»Hat diese Frau denn noch Verwandte im Dorf?« erkundigte sich meine Mutter.
»Nicht, daß ich wüßte.«
»Ach ja, Fotos täuschen manchmal.«

Wenig später rüstete ich mich zum Aufbruch.
»Kopf hoch Papa!« versuchte ich ihn zu ermutigen. »Wird schon werden!«
Er machte eine wegwerfende Geste, die besagen sollte, ›alles halb so schlimm‹. Aber seine Augen waren traurig.
»Oma Luise, mach's gut. Bis bald einmal!«
»Wo fährst du denn jetzt hin, Kind?«
»Oma, ich habe doch erzählt, daß ich umgezogen bin.«
»Ja, richtig.« Sie tat, als sei es ihr nur für den Moment entfallen. Ich gab ihr ebenfalls einen flüchtigen Kuß. Tief bewegt ergriff sie meine Hand und schüttelte sie. Ich kannte diesen Händedruck und den Blick, den sie mir dabei zuwarf. Nimm, Kind, aber sag deinen Eltern nichts, sollte er bedeuten und er begleitete mich schon mein ganzes Leben lang. Meine Aufgabe bestand darin, den Geldschein, der da zwischen ihren Fingern klemmte, heimlich in meiner Tasche verschwinden zu lassen. Die Eltern taten wie immer, als bemerkten sie nichts, das gehörte zum Spiel. Manches ändert sich eben nie.

*

»Komm in meine Höhle, kleine Bärin, hier ist es mollig warm und kuschlig!« Hannes hob die Bettdecke an und lockte Maria zu sich. Lächelnd trat sie näher, setzte sich auf die Bettkante und strich ihm zärtlich durch das ungekämmte Haar. Flink schlang er einen Arm um sie und zog sie zu sich hinunter. Nach einigen heißen Küssen befreite sie sich jedoch wieder und meinte in gespielt tadelndem Tonfall:
»Dazu ist jetzt keine Zeit, du Lüstling, ich muß dir doch noch die Hose kürzen, oder willst du darin Sackhüpfen spielen? Los, steh auf, wir haben zu tun!« Mit einem Ruck zog sie die Decke weg, warf sie ihm aus Rücksicht auf seine soeben überstandene Lungenentzündung aber sofort wieder über.
»Sei doch nicht so streng!« protestierte Hannes. »Schließlich bist du erst seit heute früh wieder da! Zwei lange Tage hab' ich dich nicht gesehen, und erst die Nächte!«
Bald werden wir uns nie mehr sehen, dachte Maria, doch sie sagte es nicht. Der Gedanke an eine Trennung schnitt ihr wie ein Messer ins Herz. Eilig ging sie zu ihrer Kommode und holte aus der untersten Schublade Karls Hose heraus, dazu Unterwäsche und ein braun-beige kariertes Flanellhemd.
»Hier, zieh das an!« Ihr Tonfall duldete keinen Widerspruch. Hannes sah sich gezwungen, die Beine aus dem Bett zu schwingen und sich anzukleiden.
Am Morgen war die gesamte Bauersfamilie zu Fuß zur Messe gegangen – kutschiert werden konnte sie ja seit Heiners Tod nicht mehr –, und Maria hatte die Zeit genutzt, im Keller des Wohnhauses nach den eingemotteten Kleidungsstücken von Karl zu stöbern. Sie hatte ihr schlechtes Gewissen damit zu beruhigen versucht, daß die Sachen ohnehin niemand mehr brauchte, aber ein ungutes Gefühl war geblieben. Hatte die Familie Pitzer ihr nicht gerade heute morgen erst ein neues Paar Hausschuhe geschenkt?
Die Hose war zu lang, wie sie es vorausgesehen hatte. Karl war ein hoch aufgeschossener Jüngling gewesen, mindestens zehn Zentimeter größer als Hannes, der sich nun folgsam auf

den herbeigezogenen Stuhl stellte. Den Mund voller Nadeln machte Maria sich ans Abstecken. Mit Handzeichen bedeutete sie ihm, sich hierhin und dorthin zu drehen. Willig befolgte er all ihre Anweisungen.

»So, ich glaube, das wär's. Gefällt dir die Länge?«

»Ach, wird schon stimmen, ich verlaß' mich da ganz auf dich, mein tapferes kleines Schneiderlein.«

»Auch gut, dann lassen wir's so. Du kannst runterkommen.«

Hannes sprang vom Stuhl, schlang seine Arme um sie und wirbelte mit ihr im Zimmer herum. Sie stemmte sich lachend gegen ihn, doch er zog sie immer weiter mit sich.

»Paß auf, da sind doch Nadeln drin, gleich stecken sie dir im Bein!«

»Na und, als hervorragende Krankenschwester wirst du sie mir schon wieder herausoperieren. Also, darf ich zum Tanz bitten!« Er wollte sie erneut herumschwenken, doch Maria blieb plötzlich wie angewurzelt stehen. Sie machte ein so ernstes Gesicht, daß er sofort verstummte und sie losließ. Angespannt lauschten sie nach draußen. Jemand hatte die sperrige Holztür geöffnet und den Flur betreten. Der schleppende Gang ließ keinen Zweifel daran, wer da unterwegs war. Beide hielten vor Entsetzen die Luft an, als der Bauer die Tür zu Marias Kammer passierte. Doch die Schritte hielten nicht inne, der Bauer hinkte an der Kammer vorbei. Er wollte also zu Willem.

Die ungeheure Anspannung löste sich ein wenig, und beide atmeten erleichtert auf. Doch dann wurde Hannes plötzlich vom Teufel geritten. Er machte einen Buckel, legte den Kopf schräg und hinkte im Takt der auf dem Gang hallenden Schritte durch den Raum, wobei er mit den lose herabhängenden Armen schlenkerte und eine furchterregende Fratze zog. Er sah aus wie ein schrecklich entstellter Krüppel, ein Monster. Und Maria lachte laut auf. Entsetzt schlug sie sich die Hände vor den Mund und verstummte augenblicklich wieder, doch es war geschehen. Im selben Moment hielten die Schritte inne, um gleich darauf kehrtzumachen. Anklopfen und die Tür aufreißen wa-

ren eins. Maria stand mitten im Zimmer und starrte den Eindringling mit weit aufgerissenen Augen an.
»Na, hier scheint's ja lustig zuzugehen!« Pitzer musterte sie grinsend. »Was amüsiert dich denn so, wenn ich fragen darf?«
»Nein, Sie dürfen nicht fragen! Was fällt Ihnen ein, einfach so hereinzuplatzen!«
»Holla, holla, immer mit der Ruh! Ich hab' doch angeklopft. Hast wohl was zu verbergen, oder warum stellst du dich so an?« Er spähte über ihre Schulter hinweg in die Kammer.
»Ich hab' nichts zu verbergen. Aber ich möchte zu Bett gehen und wollte mich gerade – hab' mich erschrocken!«
»Entschuldigung, Entschuldigung, ich hatte nicht die Absicht, die Dame zu stören! Es soll bestimmt nicht wieder vorkommen. Aber weißt du zufällig, ob sich Willem schon hingelegt hat? Nicht, daß ich den armen alten Mann auch noch aus der Fassung bringe!«
»Willem ist nicht da, der ist in den *Krug* gegangen. So vor einer Stunde ungefähr.«
»Aha, braucht er auch sein Schnäpschen vor dem Einschlafen! Ja, ja, die Alten wissen schon, was guttut! Nun – dann will ich dich mal nicht weiter aufhalten. Recht herzlichen Dank, mein Fräulein, und ich wünsche noch viel Vergnügen heut nacht.« Damit war der Bauer auch schon wieder draußen, und Maria schloß die Tür. Hannes hatte direkt dahinter gestanden.

Als der Schreck nachließ, begann sie leise zu weinen. Die Tränen rannen ihr die Wangen hinunter und trafen sich unter dem Kinn, um von dort aus vereint den freien Fall zu wagen. Sie ließ sie reglos gewähren, stand da wie ein kleines Kind, das sich zu weit von zu Hause fortgewagt hat und nun auf eine helfende Hand wartet, die es auf den rechten Weg zurückführt.
Endlich löste sich Hannes von der Wand und trat auf sie zu. Auch er war den Tränen nahe.
»Es tut mir so leid, ich weiß nicht, was in mich gefahren ist.«

Sie schluchzte weiter vor sich hin, ohne Notiz von ihm zu nehmen. Verlegen und beschämt stand er vor ihr und raufte sich nervös das Haar.
»Kann denn ein Mensch so blöd sein?« rief er plötzlich und schlug sich gegen die Stirn. »Um Haaresbreite hätte ich uns beide reingerissen!«
»Ja, verdammt, das hättest du, und ich blöde Kuh lach' auch noch!« Maria zog die Nase hoch und wischte sich mit dem Ärmel durchs Gesicht, das hilflose Kind hatte sich in ein trotziges verwandelt. Der Geliebte legte ihr zögernd die Hand auf die Schulter, ganz leicht und vorsichtig wie zur Probe, bereit, sie sofort wieder wegzuziehen. Doch sie ließ es geschehen und rührte sich nicht. So standen sie beide eine ganze Weile da, sprachlos, den Blick auf den Boden geheftet. Schließlich hob sie den Kopf und fragte in einem Tonfall, der zwischen Zorn und Versöhnungswillen schwankte:
»Wie konnte uns das nur passieren?«
Hannes zog sie verzweifelt an sich.
»Ach, Maria, ich glaube, es ist die dauernde Anspannung. Unsere Nerven sind einfach überreizt.«
Sie nickte stumm.
»Aber es war trotzdem allein meine Schuld – ich drehe langsam durch hier drin. Es ist wie im Gefängnis, dieses Eingesperrtsein, das halte ich nicht mehr aus!« Er sprach nicht sofort weiter. »Ich kann es auch nicht mehr verantworten, dich derart in Gefahr zu bringen«, fuhr er fort, ohne sie anzusehen. »Als Pitzer eben draußen vorbeilief, ist bei mir eine Sicherung durchgebrannt. Mir schoß plötzlich durch den Kopf, daß es sich anhört, als ob Quasimodo durch die Gänge schleicht, einfach verrückt! Ich hatte dieses Bild so deutlich vor mir – fast hätte ich uns beide damit erledigt, ich verdammter Idiot!« Seine Worte blieben in der Luft hängen und hallten in ihren Köpfen nach wie ein Echo. Um die Stille zu durchbrechen, fragte Maria:
»Wer ist Quasimodo?«

»Der Glöckner von Notre Dame. Victor Hugo. Kennst du die Geschichte nicht?«

»Nein.«

Hannes nahm ihre Hand und führte sie zum Bett. Dort ließen sie sich engumschlungen nieder, und er begann leise, ihr von der schönen Esmeralda und dem armen unglücklichen Quasimodo zu erzählen. Als er am Ende der Geschichte angelangt war, standen ihr die Tränen in den Augen. Schweigend hielten sie sich in den Armen.

»Meinst du, er hat etwas gemerkt?« fragte Hannes nach einer Weile.

»Wen meinst du?«

»Na, den Bauern.«

»Ich weiß es nicht.«

»Aber die Anspielung vorhin, als er dir noch viel Vergnügen wünschte.«

»Keine Ahnung, was er sich dabei gedacht hat. Aber wenn er vermutet hätte, daß ich einen gesuchten Schwerverbrecher beherberge, wäre er mit seinem Jagdgewehr bewaffnet hier hereingestürmt und hätte dich umgeblasen, darauf kannst du Gift nehmen!«

»Hoffentlich hast du recht – aber so geht es nicht mehr weiter. Ich muß . . .«

Sie hielt ihm die Hand vor den Mund, um ihn am Sprechen zu hindern. Schweigend ließ sie sich zurücksinken und zog ihn mit sich.

*

Es war bereits stockfinster, als ich endlich zu Hause eintraf. Gerade wollte ich den Motor abstellen, da huschte im Kegel des Scheinwerferlichtes ein Tier in Richtung Scheune. Sollte das etwa schon wieder eine Ratte gewesen sein? Ich fuhr noch einmal an und wendete den Wagen so lange hin und her, bis ich jede Hofecke ausgeleuchtet und auf ihre Ungezieferfreiheit überprüft hatte. Erst dann getraute ich mich auszusteigen.

Nach all dem Feiertagstrubel hatte ich mich auf mein ruhiges, gemütliches Nest gefreut, doch die Stille, die mich in allen Räumen umfing, bedrückte mich unerwartet. Das war keine sanfte Ruhe, hier und da dezent untermalt vom Knacken im uralten Gebälk, kein heimeliger Friede, der das Gemüt auf wohltuende Weise beruhigt und dir das Herz weit macht. Es war auch nicht das irritierende akustische Vakuum, daß dich wie der Flügelschlag einer Motte umschwirrt, nachdem du lange nichts als den monotonen Baß laufender Motoren gehört hast. Nein, es war diese gespannte Stille, die surrend in der Luft hängt, als brächte sie unsichtbare Drahtsaiten zum Klingen, die in deinen Ohren einen flirrenden Pfeifton erzeugt und augenblicklich Fluchtreflexe auf den Plan ruft. Kurzum: Ich fühlte mich plötzlich wieder ähnlich ungemütlich wie am Abend meiner ersten Ankunft. Leider würde es heute keinen *Derrick* geben, und so rief ich Anita an, obwohl es schon recht spät war. Glücklicherweise war sie gleich am Telefon. Ohne Umschweife nahm sie meine Einladung auf ein Glas Bier an. Ich war erleichtert.

Leo tat sich mit seiner neuen alten Heimat weniger schwer als ich. Froh darüber, seinem engen Reisekörbchen entkommen zu sein, stolzierte er im ganzen Haus herum und inspizierte sein Revier. Ich schaltete das Radio ein und begann, ein einfaches Spaghettigericht für Anita und mich zu kochen. Nach all den schweren Gelagen sehnte ich mich nach einer schlichten Tomatensauce. Noch ehe ich das Nudelwasser abgeschüttet hatte, hörte ich Anitas Wagen in der Einfahrt.

»Du hast mich im letzten Moment vor einem grausamen Langeweiletod gerettet«, begrüßte sie mich, während sie sich aus ihrer Daunenjacke schälte. »Noch so einen Abend in trauter Runde hätte ich nicht überlebt!«

»Komm erst mal rein!« forderte ich sie auf.

Wir setzten uns in die Küche, aßen Spaghetti, tranken Bier und erzählten uns unsere ganz privaten Weihnachtsgeschichten.

»Soll ich dir mal was zeigen?« fragte ich, nachdem wir dieses Thema hinreichend aufgearbeitet hatten.

»Klar, was ist es denn?«

Ich kramte den Briefumschlag aus meiner Handtasche hervor und reichte Anita die Fotografie. Ohne zu zögern deutete sie auf die Frau in der zweiten Reihe.

»Wer ist denn das, deine Oma?«

»Nein, das ist nicht meine Oma.«

»Wer dann?« Ich zündete mir eine Zigarette an und inhalierte genüßlich den Rauch. »Nun spann mich nicht auf die Folter!«

»Ich habe keine Ahnung, wer sie ist.«

»Ach, jetzt komm mir nicht wieder mit dieser Masche! Woher hast du das Bild?« Sie wedelte mit dem Foto vor meiner Nase herum und beobachtete mich gespannt. Ich begann, ihr von der Begegnung mit Frau Hollerbach zu erzählen, berichtete von dem schlechten Gedächtnis des alten Georgi, den Anspielungen der Fräuleins und auch den unhöflichen Spuckteufel erwähnte ich. Inzwischen ging ich davon aus, daß sein Anschlag auf mich ähnliche Beweggründe gehabt hatte wie die Ablehnung, die mir meine Nachbarinnen entgegenbrachten. Ja, ich war mir nicht einmal mehr sicher, ob der einfältige Drohbrief von neulich tatsächlich auf das Konto der beiden Damen ging oder ob es sich hierbei nicht ebenfalls um einen Erguß des alten Miesepeters gehandelt hatte.

»Scheint nicht sonderlich beliebt gewesen zu sein, die Dame«, befand Anita. »Und du bist wirklich nicht mit ihr verwandt?«

»Nein, nicht daß ich wüßte. Ich habe meine ganze Sippschaft auf dunkle Löcher hin überprüft – alles wasserdicht.«

»Is' ja 'n Ding! Wie erklärst du dir dann diese Ähnlichkeit?«
»Ich habe keine Ahnung. Zufall würde ich sagen.«
»Reinkarnation«, konstatierte sie, als sei es das Selbstverständlichste von der Welt.
»Ach Gott!«
»Wieso *ach Gott*? Glaubst du nicht, daß so etwas möglich ist?«
»Na, ich weiß nicht . . .«
»Bisher hat noch niemand bewiesen, daß es keine Wiedergeburt gibt.«
»Aber es ist mir neu, daß die wiedergeborenen Seelen ihren Vorgängern ähnlich sehen.«
»Warum nicht?«
Mir war das ganze Thema zu kompliziert für die späte Stunde. Und wenn ich ehrlich bin, ängstigte mich heimlich die Vorstellung, ich könne mir selbst in Gestalt dieser Maria begegnet sein.
»Buddhistische Philosophie ist nicht gerade mein Spezialgebiet«, gab ich zu. »Laß uns von was anderem reden.« Aber Anita hatte sich an der Geschichte mit der Fotografie festgebissen. Allerdings gab sie ihr plötzlich eine ganz andere Richtung.
»Vielleicht steht der Pitzer deshalb so auf dich!« meinte sie grinsend. Ich sah sie verständnislos an.
»Du sagtest doch, diese Maria habe auf dem Hof seiner Eltern gearbeitet, als Joachim noch ein kleiner Junge war«, erklärte sie mir. »Das hat bei ihm so eine Art frühkindliches Trauma ausgelöst, im positiven Sinne.«
»Wie?«
»Sein Unterbewußtsein signalisiert ihm: Guck mal, da ist die gute Frau wieder, die dich damals so verhätschelt hat.« *»Sein Unbewußtes«* wollte ich sie schulmeisterlich belehren, ließ es aber dann. »*Deshalb* fühlt er sich von dir so magisch angezogen«, behauptete Anita und strahlte, als habe sie den Stein der Weisen gefunden.
»Joachim macht mir keinen sonderlich verhätschelten Ein-

druck«, entgegnete ich skeptisch, »und ob er sich geradezu *magisch* von mir angezogen fühlt, wage ich zu bezweifeln.«

»Aber es kann doch sein! Ich finde den Gedanken jedenfalls sehr interessant. Frag Joachim mal nach dieser Maria.«

»Ich sagte doch schon, er weiß nicht viel. Außerdem denke ich, daß diese Ähnlichkeit zwischen der Frau und mir wirklich nichts anderes ist als ein Zufall.«

»Vielleicht hast du recht«, stimmte sie mir endlich zu. »Hast du mit ihm eigentlich inzwischen über eure Geschichte gesprochen?«

Ich erzählte ihr von dem Sonntagsessen mit Joachims wunderbarer Familie. Sie jauchzte vor Vergnügen.

»Willst du noch ein Bier?« fragte ich sie, nachdem ich meine Schilderungen beendet hatte.

»Ja, das heißt nein, ich muß noch fahren.«

»Warum? Du kannst gerne hier übernachten.«

»Ach ja, richtig, du hast ja ein großes Gästebett.« Sie grinste anzüglich.

»Genau. Also, was ist?«

»Wenn du mich so nett einlädst, kann ich einfach nicht nein sagen.«

»Gut. Das Bier ist im Keller.«

»Was denn, ist kein's mehr im Kühlschrank?«

»Nein, leider nicht. Wir haben die letzten beiden getrunken. Und wenn du schon mal unten bist, kannst du gleich nachsehen, ob dir irgendwelche toten Tiere über den Weg laufen.«

»Ach daher weht der Wind! Ich soll den Erfolg eures Giftanschlages kontrollieren!«

»Im Ernst, Anita, ich fände es wahnsinnig nett, wenn du runtergingst und mal nach dem Rechten sehen würdest. Ich trau' mich einfach nicht.« Die Vorstellung, dort unten eine Horde Ratten der Verwesung zu überlassen, trieb mir den kalten

Schweiß auf die Stirn. Anita war in dieser Hinsicht weniger zartbesaitet als ich. Wortlos schwang sie sich von ihrem Stuhl auf und verschwand mutig im finsteren Keller. Kurze Zeit später teilte sie mir mit, daß sie nichts Sonderliches bemerkt habe.
»Die werden alle vor dir geflüchtet sein«, stellte sie fest, griff sich mein Feuerzeug und öffnete geschickt die beiden Bierflaschen, die sie mitgebracht hatte.
»Aber wie denn? Sie kommen doch nicht raus!«
Anita nahm einen kräftigen Schluck, wischte sich mit dem Handrücken über den Mund und meinte:
»Wieso, die Kellertür steht doch offen.«
Ich starrte sie entgeistert an, doch sie schien nicht weiter beunruhigt. Der Wind habe die Tür wohl aufgedrückt, mutmaßte sie gelassen. Mich überzeugte diese Vermutung allerdings nicht. Es mußte jemand während meiner Abwesenheit ins Haus gelangt sein! Mir fiel der Zigarrenrauch ein, den ich Wochen zuvor schon einmal in meinem Wohnzimmer zu riechen geglaubt hatte.
»Fehlt denn was?« riß Anita mich aus meinen Gedanken.
»Nein, nicht, daß ich wüßte.«
»Na siehst du! Hier gibt es doch nichts zu holen. Es war der Wind, da bin ich sicher. Ich würde mir wirklich keine Sorgen machen.«
Nach einem weiteren Bier war ich etwas geneigter, ihr zu glauben. Tatsächlich hatte ich ja nie geprüft, ob die Tür überhaupt verschlossen gewesen war. Dennoch war ich froh, daß Anita in dieser Nacht bei mir blieb.

*

»Maria?«
Manchmal wünschte sie sich einen anderen Namen. Einen, den nur die aussprechen durften, die sie liebten. Nicht denselben, mit dem Pitzer sie rief. Und nicht gerade den der Heiligen Jungfrau.
»Was ist?«
Er stand in der leeren Box neben der von Heiner.
»Komm her, wenn ich dich rufe! Ich hab' mit dir zu reden.«
Zögernd betrat sie den Stall.
»Ich will hier die Wände kalken. Wir brauchen ein neues Pferd.«
»Und?«
»Und?« äffte er sie nach. »Was soll das heißen? Bist schon wieder so schnippisch. Springst du mit Rainer auch so um? Wohl kaum, sonst würd' er sich bestimmt nicht in deinem Bett rumtreiben.«
»Rainer treibt sich nicht bei mir rum. Was denken Sie von mir?«
»Na, na, nimm nur den Mund nicht so voll! Hältst du mich etwa für blöd? Glaub nur nicht, daß ich nichts mitbekommen hätte gestern abend! Ich merk' doch, wenn du einen Kerl in der Bude hast. Laut genug seid ihr ja gewesen!«
»Bei mir war kein Kerl!«
»Mädchen!« Pitzer faßte sie am Arm und zog sie zu sich heran. »Mädchen, lüg mich nicht an, sonst komm' ich das nächste Mal und mach' ein bißchen mit bei euch. Wie würde dir das gefallen, hä?« Sein Grinsen war ihr unerträglich. »Heut abend ist er doch bestimmt wieder da, hab' ich recht? Gib doch zu, daß du es mit ihm treibst! Wie besorgt er's dir denn, hä?« Er faßte sie am Nacken und stieß sie gegen die Wand. »Brauchst nicht glauben, ein Mann in meinem Alter hätte nichts mehr zu bieten! Aber anscheinend hab' ich dich ein bißchen vernachlässigt in letzter Zeit, mein rolliges kleines Kätzchen!«
»Pitzer!« Die Stimme seiner Frau hallte über den Hof. Der

Bauer schreckte zusammen. Sofort ließ er die Magd los und antwortete barsch:
»Was ist?«
»Komm mal rüber ins Haus.«
»Ja, ich komm' schon, gib Ruh!« Ohne sie noch eines Blickes zu würdigen, verließ er ärgerlich schnaufend den Stall. Maria stand allein da und kämpfte mit den Tränen. Er wußte es also. Nicht die Wahrheit, aber immerhin wußte er etwas. Wenn sie ihn nicht weiter gegen sich aufhetzen wollte, hatte sie gefügig zu sein. Beim Gedanken an seinen heißen Atem in ihrem Genick und dem eiligen Gezerre, mit dem er seine Hosen geöffnet hatte, wurde ihr übel.

Hannes erhob sich und nahm sie in den Arm, als sie in die Kammer trat. Sie blieb steif wie eine Puppe.
»Du siehst elend aus, ist etwas nicht in Ordnung?«
»Doch, doch, ich habe nur Kopfschmerzen.« Maria löste sich aus seiner Umarmung, ließ sich auf einen Stuhl fallen und zog ihre klobigen Schuhe aus. Achtlos warf sie sie in die Ecke, wo sie mit einem dumpfen Knall aufschlugen. Für gewöhnlich war sie ordentlicher.
»Er hat dir wieder zugesetzt, nicht wahr?«
»Wen meinst du?«
»Diesen Pitzer natürlich!« Hannes zog ein verächtliches Gesicht. Maria antwortete nicht. »Hat er etwas gesagt wegen gestern abend?«
»Nein, er war nur schlecht gelaunt.«
»Der alte Sack! Du solltest dir das nicht länger bieten lassen!«
»Hör auf davon!«
»Aber warum denn? Er hat kein Recht, dich so zu behandeln!«
»Reden wir nicht darüber, bitte.«
»Du bist doch nicht seine Sklavin!«
»Hannes, hör auf!« Sie sah ihn drohend an.

»Ich kann aber nicht aufhören, wenn ich sehe, wie er dich quält!«
»Ach, was weißt du denn schon!«
»Du hast mir doch selbst erzählt, wie schlecht er dich behandelt!«
»So schlimm ist es auch wieder nicht!« Maria stand auf und räumte die Schuhe fort.
»Es ist doch nicht nur sein unhöfliches Benehmen und seine Ungerechtigkeit, wie du mir erzählt hast. Da steckt mehr dahinter!« Sie ignorierte seine Worte. »Er schlägt dich auch, nicht wahr?«
»Hannes, zum letzten Mal, misch dich da nicht ein!« Sie nahm ein paar Holzscheite und legte sie in den Ofen.
»Ich mache mir ja nur Sorgen um dich!«
»Aber das brauchst du nicht, es geht mir gut.« Sie versuchte ein Lächeln, doch es wollte ihr nicht recht gelingen.
»Du bist nicht seine Leibeigene!« beharrte Hannes.
»Mein Gott, ich küsse ihm ja nicht die Füße!«
»Aber schlagen läßt du dich von ihm!«
»Nein, zum Kuckuck!« Wütend knallte Maria die Ofentür zu. »Der Mann hat es nicht leicht gehabt, verstehst du? Der Krieg hat ihm schwer zugesetzt, so etwas hinterläßt nun mal Spuren!« Es war die Stimme ihrer Mutter, die aus ihr sprach. Doch ebensowenig wie sie der Mutter die Wahrheit hatte anvertrauen können, konnte sie es Hannes gegenüber. Nicht auszudenken, was geschähe, wenn er *es* wüßte. Unbeherrscht wie er war, würde er sie womöglich beide ins Verderben stürzen.
»Das gibt ihm trotzdem nicht das Recht, anderen das Leben schwer zu machen! Und der Krieg ist vorbei, verdammt noch mal, das kann kein Argument mehr sein!«
»Das sagt gerade der Richtige! Dich hat der Krieg zum Mörder werden lassen, mein lieber Hannes, obwohl er schon eine ganze Weile vorbei ist, wie du selbst soeben gesagt hast.«
Hannes sah sie betroffen an und wurde leichenblaß. Maria ver-

spürte eine kalte Genugtuung darüber, ihn mit seinen eigenen Argumenten geschlagen zu haben.
»Ich bin kein Mörder!« stieß er hervor und hieb mit der Faust auf den Tisch.
»Als was würdest du dich sonst bezeichnen?« fragte sie eisig.
»Was weiß ich, das ist doch völlig gleichgültig!«
»Du machst es dir sehr einfach, findest du nicht?«
»Ich mache es mir nicht einfach, ich versuche zu überleben!« Er wandte sich brüsk ab und starrte durch die Dachluke in die Dunkelheit. Maria spürte, daß sie zu weit gegangen war.
»Gott wird dir helfen«, war alles, was sie hervorbrachte, und sie meinte es versöhnlich.
»Gott, Gott! Komm mir doch nicht mit diesem Pfaffengewäsch! Gott ist der letzte, der sich um uns schert!«
»Hannes, so etwas darfst du nicht sagen!«
»So? Darf ich nicht? Hast du Angst, er könnte uns hören? Und dann auf Rache sinnen, weil ich ihn beleidigt habe? Soll er es tun! Das scheint ohnehin seine Lieblingsbeschäftigung zu sein! Mir ist das völlig gleichgültig. Ich bin eben kein Heiliger, diese Rolle scheint für dich reserviert zu sein. So viel Edelmut, da kommt unsereins nicht mit!«
Maria trat auf ihn zu und umarmte ihn schweigend. Traurig lehnte sie ihr Gesicht gegen seine Schulter, und für einen Moment glaubte er, daß sie weinte. Doch als sie ihn schließlich ansah, waren ihre Augen trocken.
»Maria, es tut mir leid!« Verzweifelt preßte er sie an sich. Seine Nase wühlte irgendwo in ihrem Haar, das nach Sonnenschein roch und nach frisch gemähtem Heu. Er strich sanft über ihren Rücken, der schmal war wie der eines Kindes, deutlich spürte er jeden Wirbel ihres Rückgrates und die spitz herausragenden Schulterblätter. Wie zerbrechlich sie wirkte! Er nahm all seinen Mut zusammen. »Maria, es kann so nicht weitergehen. Es ist zu gefährlich für uns beide.« Sie wollte sich wegdrehen, doch diesmal hielt er sie fest. »Ich verdanke dir so viel, meine Liebste, mehr, als ich je wieder gutmachen könnte.

Ich verdanke dir mein Leben – und ich könnte es nicht ertragen, wenn ich deines ruinieren würde!« Tränen schossen ihm in die Augen, und seine Stimme wurde rauh, als er das Schwerste hervorbrachte: »Es ist vorbei, Maria. Ich muß geh'n.«
»Nein!« Es klang fast wie ein Aufschrei.
»Aber ich muß fort. Ich bin wieder gesund, es gibt überhaupt keinen Grund mehr dafür, dich noch länger zu gefährden!«
»Und wenn sie dich schnappen?«
»Dann habe ich eben Pech gehabt. Ich kann mich schließlich nicht für den Rest meines Lebens hier oben verstecken, das war uns von Anfang an klar, nicht wahr? Sonst hättest du mich wohl kaum bei dir aufgenommen.« Er lächelte gequält. »Ich habe deine Hilfsbereitsschaft schon viel zu lang ausgenutzt«, bekannte er. »Und jetzt suchen sie mich hier in der Gegend wahrscheinlich nicht mehr, ich hätte gute Chancen, wegzukommen.«
»Wann?«
»Morgen.«
»Nein, bitte nicht, bleib wenigstens noch einen Tag. Bitte!«
»Also gut, übermorgen.«

Diesmal verwehrte der Schlaf ihr die Zuflucht. Während Hannes wie ein gefällter Baum neben ihr lag, dahingestreckt von den anstrengenden letzten Stunden und einem Liebesakt, in dem sie ihrer ganzen Liebe, Verzweiflung, Trauer und Wut über diese Welt zügellosen Lauf gelassen hatten, fühlte sie sich von der Kopfhaut bis zu den Zehenspitzen wie elektrisiert. In Gedanken klammerte sie sich an den kommenden Tag als sei er der Rest, der ihr vom Leben blieb. Aber es war ja nicht einmal mehr ein ganzer Tag, der ihnen gemeinsam gehörte, sondern höchstens ein paar Minuten zwischen Melken, Putzen und Stall misten. Das war zu wenig, entschieden zu wenig. Sie ertrug den Gedanken nicht, allein zurückzubleiben. Auch die Vorstellung, daß Pitzer noch einmal Hand an sie legte, schien ihr unerträglich, jetzt, wo ihr Körper dem Geliebten gehörte.

Eher würde sie sich umbringen, wie sie es schon einmal beschlossen hatte.
Doch sie konnte sich mit dem Gedanken an den Tod nicht recht anfreunden, wo ihr die Liebe durch die Adern pulste und nach Leben schrie. Kopf und Kragen hatte sie für ihren Geliebten riskiert, sie hatte ihm das Leben gerettet und wollte nun den Dank ernten. Und endlich wurde ihr klar: Wenn er ging, würde sie mit ihm gehen. Warum war ihr das nicht schon früher in den Sinn gekommen? Es schien auf einmal das Natürlichste von der Welt. Gleich morgen würde sie ihm die Wahrheit sagen, er *konnte* sie einfach nicht allein zurücklassen, wenn er *es* wüßte. Sie war sich dessen plötzlich sicher. Natürlich wäre sie eine Belastung für ihn, aber keine große, sagte sie sich. Sie war zwar schwanger, doch körperlich ging es ihr wieder ausgezeichnet. Wenn er nicht mir ihr flüchten wollte, könnte sie ganz legal nach Bremerhaven reisen und ihn dort treffen. Wenn sein Kumpan Papiere für ihn besorgen konnte, dann sicher auch für sie, falls das überhaupt nötig sein sollte. Sie hatte schließlich nichts zu verbergen. Als junges Ehepaar könnten sie zusammen in die Staaten reisen. Amerika! Ein neues Leben! Ja, das war die einzig mögliche Lösung. Erleichtert und getröstet kuschelte sie sich an ihren Geliebten. Seine regelmäßigen Atemzüge wiegten sie endlich in einen tiefen, traumlosen Schlaf.
Als sie am Morgen erwachte, war Hannes fort.

*

Silvester rückte unaufhaltsam näher, und die Vorstellung, ganz allein mit einer Flasche Sekt in meinem stillen Kämmerlein zu sitzen, behagte mir nicht allzu sehr, wenn ich ehrlich sein sollte. Also beschloß ich, zum Telefonhörer zu greifen und endlich die Funkstille zu beenden, die seit unserem großen Streit zwischen meiner besten Freundin Gabi und mir herrschte.
»Stehst du neuerdings mit den Hühnern auf, seitdem du auf deinem Bauernhof wohnst?« fragte sie frostig. Sie klang ziemlich verschlafen, obwohl es schon fast Mittag war. Außerdem war sie mir noch immer böse, doch nach einigen beschwichtigenden Worten, die ich mir vorher sorgfältig zurechtgelegt hatte, taute sie allmählich auf. Wir gerieten ins Plaudern und landeten über Umwege bei dem bevorstehenden Jahreswechsel. Mein Haus stünde für Feierlichkeiten aller Art offen, erklärte ich und rechnete insgeheim damit, daß Gabi keine Lust hätte, hierher zu reisen. Ich spekulierte darauf, sie würde statt dessen mich zu sich einladen wie in all den vorangegangenen Jahren, aber weit gefehlt: Um nicht in festgefahrener Routine zu erstarren, hatte sie diesmal über die Feiertage mit ihrem Liebsten eine lauschige Skihütte heimsuchen wollen, erzählte sie mir. Doch dann war die Sache geplatzt. Roland, ohnehin kein allzu begnadeter Wintersportler, war beim Bierholen die Treppe herauf gestolpert und hatte sich den großen Zeh gebrochen.
»Er kann nicht einmal spazierengehen, geschweige denn Skilaufen mit dem kaputten Zeh!« jammerte Gabi. »Und zu zweit den ganzen Tag in der Hütte zu hocken, das bringt's doch nicht!« Ich gab ihr recht.
»Meine Schwester und ihr Mann nehmen jetzt die Hütte, dann brauchen wir wenigstens nicht noch dafür zu zahlen«, erklärte meine Freundin. »Tja, was soll's, vielleicht klappt's nächstes Jahr.« Sie raschelte mit irgendetwas herum, es hörte sich an wie die Staniolfolie einer Tafel Schokolade. »Im *Walk In* ist wieder ne große Party«, fuhr sie kauend fort, »aber da wird es wie immer brechend voll sein, nicht das Wahre für Rolands Fuß. Wenn da so ein Verrückter auf der Tanzfläche in Ekstase

gerät, prost Mahlzeit. Hast du sonst noch irgendwelche Leute eingeladen?«

»Ja, nein, noch nicht direkt, aber wenn ihr zusagt, leiere ich das an. Ich habe hier ein paar nette Leute kennengelernt.«

»Okay, ich frage Roland nochmal, was er dazu meint, aber ich denke, wir kommen.«

Wie schön. Plötzlich schwebte mir wieder das ländliche Idyll vor, daß ich zu Anfang im Kopf gehabt hatte: Umgeben von lauter lieben Freunden, die mich um mein schönes Heim beneideten, würde ich gepflegt in meinem Landsitz Hof halten. Ein angenehmes Bild. Natürlich brauchte ich jetzt den einen oder anderen vorzeigbaren Partygast. Außer Anita und Joachim kannte ich hier ja niemanden, der in Frage käme, aber immerhin, die beiden waren annehmbar. Sofort rief ich Joachim in seinem Büro an, ich war mir sicher, daß er zwischen den Jahren arbeitete. Tatsächlich war er sofort höchstpersönlich am Apparat, und ich kam gleich zur Sache. »Unser Gespräch können wir später nachholen, jetzt wollen wir erst einmal gemeinsam feiern. »Selbstverständlich kannst du gerne jemanden mitbringen«, schob ich hinterher. Bange zwanzig Sekunden ließ er mich auf seine Antwort warten.

»Also gut, Karen, ich komme. Danke für die Einladung.«

Das war geschafft. Jetzt hieß es, Anita aufzutreiben, aber sie war leider nicht zu Hause. Dafür rief wenig später Gabi noch einmal an.

»Roland ist einverstanden, wir kommen also. Macht es dir etwas aus, wenn ich meinen kleinen Bruder mitbringe? Der Arme hat gerade eine Trennung hinter sich und hängt rum wie der reinste Trauerkloß.«

Das war nun nicht gerade die Art von Gast, die man gemeinhin gerne auf Feten einlud, aber was sollte es. Mir waren derartige Gemütszustände ja keinesfalls fremd.

»Klar, bring ihn mit, wollen doch mal sehen, ob wir ihn nicht ein wenig aufheitern können!«

Gegen abend bekam ich endlich Anita an die Strippe. Dummerweise war sie bereits bei einer alten Schulfreundin eingeladen.

»Kannst du nicht wenigstens später noch vorbeikommen? Meine Freundin bringt ihren Bruder mit«, versuchte ich ihr den Mund wässrig zu machen, »ein ganz süßer Kerl, der könnte dir gefallen.«

»Ach, damit kannst du mich nicht locken, die Kerle können mir gestohlen bleiben – wie sieht er denn aus?«

Es war Jahre her, daß ich Jan zum letzten Mal gesehen hatte. Damals fuhr er ein Herkulesmofa und trug eine Zahnspange.

»Dunkle Locken, blaue Augen oder so ähnlich, ganz niedlich.«

»Okay, ich werde sehen, was ich tun kann. Meine pickligen Schulkameraden sind nicht unbedingt abendfüllend.«

Meiner Party stand nichts mehr im Wege. Den Abend verbrachte ich damit, das Fest in allen Einzelheiten zu planen. Mir schwebte ein richtig edles Menü mit zahlreichen komplizierten Gängen vor, das den Gästen in unvergeßlicher Erinnerung bleiben sollte. Allein die allernotwendigsten Zutaten füllten eine dreiseitige Einkaufsliste. Ferner würde ich unbedingt Hand an meine Wohnung legen müssen: Bei mir sah es wieder einmal aus wie bei Herrmann Löns im Rucksack, wie mein aus der Lüneburger Heide stammender Onkel Robert sagen würde. Nicht gerade das rechte Ambiente für gepflegte Gastlichkeit. In den nächsten beiden Tagen gab es mehr als genug zu tun.

Über Nacht hatte es geschneit, wie mir ein Blick aus dem Küchenfenster verriet. Übellaunig erinnerte ich mich an die Mahnung des Fräuleins von gegenüber, unter keinen Umständen meine Bürgerpflichten zu vernachlässigen. In Gummistiefeln und dicker Winterjacke stapfte ich also nach dem Frühstück aus dem Haus, um den Gehsteig zu säubern. Leo wollte mir folgen, doch ich schob ihn sanft mit dem Fuß zurück und schloß die Tür hinter mir. Auf der jungfräulichen Schneefläche, die den Hof bedeckte, lag etwas Dunkles. Verwundert trat ich näher und schrie auch schon, bevor mein Verstand die Situation erfaßt hatte.

»Is' was passiert?« Erst jetzt bemerkte ich das jüngere Fräulein Jödt, das schräg gegenüber auf der Straße stand und ebenfalls seinen Bürgerpflichten nachkam. Ich starrte zu ihr hinüber, konnte jedoch nicht antworten. Ihre Schneeschaufel in der Hand und abschätzige Neugier im Blick, schlurfte sie auf den Hof. »Was ist denn los?« Wortlos deutete ich auf den dunklen Fleck. Sie kam näher. »Ach, ein toter Ratz! Und deswegen so ein Theater? Himmel Herrgott, nun stellen Sie sich mal nicht so an!« Noch immer brachte ich nichts heraus. »Und, wollen Sie den nicht wegräumen?« Ihre Stecknadeläuglein fixierten mich streng.

»Wegräumen?« Ich schluckte. »Das – das kann ich nicht.« Vorsichtshalber machte ich gleich zwei Schritte rückwärts.

»Da haben wir's wieder: Auf dem Land leben wollen, aber nicht mal eine Maus wegschaffen können! Ihr Städter solltet bleiben, wo ihr hergekommen seid!«

»Das ist keine Maus!« entgegnete ich trotzig. Mir war durchaus bewußt, daß ich mich albern benahm, und ich konnte gut auf jeglichen Kommentar verzichten. Die Alte ging unterdessen auf den Kadaver zu, schaufelte ihn auf ihre Schippe und schlurfte zur Mülltonne. Ungerührt hob sie den Deckel, warf das Tier hinein und ließ ihn krachend wieder zufallen. Vor Ekel sträubten sich mir die Nackenhaare. Bis zur nächsten Leerung würde ich meinen Müll in Plastiktüten sammeln, soviel war sicher. Ich bedankte mich kleinlaut bei der Alten, doch sie schnaubte nur verächtlich. Ohne mich noch eines Blickes zu würdigen, zog sie mit ihrer Schaufel von dannen.

*

Der Wind peitschte ihr ins Gesicht und zerrte so heftig an ihrem Kopftuch, daß sie es mit beiden Händen festhalten mußte, während sie lief. Ein feiner Schneeregen heftete Tausende von glitzernden kleinen Perlen an ihren neuen Wollmantel und legte ihr einen Kragen aus hauchdünnem Eis auf die Schultern. Auf den glitschigen Planken der alten Holzbrücke wäre sie fast ausgerutscht, fand jedoch im letzten Moment noch Halt an den regenschwarzen Holmen des morschen Brückengeländers. Sie verlangsamte ihr Tempo und setzte ihre Schritte vorsichtiger, bis sie den Steg passiert hatte. Dann hastete sie um so eiliger weiter. Endlich bei der Kirche angekommen, hatte sie Mühe, das schwere Portal zu öffnen, denn der Sturm drückte mit aller Macht dagegen. Im Innern des Gotteshauses war es nicht ganz so unwirtlich, doch der Wind pfiff auch hier scharf durch das nur notdürftig reparierte Dach und verfing sich irgendwo zwischen Kreuzgang und Chor. Es gelang ihm sogar, eine der Orgelpfeifen zum Klingen zu bringen. Das Geräusch war unheimlich und lud nicht zum Bleiben ein, doch entschlossen bekreuzigte sich Maria, rückte ihr verrutschtes Kopftuch zurecht und wischte die Tränen fort, die ihr der Sturm in die Augen getrieben hatte. Festen Schrittes ging sie auf den Beichtstuhl zu, aus dem gerade Bärbel Jödt heraustrat. Ohne den Blick zu heben, eilte diese durch das Kirchenschiff zu den vorderen Bankreihen. Bis auf eine weitere verhüllte Gestalt, die vor der Madonnenstatue betete, war die Kirche leer, bei diesem Wetter sündigten die Leute anscheinend weniger. Maria war es recht so. Sie nahm allen Mut zusammen, trat in den Beichtstuhl und kniete nieder. Den Mund nah am Gitter, begann sie im Flüsterton:

»Meine letzte Beichte war vor zwei Monaten, ich bin neunzehn Jahre alt und ledig.« Eigentlich albern, dachte sie bei sich, der Pastor wußte ja ohnehin, wen er vor sich hatte. Als Hirte einer so kleinen Herde war ihm jedes Schäfchen mit Namen und Geburtsdatum bekannt. Aber jetzt durfte sie sich nicht von Nebensächlichkeiten ablenken lassen. Mit gepreßter Stimme fuhr sie fort: »Ich habe gegen das Gebot der Nächstenliebe verstoßen«, bekannte sie. Erst einmal klein anfangen. »Ich kann jemanden nicht achten und ehren, der mir dauernd Unrecht tut. Ich habe versucht zu erdulden und zu vergeben, aber es will mir nicht gelingen, im Gegenteil: Mein Haß wächst von Tag zu Tag!« Sie hielt inne.

»Gegen wen richtet sich dein Haß?«

»Gegen den Bauern Pitzer. Er behandelt mich schlechter als ein Stück Vieh!« Sicher kam ihrem Beichtvater jetzt das Sonntagsessen vor einigen Wochen in den Sinn. »Ich spiele seit langem mit dem Gedanken, den Hof zu verlassen, weil ich es nicht länger ertrage«, fuhr sie fort. »Aber wo soll ich hin in den schlechten Zeiten?«

»Nun, Flucht ist nicht unbedingt ein Ausweg«, antwortete Georgi. »Es findet sich gewiß eine andere Lösung. Du weißt, der Herr legt den Seinen Prüfungen auf, damit sie daran wachsen und ihren Glauben festigen. Ist es nicht möglich, daß dein Problem eine Prüfung ist, die dir auferlegt wurde, jetzt, da du erwachsen wirst? Hast du einmal überlegt, ob dein Haß nicht das Hindernis ist, das es zu beseitigen gilt, um Gott näher zu kommen?« Maria schwieg. »Wie du sagst, hast du bereits versucht dagegen anzukämpfen«, sprach der Pastor weiter, »ohne Gottes Hilfe ist es dir allerdings nicht gelungen. Doch sei gewiß, der Herr hilft, wenn man ihn bittet und willige Reue zeigt. Überlege zunächst einmal ernsthaft, ob du dem Bauern nicht hin und wieder tatsächlich Anlaß zum Ärger gibst, ob du nicht manches besser erledigen könntest, so daß auch seine Zufriedenheit wächst.« Er hielt inne und räusperte sich, um dann fortzufahren: »Allerdings will ich damit nicht sagen, daß das Verhalten des Bauern dir gegenüber immer gerechtfertigt und korrekt ist. Deine Wut mag durchaus im einen oder anderen Falle ihre Berechtigung haben. Aber bedenke, auch andere Menschen haben ein schweres Schicksal zu tragen. Oftmals hat es sie hart gemacht gegen sich und andere, weil ihr Glaube nicht stark genug war und ist. Da hilft nur Gleichmut, mein

Kind. Darum übe dich darin, auch wenn oder gerade weil du noch jung bist. Selig sind die Sanftmütigen, denn sie werden das Land erben – du kennst die Worte unseres Herrn Jesu. Und wenn der Haß dich wieder einmal zu überwältigen droht, so sende ein Stoßgebet zum Himmel, ich bin sicher, der Herr wird dich hören und . . .«

»Aber es ist nicht nur die Ungerechtigkeit«, fiel sie ihm ins Wort. »Er treibt mich – er zwingt mich dazu, mich immer schwerer zu versündigen. Ich . . .« Sie hielt inne und schluckte heftig. Ohne es zu wollen, schossen ihr die Tränen in die Augen. Der Pastor wartete geduldig, bis sie sich ein wenig gefangen hatte, dann forderte er sie mit anteilnehmender Stimme auf, weiterzusprechen. »Ich kann nicht darüber reden, es ist so furchtbar!«

»Gott hat für alle Sorgen ein Ohr.«

»Ja, aber er – er zwingt mich zur Unkeuschheit.« Jetzt war es endlich heraus. Betretenes Schweigen auf der anderen Seite des Gittergeflechts.

»Wie oft hast du dich versündigt?« Die Stimme aus dem Halbdunkel klang plötzlich streng.

»Es geht schon eine ganze Weile, er läßt nicht von mir ab.«

»Warum hast du dich nicht früher vertrauensvoll an den Herrn gewandt und gebeichtet?«

»Die Scham hat es wohl verhindert. Aber nun bin ich hier, weil ich nicht mehr weiter weiß. Können sie nicht an sein Gewissen appellieren? Sie, Herr Pastor, finden sicher die rechten Worte, ohne preisgeben zu müssen, daß ich mich Ihnen offenbart habe. Vielleicht läßt er dann ab von mir.«

»Nun, mein Kind, vielleicht gibt es diese Möglichkeit. Aber vorher wollen wir sehen, was du selbst tun kannst gegen dieses Übel.«

»Aber ich komme nicht an gegen . . .«

»Maria, du bist eine junge Frau, deine weiblichen Reize sind erblüht . . .« Georgi suchte angestrengt nach Worten. Diese Beichte hatte längst den Rahmen des gemeinhin Üblichen gesprengt. Die Sünden seiner Gemeindemitglieder, zumindest die gebeichteten, beschränkten sich schlimmstenfalls auf unkeusche Gedanken. Dieser Fall hingegen war aus verschiedenen Gründen äußerst prekär. »Oft ist die Versuchung groß, diese Reize zu testen«, fuhr er fort. »Überlege, ob dein Verhalten nicht provozierend gewirkt haben könnte. Vielleicht vernachlässigst du bei der schweren Arbeit eine angemessene Kleidung, hältst dich nicht bedeckt genug . . .«

»Aber es ist Winter!« entfuhr es ihr.

»Ja, natürlich, ich weiß. Aber du sagtest, deine Pein währt seit längerem. Irgendwann einmal mußt du sein sündiges Begehren entfacht haben. Denke über dein Verhalten nach.«

»Nachzudenken nützt mir nichts mehr. Ich erwarte ein Kind von ihm!«

Georgi atmete scharf durch die Nase. Nach einer Schrecksekunde stürmten tausend Gedanken auf ihn ein, die er so schnell nicht zu ordnen vermochte. Er brauchte Zeit, doch vorläufig galt es, diese peinliche Situation möglichst bald hinter sich zu bringen. Die ganze Autorität seines Amtes schwang in seiner Stimme, als er sprach:

»Gott bürdet jedem nur so viel auf, wie er zu tragen vermag. Das sollte dir Trost sein. Es wird sich eine Lösung finden, glaube mir. Vertraue dem Herrn, er wird seine Pläne mit dir haben. Denke an die göttlichen Tugenden, die auch dir zuteil wurden. Halte an der Hoffnung fest, die Hoffnung erfüllt uns mit zuversichtlichem Mut, alles zu erstreben und zu erwarten, was der allmächtige, barmherzige und getreue Gott verheißen hat: ›*Auf Dich, Herr, hoffe ich, drum werd' ich nimmermehr zuschanden.*‹ Bitte unseren Herrn Jesus Christus um Nächstenliebe. Tue dies von nun an täglich. Bete auch das *Vater Unser* und wende dich im Gebet an deine Namenspatronin, unsere liebe Mutter Gottes. Bald ist Mariä Lichtmess, gedenke an diesem Tag ganz besonders der allerseligsten Jungfrau Maria.«

»Ja, das werde ich tun.«

»Unser Herr Jesus Christus verzeihe dir. In seiner Vollmacht befreie ich dich jetzt von jeglicher Last.« Nunmehr erteilte der Pastor die Lossprechung. *»Dominus noster Jesus Christus te absolvat . . .«*

Maria kämpfte erneut mit den Tränen.

»Gelobt sei Jesus Christus.«

»In Ewigkeit, Amen.«

Scheinbar ohne Widerstand glitt die Klinge durch die zarte Haut an ihrem Handgelenk. Blutstropfen rannen warm an der Innenseite ihres Armes hinunter und fielen zu Boden. Unwillkürlich hielt sie ihre Hand über die Waschschüssel. Eine schöne Schweinerei, schoß es ihr durch den Kopf. Ihr wurde übel. Doch der Schnitt war nicht tief genug. Tränenblind griff sie erneut zu dem Tranchiermesser.

»Hat man dir nicht schon genug Gewalt angetan?« flüsterte eine innere Stimme. »Willst du dich jetzt auch noch abschlachten wie ein Stück Vieh?«

Nein!« schluchzte sie auf. »Nein, nein.« Ein Beben erfaßte ihren Körper, und sie begann zu zittern. Kraftlos ließ sie das Messer zu Boden fallen und barg ihr Gesicht in ihren Händen.

*

Mein Herz ist wie ein Aschenfeld,
so öd und wüst und leer.
An dem, was einst lebendig war,
trag' ich nun doppelt schwer.
Mein Herz ist wie ein See aus Eis,
gänzlich zugefroren.
Das Gletscherblut, das er ausspeit,
rauscht in meinen Ohren.
Mein Herz ist wie ein Labyrinth
in einem großen Haus.
Wer einst hier eingedrungen ist,
kommt nie mehr heraus.
Hab' mein Herz verlor'n im Aschenfeld,
so öd und wüst und leer.
Vielleicht treibt's auch im Ozean
sinkt auf den Grund dort schwer.

»Können wir nicht ein bißchen Musik machen?« schrie Anita aufgedreht und fummelte hektisch an meiner Anlage herum. Nach dem opulenten Mahl hatte ich zwar an einen lauschigen Plausch vor dem Kamin gedacht, aber bekanntlich ist der Gast ja König. Bisher war alles wie geplant und in wohlgeordneten Bahnen verlaufen: Der Räucherlachs war mild-würzig, das Fleisch saftig-zart, die Böhnchen butterweich und das Kartoffelgratin schön knusprig geraten. Nach dem Himbeereis mit Sahne hatten alle wohlig über ihre vollen Bäuche gestöhnt. Doch so richtig Stimmung war erst aufgekommen, als Anita gegen halb zehn hereinschneite. Sogar Jan, der bisher artig und schweigsam auf seinem Stühlchen gehockt hatte, taute bei ihrem Erscheinen ein wenig auf.
»Jan, gib meiner Freundin noch etwas zu trinken«, spornte ich ihn an. Er gehorchte willig. Anitas Sektglas schäumte über, und mit viel Gekicher prostete sie ihm zu. Inzwischen war er recht groß geworden, der kleine Jan. Statt einer Zahnspange trug er jetzt ein halbes Dutzend Ohrringe. Seine dunklen

Locken waren im Nacken zu einem Zopf zusammengebunden und ein männlich-markanter Drei-Tage-Bart gab ihm ein leicht verwegenes Aussehen. Durchaus ansehnlich der Knabe, stellte ich mit Erleichterung fest. Ich hatte meiner Bäckerblume nicht zuviel versprochen.
Die Musik dröhnte so laut, daß an Gespräche nicht mehr zu denken war. Leo verzog sich eilig in die oberen Gemächer, und Anita begann zu tanzen. Mit der Biegsamkeit einer Schlange wiegte sie sich im Takt der Musik, in einer Hand die Zigarette, in der anderen ihr Sektglas. Jan hockte auf der Kante des großen Ohrensessels und starrte sie verzückt an. Auch Joachim und Roland schienen sich wohl zu fühlen. Die Bierflasche in der Hand postierten sie sich in einer Zimmerecke, als befänden sie sich in einer Disco. Verständigung war nicht nötig, und wenn doch, verlief sie männlich-rudimentär über Handzeichen. Gabi und ich ergriffen die Flucht. In der Küche köpften wir die Flasche Champagner, die Joachim freundlicherweise mitgebracht hatte, denn das alte Jahr lag inzwischen in den letzten Zügen. Als es zwölf schlug, hielt jeder sein Glas in Händen. Auf Kommando fielen wir uns Küßchen tauschend in die Arme. Wie immer erschien mir dieses rührselige Gehabe irgendwie albern, aber unumgänglich. Joachim drückte mich fest an sich und flüsterte mir etwas ins Ohr, daß ich aufgrund der lauten Musik nicht verstand. Wären wir allein gewesen, hätte ich die Umarmung vielleicht sogar genießen können. Wer wird nicht gern ab und zu mal richtig geknuddelt? Aber unter diesen Umständen war mir die Sache eher peinlich. Das zwangsläufig folgende Pflichtprogramm rettete mich vor weiteren etwaigen Unannehmlichkeiten: Mit großem Hallo zerrten wir alle unsere Jacken hervor, um draußen das Feuerwerk zu betrachten. Die Nacht war wolkenlos, und der dörfliche Himmel bot ein ungeahnt lebhaftes Schauspiel, insbesondere über dem Leopoldhof regnete es Sterne vom Himmel. Aber es war eisig kalt. Nachdem die Highlights am Firmament erloschen waren, kehrten wir alle fröstelnd in die warme Stube zurück.

Anita fühlte sich wieder für die Musik zuständig und tat auch sonst ihr Bestes.
»Dein Bruder scheint Anschluß gefunden zu haben!« schrie ich gegen den Lärm an, doch feine Ironie kam hier nicht rüber.
»Wie?« Gabi faßte sich ans Ohr. Ich deutete auf das innige Paar.
»Diese Frau hat einen Orden verdient!« brüllte sie zurück. »Mit dem Kerl war bis vor einer Stunde absolut nichts anzufangen!« Sie ergriff lachend meine Hände und zog mich auf die Tanzfläche. Doch kaum hatten wir eine Runde gedreht, setzte die Musik aus. Unsere Turteltäubchen hoben die Köpfe und starrten benommen in die Runde, als habe man sie unsanft aus einem süßen Traum geweckt.
»Was denn, war das schon alles?« fragte Anita mit belegter Stimme und raufte sich ihr Raspelhaar. Der grundgute Roland begab sich eilig an den Plattenteller. Bald setzte der ohrenbetäubende Krach wieder ein. Anita versank erneut im Sessel. Ich mußte plötzlich dringend auf's Klo und verließ eilig das Zimmer. Kaum hatte ich mich im WC eingeschlossen, gewahrte ich einen hellen Lichtschein von draußen. Hier und da krachte und blitzte es noch von Ferne, aber diese Lichterflut erschien mir irgendwie suspekt, denn sie kam eindeutig vom Hof. Ich öffnete das Fenster und hatte prompt den Geruch eines munter prasselnden Feuers in der Nase. Ich sprang auf und rannte nach draußen. Tatsächlich, unterhalb der Stiege, in der ich gewissenhaft das Kaminholz aufgeschichtet hatte, brannte es. Der Holzstoß stand in Flammen.
»Hilfe!« schrie ich und starrte gebannt auf den brennenden Scheiterhaufen. Das Feuer leckte bereits an der hölzernen Treppe, die zu den Räumen oberhalb der ehemaligen Kornkammer führte. In Kürze würde die ganze Scheune brennen wie eine riesige Streichholzschachtel. Ich fühlte mich wie gelähmt.
Plötzlich lief Joachim an mir vorbei direkt auf das Feuer zu und trat in Karatekämpfermanier den brennenden Holzstoß auseinander. Die Funken stoben in alle Richtungen.

»Den Schlauch!« schrie er und rannte zurück, aber ich verstand nicht, was er meinte. Unterhalb des Küchenfensters riß er das Gitter eines schmalen Kellerschachtes auf. Sein Oberkörper verschwand gänzlich in der Öffnung, doch als er wieder emporkam, hatte er tatsächlich einen Schlauch in der Hand.
»Dreh den Wasserhahn auf, schnell!« Hilflos sah ich mich um.
»Im Keller, er ist im Keller!«
Erst jetzt begriff ich. So schnell ich konnte, rannte ich in den Heizungsraum. Eilig drehte ich den Hahn auf, der in die Außenmauer eingelassen war. Ich betete inbrünstig, daß die Leitung nicht eingefroren sein möge. Doch hier unten konnte ich nicht beurteilen, ob tatsächlich Wasser kam, und so hastete ich wieder nach oben. Joachim hatte den Schlauch inzwischen über den Hof gezerrt und hielt ihn nun gegen die Flammen. Er war bis auf den letzten Meter gespannt. Zunächst kam nur ein schlapper Guß, der sich jedoch bald zu einem festen Strahl mauserte. Das Wasser war also nicht eingefroren. Auf einmal stand auch Anita neben mir und schlug mit etwas Sackartigem auf die Flammen ein. Gabi und Roland kamen mit Wassereimern. Jan hielt einen Schrubber in Händen und rechte die brennenden Holzscheite auseinander. Nach einer Weile erstarben die Flammen. Ringsumher glimmte alles, doch die größte Gefahr schien vorüber.
»Die Feuerwehr brauchen wir wohl nicht mehr«, stellte Joachim sachlich fest, während er weiter das Wasser auf die Holzscheite prasseln ließ.
»Wenn sie nicht schon jemand gerufen hat«, entgegnete Anita trocken. Bloß das nicht! schoß es mir durch den Kopf. Zu deutlich hatte ich den Vorfall mit meinem brennenden Bett vor Augen. Die Sache damals war so peinlich gewesen, und ich wollte keinesfalls unnötiges Aufsehen erregen. Aber den Fräuleins von gegenüber entging ja bekanntlich nichts.
»Ein Glück, daß das Wasser nicht eingefroren war«, meinte Joachim, während er den Schlauch einrollte und in das Kellerloch zurückbeförderte. »Wäre die Isolierung nicht so schlecht,

hätten wir wohl keine Chance gehabt. Sag mal, was hattest du denn mit dem ganzen Holz vor?«

»Nun ja, ich dachte, wir würden vielleicht ein Kaminfeuer machen«, erklärte ich kleinlaut. »Bisher war das Holz immer dort drüben in der Scheune, doch das erschien mir unpraktisch.«

»Also, mit diesem Berg hier hättest du drei Wochen heizen können.« Er lächelte nachsichtig.

»Ich hab' es ja nur gut gemeint«, sagte ich weinerlich. Plötzlich machten meine Nerven schlapp, und ich begann zu heulen.

»He, he!« Joachim legte beschwichtigend seinen Arm um mich. »Das sollte doch kein Vorwurf sein, du konntest nichts dafür!«

Schniefend wischte ich mir die Augen trocken und zog die Nase hoch. »Komm, laß uns erst einmal wieder ins Haus gehen, jetzt passiert bestimmt nichts mehr!«

Zu meiner Verwunderung kam die Feuerwehr tatsächlich nicht. Bald saßen wir alle wieder im Wohnzimmer, doch die Stimmung war verständlicherweise dahin.

»Das muß jemand mit Absicht getan haben«, meinte Gabi und drückte energisch ihre Zigarette aus. »Diese dicken Holzscheite brennen nicht so ohne weiteres!«

Mir lief eine Gänsehaut über den Rücken.

»Nun, das Holz war sehr trocken«, entgegnete Roland in seiner bedächtigen Art. »Du hast es aus der Scheune geholt, sagtest du?«

Ich nickte.

»Ja, den größten Teil. Den Rest habe ich im Wald gesammelt und mit der Schubkarre herbefördert.« Joachim sah mich gerührt an. Ich hatte mir wirklich alle Mühe gegeben, den Abend schön zu gestalten. Doch das machte alles noch schlimmer. Roland zog sich einen Stuhl heran und legte seinen verletzten Fuß hoch.

»Tut er wieder weh?« fragte Gabi teilnahmsvoll.

»Nein, nein, es geht schon, bin nur ein bißchen viel herumgerannt vorhin«, erklärte Roland und wandte sich an Joachim. »Welch ein Glück, daß du sofort an den Schlauch gedacht hast«, meinte er anerkennend. »Kennst dich hier wohl gut aus?« In seiner Frage schwang keinerlei Zweideutigkeit. So war Roland nun einmal: Ein anständiger Kerl, ehrlich und ohne Hintergedanken. Ich schwor mir reumütig, in Zukunft nicht mehr so schlecht von ihm zu denken.

»Nun ja, ich war neulich zufällig dort unten, daher wußte ich Bescheid«, meinte Joachim und warf mir einen schnellen Blick zu.

»Wie ist es deiner Meinung nach zu dem Brand gekommen?«

»Ich denke, ein paar Jugendliche haben mit Krachern geworfen«, vermutete er.

»Meinst du?« Seine Theorie schien mir noch die sympathischste zu sein.

»Ja, das glaube ich. Sollen wir die Polizei rufen?«

»Nein! Sicher ist es nicht mit Absicht geschehen«, beeilte ich mich zu sagen.

»Ich glaube auch, daß es ein blöder Zufall war«, mischte sich Anita ein. »Eine Rakete aufs Dach und wusch steht die ganze Scheune in Flammen. Wär' nicht der erste Bauernhof, den's erwischt hätte. Bei uns im Nachbardorf ist mal einer bis auf die Grundmauern niedergebrannt.«

»Das klingt ja sehr beruhigend«, entgegnete ich deprimiert.

»Ist doch nichts passiert!« meinte Anita leichthin. »Das bißchen Holz, ich bitte dich! Es ist ja nicht einmal die Hälfte des Stapels verbrannt. Aber wenn du willst, gehen wir demnächst los und sammeln neues. Ich helfe dir gern!«

»Ist wirklich nicht so wichtig.«

»Doch, doch, wir holen welches aus dem Wald, kein Problem, es liegt ja genug rum. Und jetzt schlage ich vor, gehen wir wieder zum gemütlichen Teil des Abends über und trinken einen darauf, daß wir die Sache so schnell im Griff hatten!«

Von den anderen kam verhaltene Zustimmung. Wir füllten noch einmal unsere Gläser, doch die Musik blieb leise. Nach einem lauschigen Kaminfeuer war inzwischen niemandem mehr zumute. Gegen vier Uhr verabschiedete sich Joachim.

»Du könntest hier schlafen«, bot ich ihm halbherzig an. »Es ist Platz genug.«
»Nein, nein, vielen Dank.«
»Soll ich dir ein Taxi rufen?« Seinen Wagen hatte er vernünftigerweise daheim gelassen.
»Nicht nötig. Ich hab's ja nicht weit. Ein bißchen frische Luft tut mir jetzt ganz gut.«
Ich brachte ihn zur Tür.
»Danke, daß du gekommen bist. Und natürlich für deinen Feuerwehreinsatz.«
»Das war doch selbstverständlich. Ich habe zu danken für deine Einladung.« Ich sah ihm an, daß er wieder an das verpatzte Sonntagsessen dachte. »Irgendwann müssen wir noch unseren Spaziergang nachholen, was meinst du?«
»Klar, machen wir.«
»Also, ihr könnt in meinem Bett schlafen«, meinte ich später zu Gabi und Roland und wandte mich dann an Anita. »Ihr beiden schlaft im Bett von Thomas und Claudia, wenn es euch nichts ausmacht.« Trotz des Dämmerlichts registrierte ich, wie Jan dunkelrot wurde.
»Und wo schläfst du?« wollte sie wissen.
»Hier unten auf der Couch.«
»Ach was, das kommt nicht in Frage!«
»Warum nicht? Hier ist Platz genug für mich. Es wäre nicht das erste Mal, daß ich auf dem Sofa einschlafe.« Anita ließ sich ziemlich schnell überzeugen, und Jan hielt sich derweil diskret zurück. Nachdem alle in ihren Zimmern verschwunden waren, setzte ich mich in die Küche, trank eine Tasse heiße Milch und rauchte. Irgendwann kam Gabi im Nachthemd heruntergeschlichen. Ich gab ihr meine warme Strickjacke, und sie setzte sich zu mir. Wir redeten, bis es hell wurde. Das tat richtig gut.

*

»Und, mein Lieber, wie stehen die Dinge hier auf dem Hof?« Der Pastor lehnte sich in seinem Sessel zurück, zog an seiner Zigarre und konzentrierte sich darauf, exakte Rauchkringel auszublasen.
»Oh, wie soll's geh'n, man darf ja nicht klagen«, brummte Pitzer und machte eine unbestimmte Geste.
»Ihre Frau sieht schlecht aus in letzter Zeit. Sie ist so schmal geworden, fehlt ihr etwas?«
»Ach, viel auf den Rippen gehabt hat die ja noch nie. War schon immer 'n bißchen klapprig, aber dafür zäh. Die haut so schnell nichts um!« Der Bauer grinste über seine eigenen Worte, setzte aber schnell wieder eine ernste Miene auf. »Doch Sie ham schon recht, Herr Pastor, ihr will's halt nicht mehr so recht schmecken, hat's mit dem Magen. Ich wollt' sie zum Doktor schicken, aber sie behauptet, es wär nichts weiter. Was soll ich da tun? Kann sie nicht hinprügeln.«
»Ich denke, Ihre Frau müßte einmal so richtig ausspannen.«
»Ja, wem sagen Sie das, Hochwürden, ist ja mein Reden! Mach mal halblang, sag' ich zu ihr, aber es nützt nichts, sie will nicht hören.«
»Und es steckt nichts Ernstes dahinter, meinen Sie?«
Pitzer gab keine Antwort, sondern starrte nur auf seine breiten, abgearbeiteten Hände, die auch nach gründlichster Wäsche nicht mehr richtig sauber wurden. Nach einer Weile meinte er: »Wissen Sie, Herr Pastor, ihr Problem ist, daß sie den Tod von unserem Jungen nicht verwunden hat. Seit damals ist sie nicht mehr die Alte. Sie ist fleißig, da kann man ihr nichts vorwerfen, aber irgendwie, wie soll ich sagen? Sie ist nicht mehr dieselbe, irgendwie gleichgültig geworden, versteh'n Sie?« Er hob den Kopf und warf Georgi einen scheuen Blick zu. »Nun ja, der Krieg hat uns alle verändert.«
»Tja, da sagen Sie was, Herr Pastor.«
»Könnte Ihre Frau nicht einmal für ein paar Wochen verreisen, zu Verwandten vielleicht? Oder am besten an die See oder in die Berge. Eine Luftveränderung täte ihr sicherlich gut.«
»Tja also, ich weiß nicht recht. Ich glaub' nicht, daß sie das

will. Die ist hier zu Hause. Und dann die Arbeit, wer soll die tun, wenn sie weg is'?«

»Aber ich bitte Sie, Herr Pitzer, Sie haben doch Entlastung! Da ist die Großmutter und auch die Tochter, und sicherlich könnte eine von den Flüchtlingsfrauen für einige Wochen im Haus aushelfen. Das ließe sich alles organisieren.«

»Fremde im Haus, das haben wir nicht so gern. Und die Alte, 'tschuldigung, meine Schwiegermutter, die kann auch nicht mehr so, wie sie vielleicht noch will. Ach, ich glaub', meiner Frau wär das gar nicht recht.«

»Nun, mein Lieber, sprechen Sie einmal mit ihr. Raten Sie ihr zu. Zeigen Sie sich als liebender Ehemann, der das Beste für sie will. Was sie braucht, ist Erholung und ein wenig Abstand von allem. Das kann Wunder wirken.«

»Und hier tanzen derweil die Mäuse auf dem Tisch, also ich weiß wirklich nicht . . .« Pitzer griff zu seinem Glas und drehte es nervös in den Händen.

»Aber guter Mann, Annegret ist doch fast erwachsen, sie kann sicher für eine Weile die Aufgaben Ihrer Frau übernehmen. Das ist doch ein vernünftiges Mädchen.«

»Ja, ja, wenn sie nur nicht so viele Flausen im Kopf hätte! Die interessiert sich für nix so sehr wie für ihre Singerei! Von morgens bis abends das Geträller, da wird man ganz rammdösig davon! Und dann die Oma, die reißt mir die letzten Haare vom Kopf, wenn meine Frau den Rücken dreht. Die ist ja jetzt kaum in Schach zu halten mit ihrem losen Mundwerk!«

»Seien Sie nicht so verzagt, Herr Pitzer, ich bin mir sicher, Sie kriegen das in Griff!« Georgi beugte sich vor und legte ihm vertrauensvoll die Hand auf die Schulter.

»Und der Junior?« jammerte der Bauer. »Der ist ja auch noch da, der braucht doch seine Mutter!«

»Den könnte Ihre Frau ja mitnehmen. Lassen Sie sich die Sache in aller Ruhe durch den Kopf gehen.« Pitzer sagte nichts.

»Sie haben ja auch noch die Magd«, ergriff Georgi erneut das Wort und bemühte sich um einen beiläufigen Tonfall. »Das

Mädchen macht doch einen recht soliden, patenten Eindruck.«
»Maria? Aufsässig ist die, auf die ist kein Verlaß!«
»Mir kam sie eher ein wenig verstört vor. Es scheint ihr nicht gut zu gehen.«
»Wieso, hat sie sich beschwert?« Pitzer horchte auf.
»Nein, nein, natürlich nicht. Es war nur so eine Vermutung.«
»Was weiß ich, wie's der geht. Mich fragt auch keiner nach meinen Launen, und ich mach' meine Arbeit.«
»Vielleicht ist das Mädchen einfach ein bißchen nervös und unsicher«, erklärte der Pastor vorsichtig.
»Wie meinen Sie das?« Pitzers Pupillen verengten sich.
»Nun, möglicherweise sind Sie manchmal ein bißchen zu hart zu ihr. Eine andere Form des Verkehrs miteinander würde da eventuell helfen.«
»Verkehr? Was hat das Miststück über mich erzählt?«
»Nichts, mein Lieber, gar nichts, immer mit der Ruhe.«
»Undankbares Ding! Da behandelt man sie anständig, und sie geht hin und beschwert sich! Verhungert wär die ohne uns! Ich weiß noch, wie wir sie aufgenommen haben im letzten Kriegsjahr, war kein große Hilfe damals, konnt' ja kaum einen Eimer Wasser tragen. Klapperdürr war se, da haste den Wind durch die Rippen pfeifen hören. Und ihre bucklige Verwandtschaft, die ham wir auch noch durchgefüttert!« Die Hände auf seine Oberschenkel gestützt, beugte Pitzer sich zum Sessel seines Gastes hinüber und fragte fast drohend: »Worüber hat sie sich beklagt? Nun mal raus mit den Lügengeschichten, Herr Pastor!«
»Herr Pitzer, ich sagte Ihnen bereits, daß sie sich nicht beschwert hat. Mit keinem Wort. Das waren bloße Spekulationen meinerseits.« Georgi bereute schon zutiefst, das Thema überhaupt angeschnitten zu haben.
»Glauben Sie etwa, ich verprügel' das Ding regelmäßig nur so zu meinem Vergnügen? Hat se das erzählt?«
»Nichts hat sie erzählt.«
»Ich schwör' Ihnen, ich komm' nicht näher an sie ran als nötig.

Mehr als ne Ohrfeige hat's noch nie gegeben, und die hat uns allen nicht nachhaltig geschadet, oder? Man muß den jungen Dingern ab und zu den Kopf zurechtrücken, sonst tanzen sie einem auf der Nase herum. Das ist ja auch zu ihrem Besten. Und unsere Maria, die denkt nämlich leider allzu oft, sie sei was Besseres, zu was Höherem berufen, verstehen Sie? Aber schließlich ist sie keine Prinzessin, oder? Arbeiten müssen wir alle, das ist unser Los. Das paßt der Madame anscheinend nicht. Phantasiert sich was zusammen, wunder wie schlecht es ihr geht. Wer weiß, was die sich noch so alles zusammenspinnt in ihrem kleinen Schädel!« Pitzer hatte sich gehörig in Rage geredet. »Treibt sich nachts mit den Dorflümmeln herum«, fuhr er kopfschüttelnd fort und wischte sich mit dem Handrücken über seine schweißnasse Stirn. »Einen von denen hab' ich sogar in ihrer Stube erwischt, das muß man sich mal vorstellen! Ich hätt' sie vom Hof jagen können, aber nein, hab' ich gedacht, laß den jungen Leuten ein bißchen Vergnügen, bist ja selbst mal jung gewesen. Der Rainer ist ja ein ganz patenter Kerl. Und das ist nun der Dank!« Er schnaubte verächtlich, griff zur Flasche und schenkte sich kräftig nach.

»Herr Pitzer, bitte glauben Sie mir, sie hat sich in keinster Weise über Sie beschwert«, versuchte Georgi noch einmal, seinen erregten Gastgeber zu beschwichtigen.

»Die soll mich kennenlernen, demnächst werden hier ganz andere Saiten aufgezogen!«

»Lassen Sie's gut sein, Herr Pitzer, Sie sind doch ein vernünftiger Mann!« Georgi hob sein Glas und prostete dem Bauern mit konziliantem Lächeln zu. Pitzer schnaubte noch einmal, entspannte sich aber allmählich wieder, da ihm die Worte des Pastors schmeichelten. Doch der Pfarrer hatte nicht genug erfahren. So beiläufig wie möglich fragte er:

»Maria hat eine Liebschaft im Dorf, glauben Sie?«

»Das glaube ich nicht nur, das habe ich mit eigenen Augen gesehen!« Zur Unterstreichung dieses Tatbestands ließ Pitzer seine Rechte auf das Eichenholztischchen krachen. Der Schlag geriet weitaus härter, als er es beabsichtigt hatte. Wie ein Kreisel be-

gann der gläserne Aschenbecher zu trudeln und verursachte ein unangenehm hartes, seltsam lautes Geräusch. Auch die Weinbrandflasche vibrierte. Für einen Moment schämte Pitzer sich seiner groben Motorik, doch seiner Ansicht nach rechtfertigte der Anlaß drastische Gesten, die seine Betroffenheit als frommer, anständiger Mann zum Ausdruck brachten. »Reden Sie ihr einmal ernsthaft ins Gewissen, Herr Pastor!« forderte er Georgi auf und fühlte beim Gedanken an Maria erneut eine Welle heißer Wut in sich aufsteigen. »Dem Mädel gehören ordentlich die Leviten gelesen! Ich will keinen Puff im Hause haben!«
Georig überhörte geflissentlich Pitzers letzte Worte und versicherte ihm in ruhigem Tonfall, er werde die Magd bei Gelegenheit ins Gebet nehmen. Doch nun wollte er das heikle Thema so schnell wie möglich beenden.
»Sie haben gehört, daß die Zimmerleute bestellt sind?«
»Ja, Hochwürden, das ist mir zu Ohren gekommen. Endlich mal eine gute Nachricht. Noch einen Weinbrand?«
»Danke, gern, aber nur einen kleinen Schluck.« Pitzer schenkte nach.
»So, Prösterchen, auf das neue Kirchendach.«
»Ja, zum Wohle.«
Der Bauer leerte sein Glas in einem Zug. Von kirchlicher Seite war man zurückhaltender.
»Ich hab' gesehen, die Bänke in den vorderen Reihen sind ziemlich hinüber, wie? Man traut sich kaum noch draufzusitzen.«
»Ja, leider, jetzt ist das Dach zwar repariert, aber für die Bänke war es zu spät. Sie haben den Regen leider nicht vertragen.«
»Nun, da woll'n wir mal sehen, was sich tun läßt, nicht wahr, Herr Pastor?« Pitzer griff erneut zur Flasche.
»Oh, das wäre überaus liebenswürdig. Ihr Einsatz für das Wohl der Gemeinde ist wirklich vorbildlich. Ich bin sicher, der Herr wird's Ihnen vergelten.«
»Das will ich meinen, Herr Pastor, Prösterchen.«

*

»Leo? Leo! Wo steckst du denn, mein Süßer?« In meinem Bett war er nicht, im Flur auch nicht. Und unten war es verdächtig still. »Leo?« Ich lief beunruhigt die Treppe hinunter. Kein freudiges Begrüßungsmaunzen, kein Tapsen, kein Schnurren, nichts. »Wo bist du denn?« Aber vielleicht hatte ich ihn ja versehentlich im Wohnzimmer eingesperrt, und er schlief tief und fest auf seinem Lieblingssessel. Ich betrat das Zimmer und schaute nach, doch der Sessel war leer. Sollte Leo gestern abend durch die Haustür entwischt sein? Unmöglich, das hätte ich bestimmt gemerkt. Ich ging in die Küche. Tatsächlich, da lag ein graues Knäuel im Katzenkörbchen neben dem Ofen. Es kam nicht gerade oft vor, daß Leo sein eigenes Bettchen benutzte, und so hatte ich diese Möglichkeit als letzte in Betracht gezogen. Erleichtert atmete ich auf, wunderte mich aber gleichzeitig, wie feucht und dunkel sein Fell plötzlich aussah. Im nächsten Moment traf mich die Erkenntnis wie ein Hammerschlag: Anstelle meines geliebten kleinen Löwen lag eine riesige tote Ratte in dem Korb.

»Sie hat ihn gefressen, sie hat ihn bestimmt gefressen!«
»Aber Karen, so beruhige dich doch!« Joachim sprach mit butterweicher Stimme, als gelte es, eine wildgewordene Pferdeherde zu besänftigen. In meiner Panik hatte ich ihn in seinem Büro angerufen, und er war sofort herübergekommen.
»Leo stromert sicher draußen irgendwo herum!« meinte er zuversichtlich und nahm mich tröstend in den Arm. Schniefend preßte ich mich an ihn und vergrub meine Nase in seinem Lambswoolpullover.
»Sie hat ihn gefressen«, nuschelte ich gegen seine Brust, »sonst wäre er längst wieder da!«
»Karen, eine Ratte kann doch keine Katze fressen!«
»Du hast doch gesehen, wie fett sie war!« Abrupt löste ich mich aus der Umarmung und warf ihm einen kriegerischen Blick zu. Sein taubenblauer Pullover hatte jetzt einen dunkelblauen Fleck in Höhe meiner Nase.

»Nun übertreib mal nicht! Deinem Leo geht es sicher prächtig. Er kommt jetzt in das Alter, da fangen sie an herumzustromern. So sind Kater nun einmal!«
»Wie soll er denn nach draußen gekommen sein?«
»Du wirst die Tür offen gelassen haben.«
»Ich passe immer auf!«
»Ach, der ist dir schneller durch die Füße geschlüpft, als du gucken kannst.«
»Und die Ratte, ist die mir auch durch die Füße geschlüpft oder wie kommt die hier rein?«
»Nun, ich nehme an, sie ist durch den Keller gekommen. Erinnere dich, ich habe dort Gift ausgelegt.«
»Durch den Keller? Da unten war ich seit Wochen nicht mehr! Nach dem Brand hatte ich den Keller tatsächlich nicht mehr betreten. Zwei Tage nach Neujahr war ich mit Leo zu Gabi und Roland in die Stadt gefahren. Die darauffolgenden zehn Tage verbrachte ich zwecks eifriger Literaturrecherchen nahezu ununterbrochen in der Unibibliothek, schrieb mir die Finger wund und verbrauchte mindestens fünf Copycards. In meiner Freizeit ging ich zum Zahnarzt, der mir zwei weitere Tage Aufenthalt bescherte. Ich hatte Anita gebeten, während meiner Abwesenheit ein Auge auf das Haus zu werfen, und sie teilte mir telefonisch mit, alles sei in bester Ordnung. Erst gestern nacht war ich wieder in meinem trauten Heim eingetroffen, und es hatte tatsächlich nichts darauf hingewiesen, daß irgendetwas nicht stimmte.
Joachim schickte mich aus der Küche, um während meiner Abwesenheit den Kadaver zu beseitigen. Ich ging ins Wohnzimmer und kauerte mich mit angezogenen Beinen auf Leos Lieblingssessel zusammen.
»Karen, ich schlage vor, wir suchen jetzt in der Scheune und den Ställen nach Leo«, meinte mein Helfer, nachdem er sein Werk beendet hatte.
»Armer Leo!« Ich heulte schon wieder.
»Nun los, zieh schon deine Jacke an!« Er zog mich sanft nach

draußen. Wir suchten jeden Winkel des Hofes ab, doch mein Kater blieb verschwunden. Joachim vermutete, daß Leo einfach ein bißchen spazierengegangen sei und wies lächelnd darauf hin, daß wir selbiges doch auch immer mal hatten tun wollen.
»Aber er ist noch nie draußen gewesen«, jammerte ich, seine Bemerkung schlichtweg übergehend.
»Eben! Genau deswegen nutzt er jetzt seine Freiheit. Stell dir vor, was für ein Abenteuer das sein muß für so einen kleinen Kerl! Und Schnee hat er auch noch nie gesehen! Da kann er schon mal die Zeit vergessen, meinst du nicht?«
Ich nickte kleinmütig.
»Aber wir müßten doch Spuren erkennen, wenn er hier draußen herumgelaufen wäre!« fiel mir plötzlich ein.
»Das ist nicht gesagt. Es hat über Nacht mehrmals geschneit. Wenn er vor ein paar Stunden weg ist, sieht man jetzt nichts mehr. Komm, wir suchen die Umgebung ab!« Gemeinsam verließen wir den Hof. Als wir am Nachbarhaus vorbeikamen, schaukelten dort wie immer die Gardinen. Joachim winkte freundlich zu den Fenstern hinüber und warf Kußhändchen. Unter anderen Umständen hätte ich das komisch gefunden, aber heute war mir nicht nach Scherzen zumute. Wir gingen schweigend weiter und bogen bald in einen kleinen Feldweg ein. Von hier aus konnte ich den Garten meines Hauses sehen, über dem der Schnee wie ein frisches weißes Federbett lag. Von Leo keine Spur. Ich begann, schneller zu laufen.
»Dieser Weg war früher einmal die Hauptstraße«, erklärte mein Begleiter, als wir die altersschwache Brücke passierten. »Die heutige Straße wurde erst Anfang der sechziger Jahre gebaut.«
»Aha«, murmelte ich, doch nach dörflicher Historie stand mir nicht der Sinn. Ich wollte nur meinen Leo wiederhaben.
»Paß auf, es ist rutschig!«
Ich blieb stehen, starrte mißmutig in das träge dahinfließende Wasser und stellte mir vor, wie mein kleiner Kater leblos in den eiskalten Fluten trieb.

»Karen, ich glaube, es hat nicht viel Zweck, hier weiterzusuchen«, meinte Joachim und legte seinen Arm um meine Schulter. »Auch wenn wir auf diese Weise unseren ausstehenden Spaziergang nachholen könnten.« Langsam ging mir der gute Mann auf die Nerven.
»Geh du ruhig schon«, schlug ich vor. »Ich schaue dort drüben noch ein bißchen.«
»Er wird nicht über die Brücke gelaufen sein.« Zweifelnd blickte Joachim zum anderen Ufer.
»Woher willst du das wissen?«
»Katzen haben Angst vor Wasser.«
Ich ließ mich schließlich überzeugen. Wir kehrten um und gingen zum Hof zurück. Vor Joachims Wagen blieben wir stehen.
»Wenn dein Kater Hunger hat, kommt er wieder, ganz sicher«, versprach er in sonorem Bass. Ich mochte diese Stimme. Sie verführte dazu, ihr Glauben zu schenken.

Den ganzen Tag suchte ich nach Leo, vergebens. Statt dessen machte ich eine weitere unangenehme Entdeckung. Während ich gerade zum x-ten Mal lockend und rufend über den Hof lief, bemerkte ich plötzlich in einem meiner Fußstapfen, die stellenweise bereits das rußverdreckte Pflaster des Hofes freigetreten hatten, den matschigen Überrest eines Zigarrenstummels. Ich wußte natürlich nicht, wie lange er schon an dieser Stelle lag, aber er mußte noch vor dem Schneefall hier fallengelassen worden sein. Und er befand sich in beängstigender Nähe des ehemaligen Brandherdes.

*

»Ah, da sind ja unsere beiden Schönsten!« Rainer und sein Freund Gerd gesellten sich eilig zu den beiden jungen Frauen, die soeben aus der Kirche getreten waren. Trotz der Kälte verweilten manche noch auf dem Kirchhof, um einen kurzen Plausch zu halten.
»He Mariechen, du machst ja ein Gesicht wie drei Tage Regenwetter!«
»Es regnet ja auch schon seit Tagen«, antwortete Maria gleichgültig, was nicht ganz stimmte, denn seit Mittag war es trocken geblieben.
»Ach komm, nun lach mal! Bald ist Hochzeit im Dorf, dann geht's zum Tanz!« Rainer deutete einige Tanzschritte an, wobei er so tat, als presse er seine imaginäre Partnerin fest an sich.
»Na dann übt schon mal, damit ihr uns nicht auf die Füße tretet!« neckte Elke die jungen Männer und warf Gerd dabei einen verliebten Blick zu. Die beiden waren ein Liebespaar, wie jeder wußte. Hinter vorgehaltener Hand tuschelte das ganze Dorf darüber.
»Ihr seid selbst schuld daran, daß wir nicht in Übung bleiben, wenn ihr uns immer so lang darben laßt!« beschwerte sich Rainer und tat, als ob er schmollte. Maria blickte zu Boden und wippte nervös auf ihren Fußspitzen. Ihr stand nicht der Sinn nach Albernheiten. Am liebsten wäre sie sofort gegangen, aber sie wollte Elke nicht den Spaß verderben. Die beiden Turteltäubchen hatten nicht allzu oft Gelegenheit, sich zu sehen. Unruhig kaute sie auf ihrer Unterlippe und rieb die Hände gegeneinander, die in der feuchten Luft schnell kalt wurden. Urplötzlich faßte Rainer nach ihnen und hielt sie einen Moment fest.
»Ich würd' dich gern warmhalten, wenn du mich läßt«, sagte er frech. Alles lachte. Eilig entzog sich Maria seinem Griff. In diesem Moment fing sie den Blick des Pastors auf, der einige Meter entfernt von ihnen stand und sich mit den beiden Fräuleins unterhielt. Ihr wurde noch mulmiger zumute.
»Ich muß los«, sagte sie schnell und warf Elke einen entschul-

digenden Blick zu. Gerd und die Metzgerstochter standen so dicht beieinander, daß nicht zu erkennen war, wo sie ihre Hände hatten. Der Pastor verabschiedete sich gerade von Bärbel und Änne.

»Hast du es wieder mal eilig«, mokierte sich Rainer.

»Tut mir leid, aber ich muß noch die Kälber versorgen.«

»Und wer versorgt mich?« Er war heute wieder einmal nicht zu bremsen. Bärbel Jödt hatte die Bemerkung gehört und schaute mißgünstig zu ihnen herüber.

»Frag Bärbel, die hat sicher noch Platz hinterm Ofen«, erwiderte Maria so leise, daß nur die Umstehenden es hören konnten. Gerd und Elke kicherten. »Also, macht's gut!« Sie wandte sich zum Gehen. Zu spät, denn schon trat der Pastor auf die jungen Leute zu. Das Kichern verstummte augenblicklich.

»Guten Abend miteinander.«

»Guten Abend, Hochwürden!«

»Maria, kann ich dich einen Augenblick sprechen?«

Die Magd nickte stumm.

»Tja, ich muß auch los«, meinte Elke, »sie warten daheim auf mich.« Gerd und Rainer verabschiedeten sich ebenfalls. Georgi und die Magd standen nun allein auf dem Kirchhof.

»Maria, auf Lügen läßt sich kein Haus bauen«, begann der Pastor ohne Umschweife. Sie sah ihn irritiert an.

»Wie meinen Sie das, Herr Pastor?«

»Du weißt sicher, wovon ich rede.«

»Lügen? Was für Lügen?«

Georgi blickte streng.

»Hast du mir nichts zu sagen?«

»Ich weiß nicht, wovon sie reden.«

»Dann muß ich wohl deutlicher werden.« Er hielt kurz inne und holte tief Luft. »Der Vater des Kindes ist nicht der, den du beschuldigst«, erklärte er knapp. Es dauerte einen Moment, ehe Maria die Bedeutung seiner Worte begriff, doch dann fühlte sie plötzlich eine ungeheure Wut in sich aufsteigen.

»So, ist er nicht? Hat Ihnen der liebe Gott das verraten?« fragte sie kalt. Früher hätte sie es niemals gewagt, mit einem Geistlichen in einem derartigen Tonfall zu reden, doch jetzt war ihr plötzlich alles egal. Der Pastor blieb ruhig.
»Dein Sarkasmus ist hier fehl am Platze«, antwortete er gefaßt. »Du bringst dich nur in noch größere Schwierigkeiten.«
»Ich stecke bis zum Hals in Schwierigkeiten, Herr Pastor. Noch größere kann's gar nicht geben!«
Georgi behielt weiterhin die Geduld.
»Mein Kind, ich verstehe deine Notlage, aber sie gibt dir nicht das Recht, falsches Zeugnis wider deinen Nächsten abzulegen.«
»Warum sollte ich lügen?« erwiderte Maria aufgebracht.
»Das wirst du besser wissen als ich.«
Sie sah ihn verständnislos an.
»Wenn der Kindsvater dich nicht heiraten will, so ist das bitter. Aber der Weg, den du gewählt hast, um deinem Haß und deinem Schmerz ein Ventil zu geben, ist sicher nicht der richtige.«
»Heiraten? Wer spricht denn von Heirat?«
»Gewöhnlich heiratet die Frau den Vater ihrer Leibesfrucht, wenn sie sich schon nicht bis nach der Hochzeit in Geduld fassen konnte.«
»Der Kindsvater ist bereits verheiratet, das wissen Sie so gut wie ich. Und eher würde ich dem Teufel täglich die Füße küssen, als dieses Monster zum Mann zu nehmen!«
»Maria, ich verstehe dich nicht.«
»Und ich verstehe nicht, was Sie mir sagen wollen, Hochwürden!«
»Du bist erhitzt und aufgebracht, denke noch einmal in Ruhe über die Dinge nach, Maria. Gehe in dich! Ich könnte mir den jungen Mann einmal zur Brust nehmen und ihn zur Verantwortung rufen. Und ich hege berechtigte Hoffnung auf einen Erfolg. Nimm deinen bösen Vorwurf zurück und komm mit dir ins reine.«
»Ich weiß noch immer nicht, wovon Sie reden.«

Georgi sah sie prüfend an und dachte einen Augenblick nach. Rainer war ein Schürzenjäger, das wußte alle Welt. Und es sah ganz danach aus, daß Pitzers Behauptung der Wahrheit entsprach. Aber warum dann dieses Theater? Der Junge ließ sich mit Sicherheit in die Pflicht nehmen, schließlich konnte er nicht ewig wie die Biene von einer Blume zur nächsten fliegen. Außerdem schien er augenscheinlich nach wie vor Gefallen an der Magd zu haben. Doch angenommen, er wollte sie wirklich nicht heiraten, oder sie schämte sich ihrerseits dafür, sich mit diesem Hallodri eingelassen zu haben, was bezweckte sie dann damit, Pitzer die Schuld in die Schuhe zu schieben? Mit diesem Vorwurf geriet das Mädchen doch vom Regen in die Traufe! Es machte alles keinen Sinn. Und doch hatte sie gelogen, eine andere Möglichkeit konnte es nicht geben. Keinesfalls durfte er es dulden, daß der honorigste Mann des Dorfes in Verruf gebracht wurde. Wer, wenn nicht Pitzer, sollte im Frühjahr das neue Kirchendach zahlen? Daß er es nicht tun würde, wenn der Pastor im Dorf gegen ihn Front machte, war mehr als gewiß. Überhaupt konnte er sich keinen Skandal leisten, jetzt, wo das kirchliche Leben im Dorf allmählich wieder seinen geregelten Gang nahm. Welche Mühen hatte es ihn gekostet, die Schäfchen wieder ins schützende Gehege der Kirche zu treiben! Es war nicht zu verantworten, sie erneut auseinanderstieben zu lassen, indem er seinen wichtigsten Leithammel davonjagte.

»Man wird einen Weg finden, das Kind christlich zu erziehen, Maria. Es bedarf nur ein wenig guten Willens deinerseits, den du bisher allerdings leider nicht bewiesen hast.«

»Wenn Sie unter meinem guten Willen verstehen, daß ich die Wahrheit vor Gott verleugne, so können Sie nicht auf mich zählen. Ich habe genug guten Willen gezeigt, indem ich seiner Familie bisher die Schande erspart habe. Aber wo bleibe ich, zum Kuckuck?«

»Denke an dein Kind, Maria. Du hast eine Verantwortung ihm gegenüber!«

»Und wo bleibt die Gerechtigkeit?«

»Es geht nicht gerecht zu auf der Welt! Gerechtigkeit kannst du nur erhoffen, wenn du dereinst vor dem himmlischen Vater stehst. Laß uns lieber darüber nachdenken, wie dir zu helfen ist.«

Und dann bot Georgi sich an, ihr dabei behilflich zu sein, eine andere Stellung zu finden. Er habe einen Freund in der Stadt, erklärte er, einen gewissen Professor Steinberg, der vielleicht ein zuverlässiges Hausmädchen brauchen könne. Wenn sie wolle, würde er sich mit ihm in Verbindung setzen.

Maria schloß die Augen und biß sich so fest auf die Unterlippe, daß sie bläulich-weiß wurde. Dann antwortete sie in eisigem Tonfall:

»Auf die Hilfe der Kirche verzichte ich, Herr Pastor. Sparen Sie sich Ihre Mühen und lassen Sie mich in Ruhe.« Ohne ein weiteres Wort wandte sie sich ab und ging eiligen Schrittes davon.

*

Liebe Karen,

ich bedaure zutiefst, gestern nicht mehr Zeit für Sie gehabt zu haben, da ich leider meinen Termin beim Orthopäden nicht absagen konnte. Dennoch möchte ich Sie keinesfalls in dem Glauben lassen, ich stünde Ihrem Kummer gleichgültig gegenüber. Ich bin untröstlich darüber, daß Ihr kleiner vierbeiniger Freund verschwunden ist, und hoffe inständig, er möge sich recht bald wieder wohlbehalten bei Ihnen einfinden.

Auch die anderen Ereignisse, die Sie mir schilderten, tun mir aufrichtig leid, und ich bin Ihnen tatsächlich ein paar Antworten schuldig. Vorab aber möchte ich Ihnen versichern, daß die Unannehmlichkeiten, die Ihnen in letzter Zeit widerfahren sind, nicht auf vorsätzlicher und planvoller Böswilligkeit beruhen. So werte ich das Verschwinden Ihrer Katze und auch den – glücklicherweise glimpflich verlaufenen – Brand in der Neujahrsnacht keinesfalls als Ausdruck von Feindseligkeiten gegenüber Ihrer Person. Derartige Absichten möchte ich keinem der Gemeindemitglieder unterstellen, auch halte ich die Menschen hier im Dorf nicht zu derlei Taten fähig. Ich denke vielmehr, daß Sie unglücklicherweise eine Kette unangenehmer Zufälle ereilt hat. Und ich möchte Ihnen in aller Freundschaft raten, liebe Karen, die Dinge ähnlich zu betrachten, um Ihren Kummer und Ihre Sorge nicht noch zu mehren. Ich bin mir sicher, daß Ihre ›Pechsträhne‹ bald abreißen und sich alles zum Gutem wenden wird.

Daß manche der harmloseren, wenngleich auch nicht entschuldbaren Vorkommnisse auf gewissen Ressentiments beruhen, die einige ältere Gemeindemitglieder gegen Sie, verehrte Karen, hegen, kann ich jedoch in der Tat nicht gänzlich ausschließen. Daher habe ich mich entschlossen, Ihnen die Hintergründe mitzuteilen, soweit ich von Ihnen in Kenntnis gesetzt bin, obwohl ich es zutiefst verabscheue, die einst so heftig brodelnde Gerüchteküche erneut anzuheizen. Gleichzeitig muß ich

Ihnen beichten, daß ich Ihnen gewisse Dinge nicht mitgeteilt habe, um Sie nicht unnötig zu verunsichern und Ihnen mögliche Unannehmlichkeiten zu ersparen. Wie sich herausgestellt hat, mag meine Zurückhaltung ein Fehler gewesen sein, für den ich mich hiermit in aller Aufrichtigkeit entschuldige.

Die Magd Maria Jakobi war mir durchaus bekannt, da sie gegen Ende der vierziger Jahre bei der Familie Pitzer, der ich sehr verbunden war, in Diensten stand. Diese Magd, ein vorab völlig unbescholtenes junges Mädchen, war um die Jahrzehntwende herum guter Hoffnung, obwohl nicht verheiratet. Was heute als ein beinahe alltäglicher Umstand gewertet wird, galt damals jedoch als äußerst prekäre Situation. Die ungeklärte Vaterschaft führte im Dorf zu allerlei Spekulationen und Anschuldigungen, sie brachte ›böses Blut‹ auf, wie man so sagt. In Zusammenhang mit diesen Vorkommnissen haben sich einige Gemeindemitglieder nicht sehr christlich verhalten, und ohne Zweifel trug ihre strenge, unbarmherzige Haltung dazu bei, daß die Magd sich dazu entschloß, das Dorf zu verlassen.
Wie der Zufall es will, liebe Karen, und ich wage es nicht, an dieser Stelle von Gottes Wille zu sprechen, verfügen Sie in der Tat über eine physische Ähnlichkeit mit dieser Magd Maria, die auf den ersten Blick frappierend erscheint. Aus diesem Grund hat Ihre Ankunft im Dorf bei einigen älteren Menschen unangenehme Erinnerungen geweckt.
Ich muß Ihnen gestehen, daß an meinem Sturz vom Fahrrad, der unser Kennenlernen einleitete, ebenfalls diese auffallende Ähnlichkeit schuld war. Für einen Moment dachte ich, Maria sei ins Dorf zurückgekehrt. Natürlich war dieser Gedanke töricht, wie ich wohl nicht näher zu erläutern brauche, aber er löste auch bei mir eine kurzfristige Beunruhigung aus.
Nun, da ich Sie näher kennenlernen durfte, kann ich sagen, daß sich für mich die augenfälligen Ähnlichkeiten ein wenig relativiert haben. Betrachtet man Sie näher, meine liebe Karen, so bemerkt man durchaus beträchtliche Unterschiede, physisch

wie psychisch. Diese Mühe haben sich die alten Leute in ihrer Verwirrung jedoch nicht gemacht, was bedauerlich ist, hat es sie doch daran gehindert, die neue Dorfbewohnerin freundlich und respektvoll aufzunehmen. Doch sie wissen es nun einmal nicht besser und sind auch kaum bereit, von ihren Vorurteilen und oft recht verschrobenen Ansichten abzurücken. Ferner mag sich bei manchen Dorfbewohnern heute noch ein schlechtes Gewissen wegen der damaligen Vorkomnisse regen. Am Ende ihres Lebens angekommen, werden sie nicht mehr gern auf Fehler aufmerksam gemacht, die sie vor langer Zeit einmal begangen haben. Es ist ihnen jedoch sicherlich nicht bewußt, daß sie durch ihre ungerechtfertige Ablehnung Ihrer Person erneut einen schweren Fehler begehen.

Sehen Sie bitte mit Gleichmut über das unfreundliche Benehmen hinweg. Durch Gleichmut bringen Sie die Menschen am besten dazu, ihr Fehlverhalten einzusehen. Ich bin mir sicher, daß Sie, liebe Karen, bereit sind zu verzeihen, sowohl den alten Leuten als auch mir.

Gleichwohl bin ich gewiß, daß sich das dörfliche Zusammenleben in Bälde fried- und freudvoller gestalten wird. Haben Sie nur ein wenig Geduld. Die Wogen werden sich von allein glätten, wenn die Menschen erst erfahren, daß sich ihre Vorbehalte als gegenstandslos erwiesen haben.

Für Ihre Zukunft das Allerbeste hoffend verbleibe ich mit den herzlichsten Grüßen Ihr

Hartmut Georgi

*

Der Lärm aus dem *Krug* drang bis auf die Straße hinaus und schwoll noch einmal beträchtlich an, als Maria die Tür des Gasthauses öffnete. Für einen Moment prallte sie vor der Lautstärke und der stickigen Luft zurück, die ihr plötzlich entgegenschlug. Drinnen herrschte eine ausgelassene Stimmung. Sie drängte sich durch die Menschenmenge und schaute sich suchend um, doch Rainer hatte sie bereits entdeckt. Mit ausgebreiteten Armen und strahlendem Lächeln kam er auf sie zu.
»Da bist du ja, mein schönes Kind! Komm, setz dich zu uns!« Er nahm ihr den Mantel ab und führte sie an seinen Tisch. Gerd und Elke saßen bereits dort, ebenso Herrmann, der Jungbauer vom Leopoldhof.
»Hallo Maria, da bist du ja endlich!« Elke rückte ein Stück und klopfte mit der flachen Hand auf den freien Platz neben sich. »Setz dich hierher!«
Maria schlang geschwind die Strickjacke über ihren anschwellenden Bauch und setzte sich zu Elke auf die Bank. Schon hatte sie einen Klaren vor sich stehen.
»Nein danke, Rainer. Später vielleicht.« Sie hob abwehrend die Hand.
»Ach was, hier wird sich nicht geziert! Sei kein Frosch, nur einen zur Begrüßung!«
Maria gab sich geschlagen und hob ihr Glas, um mit den anderen anzustoßen.
»Prost und ex!« rief Gerd, kippte den Schnaps in einem Zug hinunter und knallte das Glas auf den Tisch. Die anderen taten es ihm nach.
»Puh, brennt das Zeug!« Elke schüttelte sich lachend und zog eine Grimasse. Rainer war schon wieder auf dem Sprung zur Theke:
»Möchten die Damen lieber ein Likörchen?«
»Rainer, gönn uns ein Päuschen!« Elkes Stimme klang bereits ein wenig schleppend. In diesem Moment begann die Kapelle aufzuspielen. Das Brautpaar erhob sich und eröffnete unter lautem Beifall den Tanz.

»Es heißt ja, bei ihr sei was unterwegs«, flüsterte Elke kichernd hinter vorgehaltener Hand und deutete mit dem Kopf zu der tanzenden Braut hinüber. Maria nickte nur und verschränkte instinktiv die Arme vor dem Bauch. »Na, das Kleid läßt ja viel Platz, nicht wahr, da ist ganz schön viel Stoff draufgegangen. Aber wenn man was zu verbergen hat . . .!« Die Metzgerstochter boxte ihr komplizenhaft in die Rippen. »Schau mal da drüben! Die Edith hat sich ja fein rausgemacht, seit sie in der Stadt wohnt, da kann unsereins nicht mithalten!« Elke deutete auf die Schwester der Braut, die aus der Stadt zur Hochzeit angereist war. Maria sah zu dem Tisch hinüber, an dem neben Edith Hollerbach und ihrem Mann auch der Pastor saß. Ihre Blicke trafen sich für Sekunden, dann wandte Maria demonstrativ den Kopf zur Seite.

Rainer wartete anstandshalber, bis die Brautleute den ersten Tanz beendet hatten, um erneut loszustürmen. Bald kehrte er mit einem Tablett voller Gläser zurück.

»Bier für die Jungs, Apfelsaft für die Mädels. Aber einen Moment, es soll ja nicht langweilig werden, da haben wir ein Kirschlikörchen für die werten Damen! Wohl bekomm's!« Mit galanter Geste servierte er den beiden Mädchen die Gläser. »Doch wir Männer wollen auch nicht darben«, verkündete er grinsend, zog eine Flasche Schnaps aus der Innentasche seines Anzugs hervor und schwenkte sie triumphierend in der Luft. Seine Kumpane grölten anerkennend. Maria krampfte die Hände um ihr Apfelsaftglas und wünschte sich ans Ende der Welt. Sie hatte sich zwar ein wenig Abwechslung erhofft, aber dieser Abend schien ihr zum Alptraum zu geraten.

»Na, dann woll'n wir uns mal opfern, ehe das Zeug verdunstet. Komm schon, Maria, laß uns anstoßen!« Elkes Stimme schien heute ungewöhnlich laut und erreichte gefährlich schrille Höhen. Maria legte schützend eine Hand an ihr Ohr und nippte an dem süßen, klebrigen Likör, den sie nicht mochte. Die Metzgerstochter leerte ihr Glas in einem Zug.

Inzwischen tanzte der Vater des Bräutigams mit seiner Schwiegertochter und der Bräutigam selbst schob die Schwiegermutter zu Walzerklängen durch den Saal. Bald reihten sich andere Paare ein, und der Akkordeonspieler stimmte eine lustige Volksweise an.

»Maria, heut hast du einiges nachzuholen, das weißt du hoffentlich!« Rainer grinste sie schelmisch an, und seine hellen Augen blitzten. Mit verführerischer Geste streifte er sich eine blonde Locke aus der Stirn, die ihm jedoch sofort wieder keck ins Gesicht fiel. Er sah wirklich gut aus. Warum, zum Kuckuck, mochte sie ihn nicht?

»Wie meinst du das?« fragte sie lahm, obwohl sie genau wußte, wovon er redete.

»Heute abend gehören alle Tänze mir! Das ist doch klar, nachdem du mich die letzten Male versetzt hast, du ungezogenes Mädel!« Er stubste mit seinem Zeigefinger unter ihr Kinn. Maria zuckte unwillkürlich zurück, doch Rainer lachte schon wieder und meinte siegessicher: »Heute entkommst du mir nicht! Los, wollen wir tanzen?«

»Ja, Rainer, gleich. Laß mich einen Augenblick hier sitzen, ich bin ja eben erst gekommen.«

»Sie hat recht! Nun entführ sie mir nicht sofort wieder, jetzt, wo sie schon mal neben mir sitzt!« Elke legte Maria den Arm um die Schulter und drückte sie kurz und heftig an sich. Gewöhnlich neigte sie nicht zu derartigen Gefühlsausbrüchen. »Wir müssen doch zusammenhalten gegen die Jungs, nicht wahr? Die sollen sich mal nichts einbilden!«

»Elke, da hast du recht. Prost, auf dich!« Maria hob ihr Glas und kippte das Zuckerzeug hinunter.

»Na, so gefällst du mir, Mädchen. Ich dachte schon, du verstehst überhaupt keinen Spaß mehr! Auf uns!«

Als Gerd sich umständlich erhob, schwenkte Elke herum und hielt ihn an Ärmel fest.

»He, wo willst du hin? Kannst uns doch nicht allein lassen!«

»Keine Angst, bin gleich wieder da.« Er tätschelte beschwichtigend Elkes Arm. In diesem Moment traf sie der strenge Blick ihrer Mutter, die sich durch das Gedränge einen Weg zum Waschraum bahnte. Elke setzte sich augenblicklich kerzengerade hin und versuchte, ein nüchternes Gesicht zu machen. Schweigend schauten die jungen Frauen den Tanzenden zu, bis Gerd zurückkam.

»Laß uns ein Tänzchen wagen!« Er reichte Elke die Hand und zog sie mit sich. Rainer sah Maria erwartungsvoll an:

»Nun, wie sieht es aus, wollen wir die Sache in Angriff nehmen?«

»Ich hab' meinen Saft noch nicht ausgetrunken.«

»In Ordnung, aber du kommst mir heute nicht drum herum.«

»Ja, ja, schon gut. Was macht die Arbeit?«

»Och, wie immer. Das Geschäft läuft ganz gut in letzter Zeit. Wir haben viel zu tun wegen der Flüchtlinge, aber die zahlen nicht so, wie sie sollten.« Er zündete sich eine Zigarre an und paffte den Rauch in die Luft. Maria wurde leicht übel.

»Es ist entsetzlich heiß hier, nicht wahr?« Fahrig wischte sie sich über die Oberlippe, auf der winzige Schweißtropfen perlten.

»Och, gemütlich warm, würd' ich sagen, besser als frieren allemal!« Wieder zog er an seiner Zigarre und klopfte achtlos die Asche auf den Boden. »Maria – was ich dich fragen wollte – ich meine, wir haben nicht oft Gelegenheit, unter vier Augen miteinander zu sprechen, und mir brennt schon seit langem was auf der Seele . . .« Weiter kam er nicht, denn in diesem Moment trat der Dorfpfarrer zu ihnen an den Tisch.

»Guten Abend zusammen.«

»Guten Abend, Hochwürden.«

»Ein schönes Fest, nicht wahr? Da hat die Jugend einmal Gelegenheit, sich ein wenig zu amüsieren!«

»Sie sagen es, Herr Pastor. So ein bißchen Spaß in netter Gesellschaft ist doch was Rechtes!« Rainer schaute freundlich zu dem Pfarrer auf und fügte mit einem vielsagenden Blick auf

seine Tischnachbarin hinzu: »Aber die nette Gesellschaft, die laß' ich mir in Zukunft nicht mehr so leicht nehmen!«
Georgi lächelte wohlwollend.
»Meine Lieben, ich wünsche Euch noch einen angenehmen Abend.« Er klopfte Rainer freundschaftlich auf die Schulter, dann hob er seine Hand zum Gruß, und es sah fast aus, als wolle er sie segnen. »Ich bin überaus froh, daß ihr euch doch noch für den rechten Weg entschieden habt«, fügte er in bedeutsamem Tonfall hinzu und wandte sich ab. Mit kaum merklichem Kopfschütteln sah Rainer ihm nach. Was mochte der Pastor nur gemeint haben?
Georgi nahm jetzt am Tisch der Brauteltern Platz. Rainer löste seinen Blick von ihm und sah Maria fragend an. Sie war merkwürdig blaß geworden, nur auf ihren Wangenknochen brannten zwei feuerrote Flecken, und auch ihre Nasenspitze leuchtete rot. Er wollte etwas sagen, doch gerade kamen Elke und Gerd zurück. Maria atmete erleichtert auf.
»Huch, ist das heiß hier! Aber es ist lustig!« Elke ließ sich wieder auf die Bank plumpsen und fächelte sich Luft zu. »Wir haben ja gar nichts mehr zu trinken!«
»Oh, was für eine Schande! Was wünschen die Damen?« Gerd setzte sich gar nicht erst wieder.
»Dasselbe wie vorhin!« lachte Elke.
»Für mich bitte nicht, höchstens ein Glas Wasser.«
»Ach was, einen wirst du schon noch vertragen können, Maria!«
»Mir ist nicht gut. Das süße Zeug bekommt mir nicht.«
»Dann brauchst du was zum Neutralisieren. Wart einen Moment!« Gerd schlug sich in Richtung Theke durch. Als er wiederkam, brachte er einen Magenbitter mit. Wieder stießen alle an und tranken auf eine glückliche Zukunft. Diesmal kippte Maria den Schnaps ohne Zögern hinunter. Vielleicht half er tatsächlich, schlimmer konnte es ohnehin kaum werden. Sie fühlte, wie ihr das Blut zu Kopf stieg, und ihr wurde ein wenig schwindelig. Die Hitze schien kaum noch erträglich. Sie zog

umständlich ihre Strickjacke aus in der Hoffnung, daß der Tisch sie vor neugierigen Blicken schützen würde. Die anderen alberten herum, doch sie hörte kaum hin. Rainer versuchte ständig, Blickkontakt mit ihr aufzunehmen, und sie spürte, wie sein Fuß den ihren unterm Tisch streifte. Gerd füllte inzwischen die Schnapsgläser auf. Nach getaner Arbeit legte er seinen Arm um Elke, was ihn am Trinken hinderte, denn den anderen hatte er im Krieg gelassen. Herrmann, der ohnehin nicht gerade für seine Klugheit bekannt war, grinste selig-betrunken vor sich hin. Rainers Rechte war derweil unter dem Tisch verschwunden. Maria spürte seine Hand auf ihrem Knie, die sich langsam emporarbeitete. Wieder brach ihr der Schweiß aus, diesmal noch heftiger als vorhin. Ihr flimmerte es vor den Augen, sie brauchte dringend frische Luft. Doch erst einmal brachte sie ihr Bein außer Reichweite.

»Wie sieht es aus, Mädel, jetzt ein Tänzchen?« Rainers Stimme klang merkwürdig weit weg und irgendwie hohl. Sie konnte nur noch abwehrend den Kopf schütteln. Auch die Stimmen der anderen nahm sie nur noch gedämpft wahr.

»Läßt du mich raus?« Elke stupste Maria an. »He, könntest du mich mal eben rauslassen, ich muß mir mal die Nase . . .« Der Rest ging in Kichern unter. Maria stand auf, um der Metzgerstochter Platz zu machen. Blitzschnell ergriff Rainer seine Chance und sprang zu ihr. Er schlang die Arme um sie und zerrte sie mit sich auf den Tanzboden.

»Nicht, Rainer, nicht, ich brauche frische Luft . . .«

»So leicht kommst du mir nicht mehr davon, genug der Ausreden!« Inmitten der Tanzenden, die sie wie eine lebendige Mauer umringten, zog er sie an sich. Sie spürte, wie ihr runder harter Bauch gegen seine Lenden stieß. Das letzte, was sie wahrnahm, war sein verwunderter Blick, mit dem er ihre untere Körperregion bedachte. Dann fiel sie in rabenschwarze Nacht.

Fünf Gesichter blickten aus nächster Nähe auf sie hinunter,

als sie langsam zu sich kam. Sie schloß sofort wieder die Augen.
»He, Maria, wach auf!« Jemand klopfte ihr auf die Wange. Die Stimme gehörte eindeutig Frau Pitzer. Die Bäuerin schob eine Hand unter den Nacken der jungen Frau und legte ihr einen feuchtkalten Lappen ins Genick. Maria schlug erneut die Augen auf. Sie lag inzwischen in einem Nebenraum auf zwei zusammengeschobenen Bänken. Man hatte ihr ein Kissen unter die Füße geschoben und ihre Strickjacke über sie gebreitet.
»Maria, trink das!« Elke reichte ihr ein Glas Wasser. Sie setzte sich auf und trank es in großen Zügen. Langsam kehrte das Leben in sie zurück.
»Sollen wir den Doktor rufen?« fragte Bärbel Jödt mit strengem Blick.
»Nein, nein, das ist nicht nötig, mir geht es schon wieder gut. Es war nur die schlechte Luft«, erklärte die Magd schnell.
»In deinem Zustand solltest du wohl nicht gar so heftig feiern«, bemerkte Bärbel gehässig. Frau Pitzer warf ihr einen scharfen Blick zu, der sie augenblicklich verstummen ließ.
»Ihr könnt wieder gehen, es ist alles in Ordnung«, wies sie die Umstehenden an, die sich schweigend entfernten.

*

Seit einer Woche war Leo jetzt verschwunden. Wieder einmal hatte ich die ganze Gegend nach ihm abgesucht – vergeblich. Ich war auch in dem kleinen Lebensmittelladen gewesen, um mich nach meinem Katerchen zu erkundigen, die Verkäuferin hatte mir versprochen, die Ohren offen zu halten. Aber niemand hatte ihr von einer zugelaufenen Katze erzählt. Auch auf die Vermißtenanzeige, die ich vorgestern an jedem Baum im Dorf ausgehängt hatte, war keine Rückmeldung gekommen.
Niedergeschlagen und durchfroren machte ich mich auf den Heimweg. Vor dem Nachbarhaus stand der alte Spuckteufel in trauter Runde mit den beiden Fräuleins. Die Eiseskälte schien den alten Damen nichts auszumachen, obwohl sie lediglich fadenscheinige Strickwesten über ihren Kittelschürzen trugen und ihre Beine in dünnen Nylonstrumpfhosen steckten. Fleischfarbene Nylons schienen die einzige Mode zu sein, die sie seit den fünfziger Jahren mitgemacht und bis zum heutigen Tage sommers wie winters beibehalten hatten.
Ich stelle immer wieder fest, daß es zwei Kategorien von alten Leuten gibt: Solche, die ständig frieren und reptiliengleich in eine Art Kältestarre verfallen, sobald die Umgebungstemperatur unter 30 Grad Celsius absinkt, und solche, die gegen sämtliche Witterungseinflüsse gefeit zu sein scheinen wie gut gelagertes Holz. Zu dieser zweiten Gruppe zählten ohne Zweifel die beiden Fräuleins. Ich weiß nicht, ob sie jemals Urlaub außerhalb ihrer heimischen Gefilde gemacht haben, aber ich hätte sie mir gut in der Gruppe älterer Damen vorstellen können, die ich einmal an Ostern ungerührt in die Ostsee springen sah.
Das Gespräch verstummte augenblicklich, als ich mich näherte. Man beäugte mich mißtrauisch und abweisend wie eh und je. Georgis Aufforderung zum guten Willen im Gedächnis grüßte ich dennoch freundlich. Dann faßte ich mir ein Herz und fragte die alten Herrschaften, ob sie vielleicht meine Katze gesehen hätten. Nein, das hätten sie nicht, antwortete Bärbel Jödt knapp. Ich bat sie trotzdem, es mich wissen zu lassen, wenn Leo zufällig bei ihnen auftauchen sollte.

»Was haben wir mit Ihrem Gesindel zu schaffen?« fuhr mich der alte Spuckteufel plötzlich an. »Wenn Sie nicht auf Ihr Viehzeug aufpassen können, ist das nicht unser Bier!«

»Ich habe nicht mit Ihnen gesprochen!« fauchte ich zurück. »Außerdem habe ich höflich um etwas gebeten, und es besteht überhaupt kein Grund, mich so unfreundlich anzublaffen! Sie haben wohl alle miteinander nichts Besseres zu tun, als anderen Leuten das Leben schwer zu machen!« Plötzlich gab es für mich kein Halten mehr. »Aber eins sage ich Ihnen«, schrie ich wutentbrannt, »ich weiß genau Bescheid darüber, was hier vorgefallen ist! Glauben Sie etwa allen Ernstes, ich sei als der böse Geist dieser Magd ins Dorf zurückgekehrt? Das ist doch lächerlich! Ich habe nichts, aber auch gar nichts mit dieser Geschichte zu tun! Und was Sie damals verbrochen haben, interessiert mich nicht, haben Sie verstanden?«

Die Alten starrten mich entsetzt an.

»Woher wissen Sie davon?« fragte die jüngere Jödt, die sich noch am ehesten in der Gewalt zu haben schien, doch auch in ihren Augen stand Panik. Anscheinend hatte ich voll ins Schwarze getroffen.

»Ich habe einen Brief erhalten, in dem alles schwarz auf weiß nachzulesen ist«, antwortete ich triumphierend.

»Wer hat Ihnen diesen Brief geschrieben?«

»Das geht Sie nichts an und ist auch völlig gleichgültig. Aber Tatsache ist, daß ich Bescheid weiß! Und ich sage Ihnen noch einmal, ich habe nichts damit zu tun, und es ist mir auch egal, was Sie sich haben zuschulden kommen lassen. Ich bin kein Racheengel oder so etwas und will mit dem ganzen Quatsch in Ruhe gelassen werden! Wenn Sie es jetzt immer noch nicht begreifen sollten, werde ich allerdings Mittel und Wege finden, Ihnen auch mal ein bißchen Feuer unterm Hintern zu machen! Dann werden Sie ihr blaues Wunder erleben!« Letzteres war zwar maßlos übertrieben, aber nur mit scharfen Geschützen war den Alten wohl beizukommen. Hocherhobenen Hauptes wandte ich mich ab und ging davon.

»Reg dich doch über die alten Waschweiber nicht so auf«, versuchte Anita mich zu beruhigen. Sie sah die ganze Geschichte eher von der humorvollen Seite. »Aber es war gut, daß du ihnen mal so richtig die Meinung gesagt hast«, pflichtete sie mir bei, »sonst tanzen sie dir ewig und drei Tage auf der Nase herum!« Sie setzte die Schubkarre ab und griff nach ihrer Thermoskanne.«Da, nimm einen Schluck, dann geht's dir besser!«
Ich nahm den dampfenden Becher Glühwein und trank. Heiß rann er meine Kehle hinunter und wärmte mich wohlig.
»Ist ein guter Schuß Rum drin, damit uns nicht kalt wird«, erklärte Anita mit verschmitztem Grinsen. Wir waren aufgebrochen, um Kaminholz zu sammeln. Ich hatte keine rechte Lust gehabt, da ich ja bereits den halben Vormittag auf der Suche nach Leo an der frischen Luft verbracht hatte, aber Anita kannte kein Erbarmen. Es schien noch kälter geworden zu sein, und der Himmel hing voller Schnee.
»Schau mal da drüben!« Sie deutete auf einige morsche Birkenstämme, die am Rande des Waldweges lagen. »Die nehmen wir, los, pack mal mit an!«
Das Holz sei viel zu naß, maulte ich, aber Anita hörte nicht hin. Nun gut, sollte sie tun, was sie nicht lassen konnte. Ich blieb stehen, wo ich war, und labte mich weiter an dem wohltuenden Getränk.
»He, soll ich die ganze Arbeit allein machen? Reich mal die Säge rüber!« Aus zwei Baumstämmen hatte Anita einen provisorischen Sägebaum errichtet und begann, die Stämme auf eine transportable Länge zu kürzen. Sie war wirklich unermüdlich. Ich beschränkte mich weitgehend auf kleinere Handreichungen und schenkte zwischendurch immer wieder eifrig nach. Als die Schubkarre voll war, schwankte der Waldboden bereits sanft unter meinen Füßen.
»So, das wäre geschafft! Jetzt brauch' ich auch mal einen Schluck!« Anita wischte sich den Schweiß von der Stirn und griff nach der Thermosflasche. Ungläubig schüttelte sie sie hin und her und warf mir einen strafenden Blick zu, während sie

den kümmerlichen Rest in ihren Becher tropfen ließ. Ich blickte betreten zu Boden und scharrte mit meiner Fußspitze in altem Laub. Eine bleierne Müdigkeit hatte sich meiner bemächtigt, und in meinem Magen rumorte es eigenartig.
»Alter Schluckspecht!« schimpfte Anita und ergriff die Schubkarre. Schweigend traten wir den Heimweg an. Wir kamen an einer Lichtung vorbei, auf der ein verfallener Hochsitz stand, passierten ein dunkles Fichtenwäldchen, staunten über eine riesige Buche, deren Äste bis auf den Boden hingen, erreichten den Saum des Waldes und stapften durch die Felder. Zu einer anderen Jahreszeit wäre es ein schöner Spaziergang gewesen, doch an diesem Tag war ich froh, als der Hof endlich in Sicht kam.
Diesmal wollte ich das Holz wieder in der Scheune deponieren, das erschien mir sicherer. Ich ging ein paar Schritte voraus, und Anita kam mit der Schubkarre nach. Ein eisiger Wind pfiff mir um die Ohren, und ich verfluchte das rostige Tor, das nicht nachgeben wollte. Wie sehnte ich mich nach meiner gemütlichen Couch im Wohnzimmer! Mit ganzer Kraft zerrte ich an dem metallenen Türriegel und öffnete das Scheunentor mühevoll gerade weit genug, um mit der Karre hindurchzukommen. Ich hatte eben einen Fuß in das dämmrige Innere gesetzt, als mein Herz vor Schreck vergaß, weiterzuschlagen. Auf halber Höhe zwischen Heuboden und Erde hing eine menschliche Gestalt. Der plötzlich eindringende Wind versetzte ihr einen leichten Schwung, so daß sie sanft hin und her zu schaukeln begann. Voller Entsetzen schrie ich auf, sprang mit einem Satz zurück und schob das Tor wieder zu. Atemlos stemmte ich mich dagegen.
»He, was ist mit dir los? Irgendwas nicht in Ordnung?« Anita setzte die Schubkarre ab und trat zu mir. Ich antwortete nicht.
»Du bist ja weiß wie'n Kalkeimer! Was ist denn passiert?« Stumm deutete ich auf das Scheunentor. »Was hast du, Karen?«
»Da drin!«
Ohne zu zögern riß Anita das Tor auf und schritt beherzt hindurch.

»Was soll denn hier sein? Ich seh' nichts Besonderes!« Nicht möglich. »He, willst du vielleicht mal wieder den Mund aufmachen! Was soll hier drin los sein, Karen?« Voller Angst spähte ich in die Scheune. Da war nichts, Anita hatte recht.
»Aber, aber . . .« Das konnte doch nicht wahr sein! Anita bedachte mich mit einem Blick, der mir zu denken gab. »Ich hab' da drinnen jemanden vorbeihuschen sehen.
»Mein Gott, und deswegen fällst du fast tot um?«
»Ich habe mich eben erschrocken.«
»Also, ich sehe hier niemanden, aber ich schau' noch mal genau nach. Gibt's einen anderen Ausgang?« Ich verneinte kopfschüttelnd. Beiläufig nahm sie die Axt zur Hand, die in einem Hackklotz steckte, und lief in der Scheune umher.
»Ich glaube, du hast dich verguckt. War bestimmt nur ein Schatten oder von oben ist 'ne Ladung Heu runtergesegelt, als du das Tor aufgemacht hast. Also, hier ist wirklich nichts.« Seelenruhig stand sie da und drehte spielerisch die Axt in Händen. »Ich schau aber zur Sicherheit noch einmal da oben nach.« Sie deutete auf den Heuboden. »Kann ein Penner sein, der sich hier eingenistet hat. Sowas soll vorkommen.« Schon kletterte sie die Leiter empor. »Hallo, ist da oben jemand?« Es kam keine Antwort. Mutige Anita! Ich hätte keinen Schritt in die Scheune gewagt. Gerade hatte sie den Boden erklommen und verschwand zwischen den Heuballen. »Hier ist auch nichts!« rief sie herunter. »Du siehst Gespenster, Karen!« Bald war sie wieder unten. »Alles in Ordnung, kannst beruhigt sein. Kein Psychopath zu sehen, der dir an's Leben will!« Sie grinste frech und warf achtlos die Axt beiseite.
»Danke, Anita. Ich hätte das jetzt nicht fertig gebracht.«
»Vielleicht hättest du mir etwas mehr Glühwein übriglassen sollen! Du hast ganz einfach einen in der Krone, behaupte ich. Hast du heute überhaupt schon was gegessen?«
Ich schüttelte den Kopf.
»Dann wird es aber langsam Zeit! Ich hab' ein paar übriggebliebene Marzipanschnecken von gestern dabei.« Wir gingen

hinüber ins Haus. »Alter Angsthase!« lachte die furchtlose Anita und schlug mir auf die Schulter.
»Warum gehst du nicht zur Polizei?« wollte ich wissen. »Du wärst der geborene Bulle, so eine Art weiblicher Schimanski.«
»Ha, würd' mir ja auch gefallen, aber die wollten mich nicht.«
»Hast du dich schon mal beworben?«
»Ja, aber ich bin zu klein.«
»Wieso?«
»Einszweiundsechzig muß man sein. Ich bin einseinundsechzig, da kennen die keine Gnade.«
»Das gibt's doch nicht!«
»Wenn ich's dir sage. Was soll's, sind sie selbst schuld, wenn sie sich jemanden wie mich durch die Lappen gehen lassen. Ich hätte den Laden mal so richtig aufgemischt!« Daran bestand kein Zweifel. »Aber jetzt muß ich los«, meinte sie. Ich brachte sie noch zur Tür und winkte ihr nach, während sie davonfuhr.

Als ich wieder allein war, legte ich mich auf's Sofa und starrte an die Decke. Mir war schwindelig und übel. Wieder trat mir überdeutlich die Szene in der Scheune vor Augen. Die Kreatur, die dort gehangen hatte, war eine Frau gewesen. Ihr Gesicht war verdeckt von einer dicken Strähne langen grauen Haares, das sich aus dem Nackenknoten gelöst hatte. Sie trug ein altmodisches, braunes Kleid mit weißem Spitzenkragen und passenden Manschetten. Einer ihrer Halbschuhe war ihr vom Fuß gerutscht.
Du siehst Gespenster, Karen!

*

Das Kind schrie, in seiner schrillen Stimme schwang Todesangst. Maria hielt erschrocken inne und horchte. Der Schrei war verstummt. Sie legte das abgezogenen Kaninchen beiseite, trat aus der Schlachtküche und lauschte noch einmal. Alles blieb ruhig. Voll böser Ahnung lief sie eilig über den Hof und betrat den Kuhstall. Joachim hing an einem Haken an der Wand. Wie einen Futtersack hatte man ihn dort am Trägerkreuz seiner Lederhose aufgehängt. Mit weit aufgerissenen, schier aus den Höhlen quellenden Augen starrte er ins Leere, seine Arme und Beine baumelten herab, als hätten sie keine Verbindung mehr zum Körper. Else, die beste Milchkuh des Bauern, beäugte widerkäuend den riesigen Käfer, der dort regungslos an der Mauer klebte.
»Mein Gott, Joachim!« Maria stürzte auf den Jungen zu, hob ihn vom Haken und barg ihn in ihren Armen. Er machte sich augenblicklich steif wie ein junges Tier, das bei Gefahr in eine vorgetäuschte Totenstarre verfällt. Sanft wiegte sie ihn hin und her und murmelte tröstende Worte, strich ihm wieder und wieder über das rotblonde Haar, das sonst fein und fedrig wie Gänsedaunen war. Jetzt klebte es ihm strähnig am Kopf, so daß die schneeweiße Haut darunter hervorschimmerte. Noch immer zeigte Joachim keine Regung.
»Mein Gott, wie kann man einem Kind so etwas antun!« Den Tränen nahe, küßte sie den Knaben auf die Stirn und bückte sich, um seinen Plüschhasen aufzuheben, der vor ihnen auf dem Boden lag. Sie zupfte ein paar schmutzige Strohhalme aus dem abgewetzten, glanzlosen Fell, hielt Joachim das Tierchen hin und beschwor ihn mit süßer Stimme: »Joachim, mein kleiner Schatz, so sag doch etwas!«
»Wenn er heute noch einen Mucks von sich gibt, dann ersäuf' ich ihn in dem Eimer da wie eine junge Katze, nicht wahr, Hosenscheißer?« Wie aus dem Nichts stand Pitzer plötzlich hinter ihr, er mußte sie die ganze Zeit beobachtet haben.
Maria fuhr erschrocken herum. Aus den Augenwinkeln registrierte sie den Blecheimer, der bisher unbeachtet wenige

Schritte vor ihr auf dem Boden stand. Er war beinahe bis zum Rand mit Wasser gefüllt. In unbändiger Wut herrschte sie den Bauern an: »Was fällt Ihnen ein, dem Kind solche Angst einzujagen?«
Pitzer sah sie drohend an.
»Halt du dich gefälligst da raus! Der Bub hat zu gehorchen, und das bring' ich ihm bei!«
»Sie haben kein Recht, den Kleinen so zu quälen!«
»Halt dein loses Mundwerk, hast du verstanden?«
»Nein, das tu ich nicht! Ich kann nicht einfach zusehen, wie Sie den Jungen kaputtmachen!«
»Kaputtmachen, daß ich nicht lache! Zum letzten Mal, laß meinen Sohn los und scher dich zum Teufel! Ich will nicht, daß er sich von einer Hure herumtragen läßt!« Er trat einen Schritt auf sie zu.
»Was soll das heißen?« zischte Maria und wich vor ihm zurück. Sie war so angespannt, daß sie am ganzen Körper zu zittern begann.
»Das soll heißen, daß ich dich schon lang vom Hof hätt' jagen sollen!« donnerte Pitzer. »Treibst dich in der Gegend rum und willst uns jetzt auch noch ein Kuckucksei ins Nest legen! Das ganze Dorf zerreißt sich's Maul über dich, du nichtsnutzige Schlampe!«
Sie glaubte ihren Ohren nicht zu trauen.
»Passen Sie auf, was Sie sagen!« fauchte sie zurück. »Sonst zerreißt man sich demnächst über jemand ganz anderen das Maul!«
»Was redest du da für dummes Zeug?« Pitzer kniff die Augen zusammen. Sie preßte Joachims Köpfchen fest gegen ihre Schulter und legte schützend ihre Hand auf sein Ohr, damit er die Antwort nicht hören konnte, die sie dem Bauern mit erzwungener Ruhe gab:
»Sie wissen so gut wie ich, daß Sie der Vater meines Kindes sind.«
Pitzer schnappte nach Luft wie ein Fisch auf dem Trocknen.

»Du mußt verrückt sein, ja, verrückt bist du!« stammelte er. Der Schweiß perlte ihm von der Stirn, und seine Unterlippe zitterte. »Laß meinen Sohn los!« Er hob die Hand wie zum Schlag. Plötzlich kam Leben in den Knaben. Mit ungeahnter Kraft wandte er sich hin und her, so daß Maria ihn absetzen mußte. Flink wie ein Wiesel rannte Joachim davon. Sie warf dem Bauern einen letzten verächtlichen Blick zu und verließ ebenfalls eilig den Stall.

*

Tote Äste knacken unter meinen Füßen,
ich rutsche über modriges Laub.
Knorrige Wurzeln wollen mich zu Fall bringen,
doch sie schaffen es nicht, mich aufzuhalten.
Da schlingt sich eine Brombeerranke um meinem Knöchel,
bohrt ihre Stacheln tief in mein Fleisch.
Bleib stehen, so bleib doch stehen!
Ich reiße mich los und stürme weiter
den schmalen Pfad hinauf,
der von Galgenbäumen gesäumt ist.
Mit kalten bleichen Leichenfingern greift der Nebel nach mir,
gierig durchdringt er meine Kleider,
um sich mit meinem Schweiß zu vereinen.
Versteck dich, versteck dich, noch ist es Zeit!
Doch in der Ferne bellen schon die Hunde.
Wieder klammert sich ein Gesträuch an meine Röcke.
Laßt mich los! Ich muß doch weiter.
Kopflos stürme ich voran.
Wenn ich nur schneller laufen könnte!
In meinem Bauch rumpelt ein Wackerstein
groß wie ein Kürbis, er gibt mir so schwer zu tragen!
Mir wird schwindlig, die Welt steht Kopf,
doch ich gönne mir keine Pause.
Plötzlich knicken meine Beine ein. Hilfe, ich falle!

Ich versuchte ein bißchen zu schlafen, aber es gelang mir nicht. Die Anspannung wollte nicht weichen, ich wurde immer nervöser und bekam es mit der Angst zu tun. Entweder ging es hier tatsächlich nicht mit rechten Dingen zu, oder aber ich wurde langsam verrückt! Keine der beiden Möglichkeiten erschien mir sonderlich beruhigend. Mein Herz raste, und ich fühlte mich hundeelend. Ich sprang auf und lief wie ein Tiger im Käfig im Wohnzimmer auf und ab, doch mein Zustand besserte sich nicht. Im Gegenteil, es erschien mir plötzlich unmög-

lich, auch nur eine einzige Stunde allein in diesem Haus zu verbringen. Ich wollte nur noch weg. In Windeseile warf ich ein paar Sachen in meinen Seesack und zog meinen Mantel an. Genau in dem Moment, in dem ich die Haustür hinter mir zuziehen wollte, klingelte das Telefon. Nach kurzem Zögern ging ich an den Apparat. Es war Joachim. Ich sei gerade auf dem Sprung und habe daher wenig Zeit zum Plaudern, teilte ich ihm mit. Wo ich denn jetzt noch hinwolle, fragte er besorgt, es sei doch spiegelglatt draußen. Warum war ich nur ans Telefon gegangen? Mir stand jetzt nicht der Sinn nach schulmeisterlichen Belehrungen. Ob sein Anruf einen bestimmten Anlaß hätte, versuchte ich abzulenken. Joachim wollte mit mir reden. Natürlich, ich hatte ihm ein klärendes Gespräch versprochen, aber das letzte, was ich momentan brauchen konnte, waren unerbetene Liebesschwüre. Gerade sei Anita in den Hof gefahren, log ich. Wir wären verabredet, und sie käme mich in ihrem wintersicheren Wagen abholen. Und morgen müsse ich noch einmal für ein paar Tage in die Stadt, aber danach würde ich mich ganz bestimmt bei ihm melden. Nicht gerade die feine Art, ihn loszuwerden, aber ich wußte mir im Augenblick nicht anders zu helfen.
Draußen war es schneidend kalt. Das Pflaster des Hofes glitzerte verräterisch, doch von derlei Widrigkeiten wollte ich mich nicht abhalten lassen. Wenn du erst auf der Autobahn bist, wird alles besser, redete ich mir ein. Bald sitzt du bei Gabi und Roland in der Küche, und es geht dir wieder gut. Ich kratzte die Scheiben meines Wagens frei, warf mich auf den Fahrersitz und drehte den Zündschlüssel herum. Es tat sich nichts. Wieder und wieder betätigte ich den Anlasser, aber nichts geschah. Vor Wut und Verzweiflung brannten mir die Tränen in den Augen, und ich biß mir fast die Lippe blutig. Mit zittrigen Fingern probierte ich es noch ein Dutzendmal, ehe der Motor endlich ansprang. Aufatmend wendete ich den Wagen und fuhr los. Am Ortsausgang kam mir ein Streufahrzeug entgegen, ansonsten waren die Straßen wie ausgestorben. Ich gab Gas. In einer Kur-

ve geriet der Wagen prompt ins Rutschen, und um ein Haar wäre ich gegen die Leitplanke geprallt. Mir brach der Angstschweiß aus. Vorsichtiger geworden, fuhr ich im Schrittempo weiter. Die Straße führte geradewegs bergauf, und mein Wägelchen blieb jetzt brav in der Spur. Auf der Hügelkuppe angelangt, drehten plötzlich die Räder durch. Es wäre vernünftiger, umzukehren, flüsterte mir mein Verstand zu. Ach was, dann müßte ich ja den ganzen steilen Berg wieder hinunter, widersprach ich mir selbst, die schwierigste Strecke hatte ich doch schon geschafft. Ich gab Vollgas, und tatsächlich setzte sich der Wagen wieder in Bewegung.
Hinter der Bergkuppe passierte es dann: Ganz sacht trat ich auf die Bremse, doch die Räder reagierten nicht mehr. Unaufhörlich rutschte ich bergab und landete keine zwanzig Meter weiter im Straßengraben.

Es dauerte eine ganze Weile, ehe ich mich dazu überwinden konnte, auszusteigen und mir die Bescherung anzusehen. Die Tür ließ sich wider Erwarten leicht öffnen, zumindest die Fahrerseite schien demnach unbeschädigt geblieben zu sein. Der Wagen war vollständig von der Straße abgekommen. Ich hatte noch Glück im Unglück gehabt, denn der Graben war nicht sonderlich tief. Wenigstens bist du unverletzt, versuchte ich mich zu beruhigen. Es hätte schlimmer kommen können, sagte ich mir, auch wenn ich noch gar nicht genau abschätzen konnte, wie groß der Schaden wirklich war.
So stand ich unglücklich im Schnee, Hilfe war nicht in Sicht, und es bestand auch keine Chance, meinen Polo allein wieder auf die Straße zu manövrieren. Heulend griff ich mir meinen Seesack vom Rücksitz und machte mich zu Fuß auf den Heimweg. Ein starkes Schneetreiben setzte ein und nahm mir die Sicht. Noch immer kam mir kein einziges Fahrzeug entgegen. Bald begann ich zu frieren, nicht einmal Handschuhe hatte ich bei mir. Ich lief schneller, aber bis ins Dorf waren es noch gut und gern fünf Kilometer. Einmal kroch ein Auto im Schnecken-

tempo an mir vorbei, aber ich tat nichts, um auf mich aufmerksam zu machen. Jetzt schien ohnehin alles zu spät.

Nach meiner unfreiwilligen Nachtwanderung war ich fast froh, als ich endlich wieder den Hof erreichte. Die eisige Nachtluft hatte auch mein erhitztes Gemüt abgekühlt, so daß ich die Dinge wieder realistischer betrachten konnte. Es war eben alles ein bißchen viel gewesen in der letzten Zeit: Der Brand, die unselige Streiterei mit den Nachbarn und vor allem Leos Verschwinden. Zu allem Überfluß auch noch diese Halluzination heute nachmittag. Doch wen wunderte es? Auf nüchternen Magen hatte ich fast einen Liter mit Rum versetzten Glühwein getrunken, wer sieht da nicht schon mal weiße Mäuse? Alles, was ich brauchte, war ein bißchen Ruhe und zuallererst ein heißes Bad.
In meinem Zimmer im ersten Stock brannte Licht. Hatte ich während meines überstürzten Aufbruchs etwa vergessen, die Lampen zu löschen? Ich trat mir die schneeverklumpten Schuhe ab und schloß die Haustür auf. Nachdem ich meinen nassen Mantel zum Trocknen aufgehängt und mein Haar auf der Toilette mit einem Gästehandtuch frottiert hatte, ging ich ins Wohnzimmer und drehte die Heizung an. Plötzlich hörte ich ein Geräusch. Angespannt lauschte ich in die Stille hinein. Da! Wieder hörte ich etwas. Es war jemand in der Wohnung! Panisch blickte ich mich um und suchte nach einem geeigneten Gegenstand, mit dem ich mich im Notfall gegen den Einbrecher verteidigen konnte. Ich griff mir die afrikanische Maske und einen Speer, der ebenfalls an der Wand hing. Eine der Treppenstufen knarrte. Der Eindringling kam von oben herunter! Am ganzen Körper zitternd, postierte ich mich neben der Wohnzimmertür, die nur angelehnt war. Ich nahm all meinen Mut zusammen und spähte durch den verbleibenden Spalt. Was ich sah, erfüllte mich augenblicklich mit unbändigem Zorn.

*

Noch war alles stockfinster. Die Welt schien in tiefem Schlaf versunken, eingefroren in frostiger Kälte. Es war die kälteste Phase der Nacht, kurz vor der Dämmerung. Hellwach lag sie da und starrte mit brennenden Augen ins Leere. So konnte sie nicht weiterleben. Und so würde sie nicht weiterleben, dessen war sie sich nun gewiß. Sie würde allem ein Ende setzen. Heute, hier, jetzt. Die Zeit war mehr als reif. Eine seltsame Leere machte sich breit in ihrem Kopf, sie fühlte sich plötzlich leicht und frei. Entschlossen stand sie auf und kleidete sich an. Mechanisch. Nahm noch Schal und Handschuhe, denn es war ja kalt.

Bald würde er aufbrechen. Er hatte es angekündigt am gestrigen Abend. Diesmal würde sie auf ihn warten, warten auf ein letztes Rendezvous.

Zuletzt ein Griff unter die Matratze; sie wurde sofort fündig. Kühl, glatt und schwer lag das Metall in ihrer Hand. Noch einmal griff sie nach Magazin und Patronen, verstaute beides in ihrer Schürze. Einen Augenblick lang stand sie still und holte tief Atem. Dann verließ sie leise die Kammer.

Draußen schlug ihr eine feuchte Kälte entgegen, es war stockduster und neblig. Vorsichtig schritt sie die Stiege hinunter, deren Stufen von einem hauchdünnen Eisfilm überzogen waren. Jetzt bloß nicht stürzen! Auf Zehenspitzen schlich sie dicht an der Stallmauer entlang. Leise, ganz leise, nur nicht die Schweine erschrecken, die würden sofort unruhig. Hier und da hörte sie ein vereinzeltes Grunzen, aber die meisten Tiere schliefen noch.

Durch das Flurfenster des Wohnhauses drang ein schwacher Lichtschein nach draußen. Er konnte nur aus der guten Stube kommen, die auf der anderen Hausseite lag. Also war Pitzer schon an seinem Waffenschrank.

Sie mußte sich beeilen, ihr blieb nicht mehr viel Zeit. Ein dunkles Tier huschte auf sie zu, streifte ihre Beine. Sie erschrak. Dann ein leises Maunzen – es war der junge Kater. Mit einer unwilligen Handbewegung versuchte sie ihn fortzuscheu-

chen, doch er hielt die Geste für eine Aufforderung zum Spiel. In einem hohen Satz sprang er auf sie zu, umkrallte ihren linken Fuß und verbiß sich heftig in ihren Schnürsenkel. Sie mußte ihm einen Tritt versetzen, um ihn endlich loszuwerden.
Nun noch am Misthaufen hinter dem Stall vorbei. Die millimeterdünne Eisschicht über dem ungepflasterten Boden gab mit leisem Knirschen unter ihren Stiefeln nach. Jeder Schritt verursachte ein glucksendes Geräusch und ließ sie einige Zentimeter in den Schlamm sinken. Verstohlen horchte sie wieder in die Dunkelheit, aber alles blieb ruhig. Endlich war sie außer Sichtweite, sie hatte es geschafft. Bis hierher zumindest.
Vor ihr lag ein schmaler, grasbewachsener Weg, der sich in Nebel und Dunkelheit verlor. Hundertemale war sie ihn gegangen, doch nie zu dieser Stunde, mit dieser Absicht. Sie schürzte ihren Rock und lief los. Der Boden war holprig und rutschig, angefrorenes Gras streifte ihre Knie. Mehr als einmal stürzte sie fast zu Boden, fing sich jedoch immer wieder im letzten Moment und lief nur noch schneller. Der Weg schlängelte sich dahin, schien plötzlich zu Ende, fand einen neuen Anfang, gabelte sich, wurde hier schmaler, dort breiter. Zielstrebig rannte sie weiter, scheuchte ein paar Krähen auf, die sich mit lautem Gekrächze in die Lüfte schwangen. Bräuchte sie ihre Kugeln nicht, sie würde auf diese Unglücksboten zielen, Verräter allesamt.
Im Osten wich das dumpfe Schwarz der Nacht einem aschigen Nebelgrau – dort brach der Tag an. Doch es würde noch eine ganze Weile dauern, bis das Tageslicht über die Nacht siegte.
Nach langem, zähem Lauf blieb sie für einen Moment stehen, preßte heftig atmend die Hände gegen den Leib, hustete. Sie spürte eine heftige Bewegung in ihrem Innern. *Du magst das Gestolpere nicht, aber das ist mir egal. Verhalte dich ruhig und versuche nicht, mich von meinem Ziel abzubringen!*
In nicht allzu großer Entfernung erkannte sie bereits schemenhaft den dunklen Schlund des Waldes. Weiter, nur weiter. Bäume stellten sich ihr in den Weg, ein wilder Zickzacklauf be-

gann. Sie schwitzte und keuchte, doch die aufflammende Panik peitschte sie unaufhaltsam voran. Immer wieder rutschte sie aus auf nassem Laub, stolperte über Wurzeln, verfing sich im Dornengeflecht. Weiter, nur weiter. Dann brachte sie plötzlich ein spitzer Stein zu Fall. Erschöpft blieb sie liegen. Sie hatte sich nicht verletzt, aber ihre Kräfte schienen aufgezehrt.
Er kann mich nicht mehr einholen, versuchte sie sich zu beruhigen, sie würde ungehindert ihr Versteck erreichen. Also nur nicht durchdrehen. Es konnte nichts mehr passieren.
Langsam erhob sie sich und setzte ihren Weg gemäßigteren Schrittes fort. Sie passierte eine Fichtenschonung mit nadelgepolstertem Boden, der jedes Geräusch verschluckte, wanderte unter einer mächtigen Buche hindurch, deren herabhängende Äste ihre Schultern streiften, ließ die gefällten Stämme links liegen, über die Joachim im letzten Herbst an ihrer Hand balanciert war. Nur noch einen kleinen Hang hinauf und sie hatte die Lichtung erreicht. Einige Meter vor ihr stand der Hochsitz. Sein schwarzes Skelett war deutlich auszumachen trotz Nebel und Dunkelheit.
Auf zum letzten Akt.
Langsam erklomm sie die Leiter, spürte das feuchtkalte Holz durch die wollenen Handschuhe hindurch. Oben angelangt, setzte sie sich auf die schmale Sitzbank und schaute über die Lichtung. Der Bodennebel schien heller zu sein als der nächtliche Himmel, als würde er von einem schwachen Licht aus dem Erdinnern angestrahlt. Es war totenstill.
In einiger Entfernung erkannte sie schemenhaft einige äsende Rehe, doch auch sie bewegten sich lautlos. Jetzt hieß es warten.
Die Zeit verlangsamte ihren Fluß, dehnte sich zäh, schien schließlich stillzustehen. Die ganze Welt stand still, als sei alles Leben erloschen. Nur ihr pochendes Herz gemahnte sie daran, daß sie nicht Teil dieser entrückten Welt war.
Allmählich wurde das dunkle Grau des Himmels milchiger – der neue Tag ließ sich nicht aufhalten.

Ihre Eile war überflüssig gewesen. Sie rückte ein wenig von der Öffnung weg, die den Tritt auf die Plattform ermöglichte. Bis auf diesen Einstieg war der Hochsitz rundum geschlossen, lediglich eine schmale Schießscharte in Augenhöhe gestattete den Blick nach draußen. Nein, er könnte sie nicht sehen, bis zum letzten Moment nicht. Sie holte die Pistole hervor, legte das Magazin ein und spannte den Hahn, dann hielt sie die Waffe in ihrem Schoß gebettet, reglos.

Da, die Köpfe der Rehe schnellten nach oben. Das mußte er sein. Ihr ganzer Körper spannte sich. Noch dauerte es eine kleine Ewigkeit, bis auch ihr Gehör die Schritte vernehmen konnte: Ein Knarzen auf nassem Laub und brechenden kleinen Zweigen. Er war es, kein Zweifel, unverkennbar sein Gang. Noch einen Steinwurf entfernt, dann einige Meter, jetzt hatte er die Leiter erreicht. Sein steifes Bein zwang ihn, beim Aufstieg jede Strebe einzeln zu erklimmen. Die Hälfte hatte er schon geschafft, dann das letzte Drittel, jetzt erschien sein Kopf in Höhe der Plattform. Er stieg weiter, der Oberkörper ragte bereits weit über den Rand – dann erst erblickte er sie. Seine Augen weiteten sich, mehr verwundert als erschrocken, der Mund stand ihm offen.

»Maria!«

Der Schuß zerriß die Stille, holte die Welt ins Leben zurück. Überall Bewegung, Flattern, krächzende Vogelstimmen. Pitzer konnte nicht glauben, was ihm widerfuhr. Sein letzter Blick erschrocken und empört – dann kippte er nach hinten. Ein dumpfer Aufschlag.

Noch dröhnte der Nachhall des Schusses in ihren Ohren, zitterten ihre Hände. Doch langsam ließ die Spannung nach und wich einer erleichterten Ruhe. Die Stille siegte auch um sie her – kein Laut mehr, kein Rascheln – als sei nichts geschehen. Nur die Rehe waren fort.

Eine ganze Weile saß sie so da, beobachtete reglos, wie die Lichtung allmählich immer schärfere Konturen annahm. Eine Landschaft in Grau.

Schließlich erhob sie sich und stieg langsam die Leiter hinab. Sie mußte aufpassen, daß sie beim letzten Schritt, der sie wieder auf den Boden brachte, nicht auf ihn trat. Direkt vor der Leiter war er zu liegen gekommen, den Kopf zur Seite gedreht, Arme und Beine von sich gestreckt wie ein dicker brauner Käfer. Nur der Blutfleck auf seiner Brust hob sich deutlich vom Grau der Landschaft ab. Helles, pulsierendes Rot breitete sich aus, beinahe unanständig lebendig im Wintermorgengrau.

Sie stand einen Moment da und betrachtete den Toten. Der Anblick löste nichts in ihr aus, keine Genugtuung, keinen Triumph. Da war nur eine emotionslose Leere. Aber anderes hatte sie nicht erhofft. Sie hatte ihr Ziel erreicht. Da, wo Schmerz und Scham sich eingenistet hatten wie surrende Hornissen, war jetzt nichts mehr. Freier Raum. Platz genug zum Überleben.

Sie ließ die Waffe neben dem Bauern fallen und wandte sich ab. Langsam trat sie den Rückweg an. Eine angenehme Müdigkeit überkam sie, ihr wurden die Glieder schwer. Schlafen, nur schlafen, das wäre jetzt das Schönste.

*

Mit einem Aufschrei sprang ich hinter der Tür hervor und stellte mich dem Eindringling speerschwingend in den Weg. Der alte Spuckteufel ging zu Boden, ohne daß ich ihn auch nur berührt hatte. Kreidebleich lag er da und rang nach Atem. Ich nahm die Maske ab und ließ den Speer sinken.

»Was wollen Sie in meinem Haus?« schrie ich. Der Alte preßte mit schmerzverzerrtem Gesicht die Hand gegen sein Herz, ohne zu antworten. Ich bekam es schon wieder mit der Angst zu tun. Was, wenn er jetzt einen Herzinfarkt erlitt? Meine Erste-Hilfe-Kenntnisse beschränkten sich lediglich auf die stabile Seitenlage. »Ist Ihnen nicht gut? Soll ich einen Arzt rufen?« Noch immer sagte der Spuckteufel nichts. »Na, jedenfalls rufe ich jetzt die Polizei«, verkündete ich kalt.

»Nein, nein, bitte nicht! Ich kann alles erklären!« Er warf mir einen flehenden Blick zu und setzte sich auf.

»Ach ja? Da bin ich aber mal gespannt!«

»Ich wollte Ihnen nichts zuleide tun!« keuchte er und zerrte an seinem Hemdkragen. »Nur den Brief wollte ich, diesen verdammten Brief!«

Du kannst den alten Mann nicht auf den kalten Fliesen sitzen lassen, sagte mir mein Gewissen.

»Kommen Sie!« Ich half ihm auf und führte ihn in die Küche, wo er sich dankbar auf einen Stuhl fallen ließ. Dann drehte ich die Heizung an und holte ihm ein Glas Wasser. Er trank es in großen Zügen.

»Sie sagten doch, daß Sie diesen Brief erhalten hätten«, begann er endlich, »und da wollten wir – wollte ich sehen, was tatsächlich dringestanden hat.« Er sprach, als verlange ihm jedes Wort eine ungeheure Anstrengung ab. »Ihr Auto war nicht im Hof geparkt, und da hab' ich gedacht, Sie wären verreist«, fuhr er fort. »Ich hätte nichts gestohlen, bestimmt nicht! Glauben Sie mir, ich wollte Ihnen keinen Schaden zufügen!«

Ich lachte bitter. Der Alte war wirklich ein Spaßvogel!

»Das soll ich Ihnen also glauben, nachdem Sie mir Drohbriefe geschrieben und beinahe den Hof niedergebrannt haben?« fragte ich mit messerscharfer Stimme. »Nachdem Sie meinen Kater verschwinden ließen und diese fette Ratte in seinem Körbchen deponiert haben? Nachdem sie keine Gelegenheit ausgelassen haben, hier im Haus herumzuspazieren?« Ich machte eine gewichtige Pause und sah ihn kaltlächelnd an. »Nach all dem soll ich Ihnen glauben, Sie hätten mir keinen Schaden zufügen wollen?«

Natürlich hatte ich keinerlei Beweise für meine Behauptungen, aber ich war mir sicher, nun den Schuldigen für alle Ärgernisse gefunden zu haben. Doch der Alte schüttelte energisch den Kopf.

»Nein – nein, nein!« krächzte er. »Ich habe Ihren Hof nicht in Brand gesteckt! Und der Katze hab' ich auch nichts getan! Das ist die Wahrheit, ich schwör's, die reine Wahrheit!«

Was sollte ich davon halten?

»Aber Sie geben zu, schon häufiger in diesem Haus gewesen zu sein?« hakte ich nach und kam mir vor wie Inspektor Clouseau.

»Was heißt ›häufiger‹«, meinte der Alte achselzuckend. Das Sprechen schien ihm jetzt entschieden leichter zu fallen. »Einoder zweimal vielleicht. Einmal zu Anfang, als Sie hierhergezogen sind. Weil man sich im ganzen Dorf erzählt hat, Sie gehörten wohl zu Pitzer's Maria. Da war ich einfach neugierig, hab' nur mal schauen wollen, wie Sie leben. Und es hat hinterher nix gefehlt, das müssen Sie zugeben!« Ich antwortete nicht.

»Wann waren Sie noch hier?« fragte ich statt dessen.

»Nur heute wegen dem Brief, ehrlich!« Er sah mich eine Spur zu treuherzig an.

»Und wie kam die Ratte hier herein?«

»Ratte? Ich weiß nichts von einer Ratte!«

Diesmal glaubte ich ihm kein Wort.

»Hören Sie – wie heißen Sie eigentlich?«

»Herber, Rainer Herber.«

»Also, Herr Herber, unser Gespräch hat keinen Sinn, wenn Sie mich anlügen! Vielleicht sind Sie ja der Polizei gegenüber wahrheitsliebender!«

»Bitte, Fräulein Jansen . . .«

»*Frau* Jansen!«

»Selbstverständlich, *Frau* Jansen. Lassen Sie uns die Sache unter vier Augen abklären, ich bitte Sie inständig darum!« Für eine Weile vermied ich es, den Alten anzusehen. Statt dessen kramte ich mein Päckchen Zigaretten hervor und zündete mir mit erzwungener Ruhe eine an. »Diesen dummen Brief hab' ich damals geschrieben, das geb' ich zu!« begann er von sich aus wieder. »Ich hab' gedacht, das gibt's doch nicht, daß jemand genau so ausschaut wie die Maria und dann auch noch auf demselben Hof unterkommt! Das war mir nicht geheuer. Ich wollt' halt, daß Sie wieder verschwinden.«

»Aha. Deshalb haben Sie mir damals wohl auch so galant vor die Füße gespuckt, ich verstehe. Und der Brand?«

»Damit hab' ich nichts zu tun! Das werden ein paar Buben aus der Gegend gewesen sein. Von uns im Dorf war das keiner! Ich hab' später mal geguckt, was passiert ist, da waren Sie gerade nicht zu Haus. Aber ich habe das Holz nicht angezündet, ganz bestimmt nicht!«

»Und die Ratte?«

»Ach, das war so eine Art Scherz! Ich wollt' Sie halt ein bißchen erschrecken, nachdem die Bärbel mir erzählt hat, daß Sie sich gruseln vor dem Viehzeugs! Das war doch ganz harmlos!«

»Ein gelungener Scherz war das, wirklich sehr komisch! Und was haben Sie mit Leo gemacht?«

»Dem Kater?«

Ich nickte unwillig und schluckte den Kloß hinunter, der mir im Hals saß.

»Nichts hab' ich mit dem gemacht. Ich schwör's beim Grab meiner Mutter! Aber gesehen hab' ich ihn damals, den Kater. Da war er noch völlig in Ordnung.«

Bei seinen letzten Worten fiel mir etwas ein.

»Sagen Sie, Herr Herber, wie sind Sie eigentlich ins Haus hereingekommen?«

»Heute?«
»Ja, heute zum Beispiel.«
Er zögerte.
»Mit dem Schlüssel«, bekannte er dann.
»Was, Sie haben einen Schlüssel von *meiner* Wohnung? Das darf doch wohl nicht wahr sein!«
»Nein, nein, den Schlüssel hatte ich nur diesmal«, erklärte Herber schnell, als sei das eine Entschuldigung. »Wegen dieser Sache mit dem Brief«, schob er kleinlaut hinterher und blickte betreten zu Boden.
»Und woher haben Sie ihn?« Die Antwort ahnte ich bereits.
»Von Bärbel Jödt«, erwiderte der Alte fast flüsternd.
»Die Jödts haben also einen Schlüssel für dieses Haus?«
»Ja, noch von den Leuten, die vorher hier gewohnt haben. Für den Notfall.«
Davon hatte ich gar nichts gewußt. Wenn da mal nicht der Bock zum Gärtner gemacht worden war!
»Die Male davor bin durch den Keller gekommen«, erklärte Herber jetzt. »Die Tür war ja immer offen.« Letzteres klang beinahe wie ein Vorwurf.
Ich dachte einen Moment nach. Natürlich, das war der Weg, auf dem Leo nach draußen gelangt war! Er war dem Spuckteufel einfach hinterhergelaufen.
Ich beobachtete den alten Mann, der mit gebeugtem Rücken und schuldvollem Blick vor mir saß und augenscheinlich auf das baldige Ende der peinlichen Situation hoffte. Aber diese Chance wollte ich nicht ungenutzt verstreichen lassen. Zu viele Fragen standen noch offen.

*

Die Bürde, die der Herr seinem Diener Georgi auferlegt hatte, war die Schlaflosigkeit. Seit den Zeiten des Priesterseminars rang er Nacht für Nacht um die Gnade, die sonst allen Menschen so leichthin zuteil wurde: Für ein paar Stunden sich selbst vergessen zu können, Abstand zu gewinnen vom eigenen Ich. Doch diese Gnade blieb ihm allzu häufig verwehrt. Kaum war er zu Bett gegangen, fiel ihn die Unruhe an wie ein Tier aus dem Hinterhalt. In Gedanken wählte er oft diesen Vergleich, obwohl er wußte, daß er nicht ganz passend war. Die Unruhe lauerte ihm ja nicht von außen auf, sondern sie keimte in ihm selbst. Sie schlummerte, während er seinem Tagewerk nachging, um pünktlich ihr häßliches Haupt zu heben, sobald er ruhen wollte. Irgendwo in seinen Eingeweiden begann es leise zu rumoren, verhalten noch, kaum spürbar, doch er kannte die Zeichen nur allzu gut. Sehr bald schon war sein ganzer Körper wie elektrisiert. Oft wurde die Anspannung so groß, daß es ihn aus dem Bett trieb.
Er hatte alles versucht, um seiner nächtlichen Qual Herr zu werden: Lesen, Beten, Arbeiten. Doch es gelang ihm nur leidlich und konnte das Übel nicht beseitigen. Einige Male hatte er heimlich gar eine Flasche Meßwein getrunken, ohne Erfolg. Die Bilder erschienen ungebeten vor seinem inneren Auge, lösten sich ab in immer hektischerem Wechsel. Das Gedankenkarussell begann sich zu drehen, schneller und schneller, und manchmal wurde ihm übel. Zuweilen glaubte er, in jenen dunklen Stunden eine Antwort auf seine Fragen gefunden zu haben, doch am nächsten Tag hatte kein einziger dieser Gedanken Bestand. Belangloses war zu scheinbar Weltbewegendem geraten, und das wirklich Bewegende hatte sein Geheimnis bewahrt. Seine Pein war wieder einmal sinnlos gewesen.
Das einzige, was half, war Bewegung.
Nach durchwachter Nacht kleidete er sich häufig schon vor Morgengrauen an und verließ das Haus. Festen Schrittes lief er los, als habe er ein fernes Ziel, und er lief so lange, bis

die Füße müde wurden. In den Wintermonaten führten ihn seine nächtlichen Gänge nie durchs Dorf. Er wollte nicht, daß es hieß, der Pastor schleiche des Nachts wie ein Werwolf durch die Gassen. Im Sommer, wenn es früh hell wurde und allseits bereits geschäftiges Treiben herrschte, wählte er andere Wege. Niemand konnte Anstoß daran nehmen, daß der Pfarrer vor einem anstrengenden Tag die frische Morgenluft genoß.

An diesem Tag war es noch dunkel, als er aus der Tür ins Freie trat. Er lief um das Pfarrhaus herum und durch den Garten, schlüpfte durch eine schmale Lücke zwischen den Hecken und gelangte auf einen grasbewachsenen Feldweg, der von Rauhreif bedeckt war. Schon nach weniger als hundert Metern stieß der Weg auf ein geteertes Sträßchen, das in östlicher Richtung über die Felder und durch den Wald ins Nachbardorf führte. Auf diesem Weg ließ es sich bei jedem Wetter gut wandern, und so lief er meist ungefähr sechs Kilometer, bis das Nachbardorf in Sicht kam, um dann umzukehren. Nur zu jener Zeit, als die Polizei nach dem entflohenen Sträfling suchte, mied er diese Strecke. Aber nach einigen Tagen war ihm die vermeintliche Bedrohung so unwahrscheinlich vorgekommen, daß er seine alte Angewohnheit bald wieder aufgenommen hatte.

Er befand sich bereits auf dem Rückweg, als der Schuß fiel. Da es nichts Ungewöhnliches war, daß jemand in den frühen Morgenstunden jagte, erschrak er nicht allzu sehr. Dennoch war ihm etwas ungemütlich zumute. Bis zum Saum des Waldes hatte er noch ungefähr einen Kilometer zu laufen; unwillkürlich beschleunigte er sein Tempo. Da ihm das bleierne Grau der Dämmerung Licht genug war, hatte er seine alte Karbidlampe schon vor einiger Zeit gelöscht. Die Luft war erfüllt von jener atmosphärischen Spannung, die alle Tag- und Nachtwechsel begleitet und die ihm manchmal Gott näher brachte. Heute spürte er allerdings keine spirituelle Energie, die ihn durchströmte, heute hörte er nur eine drängende innere Stimme, die ihn zur Eile antrieb. Noch ehe er erkennen konnte, wer die Gestalt war, die keine fünfzig Meter vor ihm aus dem Wald trat, sagte ihm dieselbe Stimme, daß es Pitzers Maria sei.

*

»Es war ein Unfall, ein gottverdammter Unfall!« Der alte Herber hieb mit der Faust auf den Tisch, daß der Tee, den ich uns soeben eingeschenkt hatte, aus den Tassen schwappte. Ich hatte ihn geradeheraus gefragt, was er der Magd Maria Jakobi damals angetan habe.

»Ich wollt' ihr doch nur eins auswischen«, setzte er sehr viel leiser hinzu und starrte zu Boden. »Einen Denkzettel wollt' ich ihr verpassen für die Schweinerei, die sie da gemacht hat. Aber ich hab' doch nicht gewollt, daß sie ertrinkt!«

»Sie ist ertrunken?« entfuhr es mir. Die Späße des Spuckteufels schienen schon öfter ins Auge gegangen zu sein.

Herbers noch immer recht dicht behaartes Haupt schnellte nach oben. In seinen blauen Augen, die früher einmal *sehr* blau gewesen sein mußten, lag ein plötzliches Mißtrauen.

»Ich dachte, Sie wüßten, was damals passiert ist«, meinte er spitz. Inzwischen war mir längst klar geworden, daß damals viel mehr vorgefallen sein mußte, als die paar läppischen Zeilen des Pastors mich hatten glauben machen wollen. Doch mein Unwissen zuzugeben, schien unmöglich, nachdem ich nun schon so weit gegangen war.

»Herr Herber«, antwortete ich geistesgegenwärtig, »Sie möchten mich doch davon überzeugen, daß Sie keine Schuld trugen an dem, was mit Maria passierte. Also ist es wohl am besten, Sie erklären mir aus Ihrer Sicht ganz genau, was damals geschah.« Herber nickte zustimmend. Mein Argument schien ihn überzeugt zu haben. »Und bitte alles der Reihe nach«, fügte ich höflich-bestimmt hinzu, um meine Autorität noch einmal deutlich herauszustellen und weil ich hoffte, endlich ein genaueres Bild über die damaligen Zusammenhänge zu gewinnen. Wieder nickte Herber, sprang dann aber trotzdem mitten hinein ins Geschehen.

Vor aller Augen habe sie sich ihm damals ohnmächtig in die Arme geworfen, begann er. Seitdem sei *jeder* im Dorf davon überzeugt gewesen, *er*, Herber, sei der Vater des Kindes. Überall hieß es nur, Herbers Rainer hätte das arme Mädel geschwängert und dann sitzen lassen, weil er sie nicht vom Fleck weg heiratete, nachdem es heraus war mit dem Kind. Niemand habe ihn mehr angesehen daraufhin, er sei regelrecht geschnitten worden. Ich könne mir nicht vorstellen, wie das sei in einem so kleinen Dorf, wenn kein Mensch mehr mit einem spräche.

»Ach doch, ich habe da so eine Ahnung«, erwiderte ich. Der Alte verstand die Anspielung und warf mir einen schuldvollen Blick zu, dann huschte ein verlegenes Lächeln über sein Gesicht. Es war das erste Mal, daß ich ihn lächeln sah. Früher einmal mußte er ein sehr gut aussehender Mann gewesen sein.

Er habe es Maria sehr übel genommen, daß sie die Sache nie klargestellt habe, fuhr er fort. Den Teufel habe sie getan, für sie sei es ja äußerst vorteilhaft gewesen, daß man den Falschen verdächtigte. Die Wahrheit hätte doch keiner wissen dürfen, solange Frau Pitzer noch lebte.

»Welche Wahrheit?« hakte ich nach.

»Na, daß das Kind von Pitzer war«, antwortete er knapp. Wieder jagte mir ein Schauer über den Rücken. Maria habe wohl gedacht, sie könne sich den Hof unter den Nagel reißen, behauptete Herber, da habe sie keine Skrupel gekannt, auch gegenüber der armen Frau Pitzer nicht. Er klang plötzlich müde und resigniert, fast tat er mir ein wenig leid. *Der Kerl ist in dein Haus eingebrochen,* ermahnte ich mich selbst, um nicht in Mitleid zu versinken und alle Vorsicht außer Acht zu lassen.

»Aber Sie hatten doch auch ein Verhältnis mit ihr«, behauptete ich ins Blaue hinein. »Schließlich muß es ja einen Grund dafür gegeben haben, daß man Sie verdächtigte.«

Der Alte schnaubte verächtlich. Ein Verhältnis? Nein, als Verhältnis hätte man ihre Beziehung keinesfalls bezeichnen können. Ein bißchen den Hof gemacht hätte er ihr, das gebe er zu, mehr nicht. Maria sei ihm gegenüber immer sehr spröde gewesen, geradezu abweisend, ein *Kräutlein-rühr-mich-nicht-an.* Aber diejenigen, die am meisten Getue um sich machten, seien ja in Wirklichkeit immer die Schlimmsten, konstatierte er kopf-

schüttelnd und stützte sein müdes Haupt in die Hände. Ein ganz durchtriebenes Luder sei sie gewesen, die Maria.
Plötzlich hob er den Kopf und grinste böse. »Wenn die geahnt hätte, daß der Pitzer so schnell ins Gras beißt! Aber damit hat das arme Mädel ja nun wirklich nicht rechnen können!« Er schien plötzlich wieder hellwach und grinste schadenfroh, wurde jedoch sofort wieder ernst. »Doch das Unheil war nun mal angerichtet«, fuhr er fort, »und es brachte schließlich sogar die arme Frau Pitzer ins Grab. Die Bäuerin hat den ganzen Kummer eben nicht mehr verkraftet. Das war dann wirklich zuviel, da mußte ich einfach handeln!«

Die ganze Geschichte wurde immer verrückter! Da hatte also die Magd ein Verhältnis mit dem Bauern gehabt und erwartete ein Kind von ihm. Gut, das soll durchaus öfter vorgekommen sein. Aber dann wurde der Falsche der Vaterschaft bezichtigt und öffentlich an den Pranger gestellt. Bald darauf war der Bauer tot, und die Bäuerin starb vor Kummer. Zu guter Letzt fiel auch noch die Magd ins Wasser und ertrank. Ich wußte wirklich nicht, was ich von dieser Story zu halten hatte.
»Und weil sie ein so schlechtes Mädchen war, haben Sie Maria ebenfalls zu einem frühen Tod verholfen?« fragte ich kalt.
Herber sah mich an wie ein geprügelter Hund. Seine Antwort kam ihm nur stockend über die Lippen. Er habe sie zur Rede stellen wollen, brachte er zögernd hervor, ihr nahelegen, sie solle das Dorf verlassen. Doch sie habe es ganz plötzlich mit der Angst zu tun bekommen.
Ich fragte ihn, warum sie plötzlich Angst hatte und wie das mit dem Denkzettel gewesen sei. Nun ja, er habe ihr aufgelauert, gab der Alte zu, und seine Stimme wurde so leise, daß ich ihn kaum noch verstand.
»Wie bitte?«
Herber räusperte sich. Er habe sie im Dunkeln erschrecken wollen, erklärte er deutlicher, draußen auf der alten Brücke. Aber ehe er etwas zu ihr hätte sagen können, sei sie auch

schon durch das morsche Geländer ins Wasser gefallen. Wegen der Schneeschmelze habe der Bach damals sehr viel Wasser mit sich geführt und sei ziemlich reißend gewesen. Sie sei sofort untergangen. Von der Erinnerung überwältigt, schlug der Alte die Hände vors Gesicht. Dieses Unglück habe er nicht gewollt, schluchzte er. Die halbe Nacht sei er noch im Wasser herumgewatet, um sie zu finden. Vergebens. Das hätte er doch nicht getan, wenn er sie hätte umbringen wollen! Um ein Haar habe er sich in dem eiskalten Wasser eine Lungenentzündung geholt.

»Warum haben Sie später niemandem die Wahrheit gesagt?« wollte ich wissen.

»Weil mir niemand geglaubt hätte«, antwortete er und nahm die Hände vom Gesicht. Das klang einleuchtend. Ich hätte ihm diese Geschichte damals wohl auch nicht abgenommen. Aber sollte ich es heute tun?

»Ich hab' die Maria doch gern gehabt«, erklärte er nach einer Weile heiser und sah mich mit nassen Augen an. »Ich hätt' sie geheiratet, wenn sie sich nur nicht mit diesem Pitzer eingelassen hätt'!«

Jetzt durfte ich mich nicht ablenken lassen. Fieberhaft rekapitulierte ich noch einmal, was er mir erzählt hatte. War Herber damals allein auf der Brücke gewesen? Und wer wußte noch von dem Unfall? Mir kamen die Fräuleins in den Sinn. Welche Rolle hatten sie gespielt?

Tatsächlich, die Fräuleins hatten Bescheid gewußt, wie Herber auf meine Fragen hin erklärte. Dann war da noch ein gewisser Gerd, von dem ich bisher nie gehört hatte, und schließlich der damalige Jungbauer vom Leopoldhof, Herrmann. Man habe sich damals feierlich geschworen, nie wieder ein Wort über das zu verlieren, was in jener Nacht geschehen war und sei dann auseinandergegangen. Seit damals hätten alle Beteiligten kaum noch miteinander gesprochen. Gerd sei mit seiner Frau, die nichts von der Geschichte wußte, fortgezogen, und Leopolds Herrmann, der noch nie der Hellste gewesen sei, habe die Sache schlichtweg vergessen. Er sei auch schon seit vielen Jahren so verkalkt, daß er kaum noch etwas mitbekäme. Mit den Fräuleins habe er, Herber, persönlich erst wieder geredet, nachdem ich gekommen und ihren Frieden gestört hätte.

»Aber warum hat damals anscheinend niemand Maria vermißt?«

Man nahm an, so Herber, daß die Magd bei Nacht und Nebel davongelaufen sei aus Angst, ihr Verhältnis mit dem Bauern würde sich nach dem Tod von Frau Pitzer doch noch herumsprechen, was ja später auch der Fall gewesen war. Sie wollte wohl nicht den Zorn des ganzen Dorfes auf sich ziehen.

Vielleicht wollten die Leute auch nur glauben, sie sei weggelaufen, dachte ich im stillen. So hatte sich der Fall für sie auf die bequemste Weise erledigt.

In der ersten Zeit rechnete Rainer Herber täglich damit, daß die Leiche gefunden würde, aber nichts geschah. Ungefähr ein Jahr später entdeckte man ein ganzes Stück flußaufwärts eine tote Frau, wie er zufällig erfuhr, man habe sie jedoch nicht mehr identifizieren können. Seither nahm er an, die Tote sei wohl Maria Jakobi gewesen.

Erschöpft sank der alte Herber auf seinem Stuhl zusammen wie eine erschlaffte Marionette. Da ich mich ebenfalls alles andere als frisch fühlte, beschloß ich, ihn nach Hause zu schicken. Für heute war es genug.

Bereits in der Tür stehend, wandte er sich noch einmal um und fragte, wer mir den Brief geschrieben habe. Ich antwortete, daß ich es ihm nicht sagen könne.

»Es war der Pastor, nicht wahr?« Er nickte, als wüßte er die Antwort bereits und zuckte gleichgültig die Schultern. »Der alte Knabe hat schon immer alles gewußt, und was er nicht gewußt hat, das hat er rausbekommen«, erklärte er. »Komisch, daß er uns nie angezeigt hat«, fügte er dann kopfschüttelnd hinzu.« Er hatte wohl selbst zu viel Dreck am Stecken.«

»Georgi hat alles gewußt?« fragte ich aufhorchend.

»Nun, er wußte zumindest von Anfang an, daß *ich* nichts mit dem Kind zu schaffen hatte.«

»Woher wußte er das?«

»Weil ich es ihm geschworen habe bei allen Heiligen, deswegen. Noch am selben besagten Abend, an dem Maria mir vor aller Augen ohnmächtig in die Arme gesunken war. Aber was hat Ihr ehrenwerter Freund getan? Hat er mich vor der Gemeinde in Schutz genommen? Nein! Für ihn war's weitaus günstiger, mich über die Klippe springen zu lassen, als seinen Busenfreund, den reichen Bauern.« Herber machte eine wegwerfende Handbewegung und öffnete die Haustür. Ein scharfer Windzug fuhr herein und trieb ein paar Schneeflocken mit sich.

»Und das Kind hat Maria nicht mehr zur Welt gebracht?« fiel mir plötzlich ein. Der alte Mann schüttelte verneinend den Kopf und ging grußlos davon.

*

Aus dem Nebel hatte sich eine Gestalt gelöst und kam näher. Eine Begegnung schien unvermeidlich, denn ihre Wege kreuzten sich. Bald erkannte Maria den Pastor.

»Maria?« Bereits das zweite Mal an diesem Morgen rief jemand ungläubig ihren Namen. Georgi war stehengeblieben und musterte sie nicht eben freundlich. »Was tust denn du hier in aller Frühe?« Dasselbe hätte sie natürlich ihn fragen können.

»Ich habe Pitzer erschossen«, antwortete sie so ruhig und sachlich, als spräche sie vom Pilzesuchen.

»Red keinen Unsinn!« fuhr er sie in scharfem Tonfall an, noch ehe er ihre Worte vollends begriff. Doch die penetrante Stimme in seinem Kopf flüsterte ihm höhnisch zu, daß das Mädchen durchaus die Wahrheit gesagt habe.

»Es ist die Wahrheit«, erklärte Maria prompt und spürte ein dunkles Vergnügen dabei, den Pastor zu schockieren. Mit gleichgültiger Miene deutete sie in die Richtung, aus der sie gekommen war. »Dort drüben am Hochstand.«

»Du bist ja verrückt!« Georgi starrte sie fassungslos an. Die plötzliche Blässe seines scharf geschnittenen Gesichts verlieh ihm etwas Maskenhaftes. *Er hat ein Gesicht wie ein Mäusebussard,* dachte sie ungerührt. Von Entsetzen gepackt begann der Pastor zu laufen. Immer schneller rannte er in die Richtung davon, die sie ihm gewiesen hatte. Maria sah ihm geistesabwesend nach. Sie war zu müde, um sich Gedanken über dieses unvorhergesehene Zusammentreffen zu machen. Sie wußte nur, daß ihre letzten Stunden in Freiheit gezählt waren, doch auch das berührte sie in diesem Moment nicht wirklich. Sie wollte nur noch schlafen.

Als sie auf dem Hof eintraf, war niemand zu sehen. Aus dem Kuhstall drangen Geräusche. Viehketten klirrten, Melkkannen schepperten. Drüben grunzten die Schweine lautstark. Anscheinend hatte sie noch niemand gefüttert.

»Maria!« Abermals rief man ihren Namen. Jetzt war es die Großmutter, die das Küchenfenster aufgerissen hatte und aufgebracht hinausschrie. Maria straffte die Schultern und versuchte eine würdevolle Haltung einzunehmen, während sie langsam auf das Wohnhaus zuging.

»Mach schon, Trödelliese, beeil dich gefälligst!« kreischte die Alte, und in ihrer Stimme schwang unverkennbar Angst. Irgendetwas stimmte nicht. Maria begann zu laufen. Die Haustür stand offen, und so rannte sie durch den langen Flur schnurstracks in die Küche.

Annemarie kniete neben ihrer Mutter, die zusammengekrümmt am Boden lag. Die Großmutter stand hinter ihrer Tochter und faßte sie unter den Schulterblättern.

»Da bist du ja endlich!« keuchte die Alte, ohne Maria anzusehen. »Los, hilf uns, sie aufzuheben!«

Maria ergriff die Beine der Bäuerin, während Annemarie ihren Rücken stützte.

»Drüben aufs Sofa!« kommandierte die Großmutter. Frau Pitzer war wieder bei Bewußtsein, konnte sich jedoch kaum bewegen. Ihr Gesicht war quittengelb.

Maria ging in die Küche zurück und machte eine Wärmflasche zurecht. Annegret holte ein Tuch, mit dem sie die schweißnasse Stirn der Mutter trocknete. Es gelang ihr nur mit Mühe, die Tränen zurückzuhalten.

»Wir müssen einen Arzt rufen!« meinte sie leise und warf ihrer Großmutter einen bangen Blick zu.

»Nein, keinen Arzt!« Frau Pitzer schüttelte den Kopf. »Es geht schon wieder, es war nur ein Krampf.«

»Ach, deine Krämpfe, die sind doch nicht normal! Du mußt dich mal gründlich untersuchen lassen, mit dir stimmt was nicht!« Die Alte bedachte ihre Tochter mit einem strengen Blick. »Ich halt' ja nichts von Ärzten, das weißt du, aber was sein muß, muß sein, zum Kuckuck! Der Pitzer hätt' dich schon lang in die Stadt bringen sollen zur Untersuchung!«

Die Bäuerin sagte nichts. Einige Minuten später saß sie bereits wieder aufrecht auf dem Sofa und nippte an ihrem Kamillen-

tee, den Annegret ihr gebracht hatte. Sie brachte auch eine Scheibe helles Brot und Butter, doch die Mutter lehnte es dankend ab.
»Nun iß endlich was!« wies die Alte ihre Tochter an. »Bist ja nur noch Haut und Knochen!« Hinter der schroffen Art verbarg sich die Sorge.
Maria zog sich schweigend in die Küche zurück. Wo blieb nur der Pastor? Wollte er nicht als Überbringer der schlechten Nachricht in Erscheinung treten, sondern diese Aufgabe lieber der Polizei überlassen? Eine solche Feigheit traute sie ihm zu. Einige Minuten verstrichen, ohne daß irgendetwas geschah. Schließlich verließ sie das Haus und ging hinüber in den Kuhstall. Dort lud Willem die Milchkannen auf ein Wägelchen, um sie zur Milchrampe vorn an der Straße zu bringen, wo sie vom Molkereiwagen abgeholt würden.
»Was war denn los?« wollte er wissen.
»Frau Pitzer ist in der Küche zusammengeklappt. Sie hat's wieder mit dem Magen«, antwortete Maria emotionslos.
»Schlecht sieht die Frau Pitzer aus, schon seit langem!« meinte der Knecht, zückte sein Taschentuch und schneuzte sich ausgiebig. »Das ist was Ernstes, kann einer sagen, was er will«, behauptete er. »Aber das will hier ja keiner wahrhaben. Solange einer noch kriechen kann, kann er auch arbeiten. Hat jemand nach dem Doktor geschickt?«
»Ich glaube nicht.«
Mit einem Grunzlaut gab Willem sein Mißfallen zum Ausdruck und verfiel wieder in Schweigen. Auch Marias Hilfe brauchte er nicht mehr.
Wieder war kein Wort über ihr Ausbleiben gefallen. War es möglich, daß niemand etwas bemerkt hatte? Es schien fast so. Maria war verwirrt, nichts lief so, wie sie es erwartet hatte. Das Leben hatte sie schon wieder fester im Griff, als sie es sich hätte träumen lassen. Es machte alles eine Nummer kleiner. Bei dem Gedanken an dicke Gefängnismauern bekam sie plötzlich ein mulmiges Gefühl. Nicht daran den-

ken, nur nicht daran denken. *Ich bin müde, so unendlich müde . . .*
Mechanisch fütterte sie die Schweine und ging dann hinauf in ihre Kammer. Sie würde sich hinlegen und warten, bis man sie holte.
Das gleichmäßiges Stakkato des einsetzenden Regens wiegte sie bald in einen tiefen Schlaf. Wie ein dunkler warmer Mantel hüllte er sie ein und nahm sie schützend in seine Obhut.

*

Nachdem Rainer Herber gegangen war, kehrte ich in die Küche zurück, zündete mir eine Zigarette an und sah auf die Uhr. Es war erst halb elf. Erschöpft und ausgelaugt, wie ich mich fühlte, hatte ich angenommen, es sei sehr viel später. Gleich würde ich mein langersehntes heißes Bad nehmen und mich anschließend sofort ins Bett begeben.

Das Klopfen riß mich derart aus meinen Gedanken, daß mir die heiße Asche in den Schoß fiel. Draußen vor dem Küchenfenster stand Joachim und drückte sich die Nase an der Scheibe platt. Fluchend sprang ich auf, klopfte mir die Asche von der Hose und ging, um ihm zu öffnen. Er sei auf ein Bier im *Krug* gewesen und habe nur mal nachsehen wollen, ob ich wieder wohlbehalten zu Hause eingetroffen sei, erklärte er etwas verlegen. Und dann habe mein Wagen nicht im Hof gestanden, obwohl in der Küche Licht brannte, das sei ihm merkwürdig erschienen. Wo denn mein Auto wäre, wollte er wissen. In der Werkstatt, log ich und bot ihm eine Zigarette an.

»Aber du wolltest doch morgen verreisen?«

Richtig, das hatte ich ihm vorhin erzählt. Das Auto sei morgen fertig, behauptete ich, allerdings hätte ich ohnehin kurzfristig meine Pläne geändert. Ich würde nun doch erst einmal hier bleiben. Joachim nickte, doch irgendwie schien er nicht ganz bei der Sache zu sein. Um so besser, das ersparte mir weitere Lügen. Ich hätte ihn fragen müssen, was ihm auf der Seele brannte, denn daß er etwas auf dem Herzen hatte, war ihm nur allzu deutlich anzusehen. Aber ich verspürte nicht die geringste Lust, mit ihm jetzt über unsere zarten Bande zu diskutieren. Und über was konnte er sonst schon reden wollen?

»Wie ist dein Vater gestorben?« fragte ich statt dessen unvermittelt. Vor Schreck verschluckte sich der Arme und wurde puterrot.

»Wie kommst du denn darauf?« krächzte er heiser, nachdem der Hustenreiz abgeklungen war und wischte sich eine Träne aus dem Augenwinkel.

»Hab' im Dorf so ein paar Gerüchte gehört«, antwortete ich vage und drückte meine Zigarette aus.
»Er wurde erschossen«, erklärte Joachim knapp und prägnant. Diesmal hätte ich mich beinahe verschluckt.
»Erschossen? Von wem?«
»Den Täter hat man nie gefaßt. Aber es war wohl ein entflohener Sträfling, dem mein Vater zufällig in die Quere gekommen ist. Zumindest wurde er mit derselben Waffe erledigt, die der Typ vorher einem Polizisten geklaut hatte. Drüben im Wald ist es passiert. Mein Vater ist auf einen alten Hochstand gekraxelt, um zu jagen, und da oben saß halt zufällig schon der andere. Peng hat's gemacht, und das war's dann.« Joachim hatte Daumen und Zeigefinger zu einer Pistole geformt und demonstrierte mit kindlicher Geste den Schuß. Wie konnte jemand so emotionslos vom gewaltsamen Tod des eigenen Vaters reden? »Ich kann mich an die ganze Geschichte überhaupt nicht erinnern«, fügte er hinzu, als habe er meine Gedanken gelesen. »Für mich ist es kaum anders, als sei die Sache einer erfundenen Person in irgendeinem Fernsehkrimi passiert.«
Ich nickte, verstand seine Haltung aber nach wie vor nicht ganz. »Und deine Mutter?«
Sein Gesichtsausdruck wandelte sich schlagartig. Für einige Sekunden lag Betroffenheit in seinem Blick. »Meine Mutter ist kurze Zeit später gestorben«, berichtete er in sachlichem Tonfall. »Sie hat sich erhängt, drüben in der Scheune. Meine Schwester und ich haben sie gefunden.«
Der leise Aufschrei, der mir entfuhr, hallte lange nach in der nächtlichen Stille. Joachim reagierte nicht weiter darauf, er konnte ja nicht ahnen, welches Ausmaß des Schreckens seine Information für mich beinhaltete.
»Sie hatte Krebs«, meinte er nach einer Weile und zündete sich eine neue Zigarette an. Eine Welle des Mitleids überrollte mich für diesen Mann, der schon als Kind so viel Grausames hatte erleben müssen. Jetzt schenkte er mir ein jungenhaft-schüchternes Lächeln, das besagen sollte, alles nicht so schlimm, lange

vorbei und vergessen, und mein Mitleid schlug in Rührung um. Ohne nachzudenken, streckte ich die Hand aus und fuhr durch sein windzerzaustes Haar. Eine bleierne Müdigkeit überkam mich. Aber es war kein unangenehmes Gefühl, eher so, als befände ich mich schlafend unter Wasser. Derart milde gestimmt, hätte ich Joachim gern mitgenommen in mein Bett, um dort in Vergessen zu versinken.

»Gibt es etwas, das du mir sagen wolltest?« hauchte ich ihm ins Ohr und spielte mit einer Strähne seines rotblonden Haares, die waagerecht vom Kopf abstand. Es war ein Spiel nach Sisyphus-Art, denn die Strähne war nicht lang genug, als daß ich sie mir um den Finger hätte wickeln können. Trotz meines tranceartigen Zustands spürte ich, wie sich sein Körper von Kopf bis Fuß verkrampfte.

»Ja, aber es muß nicht heute sein«, antwortete er, und seine sonst so schöne sonore Stimme klang etwas resonanzarm. »Du bist sicher sehr müde, es hat bis morgen Zeit.«

»Nein, nein, nun sag's schon! Wir brauchen ja erst morgen drüber zu reden«, schlug ich vor.

»Also gut«, pflichtete er mir bei, und ich spürte förmlich den Ruck, den er sich geben mußte. »Meine Frau möchte wieder bei mir einziehen.«

Blub, blub, blub, ich schnellte an die Wasseroberfläche wie ein Schwimmkorken. Das war es also. Zugegeben nicht direkt das, was ich erwartet hatte.

»Und du möchtest es auch?« brachte ich nach ein paar Schrecksekunden über meine Lippen.

»Ich? Ja, äh, ich möchte, daß sie zurückkommt, wenn sie es möchte«, stotterte Joachim.

Und ich wollte nur noch eines: *sofort* meine Ruhe und mindestens für die nächsten zwölf Stunden nichts hören, nichts sehen, nichts sagen müssen.

*

Sie empfing den Pastor in der guten Stube. Kerzengerade saß sie auf dem dunkelgrünen Sofa, mehrere Spitzenkissen aufgetürmt zu ihrer Rechten, zu ihrer Linken die schweren dunklen Vorhänge, die das Licht daran hindern sollten, die gedeckten Farben der Sitzmöbel zu fressen. Über ihr hing die bräunliche Heidelandschaft in Öl, die weder Frühling noch Sommer kannte, und um sie herum hing der Geruch von Kamillentee, der ihm schon im Hausflur in die Nase gestiegen war. Die Situation wirkte äußerst befremdlich auf ihn, sah er die Bäuerin doch höchst selten untätig, und niemals sonst saß sie müßig bei einer Tasse Tee, während draußen die Arbeit wartete. Schlecht sah sie aus, müde und abgekämpft, doch das hatte er schon vor Wochen bemerkt, ihr schlechter gesundheitlicher Zustand war insofern nichts Neues. Da er aber wußte, daß sie trotz ihrer so schwächlich erscheinenden Konstitution eine starke Frau war, zögerte er nicht lange und setzte sie ohne große Umschweife vom Ableben ihres Mannes in Kenntnis. Bei einem Spaziergang habe er ihren Gatten aufgefunden, erklärte er mit erzwungener Ruhe, zu Füßen des Hochsitzes habe er gelegen, tödlich verwundet durch einen Schuß.

Sie mußte nicht einmal ihre Tasse absetzen, an der sie gerade noch genippt hatte, so ruhig blieben ihre Hände. Sie blickte ihn an, als sei *er* der Hauptleidtragende, dem sie nun Aufmerksamkeit und Mitgefühl schenken müsse. Ihre Augen waren wie ein schieferfarbenes Meer, wie die reglose See, in deren Tiefen das *Wissen* schlummerte. Ja, sie sah aus, als hätte sie auf diese Nachricht gewartet, als sei alles nur eine Frage der Zeit gewesen. Obwohl er wußte, daß heftige Gefühlausbrüche nicht in ihrer Art lagen, irritierte ihn diese steinerne Ruhe sehr.
»Maria . . .« stotterte er und rang um den alles erklärenden Satz. »Maria . . .«
Als der Name fiel, war es plötzlich, als wehte eine heftige Bö über die Schiefersee, doch die Wogen glätteten sich sofort wieder. Maria sei soeben noch bei ihr gewesen, unterbrach sie ihn

gefaßt und warf ihm einen eindringlichen Blick zu, als wolle sie ihm gebieten zu schweigen.

»Aber sie . . .«

»Herr Pastor, Sie wissen von seinen Schweinereien, nicht wahr?«

Georgi starrte die Bäuerin entsetzt und verständnislos an.

»Sie wissen, wessen Balg Maria austragen muß – Sie wissen es doch?« Ihre Augen schienen ihn festzunageln, während sie statt seiner antwortete: »Mein Mann hat ihr das angehängt, mein ehrenwerter, feiner Gatte.« Ihr Ton war völlig ruhig und sachlich, als spräche sie von seinen Erfolgen als Schweinezüchter. »Ich habe mich nie sonderlich darum geschert, weil es mir gleichgültig war, was er ihr antat«, erklärte sie ohne Regung. »Mir war es auch gleichgültig, was er den Kindern antat, ich habe zugesehen und geschwiegen wie ein toter Fisch. Ich habe keine Kraft gehabt, einfach keine Kraft. Jeden Morgen aufstehen, atmen, meine Arbeit tun, zu mehr hat es nicht gereicht.« Ihre Stimme klang plötzlich trocken und rauh. Sie räusperte sich, nippte noch einmal an ihrem Tee und sah ihn über den Rand ihrer Tasse hinweg an. Wieder klang es beinahe belanglos, als sie fortfuhr: »Ich habe Krebs und werde bald sterben, Herr Georgi, aber auch das ist mir gleichgültig.« Ohne den Blick von ihm zu wenden, setzte sie ihre Tasse ab und sagte dann sehr bestimmt: »Das Mädchen hat genug gelitten. Sie soll nicht weiterhin für anderer Leute Sünden büßen müssen, wird's auch so noch schwer genug haben, das arme Ding.« Ihre grauen Augen bohrten sich in seine, und mit einem Unterton, der keinen Widerspruch duldete, fügte sie hinzu: *»Ich möchte, daß sie bleibt, Herr Pastor.«*

Das schieferfarbene Meer zog ihn bis auf den Grund. Er nickte voll stummen Entsetzens und verließ Hals über Kopf das Haus.

*

Nicht, daß ich sonderlich verliebt in Joachim Pitzer gewesen wäre. Es war wohl eher die gekränkte Eitelkeit, die mir am nächsten Tag gründlich die Laune vermieste. Stell dich nicht so an, schalt ich mich, du wolltest doch ohnehin nichts von ihm, im Gegenteil: du solltest dich darüber freuen, daß die Geschichte für alle Beteiligten ein so gutes Ende genommen hat, besonders natürlich für Joachim.

Aber ich freute mich nicht. Wie hatte ich mir nur einbilden können, er würde sich nach mir verzehren vor Liebe? Meinem angeknacksten Ego wäre eine Leiche im Keller jedenfalls lieber gewesen, als das Opfer auf Wolke sieben davonschweben zu sehen. Da die ganze Angelegenheit nicht gerade meine vornehmsten Charaktereigenschaften ans Licht brachte, beschloß ich, sie einfach auf sich beruhen zu lassen. Was war denn schon zwischen uns passiert? Nichts! Und *so* leicht sollte es keinem Mann mehr gelingen, mein Denken zu beherrschen. Außerdem hatte ich über genügend andere Dinge zu grübeln.

Maria war also ums Leben gekommen. Ob von der Brücke gefallen, gesprungen oder gestoßen, ließ sich heute nicht mehr mit Bestimmtheit feststellen. Einige Leute im Dorf hatten von ihrem – in jedem Fall unnatürlichen – Ableben gewußt, ihr Wissen allerdings verschwiegen. Der offiziellen Version zufolge war sie bei Nacht und Nebel davongelaufen, und es schien keinen einzigen Menschen gegeben zu haben, der sie schmerzlich vermißt hätte. Sollte sie ein so schlechter Mensch gewesen sein? Oder hatte sie eine so geringe Rolle im dörflichen Leben gespielt, daß man es nicht einmal für nötig hielt, Nachforschungen über ihren Verbleib anzustellen?

Ich rekapitulierte noch einmal, was ich bislang über Maria in Erfahrung gebracht hatte: Zu Beginn der fünfziger Jahre war sie als Magd bei den Pitzers beschäftigt gewesen, und sie hatte auch auf deren Hof gelebt. Sie mußte damals ungefähr neunzehn Jahre alt gewesen sein. Jemand hatte sie geschwängert, und der Verdacht war auf Rainer Herber gefallen, weil sie ihm die Vaterschaft angehängt oder aber zumindest derartigen Gerüchten nicht widersprochen hatte. Das tat sie entweder, weil sie schlichtweg der Wahrheit entsprachen, Rainer Herber also gelogen hatte, oder weil sie die Wahrheit vertuschen wollte. Laut dem alten Herber bestand diese Wahrheit darin, daß das Kind von Pitzer selbst stammte. Der Bauer und die Magd hätten ein Verhältnis gehabt, das allerdings aus verschiedensten Gründen geheimgehalten werden mußte. Vielleicht hatte sich Maria damals tatsächlich Hoffnungen auf den Hof gemacht. Sie konnte ja nicht ahnen, daß Pitzer so bald einem Verbrechen zum Opfer fallen würde. Andererseits: Konnte es für ein junges Mädchen erstrebenswert sein, mit einem wesentlich älteren, verheirateten Mann eine Beziehung einzugehen, der seine Familie gewiß nicht um ihretwillen verlassen hätte? Wohl kaum. Wie viele Hausmädchen und Dienstmägde hatte es seit jeher gegeben, deren Abhängigkeit von ihren Arbeit- und Brotgebern schamlos ausgenutzt worden war? Eine Schwangerschaft, die aus einer solchermaßen erzwungenen sexuellen Beziehung resultierte, hätte wahrscheinlich ebenfalls unter allen Umständen geheimgehalten werden müssen. Zumindest hielt ich eine dahingehende Vermutung für ebenso wahrscheinlich, wenn nicht gar für wahrscheinlicher, als von einer Liebesbeziehung zwischen den beiden auszugehen. Aber heute würde sich schwerlich feststellen lassen, was Zwang und was freier Wille gewesen war.

Der Bauer starb jedenfalls bald darauf eines unnatürlichen Todes. Ein Zufall? Und es blieb noch seine Frau: Die hatte sich erhängt, wie es hieß, kurz nachdem ihr Mann umgebracht worden war. »*Vor Kummer gestorben*«, wie der alte Herber behauptet hatte. Rührte der Kummer daher, daß ihr Mann ermordet worden war oder daß er ein Verhältnis gehabt hatte? Oder hatte er einen ganz anderen Grund? Wer konnte das heute noch sagen?

Und doch: Einen gab es, der etwas wissen mußte, der sie alle – Pitzer, seine Frau, die Kinder, Maria, Rainer und den ganzen Rest des Dorfes – gekannt und ihr Vertrauen genossen hatte.

Der mit geschickten Ausweichmanövern herumlavierte, wenn es darum ging, seine Mitwisserschaft so gut wie möglich zu verbergen, und dem es – in die Enge getrieben – durch ein vermeintliches Geständnis mir gegenüber gelungen war, sich geschickt aus der Affaire zu ziehen. Aber diesmal würde er mir Rede und Antwort stehen müssen, der gute Pastor Georgi.

*

Sie brauchte eine ganze Weile, ehe sie das Klopfen an ihrer Tür registrierte. Es war kaum lauter als das eintönige Prasseln der Tropfen auf dem Dach. Jemand rief leise ihren Namen. Sie erkannte Annegrets Stimme. Hastig rieb sie sich den Schlaf aus den Augen, erhob sich und ging zur Tür. Draußen stand das Mädchen mit verheultem Gesicht und bat sie schluchzend, hinüber ins Haus zu kommen. Sie griff nach ihrem Umhang und folgte ihr wortlos. Sie hatte keine Ahnung, wie lange sie geschlafen hatte, ob nur einige Minuten oder bereits Stunden. Das Zeitgefühl war ihr abhanden gekommen, und auch das regnerische Grau des Himmels verriet keinerlei Anhaltspunkte. Sie war verwirrt und ängstlich, zu sehr hatten sich Traum und Wirklichkeit ineinander verwoben, sie wußte nicht mehr, wo das eine anfing und das andere aufhörte. Doch die Realität holte sie mit einem Schlag wieder ein: Im Hof parkte ein Polizeiwagen. Sie hatte also nicht geträumt.

Während sie hinter der verstummten Annegret durch den zugigen Hausflur schritt, drangen ein paar Wortfetzen zu ihr herüber: » . . . ist guter Hoffnung – fühlte sich nicht – hat sich hingelegt . . . » Es war die Stimme der Bäuerin.

Maria blieb in der Tür zur guten Stube stehen. Trotz der eingeschalteten Deckenleuchte machte der Raum einen düsteren Eindruck, denn wie immer waren die schweren dunklen Vorhänge zugezogen.

»Da kommt sie ja«, erklärte Frau Pitzer gefaßt und deutete auf die Magd. Neben ihr saß die Großmutter, beide hielten sie die Hände im Schoß verschränkt, als wollten sie beten. Ihre Mienen waren steinern, und selten sah man die Familienähnlichkeit so deutlich wie in diesem Moment. Die gleichen schmalen, geraden Nasen, die man anderswo als klassisch bezeichnet hätte, die dünnen Lippen mit den leicht heruntergezogenen Mundwinkeln, der gleiche steinerne Blick, dem nun die übrigen Anwesenden folgten. Aller Augen richteten sich auf Maria.

Auf dem Sofa saß zusammengesunken Pastor Georgi. Er hob den Kopf, als die Magd den Raum betrat, und warf ihr einen unruhigen Blick zu. Seine Pupillen glänzten schwarz wie Vogelaugen. Willem saß neben dem Pfarrer und wirkte völlig deplaziert auf dem dunkelgrünen Sofa mit den gehäkelten cremeweißen Paradekissen, die ihm ins Kreuz drückten. Angestrengt starrte er auf seine dreckigen Stiefel und räusperte sich ununterbrochen. Sicher war es ihm peinlich, den guten Dielenboden zu beschmutzen.

In den beiden Sesseln saßen zwei fremde Männer in grauen Straßenanzügen, die Maria mit unverhohlener Neugier musterten. Schließlich ergriff der Ältere das Wort.

»Guten Tag, Fräulein. Schöller ist mein Name, Kommissar Schöller. Und das ist mein Kollege Stutenbäcker.« Er erhob sich und reichte ihr die Hand. Der Jüngere tat es ihm nach. »Um es gleich zu sagen, wir sind aus einem traurigen Anlaß hier. Aber nehmen Sie doch bitte erst einmal Platz!« Schöller streifte mit einem kurzen Blick ihren Bauch, den er sich wohl in dramatischerer Fülle vorgestellt hatte, und bot ihr seinen Sessel an. Maria war ihm dankbar dafür, denn ihre Beine schienen sie nicht länger tragen zu wollen. Ihre Kehle war plötzlich so ausgetrocknet, daß sie kaum schlucken konnte. Sie hatte einen unangenehmen Geschmack im Mund, bitter und metallisch wie Blut. Niemand stand auf, um dem Polizisten einen neuen Stuhl zu besorgen, und so mußte er im Stehen fortfahren. »Ja, Fräulein – äh . . .« Er sah sich hilfesuchend um, doch keiner der Anwesenden griff ihm unter die Arme.

»Jakobi«, ergänzte der Pastor schließlich kraftlos.

»Danke. Also, Fräulein Jakobi, der Herr Pastor hat heute morgen Herrn Pitzer im Wald tot aufgefunden. Erschossen, um genau zu sein.« Er machte eine Pause und sah sie an, als warte er auf eine Reaktion von ihrer Seite, die jedoch ausblieb. Also fuhr er fort: »Ich habe die übrigen Anwesenden schon befragt und muß nun auch Sie fragen, ob Sie uns vielleicht irgendetwas erzählen können, das uns weiter hilft.«

Maria starrte den Pastor an, der ihr direkt gegenübersaß. Nach einer Weile öffnete sie den Mund, brachte aber nichts heraus.

Konnte es sein, daß er ...? Stammelnd zeigte sie auf den Geistlichen. Der Kommissar deutete ihre Sprachlosigkeit falsch und erklärte noch einmal, daß es der Herr Pastor gewesen sei, der den Bauern gefunden und leider nur noch seinen Tod habe feststellen können. Georgi blickte Maria inständig an, zerrte dann ein Taschentuch hervor und schneuzte sich ausgiebig. Das Taschentuch behielt er in der Hand und knüllte es nervös zusammen.

»Nun, Fräulein Jakobi, überlegen Sie in Ruhe. Vielleicht fällt Ihnen ja noch etwas ein, wenn Sie den Schock überwunden haben.« Schöller nickte ihr aufmunternd zu und wandte sich an die Bäuerin: »Frau Pitzer, darf ich Sie wohl darum bitten nachzuschauen, ob eine Waffe Ihres Gatten fehlt?«

Eine Hand gegen ihren Magen pressend, erhob sich die Bäuerin und ging zum Waffenschrank hinüber. Der zweite Polizist stand ebenfalls auf und folgte ihr. Sie tastete mit der Rechten zielsicher auf dem Schrank herum und fand einen Schlüssel. Während sie mit seiner Hilfe die Glastür öffnete, spähte Stutenbecker über ihre Schulter hinweg ins Schrankinnere.

»Es ist alles da außer seinem Jagdgewehr«, erklärte sie tonlos. »Ist er damit ...?«

»Nein, nein, wir haben noch eine andere Waffe am Tatort gefunden, mit der aller Wahrscheinlichkeit nach auf Ihren Mann geschossen worden ist.« Schöller hatte inzwischen auf dem Sessel seines Kollegen Platz genommen, und dieser blieb im hinteren Teil des Raumes stehen. Frau Pitzer nickte geistesabwesend und setzte sich ebenfalls wieder. Der Kommissar sah Georgi an. »Herr Pastor, darf ich Sie fragen, was Sie eigentlich in der Frühe dort draußen gemacht haben?«

»Ich stehe für gewöhnlich sehr früh auf«, erklärte Georgi und sah Schöller direkt in die Augen. »Darum habe ich es mir zur Angewohnheit gemacht, morgens einen ausgedehnten Spaziergang zu unternehmen, sommers wie winters, bei jedem Wetter, um in Form zu bleiben und frische Luft zu bekommen. Tagsüber habe ich leider nicht immer Gelegenheit dazu.«

Schöller nickte verständnisvoll.
»Ich verstehe, aber wie kam es, daß Sie den Toten so schnell fanden? Er lag ja nicht gerade mitten auf Ihrem Weg.«
»Nun, ich erklärte Ihnen bereits, daß ich diesen Schuß hörte. Erst nahm ich an, jemand sei auf der Jagd . . .«
»Haben Sie eigentlich keine Angst, so allein im Wald herumzuspazieren, während in Ihrer unmittelbaren Nähe gejagt wird?« unterbrach Schöller ihn. »Es war ja nicht einmal richtig hell.«
»Ach, wissen Sie, ich bleibe immer auf dem Sträßchen, da schießt doch niemand.«
»Woran haben Sie dann gemerkt, daß etwas nicht stimmte?«
»Wie ich vorhin schon erklärte, sah ich jemanden weglaufen«, erklärte Georgi in unüberhörbar gereiztem Tonfall.
»Herr Pastor, ich bitte Sie nicht darum, alles noch einmal zu erzählen, weil mein Gedächtnis so schlecht ist«, meinte Schöller ruhig, »sondern weil ich möchte, daß alle Anwesenden sich ein klares Bild davon machen können, was vorgefallen ist. Vielleicht wurde ja die eine oder andere ergänzende Beobachtung gemacht, von der wir bisher noch nichts wissen.« Er verschränkte geduldig die Hände vor seinem Bauch und bedeutete Georgi mit einem Kopfnicken, fortzufahren. »Sie haben also jemanden weglaufen sehen.«
»Ob er *weglief,* konnte ich zu diesem Zeitpunkt noch gar nicht sagen«, meinte Georgi etwas freundlicher. »Ich habe nur jemanden *laufen* sehen, aber auch nur für Sekunden und ziemlich weit entfernt. Ich befand mich ja bereits am Saum des Waldes, und die Gestalt lief in ungefähr zweihundert Metern Entfernung parallel zu mir zwischen den Bäumen hindurch und verschwand dann in die entgegengesetzte Richtung, also ins Waldinnere. Aber wie gesagt, ich sah sie nur sehr kurz und das auch nur, weil die Bäume noch nicht belaubt sind.«
Schöller nickte wieder.
»Aber Sie sind sicher, daß es ein Mann war?«
»Nun, beschwören könnte ich es nicht, aber ich würde sagen, mit an Sicherheit grenzender Wahrscheinlichkeit: ja.«

Maria konnte nicht glauben, was sie da hörte. Nicht nur, daß er sie mit keinem Wort erwähnt hatte, nein, er hatte vorsätzlich *gelogen!*
Wieder sah Georgi nur den Kommissar an, als er fortfuhr:
»Ich dachte zunächst, es sei ein Wilderer, der sich aus dem Staub machen wollte. Automatisch nahm ich an, er habe vom nahen Hochsitz aus geschossen. Auf dieser Lichtung läßt sich das Wild besonders gut ansprechen, wie ich von Herrn Pitzer selbst weiß. Er erzählte mir des öfteren davon. Also bin ich hin, um nach dem Rechten zu sehen, und da sah ich Herrn Pitzer liegen.«
»Herr Pastor, haben Sie vielen Dank«, meinte Schöller höflich. »Ich glaube, das wäre für's erste genug, wir wollen Sie alle nicht mehr belasten als unbedingt nötig. Mein Kollege und ich werden morgen wiederkommen. Wenn jemandem noch etwas einfallen sollte . . .« , er warf Maria einen freundlichen Blick zu, » . . . wir sind immer für Sie da. Und nun empfehlen wir uns, meine Damen, die Herren. Auf Wiedersehen.«

*

Einige Tage später besuchte ich den dörflichen Friedhof. Andächtig lenkte ich meine Schritte über knirschende Kieswege und betrachtete die winterlich-kargen Gräber der ehemaligen Dorfbewohner, die sich in exakter Linie aneinanderschmiegten. Es hatte den ganzen Vormittag geregnet, doch soeben war die Sonne durch die Wolken gebrochen und verlieh den alten Steinen einen frischen Glanz. Dicke Tropfen perlten von zarten Birkenästen und blitzten wie große Diamanten, die Luft war klar und jungfräulich rein. Obwohl die Vegetation noch ruhte, ließ sich das Ende des Winters erahnen. Das Rad der Gezeiten geriet langsam wieder in Schwung, würde sich weiterdrehen in millionenjähriger Gewohnheit, auch ohne die, die hier unter der lehmigen Erde lagen und ungerührt derer, die ihnen folgten.
Tatsächlich fand ich das Grab der Pitzers recht schnell. Es war ein schmuckloses Familiengrab, das mit einer riesigen, zentnerschweren Marmorplatte bedeckt war, als hätte man sichergehen wollen, daß die Toten nach ihrer Bestattung auch unter der Erde blieben. In einer vorderen Ecke der Platte, zum Gehweg hin, stand ziemlich verloren ein kleines Gesteck aus künstlichem Tannengrün, ein paar Ilexzweigen und undefinierbaren roten Beeren in einer Plastikschale. Ungewöhnlicherweise hatte man die genauen Geburts- und Todesdaten der Familienmitglieder in den Marmor eingraviert. Demnach war Pitzer am 26. Februar 1950 gestorben, seine Frau Elisabeth knapp fünf Wochen später, am 29. März 1950. Ferner gab es noch einen Karl Pitzer, der bereits im Dezember 1943 im zarten Alter von siebzehn Jahren gestorben war. Ich hatte bereits mehrere andere Gräber mit ähnlichen Todesdaten gesehen, wahrscheinlich allesamt Kriegsopfer. Während ich gerade ausrechnete, wie alt Pitzer senior geworden war – ich kam auf achtundvierzig Jahre – hörte ich Schritte hinter mir.
Ich drehte mich um und erblickte Georgi. Der alte Pastor grüßte höflich und blieb einige Meter vor mir in verlegen-abwartender Haltung stehen. Seit jenen Tagen, in denen Leo verschwunden war und er mir diesen Brief hatte zukommen lassen, waren wir einander nicht mehr begegnet. Trotz meines Zorns über das Katz-

und-Maus-Spiel, das er mit mir getrieben hatte, und obwohl ich mir vorgenommen hatte, ihn baldmöglichst zur Rede zu stellen, hatte ich es in den letzten Tagen nicht über mich gebracht, ihn aufzusuchen. Und als er jetzt so unvermittelt vor mir stand und mich aus seinem Eulengesicht anschaute, ein gebeugter, uralter Mann, schmolz mein Zorn dahin wie Eis in der Sonne.

»Ich bin nicht allzu bewandert in den Gepflogenheiten der katholischen Kirche«, sagte ich, um einen leicht sarkastischen Tonfall bemüht. Er sollte ja nicht glauben, mich sofort wieder um den Finger wickeln zu können. »Aber ist es Ihnen nicht verboten, eine Selbstmörderin in geweihter Erde zu bestatten?«

Er brauchte keine Sekunde, um meine Anspielung richtig zu deuten.

»Elisabeth Pitzer ist an Magenkrebs gestorben«, erklärte er ohne Umschweife. »Sie war eine sehr starke Frau, die ihr Leid gottergeben hinnahm. Wenn sie auch nur die geringste Chance gehabt hätte, wäre es nicht dazu gekommen, doch sie konnte diesen Kampf nicht gewinnen.«

Ich nickte und schwieg. Nach einer Weile meinte ich beiläufig: »Komisch, irgendwie ist es auf diesem Hof damals zugegangen wie beim Dynamitfischen.«

»Wie meinen Sie das?« fragte Georgi mißtrauisch.

»Nun, beinahe mit einem Schlag treiben lauter Leichen an der Wasseroberfläche, ich meine, es wurden alle erwachsenen Bewohner ausgelöscht: Pitzer auf dubiose Weise erschossen, seine Frau durch eigene Hand, und zu guter Letzt ertrinkt tragischerweise auch noch die Magd mitsamt dem Auslöser allen Übels, ihrem ungeborenen Kind.« Ich wippte auf meinen Zehenspitzen und sah den Pastor freundlich an.

»Maria? Maria Jakobi ertrunken?« Er schüttelte den Kopf. »Wer hat Ihnen diesen Unsinn erzählt?«

»Wieso Unsinn?« fragte ich scheinbar leichthin.

»Weil sie nicht ertrunken ist, deshalb. Sie hat das Dorf verlassen – ist davongelaufen, wenn Sie so wollen, das war alles.«

*

Kaum hatte die Polizei das Haus verlassen, trafen die ersten Nachbarn ein, um zu kondolieren und aus erster Hand nähere Einzelheiten über die Schreckenstat in Erfahrung zu bringen, die sich wie ein Lauffeuer im Dorf herumgesprochen hatte. Der Strom der Besucher wollte nicht mehr abreißen. Maria war den ganzen Nachmittag damit beschäftigt, Kaffee zu kochen und Tassen zu spülen. Zum Nachdenken kam sie kaum. Es war bereits spät am Abend, als sie sich endlich in ihre Kammer zurückziehen konnte. Doch kaum hatte sie ihre Schuhe ausgezogen und sich erschöpft auf's Bett fallen lassen, da klopfte es noch einmal. Frau Pitzer trat ein und schloß sorgsam die Tür hinter sich.

»Maria, ich muß mit dir reden.«

Verwundert und erschrocken sprang Maria auf und bot ihr einen Stuhl an, aber die Bäuerin überhörte das Angebot und blieb im Raum stehen.

»Ich habe der Polizei gesagt, daß in der Frühe nichts Besonderes vorgefallen ist«, begann sie ruhig. »Alle hätten ihre Arbeit getan wie immer.« Sie machte eine Pause, ehe sie hinzufügte: »Ich habe ihnen nicht gesagt, daß du nicht da warst.« Mit steinernem Blick fixierte sie Maria. Zwei kühle graue Steine, die sich ihr bis ins Herz bohrten. »Ich habe ihnen nichts davon erzählt«, fuhr sie in bedächtigem Tonfall fort, »weil ich denke, daß die Sache niemanden etwas angeht. Von mir wird keiner erfahren, daß du heute schon so früh in Wald und Wiesen unterwegs warst.« Die Magd blieb sprachlos. »Woher ich das alles weiß?« fragte die Bäuerin, und ein Funken spöttischer Herablassung glomm in den Marmoraugen. »Ich habe dich heute morgen gesucht, weil ich dich nach dem Melken ins Nachbardorf zur Apotheke schicken wollte. Als ich dich in den Ställen nicht fand, bin ich rauf in deine Kammer, aber da warst du auch nicht. Später dann, als ich diese – diese Krämpfe hatte, warst du plötzlich wieder da, wie aus dem Boden gestampft. Und ich hatte Zeit genug, mir deine Füße anzugucken, wie ich da so am Boden lag. Deine Strümpfe waren mit Kletten übersät, und dein Rocksaum war ganz naß. Ich glaube nicht, daß du deine Wäsche so aus dem Schrank genommen hast.«

»Ich – ich war – ich habe . . .«

»Ich will nicht wissen, wo du warst oder was du gemacht hast. Behalt es für dich, hast du verstanden?«

Maria nickte fassungslos. Aber Frau Pitzer hatte noch nicht alles gesagt.

»Was deine Schwangerschaft betrifft, brauchst du dich nicht zu sorgen«, erklärte sie bestimmt. »Du kannst hier bleiben mit dem Kind, wir kriegen's schon groß.« Ihre Stimme wurde ein klein wenig milder.

»Aber ich – es ist – ich glaube, ich kann nicht . . .« stotterte Maria hilflos.

»Ich kann dich nicht zwingen, bei uns zu bleiben«, fuhr die Bäuerin fort, »aber es gibt demnächst eine Menge Arbeit auf dem Hof. Und sollte es einen bestimmten Grund haben, daß du glaubst, du könntest nicht . . .« Sie stockte und suchte angestrengt nach Worten. Da sie jedoch keine passende Umschreibung fand, sprach sie es ganz direkt aus: »Ich denke, wir wissen beide, wer der Vater des Kindes ist. Ich kenne – kannte meinen Mann. Und ich glaube nicht, daß du ihn mir abspenstig machen wolltest. So attraktiv kann er für ein junges Mädchen wie dich nicht gewesen sein.« Wieder machte sie eine Pause und preßte eine Hand gegen ihren Magen. »Wir sind doch immer ganz gut miteinander ausgekommen, du und ich«, meinte sie dann und versuchte ein Lächeln. »Natürlich hat es hier und da Auseinandersetzungen gegeben, und ich bin oft ruppig zu dir gewesen, aber im großen und ganzen kannst du nicht behaupten, daß ich dich schlecht behandelt hätte. Und die Kinder mögen dich, es ist ohnehin alles schon schwer genug für sie . . .« Sie senkte den Blick und wirkte plötzlich sehr schwach und erschöpft. »Wie du siehst, geht es mir gesundheitlich nicht besonders gut, und ich glaube nicht, daß es so schnell besser werden wird, im Gegenteil.« Wieder rang sie um die passenden Worte, doch auch für diese häßliche Wahrheit gab es keine beschönigende Formulierung. »Ich habe Krebs«, bekannte sie tonlos, »und es besteht keine Aussicht auf Heilung. Aber ich bitte dich, mit niemandem aus der Familie darüber zu reden, ich habe es bisher auch nicht getan.«

Maria nickte, obwohl sie nur langsam begriff. Zuviel Unglaubliches hatte sie innerhalb der letzten wenigen Minuten gehört, in ihrem Kopf drehte sich alles. Tränen brannten in ihren Augen und verschleierten ihren Blick, ihr Hals war wie zugeschnürt.

»Denke in Ruhe über alles nach«, forderte die Bäuerin sie in alter Sachlichkeit auf und wandte sich zur Tür. »Ich wünsche dir eine gute Nacht.« Sie nickte ihr zu und war auch schon verschwunden, ehe Maria ihre Sprache wiedergefunden hatte.

»Gute Nacht«, murmelte sie gedankenverloren, doch Frau Pitzer hatte die Kammer bereits verlassen.

Wie angekündigt, erschien die Polizei am nächsten Morgen noch einmal. Schöller und Stutenbäcker wurden wieder zu Sofa und Sesseln beordert, verzichteten jedoch diesmal auf die Anwesenheit des kompletten Hofstaats. Maria drückte sich in der Küche herum und lauschte klopfenden Herzens auf das, was nebenan gesprochen wurde.

». . . war eine eine Walther PP, eine Pistole, wie sie die Polizei benutzt. Wir haben bereits herausgefunden, woher diese Waffe stammte. Sicher erinnern sie sich an den Häftling, der vor einigen Wochen entflohen ist. Sie sind doch damals zu dem Fall befragt worden? – Der Mann hatte einem Beamten die Waffe entwendet und ist getürmt. Und wie Sie vielleicht wissen, ist er trotz intensivster Suche bis heute nicht aufgegriffen worden. Man ging bisher allerdings davon aus, daß er inzwischen die Gegend verlassen habe und irgendwo anders untergetaucht sei. Es gab begründete Vermutungen darüber, daß er sich ins Ausland abgesetzt hat. Nun – es fällt mir nicht leicht, die Wahrheit zuzugeben, aber es sieht ganz so aus, als sei dieser Gewaltverbrecher der Mörder Ihres Mannes gewesen. Er muß sich also

noch hier in der Gegend aufgehalten haben. Durch den dauerhaften Regen gestern sind die meisten Spuren am Tatort leider weggewaschen worden, und auch an der Waffe haben wir keine Fingerabdrücke gefunden. Der Täter muß sie abgewischt haben.«
Maria brach der Schweiß aus, und ihr Herz schlug hart gegen ihre Brust. Sie hatte Angst, ohne Zweifel, doch zugleich überkam sie eine trotzige, wilde Freude darüber, daß Hannes es anscheinend geschafft hatte.
Wieder erscholl das sonore Organ Schöllers, der der Bäuerin nun anscheinend eine Fotografie zeigte und sie zu der abgebildeten Person befragte. Maria konnte nicht hören, was Frau Pitzer antwortete, und sie verstand erst wieder, als Schöllers sagte: »Ihre Magd möchte ich dann noch einmal sprechen, wenn es möglich ist.«
Die Großmutter steckte den Kopf durch die Küchentür und winkte Maria heran. Schöller reichte ihr die Hand und erkundigte sich höflich nach ihrem Befinden. Sie hauchte ein unverständliches »Danke, gut«, während der Kommissar in seiner braunen Rindsledertasche herumkramte, die Fotografie, die wohl auch Frau Pitzer schon zu sehen bekommen hatte, noch einmal herausnahm und sie ihr hinhielt. Hannes blickte sie an, doch sein Blick war kühl, ohne ein Lächeln. Harte Schlagschatten lagen unter seinen Augen und der einst schöne Mund mit den samtenen, vollen Lippen wirkte verächtlich und boshaft.
»Kennen Sie diesen Mann?«
Nein, so kannte sie ihn nicht. Maria schüttelte den Kopf.
»Schauen Sie genau hin. Vielleicht sind Sie ihm in den letzten Tagen zufällig begegnet. Nein?«
»Ich kann mich nicht erinnern. Nein, ich habe diesen Mann noch nie gesehen.«

*

Der Mond schaut hinab in den Spiegel nächtlicher Flut,
doch ihm gefällt nicht, was er dort sieht.
Er verbirgt sein Gesicht hinter Wolkenschleiern
und wendet sich ab, rot vor Scham.
Warum läßt du mich allein? Ich kann nicht sehen!
Die Angst wohnt in der Dunkelheit.
Tretet aus euren Schatten, ihr Geister!
Was wollt ihr von mir? Ich habe euch nichts getan.
So hilf mir doch einer!
Doch da ist niemand, der sich schützend vor mich stellt.
Meine Knie wollen mich nicht mehr tragen,
die Hände suchen vergebens Halt.
Der Fall ist kurz wie ein Wimpernschlag.
Mein Blut gefriert in den eisigen Wassern,
Schlingpflanzen breiten ihre Arme aus.
Komm zu uns, komm zu uns, wir schützen dich!
Bei uns herrscht ewig Frieden.
Komm zu uns, komm zu uns, wir betten dich
auf Seegras und weichen Moosen!
Komm zu uns, komm zu uns, wir wiegen dich
und liebkosen dich, wir kämmen dein goldenes Haar!
Wir schmücken dein Grab mit Seerosenknospen
und singen dir ein schönes Lied
immerdar, immerdar, immerdar . . .

»Maria ist nicht ertrunken«, wiederholte Georgi noch einmal, nachdem er jedem von uns einen Cognac eingeschenkt und anschließend in seinem alten Ledersessel Platz genommen hatte. Auf seinen Wunsch hin hatten wir den Friedhof verlassen, da er nicht der rechte Ort für Auseinandersetzungen sei, und waren im Pfarrhaus eingekehrt, um unseren Schlagabtausch fortzusetzen.
»Herr Pastor, in meinem Haus wurde *eingebrochen*!« antwortete ich gereizt, denn *jede* Lüge konnte ich auch einem armen alten Mann nicht verzeihen. »Jemand ist bei mir eingestiegen,

weil er fürchtete, in Ihrem Brief habe die *Wahrheit* gestanden. Was soll ich denn bitteschön noch alles hinnehmen, ehe ein paar unversöhnliche alte Leute bereit sind, mir und vor allem sich selbst reinen Wein einzuschenken?«

»Eingebrochen?« Georgi schien ehrlich überrascht.

»Ja, eingebrochen«, wiederholte ich ärgerlich. Diese schrulligen Alten gingen mir allmählich allesamt auf die Nerven, gleichgültig ob sie Jödt, Herber, Georgi oder sonstwie hießen..

Georgi senkte den Kopf und legte schützend eine Hand übers Gesicht. Seine breit gespreizten Finger erinnerten mich einmal mehr an die knorrigen Klauen eines großen Vogels, wozu der Siegelring, der auf seinem kleinen Finger steckte, in grotesker Weise beitrug. Und schon spürte ich wieder das Mitleid in mir heraufwogen, als hätte ich statt des Cognacs eine große Verschlußkappe Weichspüler zu mir genommen. Mein inneres Programm schaltete automatisch um auf Schongang und ließ schaumig-milde Worte über meine Zunge schwappen.

»Glauben Sie nicht, es wäre damals besser gewesen, sich offen auszusprechen über das, was geschehen war?« fragte ich lämmersanft. »So aber haben Sie Ihr Herz zur Mördergrube gemacht und jahrzehntelang das schlechte Gewissen und die Schuldgefühle mit sich herumgeschleppt.«

»Mich aussprechen sollen hätte ich?« Der alte Mann hob den Kopf. »Was wäre denn dann aus ihr geworden?« Er zitterte so heftig, daß ich plötzlich glaubte, er litte an Parkinson, nur war mir das bisher nie aufgefallen. »Man hätte sie wegen Mordes verurteilt«, erklärte er voll bitterer Überzeugung und sah mir in die Augen. »Sie wäre für den Rest ihres Lebens im Gefängnis gelandet, genau das wäre geschehen!« Er griff nach seinem Glas und leerte es in einem Zug. Ich schenkte ihm wortlos nach und nahm ebenfalls einen Schluck,.

Wir verfielen in Schweigen, doch in meinem Kopf arbeitete es so fieberhaft, daß mir der Schweiß ausbrach. Mord? Hatte er da eben von Mord gesprochen? Ich versuchte, meine fragmentarischen Wissensbröckchen zu einem sinnvollen Gesamtwerk zusammenzusetzen, aber es gelang mir nicht. Langsam verstand ich gar nichts mehr.

»Über vierzig Jahre habe ich geschwiegen«, flüsterte der Alte plötzlich in die Stille hinein. »Über vierzig lange, harte Jahre – ich hätte nicht gedacht, daß mich die Vergangenheit noch einmal einholen würde.« Seufzend schüttelte er den Kopf und fuhr mit der Rechten über seinen kahlen Schädel, der mit leberbraunen Altersflecken übersät war.

»Ich denke, daß es endlich einmal an der Zeit ist, Ihrem Herzen Luft zu machen«, formulierte ich vorsichtig. »Die Wahrheit bringt doch heute niemanden mehr ernstlich in Gefahr!«

Georgi nickte stumm. Nach einem weiteren Cognac begann er mit leiser Stimme zu erzählen, wie er – gerade dreißigjährig – als neuer Pfarrer kurz nach Kriegsende in die Gemeinde gekommen war. Er sprach von den Ressentiments, die gegen den jungen Fremden bestanden hätten und von den Anstrengungen, die es ihn gekostet habe, das Vertrauen der Einheimischen zu gewinnen. Er berichtete von dem Bauern Pitzer, der ihm von Anfang an eine gewisse Offenheit entgegengebracht und ihm als einer der wenigen schon früh seine Unterstützung angeboten habe. Fortan habe er sich immer äußerst großzügig gezeigt, wenn Not am Mann war. So sei es beispielsweise ganz wesentlich seiner spontan erbrachten Spende zu verdanken gewesen, daß der Dachstuhl der Kirche nach dem Brand im Oktober 1949, den ein Blitzschlag verursacht hatte, so schnell wieder hergerichtet werden konnte. Für neue Kirchenbänke habe Pitzer ebenfalls gesorgt. Aus all diesen Gründen habe er, Georgi, sich ihm sehr zu Dank verpflichtet gefühlt und an den Geschicken der Familie immer besonderen Anteil genommen. So wußte er, wie nachhaltig der Tod des ältesten Sohnes Karl, der schon früh gefallen war, die Familie belastete, denn es gab ja nun in absehbarer Zeit keinen Nachfolger mehr, der den Hof hätte übernehmen können. Er erwähnte auch die schwere Verwundung, die Pitzer sich im Krieg zugezogen hatte und die ihn für den Rest seines Lebens zum Krüppel machte. Georgi sprach von den für die damalige Zeit so opulenten Sonntagsessen, zu denen er regelmäßig geladen gewesen sei, und dem Ritual des Zigarrenrauchens, das Pitzer und er nach dem Essen mit Hochgenuß gepflegt hätten. Nein, Pitzer sei kein sonderlich gebildeter Mensch gewesen, aber er habe immer eine gewisse Begeisterung für neue Ideen bewiesen, die den meisten Bauern damals abging. So habe er felsenfest an den technischen Fortschritt geglaubt – ihn faszinierte beispielsweise der Gedanke des bäuerlichen Betriebes als eine Art agrarischer Produktionsstätte nach industriellem Muster – und er habe in vielen Dingen eine bemerkenswerte Weitsicht und Geschäftstüchtigkeit gezeigt. ›Es gibt wieder Geld, es gibt wieder Arbeit, die Leute wollen essen. Jeden Tag Fleisch, davon träumen sie doch! Und bald werden sie sich's leisten können, Herr Pastor, und dann bin ich da und liefere ihnen die Haxen direkt auf den Tisch!‹ So habe Pitzer gesprochen, und tatsächlich sei es ihm gelungen, in kürzester Zeit eine respektable Schweinezucht aufzubauen. Der Pastor berichtete aber auch von Pitzers Jähzorn, vor dem niemand sicher gewesen sei, von der Brutalität, die oft aus scheinbar nichtigem Anlaß die dünne Decke der Beherrschung durchbrach. Er sprach von dem gebrochenen Herzen der Bäuerin, die den Tod ihres ältesten Sohnes nicht verwinden konnte und für die auch der kleine Nachzügler kein Trost war: Joachim, dieser stille, blasse Junge, den niemand so recht beachtete. Er erwähnte ihre Krebserkrankung, die sie vor ihren Angehörigen geheimgehalten habe bis zu jenem besagten Ende, das in seiner Konsequenz ohnehin unabwendbar gewesen sei, wie er noch einmal betonte, und seinen Respekt vor ihr in keiner Weise geschmälert habe. Und dann kam er endlich zu Maria, dem zarten, jungen Mädchen, dem ich wundersamerweise so ähnlich sähe. Er beschrieb ihr honigblondes Haar, das im Gegensatz zu meinem allerdings ganz glatt gewesen sei, die dunklen Augen, die in seltsamem, durchaus apartem Kontrast zu den hellen Haaren gestanden hätten, wie es ja auch bei mir der Fall sei, sprach von dem etwas eigenwilligen Zug um den Mund, und hier stockte er einen Augenblick, und ich erriet, daß ihm wohl ein ›störrisch‹ oder ›dickschädelig‹ auf der Zunge gelegen hatte, er jedoch der Höflichkeit halber auf einen weniger negativen Begriff ausgewichen war. Er beschrieb den winzigen Raum über der ehemaligen Kornkammer, in dem sie wohnte, und er berichtete weiter, wie sich ihm diese unglückliche junge Frau eines Tages voller Verzweiflung anvertraut und ihm unter Tränen gebeichtet habe, daß Pitzer sie quäle. Ja, er habe von den Vergewaltigungen und der Schwangerschaft gewußt, gab er unumwunden zu. Aber damals habe er dem Mädchen keinen rechten Glauben schenken können, die Anschuldigungen seien einfach zu ungeheuerlich gewesen. In Wahrheit habe er ihr wohl nicht geglaubt, so seine spätere Einsicht, weil er ihr nicht glauben *wollte*. Statt dessen habe er angenommen, sie wolle sich wichtig tun und mit ihren Anschuldigungen von ihren eigenen Verfehlungen ablenken. Sie zurechtzuweisen und an ihr Gewissen zu appellieren, schien ihm damals die einzig adäquate Reaktion auf ihr Verhalten zu sein. Daß er sich durch seine kaltherzige Ignoranz an Maria versündigt hatte, sei ihm erst in dem Moment bewußt geworden, als sie ihm im Dämmerlicht eines naßkalten Februarmorgens gleichmütig erklärte, sie habe soeben den Bauern Pitzer erschossen. Auf einer Lichtung im Wald, zu Füßen eines erst kürzlich wieder instandgesetzten Hochsitzes, habe er bald darauf den Toten gefunden. Die Pistole, mit der er erschossen worden war, habe direkt neben ihm gelegen. In seiner Panik habe er sie aufgehoben und mit seinem Taschentuch abgewischt, er könne selbst nicht sagen, warum. Entsetzt und erschüttert sei er anschließend zurück ins Dorf gelaufen, um die Polizei zu verständigen, habe aber dann zuallererst Frau Pitzer aufgesucht.

Und dann schilderte er jenes denkwürdige Gespräch, das er bis zum Ende seiner Tage nicht vergessen werde, wie er betonte. Frau Pitzer habe der Tod ihres Mannes kaum berührt, und obwohl er ihr nicht mitgeteilt hatte, daß Maria die Täterin war, schien sie die Wahrheit bereits zu kennen. Sie wußte auch von den Vergewaltigungen und deren bitterer Folge. Und *sie* sei schließlich diejenige gewesen, die ihn gebeten, nein, die ihm *befohlen* hätte, zu schweigen, falls man die Magd mit dem Vorfall in Zusammenhang bringen würde. Ohnehin von schlechtem Gewissen dem Mädchen gegenüber gepeinigt, sei er dem Willen der Bäuerin nachgekommen und habe fortan geschwiegen.

»Und was geschah dann?« fragte ich aufgeregt.

»Nicht mehr viel. Die Polizei kam. Ich habe ihnen erzählt, was ich wußte, nur mein Zusammentreffen mit Maria habe ich nicht erwähnt, ich sah es als eine Art Beichtgeheimnis. Der Fall schien auch bald geklärt: Die Tatwaffe war identisch mit jener, die einem Polizisten einige Zeit zuvor von einem entlaufenen Sträfling entwendet worden war. Alles sprach dafür, daß dieser Mann, der bis dato noch nicht gefaßt worden war, die Tat begangen hatte. Pitzer hatte ihn wohl beim Wildern überrascht, so lautete die offizielle Annahme. Obwohl unklar blieb, warum der Täter zwar seine Fingerabdrücke entfernt, die Waffe aber unmittelbar am Tatort zurückgelassen hatte, wurde nie eine andere Person verdächtigt.

Ich habe immer mit mir gerungen, ob ich es verantworten könne, daß einem Menschen die Schuld an einem Verbrechen gegeben wurde, welches er nicht begangen hatte. Nach langen Überlegungen kam ich zu dem Schluß, daß das Leben des betroffenen Mannes ohnehin verpfuscht war, er hatte so viel auf dem Kerbholz, wenn ich es einmal so salopp formulieren darf, daß sie ihn ohnehin bis ans Ende seiner Tage eingesperrt hätten. Was machte da ein Verbrechen mehr? Im anderen Fall hätte man ein ganzes Leben zerstört! Außerdem trug dieser Mann ja tatsächlich eine gewisse Mitschuld, denn ohne ihn hätte es diesen, diesen ...« er brachte das Wort ›Mord‹ noch immer nicht über die Lippen, »... wäre es nicht zu diesem schrecklichen Ende gekommen.«

Gerade hatte ich die entscheidende Frage stellen wollen, wie Maria denn um alles in der Welt an die Waffe geraten sei, doch jetzt ahnte ich die Antwort bereits:

»Sie hat sie von ihm gehabt, die Pistole, nicht wahr? Von diesem Sträfling?«

Georgi nickte.

»Ja, von diesem Kerl, aber das wußte ich anfangs nicht.«

»Und wie erfuhren Sie davon?«

»Nach unserem Zusammentreffen an jenem schrecklichen Morgen habe ich nur noch einmal mit Maria gesprochen«, erklärte er dann verhalten, »und zwar an dem Tag, als wir Frau Pitzer zu Grabe trugen. Ich wollte vernünftig mit dem Mädchen reden, aber es ging nicht. ›Wie soll es jetzt weitergehen?‹ habe ich sie gefragt, aber sie hat nur gemeint, das ginge mich nichts an. Sie hätte mich nicht gebeten, die Wahrheit zu verschweigen, und sie sei mir keine Rechenschaft schuldig. Da habe ich es aufgegeben. Ich beschloß, sie fortan in Ruhe zu lassen und hatte plötzlich das Gefühl, daß ich sie ohnehin nie wiedersehen würde. Aus dieser Eingebung heraus erkundigte ich mich spontan, woher sie die Waffe gehabt hätte, denn diese Frage brannte mir seit Wochen auf der Seele. Ich rechnete allerdings nicht ernsthaft damit, eine Antwort zu bekommen. Zu meiner Verwunderung sagte sie aber nach kurzem Zögern: ›Woher ich die Waffe hatte, wollen Sie wissen? Von eurem gesuchten Schwerverbrecher, er hat sie mir persönlich in die Hand gedrückt!‹ Sie lachte bitter und schien ihren Spaß daran zu haben, mich zu schockieren. Dann wandte sie sich ab und ging davon. Ich habe sie tatsächlich nie wiedergesehen. In der darauffolgenden Nacht ist sie davongelaufen. Viele Wochen später habe ich ihr noch einmal geschrieben, aber sie hat nicht geantwortet.«

Klar, wie denn auch, wenn man sie vorher ersäuft hat, dachte ich bitter, sprach es jedoch nicht aus. Der Alte schien unbelehrbar.

*

»Ich kann eure scheelen Blicke nicht länger ertragen!« Rainer hieb mit der Faust auf den Tisch, daß die Gedecke klirrten. »Wie oft soll ich es euch noch sagen, ich habe mit der Sache nichts zu tun!«

Für einen Moment wurde es ganz still im Raum, und der junge Mann erntete entrüstete Blicke von den Nachbartischen. Voller Zorn griff er nach seinem Schnapsgläschen, stürzte es hastig hinunter und raufte sich das Haar. Noch immer starrten ihn ein Dutzend Augenpaare an, doch nach und nach wurden die Gespräche an den Tischen wieder aufgenommen, und man achtete nicht weiter auf die jungen Männer, die in ein betretenes Schweigen gefallen waren.

»Was ist, hat's euch die Sprache verschlagen?« fragte Rainer bitter, erhielt jedoch keine Antwort. »Bei Gott, dieses Luder«, er schüttelte den Kopf, »hat immer getan wie die heilige Jungfrau persönlich und dabei trieb sie's mit dem Pitzer hinter jeder Ecke!«

»Nun, ich weiß nicht recht«, wagte Gerd vorsichtig einzuwenden.

»Aber ich weiß es, verdammt noch mal! Die hat sich gedacht, den Alten schnapp' ich mir, soviel Hektar Land und die Schweine dazu, da hab' ich ausgesorgt für's Leben! Und damit sie ihr Spiel ungestört zu Ende spielen konnte, hat sie den Verdacht erst mal auf andere gelenkt. Was ihr ja auch geglückt ist. Gut ausgedacht, sehr clever! Nur ist ihr Plan dann leider doch nicht aufgegangen. Wer hätte auch ahnen können, daß der Alte so unversehens den Abgang macht? Was für ein Pech aber auch, was für ein Rie-sen-pech!«

»Also, ich weiß wirklich nicht . . .« versuchte Gerd erneut einzulenken.

»Was denn, zweifelst du noch immer? Ein schöner Freund bist du, glaubst jedem dahergelaufenen Flittchen mehr als deinem besten Kumpel!«

»Ich glaube gar nichts«, entgegnete Gerd beleidigt. »Und außerdem hat sie nie behauptet, du seist der Vater des Kindes!«

»Nein, das hat sie nicht, dafür ist sie zu schlau. Es sieht doch viel besser aus, wenn sie sich mir ohnmächtig in die Arme wirft und die Märtyrerin spielt. Da kann sie auf euer aller Mitleid zählen!« Rainer schaute verächtlich in die Runde. »Herrmann«, wandte er sich an seinen zweiten Tischnachbarn, »hat sie sich mir in die Arme geworfen oder nicht? Ihr wart doch alle dabei!«
»Ich hab's erst gesehen, als sie schon am Boden lag«, meinte Herrmann und spielte nervös mit seiner Kuchengabel. »Ist ja auch schon ein paar Wochen her.«
Rainer beugte sich zu Gerd hinüber.
»He, Kumpel, denkst du etwa, ich hätte es dir nicht erzählt, wenn die Maria mich rangelassen hätte? Glaubst du wirklich, ich hätte dir das verschwiegen?«
Nein, das glaubte Gerd nicht. In diesem Punkt herrschte Offenheit zwischen ihnen, das hieß, Erfolge beim anderen Geschlecht wurden allenfalls phantasievoller dargestellt, als sie es tatsächlich gewesen waren, aber niemals heruntergespielt. Voller Unbehagen dachte Gerd an die Sache mit seiner Elke zurück. Bevor es heraus war, daß er sie mochte, hatte Rainer kurzfristig ebenfalls ein Auge auf die Metzgerstochter geworfen und lautstark damit geprahlt, wie er sie ›weichzukochen‹ gedachte. Doch als er merkte, daß sein Freund das Mädel gern hatte und er dem armen Gerd die Schau stahl, weil der nicht recht zu flirten verstand, hatte er sich taktvoll zurückgezogen. Das verstand Rainer unter Freundschaft.
»Natürlich glauben wir dir, daß du mit dem Balg nichts zu tun hast«, beschwichtigte ihn Gerd. »Nur diese Geschichte mit Pitzer und Maria – du meinst tatsächlich, die beiden hatten was miteinander?«
»Das liegt doch auf der Hand! Die hat ja schon immer . . .« Rainer brach abrupt ab, weil Bärbel Jödt mit Kaffee und Korn an den Tisch trat, um den Männern nachzuschenken. Doch sie hatte das Gesagte bereits gehört und meinte mit vielsagendem Lächeln:

»Rainer hat recht. Es stimmt, was er sagt.« Sie genoß sichtlich die Aufmerksamkeit, die ihr plötzlich zuteil wurde. »Als Nachbarn kriegt man ja so einiges mit«, erklärte sie mit gespielter Gleichmut, »und ich kann euch erzählen, da war schon lange was im Busch, sowas hat eine Frau im Gespür!« Bewunderung heischend blickte sie in die Runde.
»Bärbel, du bist ein Schatz!« Rainer legte der jungen Frau den Arm um die Taille und drückte sie an sich, während er ihr mit der anderen Hand die Kornflasche entwand. »Endlich mal eine Frau mit Verstand!«
Bärbel fühlte sich sichtlich geschmeichelt und berichtete aufgeregt:
»Das ging schon letzten Sommer los oder vielleicht noch früher. Einmal waren Änne und ich auf dem Weg nach Bachingerode und wie wir so gehen, da sehen wir plötzlich den Bauern aus dem Schober kommen, ihr wißt, der drüben in Richtung Schächterhof steht«, sie schaute sich nach allen Seiten um, ob niemand mithörte, beugte sich vor und flüsterte: »Ganz verstört hat er ausgesehen und ist davongestürzt, als ob der Teufel hinter ihm her wär. Und gleich darauf kam Maria heraus. Die Bluse hat ihr noch auf Halbmast gehangen, und ganz zerzaust war sie, also das war wirklich gotteslästerlich! Ist an uns vorbeimarschiert, als ob wir Luft wären, die eingebildetete Pute! Aber ihr hättet ihren Blick sehen müssen, triumphierend, sag' ich euch, fast wie irr! Änne und ich haben uns schnell bekreuzigt und Gott um Verzeihung gebeten dafür, daß wir ungewollt Zeuginnen dieses Sündenfalls werden mußten. Es war furchtbar!« Sie bekreuzigte sich wieder. »Ich hab's ja schon immer geahnt, die wollte den armen Pitzer unbedingt an sich reißen, dazu war ihr jedes Mittel recht! Da hat sie keine Gnade gekannt und kein Schamgefühl, weder den Kindern gegenüber noch der armen Frau Pitzer!« Bärbel schüttelte entrüstet den Kopf und erklärte mit selbstgerechter Miene: »Bisher haben Änne und ich ja immer geschwiegen aus Rücksicht auf die Bäuerin, aber jetzt – ich finde, es muß einmal deutlich gesagt

werden, was dieses Luder getrieben hat!« Sie blickte triumphierend von einem zum anderen.
»Da hast du voll und ganz recht«, stimmte Rainer ihr zu. »Das versuche ich den Jungs schon seit Wochen klar zu machen.«
Derart angespornt, ging die Jödt noch einen Schritt weiter: »Diese schreckliche Sache ist doch nur passiert, weil die arme Frau die Schande nicht länger ertragen konnte, ich sag's euch! Das hat sie zuerst so krank gemacht und dann . . .«
»Bärbel! Kriegen wir noch einen Kaffee?« Der alte Hennig zwei Tische weiter schwenkte seine leere Tasse in der Luft. Sie gab dem Alten ein Zeichen und meinte mit bedauernder Geste: »Jungs – ich hab' zu tun!«
»Patentes Mädel«, meinte Rainer und sah ihr einen Augenblick nach, wie sie in ihrer schwarzen Kluft eifrig zwischen den Tischen hin und her lief und frischen Kaffee ausschenkte. Schade nur, dachte er im stillen, daß sie so dürre Beine hat und ein schiefes Gebiß. Bisher hatte er sie nie gemocht.
»Na, was hab' ich euch gesagt?« fragte er mit breitem Grinsen. »Jetzt gibt es sogar eine Zeugin, nein, gleich zwei, die alles bestätigen können! Ich meine, darauf sollten wir einen trinken!« Er schenkte schwungvoll nach und hob sein Glas. »Also, auf die Freundschaft, Jungs!« Die jungen Männer leerten ihre Gläser, und Rainer füllte sie noch einmal bis zum Rand. Allmählich wurde ihnen heiß. Wie auf Kommando zogen sie die schlechtsitzenden Jacketts aus und lockerten ihre schwarzen Schleifen, die den Hals ungewohnt einengten.
»Ich für meinen Teil kann hier nicht so ruhig dasitzen und Totenweck fressen«, begann Rainer nach einer Weile erneut. »Und einfach so hinnehmen, daß die Frau sich weggehängt hat vor lauter Gram. Also, da bleibt mir der Bissen im Hals stecken!« Er sah angewidert auf das Stück trockenen Kuchen, daß Herrmann soeben zum Munde führen wollte, stieß seinen eigenen Teller demonstrativ beiseite und griff nach seinem Korngläschen. In Verlegenheit gebracht, taten die anderen es

ihm nach. »Und warum«, fragte er, nachdem er ausgetrunken hatte, »warum ist die Schlampe nicht hier? Könnt ihr mir das erklären?« Mit geröteten Augen starrte er in die Runde. »Sie war grad noch dabei, wie wir den Sarg abgelassen haben und dann – nichts wie weg. Warum wohl, he? Ich sag's euch, weil sie ein schlechtes Gewissen hat, deswegen!«
»Ja, aber was meinst du, sollen wir tun? Wir können sie schließlich nicht einfach davonjagen!« Gerds Stimme klang bereits ziemlich schleppend. Beim Sprechen sah er angestrengt zu Boden, als habe er dort etwas verloren.
»Nein, das können wir leider nicht, da hast du recht. Aber wir können dafür sorgen, daß sie es im Dorf nicht mehr so gemütlich hat!« Kaltlächelnd lehnte sich Rainer auf seinem Stuhl zurück.
»Und wie?« fragte Gerd, ohne den Blick zu heben.
»Nun, das wäre zu überlegen – jedenfalls ist diese Person eine Schande für unser Dorf!«
Die Freunde nickten zustimmend.
»Hey, Bärbel!« rief Rainer der jungen Frau zu, die gerade wieder in der Nähe war. »Wir sitzen hier auf dem Trocknen!« Er deutete auf die leere Schnapsflasche.
»Bei mir gibt's nur noch Kaffee!« erwiderte Bärbel, brachte aber bald darauf eine neue Flasche Korn. »Und?« fragte sie, während sie ihnen einschenkte. »Habt ihr euch schon etwas einfallen lassen?«
»Was soll uns denn einfallen?« lallte Herrmann.
»Nun, ich finde, man müßte diesem Luder mal einen gehörigen Denkzettel verpassen!«
»Tja, wir haben gerade ganz Ähnliches gedacht«, meinte Rainer und zwinkerte ihr zu.
»Na seht ihr!« Bärbel lächelte zufrieden. »Ihr werdet es schon richten.« Sie türmte die Kuchenteller und Tassen auf ihr Tablett und meinte im Weggehen: »Laßt es mich wissen, wenn ihr mich brauchen solltet.«

»Maria, der Pastor schickt nach dir. Er sagt, es sei wichtig,

und du sollst heute abend noch ins Pfarrhaus kommen!« Bärbel sprach laut gegen das aufgeregte Grunzen der Schweine an, deren Tröge die Magd soeben füllte.
»So? Was will er denn von mir?« fragte Maria, ohne ihre Arbeit zu unterbrechen.
»Das wüßte ich auch gern, aber leider hat er es mir nicht auf die Nase gebunden!« giftete Bärbel. »Ich soll's dir nur ausrichten, aber du tätest gut daran, hinzugehen, würd' ich meinen . . .«
»Was soll das heißen?« Maria leerte ihren Eimer, stemmte die Hände in die Hüften und blickte die junge Frau kalt an.
»Das soll heißen, es kann dir sicher nicht schaden, dir die Worte eines gottesfürchtigen Mannes anzuhören«, meinte Bärbel gehässig. Die Magd lachte hämisch auf.
»Das sagt mir die Richtige!«
Ohne auf diese Bemerkung einzugehen, fuhr die Jödt in orakelndem Tonfall fort:
»Wer weiß, wer weiß, vielleicht hat unser gefallenes Mädchen ja auch schon den Pastor um den Finger gewickelt. Die Mitleidsmasche scheinst du ja ausgezeichnet zu beherrschen!«
»Ach, scher dich zum Teufel!« herrschte Maria sie an und drängte sich an ihr vorbei.
»Geh gefälligst zu ihm!« schrie Bärbel ihr nach. »Ich will nicht, daß es heißt, ich hätt's nicht ausgerichtet!«

Ein schmaler Strahl kalten Mondlichts brach sich seinen Weg durch die dichte Wolkendecke, als Maria die Straße hinuntereilte, um in Erfahrung zu bringen, was Georgi ihr Wichtiges zu sagen habe. Es war feucht und mild wie schon in den Tagen und Nächten zuvor, der Frühling war nun nicht mehr weit. Doch bei dem Gedanken an das bevorstehende Gespräch fröstelte sie unwillkürlich und zog ihren wollenen Umhang enger um den Leib.
Sie bahnte sich ihren Weg durch Morast und Pfützen und erreichte bald den kleinen Fluß, den die Schneeschmelze stark hatte anschwellen lassen. Trotz der Eile achtete sie sorgsam auf

ihre Schritte, als sie die Brücke betrat, denn die alten Holzplanken waren glitschig und das Geländer morsch, hatte sich doch seit dem Krieg niemand mehr um die Instandhaltung gekümmert. In einigen Wochen sollte der Steg nun endlich repariert werden. Höchste Zeit, schoß es Maria durch den Kopf, bevor Joachim anfing, allein die Gegend zu erkunden. Doch dann wurde ihr mit einem Schlag bewußt, daß der Junge nicht mehr in der Nähe des Pitzerhofes auf Entdeckungsreise gehen würde. Die Tante hatte Annegret und ihn nach der Beerdigung mitgenommen. Auch die Großmutter würde folgen, sobald entschieden war, was aus dem Pitzerhof werden sollte.

Sie hatte die schmale Brücke beinahe passiert, als sie die dunkle Gestalt bemerkte, die in einigen Metern Entfernung vor ihr stand. Erschrocken blieb sie stehen und starrte auf den schwarzen Schatten, der ihr reglos den Weg versperrte.

»Wer ist da?« fragte sie voll böser Ahnung, erhielt jedoch keine Antwort. Wie auf Kommando zog der Mond sich hinter seinen undurchlässigen Wolkenvorhang zurück, so daß es ihr unmöglich war, zu erkennen, wer da vor ihr stand. In stummem Entsetzen gewahrte sie nur, daß ihr Gegenüber ganz und gar verhüllt war wie ein schwarzes Gespenst. Sie drehte sich um und begann zu laufen, so schnell sie konnte. Fast schon hatte sie die Brücke hinter sich, als plötzlich zwei weitere Gestalten aus dem Dunkel traten und ihr den Rückweg versperrten, auch sie von Kopf bis Fuß in Schwarz gehüllt. Maria stoppte in vollem Lauf, geriet auf den glitschigen Planken ins Schlittern und schlug der Länge nach hin. In wilder Hast sprang sie wieder auf die Beine, die beiden Gestalten immer im Auge behaltend. Als sie sich in Bewegung setzten, floh sie erneut in Richtung des anderen Ufers. Doch sie kam nur bis zur Mitte der Brücke, denn auch der erste schwarze Mann hatte den Steg betreten und näherte sich langsam. Sie saß in der Falle. Voller Angst blieb sie stehen und schrie:

»Was wollt ihr von mir? Verschwindet gefälligst!«

Doch die Gestalten setzten unbeirrt ihren schweigsamen

Marsch fort, so langsam und feierlich, als trügen sie jemanden zu Grabe. Maria fühlte ihre Knie weich werden und klammerte sich panisch an das Brückengeländer. Als der erste auf Armeslänge an sie herangetreten war und geistergleich eine Hand nach ihr ausstreckte, gab der morsche Holzbalken in ihrem Rücken plötzlich nach und zerbarst mit einem trockenen Knacken wie Kaminholz im Ofen. Der Fall dauerte nur eine Sekunde, dann schlugen die dunklen Fluten über ihr zusammen.

Für einen Moment glaubte sie ohnmächtig zu werden, doch sie blieb bei Bewußtsein. Die starke Strömung trieb sie dicht an den Brückenpfeilern vorbei, und im letzten Moment gelang es ihr, sich an dem nassen, glatten Holz festzukrallen. Mit einer Hand erreichte sie die Brückenverstrebung, die sich nur knapp über der Wasseroberfläche befand, und zog sich mit aller Kraft daran hoch. Für Sekunden hing sie dort wie in einer Astgabel und rang keuchend nach Atem. Dann fanden auch ihre Knie Halt auf dem nassen Holz. Es gelang ihr, sich aufzurichten. Jetzt hörte sie aufgeregtes Rufen über sich und das dumpfe Geräusch schneller Schritte, sah jedoch keinen der Männer, die von der Brücke herab verzweifelt ins Wasser spähten. Auch die Männer sahen sie nicht.

»Da, da, seht ihr, dort treibt sie!« schrie jemand, und sie erkannte die Stimme. Sie wandte den Kopf und sah gerade noch den dunklen Schatten ihres Umhangs, der in einiger Entfernung davontrieb. Die Männer rannten den Brückensteg hinunter ans Ufer und stürzten dem dahintreibenden dunklen Plaid nach, das sich schon bald voll Wasser gesogen hatte und irgendwo im Dunkeln unterging.

Maria balancierte die Verstrebung entlang, kroch dann weiter im Vierfüßlergang, hangelte sich um einen senkrechten Brückenpfeiler und gelangte auf eine weitere Verstrebung, deren schräg nach unten laufendes Ende bereits in Höhe des Ufers lag. Niemand bemerkte sie, als sie sich erschöpft ins nasse Gras warf. Rainer und seine Freunde standen ungefähr fünfzig Meter entfernt bis zur Hüfte im Wasser und schrien noch immer verzweifelt. Maria versuchte fieberhaft, einen klaren Gedanken zu fassen. Sich schnellstens aufzuwärmen und die nassen Sachen loszuwerden, schien zunächst das Wichtigste zu sein. Nur keine Lungenentzündung riskieren, wie Hannes es getan hatte. Hannes. Der Gedanke fraß sich wie ein Brandloch in ihr Herz. Doch jetzt war wahrlich nicht der rechte Augenblick für Sentimentalitäten. Strauchelnd kam sie auf die Beine und rannte los in die Richtung, aus der sie gekommen war. Sie sah keine Menschenseele, als sie den Hof erreichte. Hastig erklomm sie die Stiege zu ihrer Kammer. Dort angekommen, riß sie sich die nassen Kleider vom Leib, rieb sich mit einem Leintuch trocken und hüllte sich in die Decke, die Hannes immer benutzt hatte. Dann schürte sie den Ofen und setzte sich davor, die Füße in einer Schüssel mit dampfendheißem Wasser. Bald hörte sie auf zu zittern, und eine wohltuende Wärme breitete sich in ihrem ganzen Körper aus.

Nachdem sie ein wenig zur Ruhe gekommen war, gewann sie allmählich Klarheit über das böse Spiel, daß die Männer mit ihr getrieben hatten. Ihr Entschluß stand schnell fest: Keinen Tag länger würde sie in diesem Dorf bleiben. Sie hätte bereits viel eher gehen müssen. Ohne Hast begann sie, ihre wenigen Habseligkeiten zu packen. Nach kurzem Überlegen ließ sie jedoch auch von dem wenigen noch das meiste zurück. In ihrem besten Kleid, dem neuen Mantel und den alten Schuhen, die Hutschachtel unter den Arm geklemmt, verließ sie lange vor Anbruch der Dämmerung den Hof.

*

Ich mußte mich noch eine ganze Weile gedulden, ehe ich Näheres über den Brief erfuhr, den der alte Pastor Maria geschrieben hatte. Zunächst einmal wurde unser Gespräch unterbrochen, weil Frau Hollerbach ins Haus kam. Georgis Haushälterin freute sich sichtlich, mich wiederzusehen und bedauerte, daß ich den Pastor schon so lange nicht mehr besucht hätte. Ich murmelte etwas von viel Arbeit, und sie nickte verständnisvoll, während ihr Blick über die Tischplatte wanderte. Je länger sie dorthin sah, desto mehr verschwand allerdings das gütige Wohlwollen aus ihrem Gesicht.

»Schnaps am hellichten Tage, Herr Pastor? Der bekommt Ihnen wieder nicht!« platzte sie schließlich heraus und hob drohend den Zeigefinger.

»Das ist kein Schnaps, Frau Hollerbach«, erklärte Georgi und lächelte matt. »Feinster französischer Cognac ist das, so mild und bekömmlich wie Muttermilch.«

»Schnaps ist Schnaps«, meinte sie unbeeindruckt, um gleich darauf ihr nächstes Angriffsziel ins Visier zu nehmen. »Und dann ewig diese qualmenden Stinker da«, schimpfte sie mit angewidertem Blick auf seinen Zigarrenstummel, »als wenn sie morgens nicht schon genug husten würden!« Sie schnaubte verächtlich, riß demonstrativ die Gardine beiseite und öffnete das Fenster. Trotz ihres grimmigen Gesichtsausdrucks hatte ich das Gefühl, daß sie insgeheim dieses kleine Spielchen genoß. Als wolle sie meiner Vermutung Recht geben, behauptete sie plötzlich mit süffisantem Lächeln, wir hätten ja bereits ausgetrunken, schnappte sich blitzschnell die Cognacflasche und trug sie fort. Georgi konnte nur hilflos zusehen.

»Ich werde uns erst mal eine ordentliche Kanne Kaffee aufbrühen!« flötete sie gutgelaunt und verschwand in der Küche, wo wir sie geschäftig rumoren hörten.

Obwohl Frau Hollerbachs Plaudereien am Kaffeetisch recht amüsant waren, hoffte ich inständig darauf, daß sie sich schleunigst erheben und wieder ihren haushälterischen Verpflichtungenen nachkommen würde. Als sie es endlich tat, hat-

ich Georgis Gastfreundschaft schon so lange in Anspruch ge-
ommen, daß die Höflichkeit einen baldigen Abschied geboten
ätte, zumal Georgi ziemlich elend und hundemüde aussah.
ber ich brachte es nicht fertig, mich zu verabschieden, ohne
as Ende der Geschichte erfahren zu haben. Kaum hatte Frau
Hollerbach den Rücken gekehrt, fragte ich den Pastor nach
em Brief.
»Darin stand nichts weiter von Bedeutung«, antwortete Georgi
und winkte ab. Auf mein erwartungsvolles Schweigen hin hob
er dennoch zu einer Erklärung an: »Den Pitzerhof gab es ja
quasi nicht mehr, Annegret und Joachim waren inzwischen bei
einer Schwester der Verstorbenen untergekommen. Sie waren
zu jung, sich um die Hinterlassenschaften kümmern zu können,
und die Großmutter, die ebenfalls von dieser Tochter aufgenommen wurde, war zu alt dazu. Aus tiefer Verbundenheit mit der Familie habe ich die wichtigsten Dinge geregelt, beziehungsweise zu tun veranlaßt. Auch um die Post habe ich mich gekümmert, aber für Maria traf nie etwas ein bis auf diese Karte aus Amerika. Von einer gewissen Tante Doris. Ich erinnere mich noch genau daran, weil ich selbst eine Tante hatte, die diesen Namen trug. Ich wunderte mich ein wenig über diese Einladung nach – wie heißt die Stadt in den Staaten, in der so viele Deutsche leben? Erst kürzlich wurde ein interessanter Bericht im Fernsehen über sie ausgestrahlt. Es ist etwas mit ›M‹, wenn ich mich recht entsinne . . .«
Leider konnte ich ihm nicht unter die Arme greifen, Geographie hatte noch nie zu meinen Stärken gehört. Doch Georgi wäre nicht Georgi gewesen, hätte er des Rätsels Lösung nicht auch ohne Hilfestellung gefunden.
»Milwaukee«, meinte er plötzlich. »Milwaukee im Bundesstaat Wisconsin. Wie gesagt, da es sich um eine Einladung handelte, habe ich sie Maria nachgeschickt, wenn sie mir auch etwas seltsam erschien. In einem Begleitschreiben bat ich sie ferner, sich mit ihrer Mutter in Verbindung zu setzen. Die gute Frau war einige Tage zuvor bei mir gewesen, um etwas über den

Verbleib ihrer Tochter in Erfahrung zu bringen, von der sie se Monaten nichts gehört hatte. Aber ich habe sie nur vertröste weil ich der Meinung war, daß es Maria selbst überlassen blei ben sollte, ob sie mit ihrer Familie Kontakt aufnehmen wollt Bis heute weiß ich nicht, ob sie es je getan hat, da sie, wie ic bereits erwähnte, auf mein Schreiben nie antwortete.«

»Nie antworten konnte«, entfuhr es mir. »Weil sie tot war« setzte ich resigniert hinzu.

*

Es war gegen halb vier, als Professor Steinberg aus der Fakultät zurückkehrte. Soeben hatte er seinen Schirm auf der verglasten Veranda zum Trocknen aufgespannt und Hut und Mantel an der Garderobe abgelegt, da klingelte es an der Haustür. Er ging selbst, um zu öffnen. Draußen stand ein junges Mädchen, naß wie eine Katze und ziemlich außer Atem. Sie mußte den ganzen Berg hochgelaufen und dabei wohl von dem Schauer überrascht worden sein, der soeben niedergegangen war. Sicher kannte sie sich in der Gegend nicht aus, denn sonst hätte sie wie er selbst auch die Buslinie 5 genommen, die sich ächzend und schnaufend die Windungen der steilen, schmalen Schloßbergstraße hochquälte und keine zehn Meter von seinem Anwesen entfernt hielt. Aber sie war wohl mit der Linie 4 gekommen, die am Fuße des Berges Halt machte, um dann in einer scharfen Kurve die Richtung zu ändern und weiter hinaus in die Vororte zu fahren.

Dem Mädchen troff das Wasser aus den Haaren und rann ihr stetig die Wangen hinab. Mit einer raschen Handbewegung wischte sie die Tropfen fort, straffte die Schultern und sagte mit fester Stimme:

»Guten Tag, mein Name ist Maria Jakobi. Ich möchte bitte bei Ihnen als Hausmädchen arbeiten. Pastor Georgi schickt mich – mit den besten Empfehlungen.« Und etwas unsicherer fügte sie hinzu: »Sie kennen doch Pastor Georgi?«

Steinberg nickte verwundert. Natürlich kannte er Georgi, sie waren seit mehr als zehn Jahren befreundet. Er hegte große Sympathien für den intelligenten jungen Mann, dem er eine glanzvollere Karriere gewünscht hätte, als sein Dasein in einer verschlafenen Gemeinde in der Provinz zu fristen. Der Pastor sollte das Mädchen an ihn verwiesen haben? Für gewöhnlich schickte er ihm keine wildfremden Menschen ins Haus. Was mochte das bedeuten?

Steinberg betrachtete das Mädchen näher. Ihre ganze Aufmachung wirkte durchaus ländlich, um nicht zu sagen provinziell, trotz des grellroten Lippenstiftes, den sie aufgetragen hatte.

Welche junge Frau in der Stadt trug solche klobigen Schuhe? Und erst dieses altmodische Kleid! Anständige Kleidung war den jungen Damen in der Stadt das Wichtigste, auch wenn sie sie sich vom Munde absparen mußten. Diese hier kam eindeutig vom Dorf, insofern hatte sie also nicht gelogen. Mit einer gewissen Skepsis bat er die fremde junge Frau herein, und als er ihr den Mantel abnahm, sah er die ganze Bescherung. Ach Gott, dachte er, armes Mädel, wohl sitzengelassen worden von so einem Schuft. Er führte sie in die Bibliothek und bat sie, Platz zu nehmen. Auch er selbst setzte sich, schaute sie erwartungsvoll an und wartete darauf, daß sie ein Empfehlungsschreiben seines Freundes aus der Hutschachtel nehmen würde, die sie noch immer fest umklammert auf ihrem Schoß hielt. Aber nichts geschah.

»Ich kann arbeiten«, sagte das Mädchen plötzlich. »Alles, was Sie wollen: Putzen, Waschen, Kochen, Bügeln, den Zaun streichen, ich mache alles, wirklich, das ist kein Problem – es macht mir überhaupt nichts aus.« Der Nachsatz war wohl ein versteckter Hinweis auf ihre Schwangerschaft.

»Nun ja«, meinte Steinberg zögernd, »es ist schon so, daß wir jemanden brauchen könnten, aber ehrlich gestanden überrascht mich Ihr Besuch ein wenig.«

Die fremde junge Frau sah ihn eindringlich an.

»Herr Professor Steinberg, ich bitte Sie, Sie *müssen* mich einfach nehmen!« Ihre dunklen Augen glühten, und flüsternd setzte sie hinzu: »Ich kann sonst nirgends hin.«

Wie konnte er sie abweisen? Ihre Not war so offensichtlich, daß es eine Sünde gewesen wäre, sie wegzuschicken. Steinberg sah Maria prüfend an, blickte dann scheinbar interessiert auf seine manikürten Fingernägel, hob erneut den Blick und meinte schließlich:

»Also gut, aber ich kann Ihnen nichts versprechen. Wenn meine Frau sich nicht einverstanden erklärt, kann ich leider nichts für Sie tun – doch wir werden sie fragen«, fügte er lächelnd hinzu und erhob sich. »Einen Moment bitte, ich werde hinaufgehen und mit ihr sprechen. Sie ist bettlägerig und kann leider nicht herunterkommen.«

Die Frau des Professors erklärte sich nach kurzem Zögern bereit, Maria probeweise einzustellen. Über kurz oder lang hätte sie ohnehin jemanden suchen müssen, der sich um den Haushalt kümmerte, und insofern kam ihr das Mädchen gerade recht. Auch sie selbst war guter Hoffnung, allerdings wurde ihre Schwangerschaft durch zahlreiche Komplikationen erschwert. Man hatte ihr von ärztlicher Seite geraten, sich so viel als möglich zu schonen, und so lag sie fast den ganzen Tag in ihrem Zimmer, trank Kräutertee und las, döste oder blickte aus dem Fenster in den leeren Himmel. Sie hätte sich auch angekettet in ein dunkles Loch sperren lassen, wäre dies der Preis dafür gewesen, ein gesundes Kind zur Welt zu bringen. Obwohl die Eheleute sich nichts sehnlicher gewünscht hatten, war ihnen über viele Jahre hinweg der Kindersegen versagt geblieben. Mittlerweile waren beide nicht mehr ganz jung, und Frau Steinberg sah in dieser Schwangerschaft so etwas wie eine letzte Chance. Sie würde nichts tun, was diese Chance gefährden könnte.

So kam es, daß Maria schon wenige Stunden später das Abendbrot für die Steinbergs zubereitete und im Eßzimmer servierte. Auch sie wurde zu Tisch gebeten, aber sie lehnte dankend ab. Es erschien ihr angemessener, in der Küche oder auf ihrem eigenen Zimmer zu essen. Ja, sogar ein Zimmer hatte man ihr angeboten, eine kleine, saubere Stube unter dem Dach mit einer dezent geblümten Tapete, einem bequemen Bett und wenigen, hübschen Möbelstücken. Den Rest des Abends verbrachte sie damit, vor ihrem Giebelfenster zu sitzen und den Blick auf das Lichtermeer der Stadt zu genießen, das bis zum Horizont reichte, wo es vom Funkeln der Sterne abgelöst wurde. Wieder und wieder versuchte sie, die Lichter zu zählen, um ein aufs andere Mal glücklich festzustellen, daß sie es nicht konnte. Nie hätte sie es sich gestern träumen lassen, daß sie es so gut treffen würde. Nach ihrer Ankunft in der Stadt war sie für die erste Nacht bei ihrem Vetter Martin untergekommen, von dem sie sich weitere Hilfe erhofft hatte. Doch der Vetter zeigte sich weder bereit, sie längerfristig in seiner Junggesellenbude aufzunehmen, noch konnte oder wollte er ihr in irgendeiner Form aus ihrer mißlichen Lage helfen. Der halbherzige Rat, sie solle zu ihrer Mutter zurückkehren, war alles, was er zu bieten hatte, aber das kam für Maria unter gar keinen Umständen in Frage. Enttäuscht und verzweifelt hatte sie sich des Nachts auf Martins harter Gästeliege den Kopf darüber zerbrochen, wie es nun weitergehen solle, bis ihr irgendwann das Gespräch mit Georgi in den Sinn kam. Hatte er nicht von einer gewissen Familie Steinberg gesprochen? Ohne sich von ihrem Vetter, der noch schlief, zu verabschieden, war sie am nächsten Morgen zur Post gegangen und hatte nach einem Eintrag im örtlichen Telefonbuch gesucht. Tatsächlich wurde sie bald fündig. Aber sie rief nicht an, sondern notierte sich nur die Adresse und forschte auf einem Stadtplan nach dem angegebenen Straßennamen. In den nächsten Stunden war sie ziellos in der Stadt umhergelaufen, doch erst am Nachmittag fand sie den Mut, die Steinbergs aufzusuchen.

Sie gewöhnte sich sehr schnell ein. Die Arbeit in dem großen, eleganten Haus gefiel ihr, und die Steinbergs behandelten sie überaus freundlich.

Zwar war es der Gattin des Professors anfänglich spürbar unangenehm gewesen, sich ausgerechnet von einer Schwangeren die Arbeit abnehmen zu lassen, aber Maria erledigte alles so selbstverständlich und mit einer Leichtigkeit, die ihren Zustand beinahe vergessen ließ. Allmählich überwand Frau Steinberg ihre Skepsis und mochte die ruhige, bescheidene Art des Mädchens nicht mehr missen. Die Steinbergs bestanden darauf, daß ihr eigener Hausarzt sich auch Marias annahm. Er berechnete den voraussichtlichen Geburtstermin auf den 22. Juni, zwei Wochen nach der zu erwartenden Niederkunft der Hausherrin. Auch die letzten Schwangerschaftswochen verliefen für Maria problemlos. Im Haus der Steinbergs brachte sie am 20. Juni 1950, einem Dienstag, einen gesunden Jungen zur Welt.

Frau Steinberg selbst hatte zu diesem Zeitpunkt immer noch nicht entbunden. Man überlegte bereits, das Kind zu holen, als die Wehen endlich einsetzten, genau einen Tag nach Marias Niederkunft. Die Geburt war qualvoll und zog sich über viele Stunden hin, doch letztendlich war aller Schmerz umsonst: Das Kind kam tot zur Welt, es hatte sich mit der Nabelschnur erdrosselt. Frau Steinberg war so geschwächt, daß sie nicht mehr wahrnahm, was geschehen war. Sie fiel in einen ohnmachtsähnlichen Schlaf, aus dem sie erst am Abend wieder erwachte. Als der Arzt ihr mitteilte, das Kind sei nicht mehr am Leben, begann sie mit ungeahnter Heftigkeit zu toben. Sie schrie nach ihrem Kind und beschimpfte lautstark jeden, der zu ihr ins Zimmer trat, so daß ihr armer Mann fürchtete, sie habe den Verstand verloren. Während der Arzt ihr ein starkes Beruhigungsmittel spritzte, mußte er seine Frau mit Gewalt festhalten, und er umklammerte noch immer ihre schmale, kraftlose Hand, als sie schon längst in Tiefschlaf versunken war, als wolle er sie daran hindern, davonzuschweben in das Schattenreich des Wahnsinns.

Als er sie losließ, war es bereits weit nach Mitternacht. Er ging in die Bibliothek hinunter, ließ sich in seinen schweren Ledersessel sinken und weinte. Nie in seinem Leben hatte er so geweint. Als er aufblickte, stand Maria plötzlich vor ihm wie eine Erscheinung. Sie war nur mit einem weiten, wallenden Nachtgewand bekleidet, das bis zum Boden reichte, und die hellen Haare fielen ihr aufgelöst über die Schultern. Mit dem Säugling, den sie an ihrem Herzen trug, sah sie aus wie die Heilige Jungfrau persönlich. Ja, Steinberg glaubte tatsächlich für einen Moment, daß es sich um eine Erscheinung handelte und konnte sich auch später nie ganz von dieser Vorstellung lösen. Wortlos legte Maria ihm den schlafenden Knaben in die Arme, und erst auf seinen fragenden Blick hin sagte sie, allerdings sehr lebendig:

»Nehmen Sie ihn. Sie wünschen sich so sehr ein Kind. Ich möchte nach Amerika, ich kann ihn nicht brauchen. Bei Ihnen wird er es besser haben, als er es bei mir jemals hätte.«
Und Steinberg nahm das Kind.

Nachdem seine Frau aus ihrem langen Schlaf erwacht war, legte er ihr den Knaben an die Brust, und sie glaubte vom ersten Augenblick an, es sei *ihr* Kind.
Maria verließ das Haus noch am selben Tag. Man hat sie seither nie wieder gesehen.

*

Ich hatte mich also getäuscht. Maria war nicht ertrunken, wie der Spuckteufel geglaubt hatte. Es mußte ihr in jener unseligen Nacht gelungen sein, sich nach ihrem Sturz von der Brücke unbemerkt ans Ufer zu retten. Das zumindest behauptete Pastor Georgi. Bald nach ihrem Verschwinden sei sie wieder höchst lebendig bei einem gewissen Professor Steinberg aufgetaucht, hieß es weiter, und habe dort eine Stelle als Haushälterin angenommen. Ich habe mir nie die Mühe gemacht, die Aussagen des Pastors zu überprüfen. Weshalb auch hätte er jetzt noch lügen sollen?
Ich fragte ihn, warum Maria ausgerechnet zu diesen Steinbergs gegangen sei, und er erzählte, daß er selbst zu einem früheren Zeitpunkt ihr gegenüber den Namen des Professors erwähnt habe, da er damals erwog, bei seinem alten Freund um Hilfe für das Mädchen anzufragen. Doch dann sei es zum Zerwürfnis zwischen der Magd und ihm gekommen, und er habe seinen Plan nicht weiter verfolgt, ja, gar nie wieder daran gedacht, bis Steinberg ihm eines Tages von Maria erzählte. Ohne Georgis Wissen sei sie mit einer vermeintlichen Empfehlung seinerseits bei dem Professor vorstellig geworden und habe um Arbeit in seinem Hause gebeten. Tatsächlich habe Steinberg sie daraufhin als Haushälterin eingestellt. Georgi sei es als das Beste erschienen, seinen Freund in dem Glauben zu lassen, er hätte ihm das Mädchen persönlich geschickt. Wozu noch mehr Ärger entfachen, zumal die Steinbergs sich nur lobend über Maria äußerten und sie wegen ihrer freundlichen Art sehr schätzten? Nein, er hielt es für besser, über ihre Vergangenheit zu schweigen.
»Und was war mit ihrem Kind?« fragte ich ihn. Georgi zögerte einen Moment. Die Schwangerschaft sei problemlos verlaufen, erklärte er dann, mit Komplikationen sei nicht zu rechnen gewesen, wie der Hausarzt der Steinbergs habe verlauten lassen. Dennoch sei es bei der Geburt zu einem tragischen Zwischenfall gekommen, und das Baby sei überraschend gestorben. Es habe sich mit der Nabelschnur erwürgt. Wieder einmal hatte

also jemand dran glauben müssen, dachte ich im stillen. Aber so ist das Leben wohl. Und womöglich hatte dieses Unglück auch sein Gutes, denn Maria war nun unabhängig und frei, vielleicht zum ersten Mal in ihrem Leben. Es spricht vieles dafür, daß sie diese Freiheit genutzt hat. Bald nach der Niederkunft verließ sie das Haus, um nach Amerika auszuwandern, wie es hieß. Doch ob sie dort ankam, wo sie hinging und zu wem, das steht wohl in den Sternen.

Ich denke nicht mehr allzu oft an sie. Nur manchmal, in meinen Träumen, steigen dunkle Bilder auf, die mir fremd und doch eigentümlich bekannt erscheinen. Sobald ich erwache, verblassen die Bilder sofort und ziehen sich in jene Tiefen zurück, aus denen sie emporgestiegen sind. Doch ihre Schatten lasten noch tagelang auf mir wie dunkle Flüche, dann fühle ich mich eigentümlich abgetrennt von allem Leben um mich her, und mein Herz ist voll namenloser Trauer. Nein, ich will nicht an sie denken . . .

Ich habe es Georgi überlassen, die Angelegenheit bei den Fräuleins und dem alten Spuckteufel richtigzustellen. Zu Ostern habe ich ihm eine Karte geschrieben, wiedergesehen haben wir uns seit unserem letzten Gespräch allerdings nicht mehr.

Auch Joachim sehe ich nur noch selten. Er hat inzwischen wieder alle Mitwirkenden beisammen, um im privaten Rahmen seine alltägliche Rocky-Horror-Picture-Show aufführen zu können. Seine herzlose Schneekönigin ist samt ihrer Monsterbrut wieder zu ihm gezogen, und über allem ruht seither das wachsame Auge des schwesterlichen Hausdrachens.

Aber ganz ohne Nachspiel verlief die Sache dann doch nicht: Nachdem Joachims Frau ihr Reich wieder in Besitz genommen hatte – ich bin mir übrigens bis heute nicht sicher, ob ihre Rückkehr eher der Sehnsucht nach ihrem Gatten oder ihrem Haus samt Inventar entsprang und vermute insgeheim letzteres –, nachdem sie also die Zügel wieder fest in der Hand hielt, ließ sie es sich nicht nehmen, mich zu einem gepflegten Essen einzuladen. Natürlich lehnte ich ab. Die Esseneinladungen im Hause Pitzer schienen schon vor Jahrzehnten unter keinem guten Stern gestanden zu haben, aber wie Joachim nun mal ist, bettelte er so lange, bis ich zusagte. Ich konnte es mir allerdings nicht verkneifen zu fragen, ob der Exlover seiner Frau auch geladen sei. Er hat nur herzlich gelacht. So ist er eben, ein gutmütiger Tropf.

Seine Frau – ›nenn mich doch einfach Hilla‹ – war von einer ausgesprochen distinguierten Freundlichkeit, wie es sich eben für eine hofhaltende Königin gehört. Sie präsentierte sich an jenem Abend als jugendlich gestylte Brünette mit makellos braunem Teint und champagnerfarbener Satinbluse. Todchic. Ich kam in Jeans und Sweatshirt wie immer, und der Abend ging irgendwie herum. Seitdem treffe ich Joachim allerdings nur noch heimlich, denn Hilla duldet keine unbeaufsichtigten Dates. Ab und zu, wenn er mal wieder hier zu tun hat, schleicht er sich in ein Café, und wir trinken einen Espresso zusammen.

Seit einem Jahr lebe ich wieder in der Stadt. Einige Tage, nachdem ich mich dazu entschlossen hatte, das Dorf zu verlassen, rief passenderweise Christian an. Ob ich zufällig noch Interesse an der Wohnung hätte, wollte er nach einigem Herumgedruckse wissen. Es sei ja wohl eher meine als seine gewesen. Das hatte er ganz richtig erkannt, auch wenn diese Einsicht ein bißchen spät kam. Auf meine neugierige Frage hin erklärte er, seine Liebste und er würden in das Haus ihrer Eltern einziehen, wegen dem Kind. Sie hätten gerade den Dachstuhl zu einer separaten Wohnung ausgebaut. Mein freiheitsliebender Christian, behütet wie die Muschel in der Schale im Haus seiner Schwiegereltern! Ich wünschte ihm schadenfroh alles Gute.

Keine zwei Wochen später zog ich zurück in meine alte Wohnung, zusammen mit Anita. Ja, ganz richtig, Anita habe ich mitgenommen. Sie hat sich auf dem städtischen Kolleg angemeldet, um ihr Abitur nachzumachen.

Und noch etwas ist geschehen: Kurz vor meinem Umzug maunzte es plötzlich draußen im Hof. Natürlich rannte ich sofort hinaus. Ein grauer Kater sprang auf mich zu und strich mir schnurrend um die Beine. Er sah tatsächlich aus wie Leo, allerdings war er ein ganzes Stück größer. Nun ja, er mochte inzwischen gewachsen sein . . .
Bis heute hege ich begründete Zweifel an seiner Identität, wenn ich sie auch für mich behalte. So erschien es mir beispielsweise merkwürdig, daß Anitas Brotwagen gerade in dem Augenblick vom Hof gerollt war, als Leo auftauchte. Ein Zufall? Doch was soll's, natürlich habe ich ihn mitgenommen. Jetzt sieht man ihn nachts über die Dachfirste wandern, aber er kommt immer wieder zu mir zurück.

Und meine Magisterarbeit? Die ist längst fertig, man höre und staune. Allerdings zweifle ich heute an ihrem Sinngehalt. Die Zeit als ein linearer Strang, aus der Vergangenheit kommend, ins Unendliche reichend, und wir die hilflosen Opfer unserer eigenen Erfindung? Vom Sturm der Zeit getrieben, eilig, haltlos fliegen wir dahin, und was war, kommt niemals, wieder? Alles kommt wieder. Nichts vergeht. Ohne das Gestern gäbe es kein Heute. Und unser Leid begleitet uns ein Leben lang und prägt alle Zukunft.
Als Roland, Anita und ich in seinem klapprigen Ford Transit aus dem Dorf knatterten, kamen wir auch an der ehemaligen Haltestelle der Zuglinie vorbei, die 1974 eingestellt worden war. Das ältere Fräulein Jödt schien wohl wieder einen ihrer schlechten Tage zu haben, denn sie stand auf dem zugigen, grasüberwachsenen Bahnsteig und blickte unverwandt in die Richtung, aus der vor fünfzig Jahren die heimkehrenden Kriegsgefangenen gekommen waren.

*